自然珍藏系列

藥用植物圖鑑

貓頭鷹出版

自然珍藏系列

藥用植物圖鑑

萊斯莉・布倫尼斯　著

攝影
法蘭克・格林納維
馬特・華德
編輯顧問
帕特・格里格博士

貓頭鷹出版

A Dorling Kindersley Book
www.dk.com

藥用植物圖鑑

重要聲明

本書並非醫學用藥參考書，所述僅爲一般性質，具特殊體質者請勿任意嘗用。切記他人之香草或可爲己身之毒藥。若有誤服現象，作者與出版者恕不負責。

Original title : EYEWITNESS HANDBOOK : Herbs
Copyright © 1994 Dorling Kindersley Limited, London
Text Copyright © 1994 Lesley Bremness
Chinese Text Copyright © 1996 Owl Publishing House
All rights reserved.

策畫　謝宜英

翻譯　傅燕鳳　楊金玲　劉景慧　丁群星　戚紅

審校　李瑞宗　桂耀林

執行主編　江秋玲／責任編輯　江嘉瑩

編輯協力　葉萬音　諸葛蘭英　韓慶　陳以音

美術編輯　謝自富　林敏煌／電腦排版　李曉青　吳珮伶

行銷企畫　鄭麗玉　陳金德　黃文慧

發行人　蘇拾平

出版　貓頭鷹出版社

發行　城邦文化事業股份有限公司

台北市愛國東路100號1樓

讀者服務專線　(02) 2396–5698　傳真　(02) 2391–9882

郵撥帳號　18966004　城邦文化事業股份有限公司

http://www.cite.com.tw.

香港發行所　城邦(香港)出版集團

電話：852–25086231　傳真：852–25789337

馬新發行所　城邦(馬新)出版集團

電話：603–90563833　傳真：603–90562833

印製　僑興彩色印刷股份有限公司

初版　1996年10月／初版二十四刷　2002年7月

定價　新臺幣550元

ISBN　957–9684–03–0

目錄

引言

無論是過去、現在還是未來，草藥植物都和我們密切相關，諸如：開胃的食物、天然的香氣、溫和的治療、平靜的花園、精美的工藝品，及在有趣的歷史和神聖的活動中，這幅五彩繽紛的織錦畫係以綠線織成背景，使得每樣東西更襯托出彼此。因為所有這些愉悅的基礎都來自植物本身。

世界各地生長著20,000多種具草藥用途的植物，僅印尼就有7,500種。旅遊和烹調書籍增加了我們對異國調味料的一般認識：像大蒜、薑和香茅草等現在均加到萊姆葉、泰國克拉其的指狀根、蒸飯用的芳香露兜樹葉、包雞用荷葉中。此外，還從各種資源不斷創製出新的化粧品和護膚產品：像將新鮮蕃茄或鳳梨擦在臉上，五分鐘後會「吃」掉死的皮膚細胞。胡蘿蔔油和蘆薈汁可隔離太陽光的紫外線而防止皮膚老化。黃金菊和大黃含有潤澤毛髮的安全成分，紅色染髮劑係來自散沫花，木藍則可供做黑色的染料等。

古代的治療

早在20萬年以前，中國人的祖先就吃過芡實的種子。許多世紀後，人們認識其藥用價值，便將之載入中國早期的草藥書裡。

精油

芳香植物的精華—精油。新的研究不斷啓發。有些像薄荷油和百里香油，可降低皮膚中游離基的老化速度。傳統的法國香水是經由精油、麝香和乙醇混合配製成，但現在許多製造商已將之改成合成物質。

蓮香花

像蓮香花之類的許多野花的藥效常被人忽略。將新鮮的蓮香花泡在茶裡具有鎮靜作用。

隨著萃取方法的改進，一般大眾可使用種類更多的精油，而再創造出更幽雅的傳統氣息。

寺院草藥書

1100年左右，由坎特布里僧侶抄寫的阿普雷猶草藥書將植物的藥用知識傳遍各大陸。儘管在植物學上並不精密，但現代考古學家考據後，認為寺院草藥書是極為複雜。

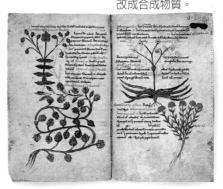

水上市場

泰國水上市場中的萊姆葉、檸檬香茅、南薑和老藤葉卷等都可用於醫藥和烹調。此外還售有藥用的積雪草和蓮根，及供於寺廟的茉莉花環。其中有些是栽培的，有些是從野外採來的。

美化環境

植物能改善生活的品質和工作的環境。在辦公室栽植杜鵑花、綠蘿、花葉萬年青能清除導致職員疾病的香菸、清潔劑和噴霧膠中的各種污染物。植物還可增加空氣中的氧氣，使心思敏捷專注。大型的植物能降低辦公室內令人不適的噪音，而棕櫚之類植物則可增加空氣中的濕度。

中國的草藥

中國正在認真地研究藥用植物藥效，目前已經發表了236種抗癌草藥的論文。傳統中醫治療兒童濕疹的成功，使其將注意力集中於2000年來的試驗數據。為每名患者選擇適當均衡草藥的中國方法恰與西方大異其趣，後者強調標準處方的設立。然而，中國的許多草藥現在正被西方所「發現」。中國人一向用葛藤(*Pueraria lobata*)治療酗酒，在美國的研究進一步證實它含有能抑制嗜酒慾望的成分。從植物中分離出來的「活性」成分可能會導致不良的副作用，不過採用整株植物時卻不會發生，因為其他的一些成分可能會以目前還未詳細的方式調和這些活性成分。

有毒植物

嘉蘭（*Gloriosa superba*，見右圖）是亞洲一種有毒的草本植物，但其微量可用於治療痲瘋病。從南美防己屬中提取的箭毒也是一種外科利用的  重要肌肉鬆弛劑，可挽救生命。無論如何，有毒的植物必須由專家指導使用。為了避免陌生草藥的毒，精確地鑑別採自野外和買自商店的植物極其重要。必須謹遵草本學家的指示。如果發生反作用，立即停止服用並重新向合格的草本學家請教。

科學和藥用植物

傳統的西方科學思想主張，整體終可從各個部分的特性理解，就如拼圖一樣。因此植物學闡明植物體各部分的功能，化學則分析化學組成並分離活性成分。然而，由於最初提出的假設非常狹窄，西方的科學家只注意到植物和人類之間某些微妙關係。另一方面，藥用植物學家向來堅持把藥用植物視為一個整體的重要性，而非僅具活性成分。現在，量子物理學把重點放在自然過程而非其各個部分——提出某些

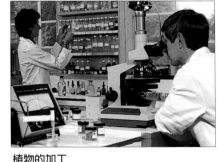

植物的加工

草藥實驗室採用草本學家認為較好的整株藥草來配製藥方，較之副作用很強的從分離成分製備的強效專利藥劑，其作用雖較緩慢，但溫和而安全。

大葉栗子

這種植物種子中的奇特生物鹼刺激了對人體免疫系統如愛滋病和癌症的新研究。

可信的觀點，打開了人體疾病和「不協調」的新視野。科學研究植物方法的這種轉變，以及大眾對藥用植物興趣的增加，將呈現出一個有趣且能增進生活的未來。

今後的植物保育

科學家研究過的顯花植物僅佔5%，在今後的50年內，這個數目的四分之一可能將會滅絕。除了道德外，物種保護還具有經濟重要性，從事保育的地方團體應該對草藥知識的商品化進行獎勵。

保育清單
·仔細地辨認植物，絕不採集瀕危物種。
·在適當的季節挑選適當的植物部位採集。
·不要採集超過你使用的需要。
·留下一些供繁殖的部份（根或種子），以確保其未來的生長。
·無論如何，避免破壞植物的棲所。

亞馬遜雨林

充滿了未開發草藥的潛力，熱帶雨林還是「世界之肺」，其存在決定了人類的將來。

如何使用本書

根據主要的植物類型，這本書分成六個章節（見第10頁）：樹、灌木、多年生草本植物、一年生與二年生草本植物、攀緣植物和其他藥用植物（包括真菌和隱花植物）。每一章節的條目係根據其學名的字母排列，下文即是典型的一個例子。

學名的科名●

學名的種名●

根據植物類型定的章節名稱

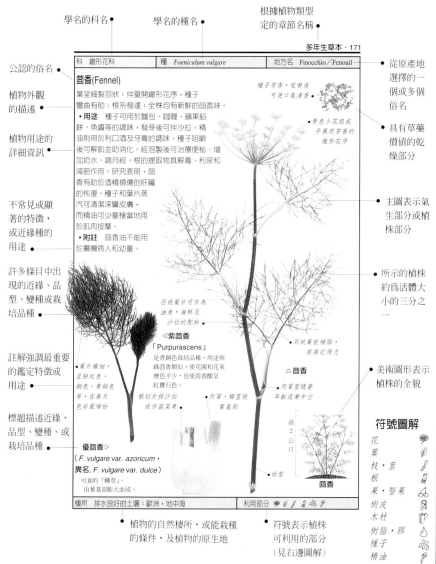

多年生草本 · 171

| 科 繖形花科 | 種 *Foeniculum vulgare* | 地方名 Finocchio／Fenouil |

公認的俗名

植物外觀的描述 ●

植物用途的詳細資訊 ●

不常見或顯著的特徵，或近緣種的用途 ●

許多條目中出現的近緣、品型、變種或栽培品種 ●

註解強調最重要的鑑定特徵或用途 ●

標題描述近緣、品型、變種、或栽培品種 ●

茴香(Fennel)
葉呈細裂羽狀；仲夏開繖形花序，種子彎曲有肋；根系發達；全株均有新鮮的茴香味。
● **用途** 種子可用於麵包、咖哩、蘋果餡餅、魚醬等的調味，發芽後可拌沙拉。精油則用於利口酒及牙膏的調味。種子咀嚼後可解飢並助消化。經泡製後可治療便秘、增加奶水、調月經。根的提取物具解毒、利尿和減肥作用。研究表明，茴香有助於酒精損傷的肝臟的恢復。種子和葉片蒸汽可清潔深層皮膚，而精油可少量穩當地用於肌肉按摩。
● **附註** 茴香油不能用於癲癇病人和幼童。

種子芳香，咀嚼後可使口氣清香

黃色小花組成平展而芳香的繖形花序

羽狀葉片可作為油魚、海鮮及沙拉的配料

羽狀葉能補腦，提高記憶力

◁ **紫茴香**
「Purpurascens」
是青銅色栽培品種，用途與綠茴香類似，使花園和花束增色不少，也使茴香醋呈紅寶石色。

● 葉片纖細，呈粉紅色、綱色、青銅色等，在春天色彩最繽紛

根切片拌沙拉或作蔬菜煮

△ **茴香**

肉質、鱗莖狀葉基部

肉質莖隨年齡逐漸中空

幼莖

茴香

高2公尺

優茴香▷
（*F. vulgare* var. *azoricum*，異名，*F. vulgare* var. *dulce*）
可食的「鱗莖」，由葉基部膨大而成。

| 棲所 排水良好的土壤；歐洲，地中海 | 利用部分 |

從原產地選擇的一個或多個俗名 ●

具有草藥價值的乾燥部分 ●

主圖表示氣生部分或植株部分 ●

所示的植株約為活體大小的三分之一 ●

美術圖形表示植株的全貌 ●

符號圖解

花
葉
枝，莖
根
果，堅果
樹皮
木材
樹脂，膠
種子
精油

植物的自然棲所，或能栽種的條件，及植物的原生地

符號表示植株可利用的部分（見右邊圖解）

什麼是藥用植物？

很早以前，人類把植物分成有用和無用兩類，前者即是最廣義的藥用植物。被視爲有用的那些植物係依據其生長環境和社會關係而定——一位亞馬遜醫治者認識的500種有用植物中，城市居民可能只知道其中5種。因此，與其將「藥用植物」界定爲植物學的，還不如說是文化的更恰當。

在本書中，並沒有採用這個最廣泛的定義，因爲我們刪除了燃料、樹木和大多數的食品植物（儘管100年前蔬菜還被稱爲「盆栽藥用植物」）。但是愈來愈多食品植物具有藥用或化妝用途；因此書中也安插了某些水果、蔬菜和穀物。

植物界的藥用植物

大多數人認爲藥用植物是一年生或草本的植物，像羅勒，或者還有人參等，但事實上藥用植物分布的範圍擴及整個植物界，

植物類群

植物界中，植物學類群是基於每種植物的生殖方法劃分。然而在本書中，植物係根據更容易識別的生長和大小形狀來歸類，而非根據正規的植物學分類。

樹
具有單一主莖的木本多年生植物，通常在地面之上分枝並形成樹冠。

灌木
泛指由基部長出多數分枝的木本多年生植物；通常比樹小得多。

多年生草本植物
秋天從枝頭枯死，春天長出新芽的多年生植物。

一年生和二年生草本植物 一年生植物在一年內發育、結籽、死亡。二年生植物在二年內完成生長周期，在第二年開花。

攀緣植物
一種傾向於攀爬（靠莖、葉、根的適應性）、盤繞，或長出卷鬚或吸枝的藤本和攀緣植物。

其他藥用植物
不用種子繁殖的藥用植物和真菌，主要是蕨類（左上）和真菌（右上）。苔蘚（如水蘚）和某些低等植物（如由孢子繁殖的木賊）以及海草（如墨角藻）也包括在內。

海藻
某些海藻可用於製造化妝品。

不管它們屬於那個科，本書所採用的藥用植物多多少少都含有一些作用特殊的化學活性成分。

從巨大的針葉樹到微小的酵母。在苔蘚、蕨類、針葉樹，甚至藻類以及眾所周知高等開花植物內都能找到藥用植物。

活性成分

·**生物鹼**是具有活性成分的有機化合物，至少含一種氮原子，作用強，常常含有毒性（如瑪啡）。生物鹼能提供許多重要的藥物，是大多數製藥研究的重點。

·**苦味物**是具有苦味道的，可刺激食慾的多種化合物。

生物鹼
奎寧生物鹼可治療瘧疾。

·**酶**是有機催化劑，為所有是植物行使生化功能必不可少的物質。

·**精油**是芳香植物的精髓，可借助蒸餾、有機溶劑或壓榨來萃取。

·**樹膠**是植物受傷而產生的一種不溶於有機溶液的黏性物質。

·**糖苷**是某些物質由特殊酶分解後產生的一個糖，和一個醫療活性常有毒的「糖苷原基」。

·**黏質**是一種在水中膨脹成凝膠的黏性膠，常用於減輕皮膚發炎和過敏。

樹膠
東方楓香樹膠是祛痰劑。

·**皂素**是乳劑的糖苷，常具刺激性或有毒，與肥皂相似，化學上類似可以產生性激素的類固醇。

·**單寧**是引起血蛋白凝結的收斂性化合物。

·**維生素和礦物質**是各種代謝功能所需要的物質，但它們不像酶，不是催化劑。

學名

種是基本的植物類群，係根據其花、果實和其他器官的結構進行分類。種歸於屬和科，可再分成亞種、雜種、變種、類型和栽培品種。

科
一個科包括單一屬或數個近緣的屬。這裡所示的薄荷都歸為唇形花科。

屬
屬包括一個種或數個近緣的種。其名稱以斜體字表示，如薄荷屬（*Mentha*）。

種
種的成員彼此相似，其名稱由屬名和種名構成，以斜體字表示，如水薄荷（*Mentha aquatica*）。

雜種
雜種是由兩個種雜交後產生。由乘號表示，如鮑爾斯薄荷（*Mentha* × *villosa*）。

變種、類型和亞種
變種（var.），類型（f.）和亞種（subsp.）是較種小的亞類。其名稱用斜體和正體字表示，如除蚤薄荷（*Mentha pugelium* var. *erecta*）。

栽培品種
栽培品種是由人工種植的植物，如綠薄荷（*Mentha spicata*「Crispa」）。

葉和莖

葉是藥用植物用途最廣的部分，其活性－光合作用對人類的生存至關重要，形成我們食物鏈的基礎。在光合作用中，葉中的葉綠素吸收紅光和藍光，把水和二氧化碳轉化成糖和氧；反射出的綠光使葉子呈現綠色。斑葉含的葉綠素少於非斑葉，可能活性成分的含量較少。葉綠素是防腐劑和除臭劑，其清除毒性的功能構成整個治療系統的基礎。

• 乾葉保有香味

紫蘇 ▷
新鮮的紫蘇(Perilla frutescens var.crispa)葉子具抗生性，放在壽司中可降低海產的毒素；乾的葉子可治療流行性感冒、咳嗽和噁心。

香茅
（Hierochole odorata）是一種芳香而神聖的香料植物，原產於美洲。

蒼兒茶
(Uncaria rhynchophlla)，在中國用它和鉤藤荊棘煎出的汁可治療頭暈、高血壓和小兒的痙攣。

山螞蝗
（Desmodium stryracifolium），葉可治療疝氣、膽結石和肝炎。

檸檬香茅
（Cymbopogon citratus），具檸檬味的莖也可用於醫藥和香料。

葉的結構

葉緣 •　　• 葉尖
側脈 •　　• 葉齒
葉柄 •　　• 中脈

葉序

輪生　　　對生　　　互生

單葉的形狀

卵形

倒卵形

橢圓形

複葉的形狀

掌狀

羽狀

二回羽狀

光合作用在秋天減弱，養分從葉中輸出，降低了它們的味道和治療效果。葉的化學引生出許多種調味料、香料和醫藥。葉在光合作用中產生氧氣，因此，室內植物能使空氣清新。莖在負責運輸養分和支撐植株。許多莖產生有用的樹液，並提供製亞麻布、繩索和造紙用的柔韌纖維，如亞麻和大麻。

茶 △
中國茶（*Camellia sinensis*）是深受世人喜愛的刺激性飲料。未經烘焙的綠茶可解毒、增進免疫系統，還可抑制某些癌症。

月桂樹 ▷
（*Laurus nobilis*），常綠葉一年四季都可用作調味品，它還是成功的象徵。

甜菊
（*Stevia rebaudiana*），是熱帶的一年生植物，它的葉子非常甜，產「蛇菊苷」。這種白色的結晶粉末比蔗糖還甜250-300倍。

蕨
（*Pteridium aquilinum*），嫩葉和葉柄可用於烹飪或醃製，但大量的原蕨會破壞維生素B1。

◁ **旅人蕉**
（*Ravenala madagascariensis*），扇形葉可幫助旅行者辨別東西方向，葉柄還可貯藏水分以供急用。

• 葉柄基部的空腔能容1-2升水

毒參 △
（*Conium maculatum*），毒性極強，具老鼠般的惡臭。在莎士比亞的劇作「馬克白」中，為巫婆的藥酒。

收穫的葉子

對大多數植物而言，在開花前的上午9-11點採收挑揀、乾燥末損壞的葉子或小枝具有最高的藥效。然後迅速冷凍，或鬆鬆地紮成束，放在溫暖、無灰塵、空氣流通處陰乾直到脆碎（4-10天），再放入陰暗密封的罐裡貯藏。

花

許多植物爲了繁殖而演化出花，花的每部分都有用處。花的中央是雌性器官雌蕊，由下部的子房、上部的花柱和柱頭組成的，四周包圍著一圈雄蕊（由花絲和花藥組成）。中央的外圍是花冠或花瓣，其色彩、香味和花蜜可引誘蜜蜂和昆蟲來幫助傳粉。

再外面是花萼或萼片，在花蕾期保護花。

當一朵花的雄蕊釋放的花粉達到另一朵花成熟的柱頭上，並向下進入子房和胚珠受精時就發生異花受精。這有時會創造出有趣的新變種，但如果從藥用的觀點看，出現雜亂的混合並不理想。藥草葉子大多具刺激性，但其花的味道較爲溫和，且可生吃，如薄荷、迷迭香和細香蔥的小花美味可口。然而切勿將有毒植物的花加到食品和飲料中。花的香味被擄獲在百花香和香料中，如印度金香木是來自黃玉蘭（*Michelia champaca*）。

淡黑接骨木△

（*Sambucus nigra*），奶油色花束具麝香葡萄味，可和醋栗一起拌入奶水中，新鮮的老花可用於「香檳酒」和「檸檬水」中。

野西番蓮▷

（*Passiflora incarnata*），獨特形狀常被用來當作某種象徵。它的葉和莖是非添加性、非抑制性的鎮定劑。

金盞花▷

（*Calendula officinalis*），可食用的金色花瓣能使皮膚回春，是防腐劑和殺真菌劑。它能治療裂開的皮膚、曬傷和濕疹。

花的形態和排列

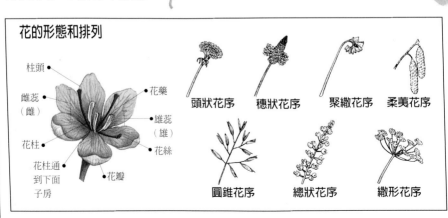

柱頭
雌蕊（雌）
花柱
花柱通到下面子房
花藥
雄蕊（雄）
花絲
花瓣

頭狀花序　穗狀花序　聚繖花序　柔荑花序

圓錐花序　總狀花序　繖形花序

世界上最大的藤本植物寄生物大花草（*Rafflesia keithii*），被認為是一種催淫劑。

花的採收

花盛開時含有最多的活性成分。在乾燥天氣的正午採集形狀完好且無污點的花。摘折花莖時當心不要碰著花瓣。沖洗丟棄的沾土花朵，以使其組織分解。鬆散地裝在敞開的籃子中運輸。

紅花
（*Carthamus tinctorius*），花瓣可食用，加入飲料和化妝品中能染色。

荊芥
（*Schizonepeta tenuifolia*），莖能治療初起的腫瘡、疹子和疥癬。

薔薇花瓣 △
具有香味的薔薇花是百花香的主要傳統成分，混以其他芳香的花、葉、香料和固定劑。

菊茶
（*Chrysanthemum morifolium*），由菊花製成的清涼且具抗性性的花茶，能降低血壓，是道家的一種長生不老藥。

單子山楂
（*Crataegus monogyna*），花能改善心臟瓣膜損傷。

花、葉和漿果都是一種強心劑

銀栲
（*Acacia dealbata*），是花匠的含羞草。

月桂仙人掌
（*Selenicereus grandiflorus*），又名曇花，花是一種興奮劑。

虎斑花
（*Tigridia tenuifolia*），被古代墨西哥人用作幫助生育的藥。

花的乾燥

將整朵小花或大花的厚花瓣舖在紙或紗布上，放在暖和、無塵、流通的空氣中1-3週，翻1-2次。乾燥薔薇和其他大花頭可直立插在篩孔裡。薰衣草的莖可成束掛起來，稍後再取下花來。

種子、果實和堅果

種子是由顯花和某些隱花植物產生的。每粒種子中含有未來生長的遺傳信息、貯藏的食物，以及能發育成幼苗的休眠胚。種子中濃縮的養分提供了世界上主要的食物：穀物和豆類，如：水稻、小麥和大豆。許多種子含相當高的脂肪油（與精油不同），壓榨出來後可用於烹飪、化妝品、醫藥、工藝和工業。

桔皮

柑橘（*Citrus reticulata*）的果皮在中藥中有化痰、清肝和舒解腹部疼痛的功效。

種子

果皮

栝樓 ▷△

（*Trichosanthes kirilowii*），種子和果皮可抑制癌細胞，根則用於愛滋病的研究。

非洲豆蔻 △

(*Aframomum melegueta*)，產生一種小豆蔻香味的辛辣種子，非洲西部用它來調味。

富於營養的種子和發亮的皮

猴猻木

（*Adansonia digitata*），酸果肉用作酒石英，可製成檸檬型飲料，並具有藥效。

冬瓜 ▷△

(*Benicasa hispida*)，含抗癌的萜烯類物質；在中國菜涼拌食用其果實有助於減肥。

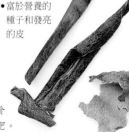

果實、堅果和種子的結構

種子在花的子房中發育；子房壁隨後發育成果實。果實因不同的種而異，可能是肉質的，或為具一排種子的長莢，或薄得只有一層皮。堅果是一種堅硬而乾燥的果實，成熟時不裂開，只含一粒種子。

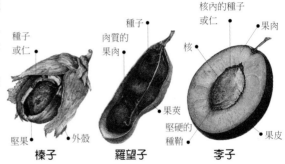

核內的種子或仁

種子或仁

肉質的果肉

核

種子

果肉

果莢

堅硬的種鞘

果皮

堅果

外殼

榛子　　**羅望子**　　**李子**

果實是成熟且發育完成的花的子房，它或者多汁或者乾燥。多汁的果實肉質多，如李子或櫻桃。堅果則有具堅硬或木質果皮，為一種乾果類型，如榛子或栗子。

◁ **公山羊李** △

（*Terminalia ferdinandiana*），富含維生素C，是產於澳洲的果實。訶黎勒的種子（左上）可刺激食慾。

花生 △

（*Arachis hypogaaea*），富含維生素，是烹飪油的原料。

草藥用途

種子和果莢提供許多香料，如茴香、香草等。還可生產刺激性飲料，如咖啡、可可、可樂、果拉那等；罌粟的種蒴是製造鴉片和嗎啡原料；珍珠草種子可作念珠；植物象牙為雕刻材料。果實作食物、調味品、染料、化妝酵素、香料、蠟和藥品。果實常在新鮮時採用，但也可將之乾燥或冰凍起來。

神秘果 △

(*Synsepalum dulcificum*)，為西非的一種灌木，其深紅色漿果，能刺激舌頭，在幾小時內嚐起來有甜味。

東加豆 △

（*Dipteryx odorata*），是製作百花香的芳香固定劑；種子油可治療耳痛。

果拉那 △

（*Paullinia capana*)，種能配製具刺激性的、富含咖啡因的飲料。

香蕉 ▷

(*Musa sp.*)，果實有甜味，富含磷和碳水化合物，由於能迅速轉成能量而為運動員所青睞，其果肉可軟化皮膚。

◁**刺梨**

（*Opuntia ficus-indica*），為一種墨西哥人掌，其多汁的果實富含營養，用於醫藥和做釀酒。

種子的乾燥

在暖和、乾燥的天氣從健康的植株上收集成熟的種子。放在紙袋裡抖動，或切斷整個果柄。把種子或果柄放在紙上或吊在敞開的盒子上，在暖和的地方放兩個星期，確保沒有濕氣殘留。將種子從其柄或莢上擦落下來，貯藏在密封的罐裡。

大蕉 ▷

澱粉含量高，可以煮來吃；還可釀成啤酒和醋，也是病弱者的食品。

根

根是植物的地下部分。它們使植物固定在土壤裡，並吸收水和養分。有些根是貯藏器官，含有濃縮的活性化合物。如：人參根的效能每年隨著秋季的寒霜而增進；在冬季，則將地上部分的養料運回根部貯藏。根部的利用價值很廣泛：澤芳根因持久的香味而受人喜愛；草芙蓉的根可用作護膚乳；甘草則可用作藥用的錠劑。鱗莖、球莖和塊莖是不同類型的地下貯藏器官，強壯紅門蘭塊莖含有已知最多的營養物。根狀莖是蔓延、平展的地下莖，由它可長出根和新枝。

白毛茛 △

（*Hydrastis canadensis*），是一種強效的黏膜，是肝臟和子宮滋補劑，同時也有助於血液循環。

◁ 辣根

（*Armoracia rusticana*），一種辛辣的調味品，能刺激食慾。留在地裡的根部可以再生。

△臭松

（*Symplocarpus foetidus*），根治療頭痛、氣喘和止血。根毛能減輕牙痛。

海蔥▷

（*Urginea maritima*），鱗莖可配製祛痰劑和利尿劑。紅海蔥還可製成殺鼠藥。

根的形態

根上纖細的毛可吸收養分和水，並滲出具保護作用的化學物質。肥大的根就像植株的錨，且為休眠季節的貯藏器官。根皮可能含有植物內部各種不同活性化合物的混合成分。

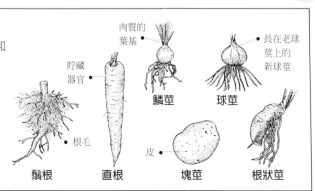

肉質的葉基

長在老球莖上的新球莖

貯藏器官

鱗莖　球莖

根毛

皮

鬚根　直根　塊莖　根狀莖

走莖和的匍匐莖都是平展莖而不是根。走莖接觸到土壤的地方可長出新植株；匍匐莖在節處（細胞生長點）長出新株。

根的採收

根據季節性氣候狀況，品質最好的根，應在樹液上漲前的春季或秋季挖取。在熱帶則最好在乾季挖取。如果要留一些根作繁殖的話，則用刀俐落地切下來。

△ 地黃

（Rehmannia glutinosa），涼性滋補劑，有潤髮、補血的功效。

土茯苓 ▷

（Smilax glabra），是涼性的瀉劑，可消炎止痛，治療腫瘤和梅毒，並抑制癌細胞。

◁ 爪鉤草

（Harpagophytum procumbens），能減輕關節疼痛和腫脹，也是肝臟的滋補劑。

南薑 △

（Alpina galanga），根有胡椒、薑的味道。它可產生精油─阿曼利香水。

豬蘋果

（Podophyllum peltatum），具有毒而抗病毒的根狀莖和樹脂，可用於配製性病疣、疣腫及某些癌症的藥。

馬兜鈴

（Aristolochia debilis），能治療毒蛇咬傷、胃痛、喉嚨痛和咳嗽。它含有具毒性的抗腫瘤成分，為癌症的止痛藥。

白藜蘆 ▷

（Veratrum album），有毒，可治療高血壓，是心臟鎮靜劑、殺蟲劑和獸醫藥。

◁ 薑

（Zingiber officinale），為極普遍的香料，能減輕旅行和過量吃大蒜引起的噁心。

根的製備

抖掉或擦掉土，去除鬚根，清洗乾淨。將之剁碎，然後鋪在低溫烤箱中（50-60℃）乾燥2-6小時直到鬆脆。貯藏在陰暗密閉的罐裡，並貼上標籤。用這種方法貯藏的根可以存放多年而不受潮。

樹皮、木材和樹脂

在樹和灌木的幹、枝條和根中都能看到木材和其保護層樹皮。春天，樹皮下有一圈生長的細胞，即形成層，開始分裂，產生新的邊材作爲植物垂直的營養輸送通道。到了秋天它會變硬。外面的樹皮由死細胞組成，木材擴展時則龜裂或剝落。樹皮繼續由形成層代替，這表示內樹皮仍是潮溼而活動著。樹皮，可用於除臭木炭如軟木、改良土壤。它還是單寧和香料的原料。許多樹皮

藥材，如治療瘧疾的奎寧和金縷梅是來自原產於美洲的樹木。木材主要用於建築、燃料和紙漿。但有藥用價值的各種木材，如癒瘡木和苦木，同時還是殺蟲劑。芳香木材向來被用作薰香，其所含的精油是防腐劑，可殺死空氣中的病毒。樹脂和樹膠易燃，具黏性，爲不溶解於水的芳香族化合物。樹木受損時，就用它們來保護自己。乳汁是滲出的白色汁液。一般用割樹皮的方法收集。

錫蘭肉桂▽◁

（*Cinnamomum verum*），枝條樹皮卷（下圖）具有甜味和香味，可用來製作甜食；香樟（*C. aromatica*）莖幹上厚實的紅褐色樹皮（右圖）就是有名的桂皮，能增加酸辣菜餚中的風味。桂皮枝條的切片還可治療循環不良和發燒。

切成薄片的枝條

桂皮的內樹皮

外樹皮

小卷片

牙買加苦木

（*Picrasma excelsa*），具藥效的木材碎片也可作綿蚜和浮塵子的殺蟲劑。

日本胡椒

（*Piper futokadsura*），莖可治療下背疼痛、關節僵直和肌肉痙攣。試驗證明它還能抑制癌細胞。

樹的構造

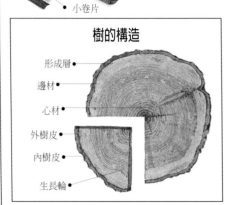

形成層
邊材
心材
外樹皮
內樹皮
生長輪

棉芝老桉

（*Eucalyptus deglupta*），彩色樹皮有樟腦香味，民間將之撕成碎片來提神。

鐵力木

（*Mesua ferrea*），爲神聖的佛教樹木，樹皮有香味，具收斂性，有導汗作用。

採收樹皮和木材

樹皮在樹木休眠季節剝除；木材則切碎後乾燥。環狀剝皮會殺死樹木，剝去整個皮使樹容易受傷。收集樹皮時，可將之刷乾淨，然後鋪開、晾乾。

柯巴脂

（*Protium copal*），樹脂是神聖、被保護並可藥用的馬雅焚香。

乳香

（*Boswellia carteri*），樹脂可製作醫療薰香，減輕煩燥。

沉香

（*Aquilaria agallocha*），馥郁而難以捉摸的香味，只存在被樹脂浸透的罹病木材中。

弓木

（*Tabebuia impetiginosa*），可增強免疫力，傳說是治療癌症的萬應靈藥。

西黃耆膠樹

（*Astragalus gummifer*），膠燃燒後才有香味，可用於化妝品、醫藥、焚香味及薰蒸劑。

猢猻木

（*Adansonia digitata*），海綿狀木材中貯藏有醣和水，切開後可用作鏟斗（上圖）和魚漂。其有酸味的果實可使橡膠的乳汁變稠。

安古樹

（*Galipea officinalis*），是芳香而貌似棕櫚的樹，其樹脂的內樹皮可產生苦味物質。它是具刺激性的民間藥材，常加入雪利酒和琴酒中。

癒瘡木

（*Guaiacum officinale*），木材中的樹脂為緩瀉藥，木材燃時有香味。

龍腦香

（*Dryobalanops camphora*），結晶體可用於製作防蠹丸，比樟腦的毒性小。

樹脂、樹膠和膠乳的提取

以打孔或在樹皮上切斜槽的方法來收取樹脂、樹膠和膠乳，但要避免損傷形成層。隨後再加以收集（如右圖，乳液從橡膠樹）中流出。松樹、科巴脂，龍血樹（脂龍血樹屬 *Dracaena*）、達馬膠脂（娑羅樹屬 *Shorea*）、香膠、乳香樹脂和安息香都是用這種方法收集的。乳香、沒藥樹脂和樹膠的樹脂也是以自然滲出「淚滴」的方法收集。

精油

精油，也統稱爲揮發油或芳香油，集中了植物芬芳的精髓。它們存在於花、葉、種子、果皮和根及樹的樹皮、樹脂和木材內的特殊細胞中。目前已鑑定出400多種精油，其中約50種可爲大衆所利用。最昂貴的夜來香來自晚香玉（*Polianthes tuberosa*）的花。這些精油在植物的生長中起防腐的保護作用。它們爲草本植物增添了香味，部分還具有健康價值，但其主要的吸引力還在於香味。這種富有魅力的味道用在推拿治療中別具吸引力。公衆對精油興趣的大增使其更貼近生活，現在在芳香和治療上的需求量不斷增加。

這些奇妙的物質能用於提神醒腦、放鬆身體、情緒和心靈、緩和肌體和美容。還可用於治療一般性的煩悶及房間噴霧、薰香和沐浴等。

玫瑰油

大馬士革薔薇（Rosa damascena）主要在土耳其和保加利亞栽培，以取其玫瑰油，通常用溶劑提取，但這種過程會失去貴重的成分，所以現在將用價較昂貴的「吸香法」來生產玫瑰油。

到手香油

用蒸餾法從葉和枝中提取精油。這種印度的異國香味是60年代的象徵。純油比許多到手香料輕。

安哥拉木 ▽
（*Mespilodaphne pretosa*）

▽ 星實櫚
（*Astrocaryum tucuma*）

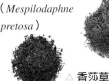

△ 香莎草
（*Cyperus odoratus*）

芳草粉

精油存在許多木材和根的堅固細胞時，香味能維持多年，一般以粉狀形式貯藏。安哥拉木、星實櫚和香莎草的精油都可用於香料和醫藥。

從植物中提取精油

用60,000朵玫瑰可提取30公克的玫瑰油（見右圖），所以它的價值相當昂貴。提取精油一般用蒸餾法、壓榨法、吸香法和溶解法，方法的採行取決於植物所使用的部位及油的精緻度。蒸餾法最普遍，用於像薰衣草等較不受加熱影響的花，也用於大多數菓子、種子和木材。壓榨法是把油壓榨出來。吸香法是利用脂肪來吸收香料，適用於一些易碎的花瓣，如茉莉花。酒精是常用的溶劑，但最近已發展出非酒精溶解法。

安全地使用精油

精油使用者必須具備極強
的安全意識,這很重要。
除非有合格醫生的處方,
否則精油不能內服;此外,
必須知道有些人應迴避精油,如孕婦、
癲癇患者、高血壓病人或皮膚敏感的
人。不要把精油錯認為壓榨油,後者
提取自種子,用於烹飪。

乳香
乳香樹脂(見21頁)
的另一種原料
Boswellia thurifera,
可用蒸餾法提取其油
作為成人皮膚回春
乳液。

雲香木
(*Saussurea
lappa*),具香
味的根油可
治療皮膚病,
並可配製
東方香料和頭髮
染料。

精油劑量

精油的劑量以滴來計算。在按摩中,一般
是取2或3滴精油混入5毫升壓榨油或
「介質油」,如扁桃或葡萄籽油。一旦
混雜,其保存期就會從
幾年減少到幾個月。

◁ **沒藥**
(*Commiphora myrrha*),
是古代的一種神聖的香
料,它的油具防腐和消炎的
功效,曾用於防屍體腐。現在用
在牙膏和香料中。

檸檬
檸檬皮油是一種漂白
劑,還可增進免疫系
統,85粒檸檬產30公
克精油。

白千層
具防腐性的葉油可用於
治療感冒和作塗敷劑。

茉莉
用吸香法從早春採集的茉莉花中
提取昂貴的茉莉花油。它是一種抗憂鬱劑
和春藥,還可用於香料、護膚和按摩。

購買和貯藏精油

購買純度經過測試,而且是從植
物中提取的精油。應該把精油裝
在暗色玻璃滴瓶裡,貼上植物名
稱、原產國和安全注意事項的
標籤。把油保藏在陰涼處。吞入
精油可能會致命,所以一定要
放在兒童接觸不到的地方。

◁ **不苦**
(*Barosma betulina*),葉
子是尿道殺菌劑和腎滋
補劑,溶入油中可作為
香料。

波耳多 ▷
(*Peumus boldus*),
可用作消化、肝臟滋補
劑、利尿劑和減肥劑。它
的葉油甜香清爽,普遍用於
肥皂和香料中。

用藥用植物烹調

不少藥用植物色香味俱全，它們能把普通的食物和飲料變成美味佳餚。愈來愈多的旅行機會和外國的烹調書籍，已把許多新的藥用植物引進飲食中。久被遺忘的可食用花、芽、葉和根又逐漸回到生活中。烹飪用的藥用植物有助消化，具刺激或鎮靜等功效。烹調藥用植物有三種基本方法：像琉璃苣的植物，適於生食、作裝飾，或放入飲料和沙拉中。歐芹在即將出鍋時放入可帶出香味。味道較重的藥用植物和香料，在烹飪開始時就要入鍋。

使用的工具

廚房刀

研缽和杵

迴轉式切碎器

柑橘汁
壓榨器

切菜板

雙柄
切刀

壓蒜器 ●

旋轉輪 ●

藥用植物和香料混合物

每種烹飪法都有其偏好的配料。中國菜有八角茴香、花椒、茴香、肉桂和丁香五種香料。馬來菜有辣椒、羅望子、椰子、南薑、油桃和萊姆葉。卡瓊雜煮使用紅椒、芥末、蒔蘿、辣椒和牛至。披薩用的藥用植物有羅勒、馬約蘭花和甜牛至。北美南瓜餡餅用的是肉桂、牙買加甜胡椒、肉豆蔻和薑。

點綴花束

將放在湯和其他菜中作裝飾的藥用植物紮成束，以便食用時去除。傳統上由三根香芹的葉柄、一支小麝香枝、一片月桂樹葉，再用檸檬皮或芹菜葉紮成。

◁ **麻沙拉**

印度的沙拉，由阿魏、印度藏茴香、枯茗、薄荷、辣椒、薑、芒果和石榴籽組成。

◁ **哈瑞沙**

突尼斯的一種醬，由紅辣椒、胡荽種子、蕡蒿、大蒜、枯茗、薄荷和橄欖油製成。

四葉片 ▷

黑胡椒粒、丁香、生薑、肉豆蔻、肉桂和豬肉產組成的一道法國菜。

紮哈太 ▷

一種芳香的北非肉丸雜煮，調配以鹽膚木、烤過的芝麻粒以及麝香草。

藥草調味品的貯藏

許多烹飪的材料都吸收植物的氣味，
未經加熱的植物油、加熱後的醋或溫
過的蜜都可呈現新鮮藥草、香花或香
料的氣味。植物應在液體中浸泡兩個
星期。若要較濃的氣味，則重複加添
新鮮藥草的過程。香草糖
是放在香草罐用「乾漬」
法製成。將奶油捲放入
碾碎的藥草中，或覆以
玫瑰花瓣，隔夜
就能吸進去
味道和香味。

刺山柑
（*Capparis
spinosa*），醃製
的續隨子芽。

藥草醋

白或紅的酒醋是將新鮮的藥草或花，如蒔蘿、辣椒、
甜牛至、迷迭香、接骨木和薰衣草等加入蘋果酒或
酒醋中，放在密封的瓶子裡製成的。它們能為
調味汁和醃泡汁提味。

飲料

從沙漠的遊牧民族到北極的伊努伊特人，世界各種族都
尋找當地的植物調製飲料，像摩門茶、巴拉圭茶和
果拉那，其中如茶和咖啡等現在被廣泛地飲用。藥草
可浸泡在補酒、利口酒和糖漿裡以增加色彩和味道。

棕菝葜，土當歸
（*Smilax regelii*），
根可增添果汁和
清涼飲料的風
味；它還是亞馬遜族
人一種滋補劑，可治療皮膚
病，並恢復男性生殖機能。

巴拉圭茶，馬代茶
（*Ilex paraguariensis*），
南美洲人用巴拉圭茶
的葉子調製成一種富
含咖啡因的刺激性茶。

南非歪豆
（*Aspalathus linearis*），
經發酵後可做紅葉茶，
咖啡因含量低，可
減輕過敏。

具腺喇叭茶
（*Ledum groenlandicum*），
是北極的常綠灌木，其葉具
輕度麻醉性，可製成茶（只能
泡，如果煮的話會產生一種有
害的生物鹼）或啤酒。加拿大
的土著用它治療黏膜炎和
感冒。

藥草茶和浸出液

把新鮮或乾的葉子、花、磨碎的種
子、樹皮或根放在茶壺裡，加入
開水泡5分鐘。一杯放一茶
匙乾藥草或具6-9片葉
子的新鮮小枝，過濾
後就可喝了。

黃龍膽
（*Gentiana lutea*），根和地下莖可配製
龍膽苦味酒和白蘭地（能幫助消化
和刺激食慾）。古希臘人用它作解毒
劑及神經滋補劑。

藥用植物的療效

把植物拿來治病可說是一種本能，它和人類的歷史一樣古老，也反映在動物的行為中。隨著人類的演進，在維持與戕害生命的事件和勢力中樹立了各種信念。許多涉及植物的藥物治療就是透過觀察、靈感和經驗選擇出來的。因此，高明的巫醫遂成為各個種族部落最尊貴的一員。

中國藥草學

中國醫藥係建立在道家哲學基礎上，即所有現象乃在陰（女性的，涼性的，濕性的）和陽（男性的，熱性的，乾性的）相互作用的結果，因此他們創造出螺旋形連續變化的概念。早期道士嚐試每種植物以感受其陰陽反應。並將之與季節、味道、情緒和五行（火、水、木、土或金）聯繫起來，作為身體中產生變化的象徵。道士感受到的身體能量有三種類型：精—遺傳的本能和生長，靠食物和藥草滋養；氣—所有事物的生命力，通過針刺療法和藥草植物來調節；神—藉冥想來提升的知覺。這三種能量在中醫的整體診斷中都要顧及。藥草很少單獨用於治療，通常是與其他藥草配合，加強其作用並中和副作用。

黨參
（*Codonopsis pilosula*），是一種滋補、解毒的陰性藥草，在中國已試用了4,500多年。

枸杞
（*Lycium chinense*），是屬土的一種腎滋補劑。

印度草藥學

印度草藥學又名「生命的科學」，是一種利用冥想、瑜伽和500多種草藥的古代印度治療方法，它發現有三種與身體各系統相互作用的力量：呼吸、火和愛，並主張不均衡會引起疾病，因此用藥草來重新平衡整個系統，同時治療一些特殊的症狀。透過沿著脊柱的七點輪穴每一點都有特殊的關聯將身體中的能量與宇宙的能量聯繫起來；例如：金頂輪穴與腦和松果體連接，並可藉由補腦的藥草平衡。

檀香木
它能強化頸輪穴，具清血和涼血功能。

美洲土著部落

在巫醫的指導下，每個部落都採用當地植物來治療。他被教以「聆聽」植物為老師，並用醫藥回旋的圖騰和香氣來占卜治療。此外還用三溫暖般的發汗小屋來淨身。

番紅花
番紅花能調節輪穴，有利於心臟和皮膚。

蔓虎刺
（*Mitchella repens*), 早期的移民服用蔓虎刺以減輕分娩的痛苦。

西方藥草學

西方草藥系統是公元前3,000年從蘇美、克里特、埃及和希臘發展來的。公元前1,300年在希臘，阿斯卡力波斯把音樂和體育，結合他的觀想診斷技術和廣博的藥草知識而建立治療中心。阿斯卡力波斯成為病患的崇拜者；另外，還有希波克拉底，他著重的是自我治療。約公元175年，加倫整理希臘思想的四大元素：即地、水、火和風，將之與四種氣質和性格類型相聯繫。這些形成了歐洲草藥學的基礎（和巴基斯坦的優拿納醫學）。羅馬「機械論」觀點後來取代了「整體論」底思想，並成為科學的主流，直到現在才達到。

大蒜

建造金字塔的工人，每天以它為口糧來維持精力。

豬蘋果

人形的根有毒，具麻醉功能。

順勢療法

最近闡明的新物理學原理提出，所有的事物，從光波到植物和人類，都是以能量的形式組成的。這或許可解釋順勢療法的功能：用酒精重覆稀釋微量的植物來治療。在最具「效力」的藥量中幾乎沒有植物殘餘，但作為藥物卻常能奏效，一種理論是植物的能量形式在酒精中留下了「回波」。整體療法係同時考慮生理和情緒症狀，並採取引起同樣症狀的植物來激發身體的防衛，這稱為「以毒攻毒」。杖棄黃麻花、加利福尼亞花及澳洲花，這些藥物都來自野生植物，為治療精神失調症的藥方。

山金車花

這種植物具免疫刺激性，順勢療法用它來治療瘀傷及時差。

草藥的備製

草藥必須經過各種方法備製。泡製是最普通的一種（見25頁），而壓榨、藥糊、糖漿和粉末都能在家裡製做，此外還可煎、熬，製成軟膏或酊劑。標準的泡製或煎熬劑量是5毫升的乾藥草或具6-9片葉子的新鮮小枝加225毫升（1杯）水。

煎熬

碾碎根、樹皮或種子，放至平鍋的冷水中，加蓋後煎熬到容積的四分之一：過濾。

軟膏

溶化250公克凡士林；加入30公克乾的或90公克新鮮的藥草。煨2小時：過濾。

酊劑

把100公克乾的或250公克新鮮藥草放在罐裡；加500毫升60°純酒精。放兩個星期；過濾。

藥膳

很久以前，中國人就認識到藥草和食物結合的治療價值。中國藥膳以使用涼冷的陰性食物，如大麥或黃瓜，或溫熱的陽性食物，如薑和胡椒，重新平衡引起疾病的狀態。減肥的食品有棗、燕麥、綠豆和蓮。延緩老化的食品有芹菜、蓮子、山楂和歐芹。圖中所示為能補氣和精的滋補湯成分，具可清除血液中的毒素和調節器官功能。

枸杞 · 薯蕷

黃耆 · 龍眼

黨參

冬蟲夏草

現代草藥學

草藥為現代疾病的治療提供了希望。在澳洲大葉栗子樹（見43頁）、亞馬遜亞歷克樹和原獨活中（見176頁）均發現有能抑制人類免疫缺陷病毒(HIV)生物鹼。某些對合成藥物已產生抵抗力的疾病，如瘧疾，現已發現可用傳統的草藥來治療。多種草藥經證實具有抗癌物質，像蘇馬（*Pfaffia paniculate*），即「亞馬遜人參」，現在是一種專利的治癌的藥劑。愈來愈多的人用滋補劑如馬兜鈴來提高能量和增強免疫系統。

茯苓
這種真菌在中國為減肥食品，它還可抑制癌細胞。

假木藍

*北美的一種藥用植物，具有靛藍色的花，根可防腐。正在研究中的澳洲假木藍（*Baptista australs*）是一種免疫系統的增進劑。*

小葉可刺激食慾和幫助消化

對草藥新產品正確訊息的需求量不斷在增加。在歐洲，一項針對200種藥用植物的科學評估正在進行中，這將使其療效能合法地引用到包裝上。

羊栖菜
（*Sargassum fusiforme*），是中國300種能抗腫瘤草藥之一。

冰島苔
（*Cetraria islandica*），能產生褐色染料，並有抗結核病的功效。

莢膜黃耆根
（*Astragalus membranaceus*），能增強免疫系統並產生體內的抗癌細胞。

其他用途

我們日常生活許多方面都和藥草有關，從早晨牙膏中的薄荷到做床單的棉花。本書的藥草主要從烹飪和醫藥的角度來敘述，此外還有許多不尋常的利用價值。有些用途很普遍，而有些則只是某些國家和地區特有的。

指甲花 ◁
（*Lawsonia inermis*），
在印度用於新娘手上
的繪飾。

澳洲胡桃 ▽
（*Macadamia
integrifolia*），
堅果可使
皮膚柔軟。

植物象牙

孟加拉姜果棕
（*Hyphaene
benguellensis*）
的種子可代替象
牙，用於雕刻和
做鈕釦。

地區秘方

每種的文化都有其自身的美容植物。在秘魯，乾燥的孔裂藥豆（*Krameria triandra*）的根被作為堅固牙齦的牙膏，它可去除牙垢，並保護牙齒。南美灌木毛果芸香（*Pilocarpus jaborandi*）的乾葉子是一種強效，但具潛在性危險的毛髮滋補劑，它能打開皮膚毛孔，抗早年禿頭。扣巴棕櫚屬植物（*Copernicia*）的葉芽具甜香的棕櫚臘，是配製髮乳和染眉毛劑的成分。植物還用於許多文化活動中以裝飾和塗繪

人體。秘魯的格尼帕樹（*Genipa americana*）的樹液就可配製出藍色的人體彩繪顏料。植物性的催淫劑常以提神的草藥滋補劑的形式出現，如：伯利茲樹（*Anemopaegma arvense*）的樹皮；在美國南部，塞潤櫚（*Serenoa repens*）的漿果被放入甜茴香（*Osmorhiza occidentalis*）根的春藥中；在迦納，將一種斑鳩菊（*Vernonia conferta*）的葉加入棕櫚酒可成為催淫劑。

旱蓮草
（*Eclipta prostrata*），
葉的汁可配製深藍色的
皮膚染料。

石花菜

（*Gelidium amansii*），
在烹調中用作增稠劑，也是
夏日消暑解熱的最佳食品。

特訥草
（*Turnera
aphrodisaca*），芳香葉
可用作調味品、滋補
劑和催淫劑。

索蘭德拉
（*Solandra maxima*），
墨西哥印第安人視
莖汁為神聖的
麻醉劑。

藥用植物的控制害蟲

為了便於捕魚，一些有毒的藥用植物被用來麻醉魚，人吃了之後沒有任何副作用。某些植物，像魚藤屬（*Derris*）的一些種，可以用作有機殺蟲劑。一種毒魚植物灰毛豆（*Tephrosia vogelii*）消滅了非洲馬拉威湖中患有寄生血吸蟲病的蝸牛。

魔鬼煙草

產在安地斯山的山梗菜（*Lobelia tupa*），有毒的葉子被作為幻覺麻醉劑吸食。

藥用植物園

藥用植物的魅力和吸引力在藥用植物園尤其突出。藥用植物幾乎爲每個地點，如藥草花壇、高山和野生花園、溫室天井和室內，帶來優美、芬芳和情趣。某些植物種在其他植物旁邊會長得特別好，當故意將之種在一起時，即稱爲混植；許多藥用植物適合於混植。特別是具刺激性的藥用植物，像大蒜和薄荷，可阻止被香味吸引來的昆蟲；某些像春黃菊的植物，則會爲鄰近的植物滲出滋補劑，而還有一些可抑制雜草的生長。

私人花園和公共花園

一塊可以讓藥用植物在一起充分生長的隔離場地最適合作私人花園，其陽光應該充足（這可使葉和花釋出香味），並圍以圍籬，使人能將注意力集中在感覺的樂趣，且增強特殊空間的感受。在充滿藥用植物的「小型別墅花園」中，再加上規律的幾何通道，設計就更完美。這在冬季可以形成強烈的圖案，在惡劣的天氣則可方便藥草的採集。大部分藥用植物都具適應性，生長容易，甚至在有限的場所，如天井的花盆、吊籃和窗箱中就可以很茂盛地生長。

公共藥用植物園為當地社區提供了巨大的潛在利益。藥用植物的香味和柔和質地使人賞心悅目。銀色、粉紅色的花和簇葉形

◁ **藥用植物盆栽**
用花盆栽種芳香藥草可以輕易地移到太陽光下，且在寒冷的日子裡可以把半耐寒和纖所弱的植物移到室內。對許多種類來說，排水良好的土壤是必要的生長條件。

秘密花園 ▷
圍圍起來的藥用植物園會把你帶進幽靜的空間，產生隱遁的感覺，讓人更親密地去認識每一種植物。

◁ **作者的植物園**
在紫杉樹籬的遮陰下，由玫瑰棚架、鼠尾草、迷迭香和月桂樹構成的傳統藥用植物園，遠處則栽種著緋紅薄荷、百合和毛地黃。

裝飾性藥草

在排水良好的籃子裡（見左圖）茂盛地生長百里香、香艾菊、鼠尾草和香味薄荷。用車輪（見右圖）來表現藥用植物是一種引人注目而又實際的方法。圖中低矮的百里香限界上還看得見輪輻。

植物藥學

過去常常把藥用植物園當作公共的藥劑師。早在公元529年，位於義大利卡西諾山的歐洲早期修道院，成為藥用植物栽培中心和急救中心。在9世紀，瑞士聖・高爾藥用植物園的廣泛用途，就深受神聖羅馬帝國查里曼大帝的讚賞，他還下令在皇宮對面建造一座同樣的花園。公元657年，唐朝的一位皇帝委託學者編製有關怎樣栽培和利用全國844種藥用植物的細目和資料，這份編印好的資料隨即分發到各個城鎮。以便當地人民種植藥用植物；這種類似的作法現今在越南農村還在執行。英國布瑞・聖愛德蒙修道院的植物園從7世紀到1950年一直為藥劑師提供植物。許多植物園，像義大利的帕多和比薩兩座歐洲早期植物園起初都是藥用植物園。日本東京最古老的小石川植物園，也是從種植藥用植物開始，當時是為了減少從中國進口醫藥的需求。今天許多植物園的植物標籤都註明用途，即根源於這些古代藥用植物園。

成別緻的隱蔽處，令人陶醉的香味對飽受壓力的人，可說是最好的提神劑。許多藥用植物栽種在禮拜的場所，因其可與神明聯繫，有助於默禱和冥想。學校、醫院和監獄都能從它們豐富的感染力中得到益處。

尼泊爾藥用植物園

在這個花園裡，尼泊爾昆蟲學家維德雅正在進行有機的昆蟲控制實驗。她根據印度草藥學思想（見26頁），配合科學理論，使用不同的混植方法。

樹

科 松科	種 *Abies balsamea*	地方名 加拿大拔爾散謨樹

膠冷杉(Balsam Fir)

冷杉屬的50個種都是高大的常綠針葉樹,其名來自拉丁文「abire」意思是聳立。針葉和紫色毬果都具有香味,樹皮覆蓋著貴重的樹脂泡沫。

• **用途** 從樹皮切口流出的液體樹脂有麥加香脂、加拿大松油等名稱,現稱加拿大香油。它曾被加在安息香酊中,是治療喉嚨最好的漱口水。樹脂可治療黏膜炎;也可作成敷劑,治療關節炎、切傷和瘀傷。還用於裱貼切片標本,以產生細緻的漆塗層。香脂膠可咀嚼。具有樹脂的針葉、毬果和冬芽可加到百花香(乾燥花瓣和香料的混合物)中。

• **附註** 白冷杉樹皮的樹脂經蒸餾可製成斯特拉斯堡松節油。芽和葉經蒸餾則能製成祛痰和防腐的銀松針油,用於咳嗽劑、氣喘吸入劑及化妝品用的松香香料。

綠色針葉底面有兩條銀色條紋

小的黃色雄毬果

葉尖端有凹痕

圓柱狀直立的綠色毬果,秋天成熟時變成褐色

芽和葉可經蒸餾製出松針油

壓碎針葉會產生香脂味

針葉長2.5公分

膠冷杉 ▷

△**銀冷杉**(*Abies alba*)(異名, *Abies pectinata*),高55公尺。它是歐洲中部最初的聖誕樹,其芳香的針葉能耐久。

收集芳香的針葉可做百花香和枕頭芯

深綠色具光澤的針葉背面有兩條銀色的條紋

高25公尺

膠冷杉

棲所 寒冷、潮濕的山區;北美、北極	利用部份

科 槭樹科	種 *Acer saccharum*	地方名 岩生槭樹

糖楓(Sugar Maple)

拉丁字「acer」意思是堅硬或銳利，主要指這
種落葉樹的木材而言。糖楓具淡灰色樹皮，
春天開黃綠色花，秋天結出翅果。

3-5裂片

* **用途** 從早春到芽膨大時流出的樹汁都可以喝。
其發酵可做淡醋，經蒸煮
濃縮可製成最甜的楓
糖漿。去掉翅的種子
經浸漬、煮和烤後可食用。
美洲土著曾取其內樹皮
做麵粉。

*光滑的
淡綠色葉子*

*葉緣有
尖銳
鋸齒*

* **附註** 加拿大東部、新英格
蘭和美國著名的秋葉顏色，
深受旅客的喜愛。

*高
35
公尺*

*秋天的顏色從
桔黃色至深紅*

棲所 落葉林；美洲東北部	利用部分 🌿 ⚘ ◊ ⬡

科 豆科	種 *Adenanthera pavonina*	地方名 紅檀香木

海紅豆(Bead Tree)

為觀賞樹，褐色盤捲種莢裡有許多耀眼的紅色種子。

*高
27
公尺*

* **用途** 種子能烤來吃、串起作
成項鍊、作玩具；重量均勻，
曾被珠寶商和藥劑師用以
稱重。堅硬的紅色木材可生產紅色
染料，樹皮的提取物含
豐富皂素，可做清
潔劑。在印度用葉煎
汁治風濕病和痛風。

*鮮綠色的
長種莢，開裂時
會變成褐色
並盤捲起來*

* **附註** 生長迅速，
可為咖啡和肉豆
蔻等作物遮蔭。

*羽毛般
的羽
狀複葉*

*大小均勻的
發亮紅色種子*

*芳香的
乳白色花朵*

*灰色調的
樹皮*

棲所 低海拔利用部分熱帶森林；東南亞	利用部分 ⬡ 🌿 ⚘ ⬡

科 木棉科	種 *Adansonia digitata*	地方名 韃靼樹魁

猢猻木(Baobab)

樹幹鼓脹，是非洲特有的景觀。它在夜間開
白花，有腐肉味，木質的長果實含有約100粒種子。

• **用途** 果實具粉狀的酸性白色髓部，富含維生素C，非洲
人以之代替檸檬加入食品和飲料中。在藥方中樹皮治發
燒，果實治痢疾，種子治牙周病，葉則具抗組織胺的特
性。內樹皮的纖維吸足水分後可流出樹汁，纖維則用於擦
洗器皿。樹葉可食，樹木還可提
供做肥皂、染料、黏膠、飼料的
原料，以及貯藏食品的場所。

• **附註** 能活2,000年，但土地的
短絀，及更新的緩慢使它面臨
生存危機。

高 20 公尺

• 暗綠色的脫落
性小葉，是掌
狀葉的一部分

帶環紋
的灰色
樹皮 •

樹皮產生
解箭毒劑 •

棲所 熱帶乾燥地區：非洲和澳洲的大草原	利用部分 ❀ ∅ 🍃 🐚 📜 ☂ 🕸

科 七葉樹科	種 *Aesculus hippocastanum*	地方名 馬栗樹

歐洲七葉樹(Horse Chestnut)

長勢興旺，初夏開出芳香的奶油白色花朵。秋天
多刺的綠色果實產生多達三粒種子或稱「馬栗
子」，葉子轉為黃橘色。冬芽為黏稠的樹脂所
保護以免遭受霜凍。春天樹脂融化，枝條
從馬蹄形的葉痕上方長出。

• **用途** 種子中的化合物有助於抑制血管硬化所
造成的血栓形成，也是治療痔瘡的極好收斂劑。種子萃取物
用於沐浴油，可使皮膚柔嫩。食物短缺時，搗碎的果實可作
飼料，富含蛋白質的種子可磨成麵粉、做咖啡。
樹皮能治療發燒，還可產生黃色染料。

• **附註** 堅果是溫和的麻醉劑，
未處理過的種子有毒。

多刺的綠色外
果殼內含多達
3粒光滑的種子

直立的
• 圓錐花序

具4-7片小葉
的掌狀複葉

高 30 公尺

奶油色
的花

小葉無柄，葉緣具鋸齒

棲所	落葉林地：歐洲	利用部分 ❀ 🐚 📜 ☂ 🕸

科 大戟科	種 *Aleurites moluccana*	地方名 Kemir／Buah Keras

石栗(Candle-nut Tree)

屬常綠樹，葉子背面具鐵鏽色絨毛，葉具缺刻。聚繖
花序由小白色花構成，之後結出含蠟燭堅果的
果實。最早的蠟燭即由其油質堅果中間穿著
棕櫚葉脈製成，其英文俗名即源於此。

• **用途** 種子產生的乾性油可做油漆和繪畫用顏料。
在印尼，該油被用來治療頭髮脫落、皮膚硬繭和
便秘，樹皮可減輕痢疾。搗成漿狀的核仁和煮過的
葉子可作頭痛、潰瘍和關節腫大的藥方。處理過的
堅果印尼人拿來煮咖哩。該油還被用於作木材
防腐、蠟染工藝和肥皂。

長葉柄

• *灰綠色的樹皮*

高
20
公
尺

*葉中度綠色
具3-5裂片，
手掌大小*

*新鮮堅果有毒，
但毒性會逐漸消失*

棲所 熱帶森林中不含石灰的酸性土壤；東南亞	利用部分

科 樺木科	種 *Alnus glutinosa*	地方名 蘇格蘭桃花心木

凹葉赤楊(Common Alder)

這種河岸樹生長迅速，葉子可保留到晚秋。「毬果」可耐過整個
冬天，而與春天的黃綠色柔荑花序和帶黏膠的新枝同時存在。
樹皮暗灰色，具隆起。

• **用途** 赤楊木提供非常多種的染料；
樹皮染紅可染毛線，加上媒染劑則
產生黑色或黃色。幼枝提供掛氈
的黃灰色；新枝產生黃棕
色；新鮮木材可做粉紅色
染料；柔荑花序可做綠色
染料。葉糊藥可減輕疼痛和
腫脹，葉的浸液可製成治療腳
病的提神沐浴精。

高
25
公
尺

凹葉赤楊

• *深綠色的嫩葉
表面有黏性，
可捕捉昆蟲*

<□ **紅赤楊**（*Alnus rubra*）

• *新發的
柔荑花序* *葉具雙重鋸齒，類毬果可產
生單寧。染料及製藥劑。*

• *葉脈背面
具簇毛*

凹葉赤楊△

• *成熟果實
「毬果」*

棲所 河岸和潮濕地區；歐洲，非洲北部	利用部分

科 漆樹科	種 *Anacardium occidentale*	地方名 Cajugaha

腰果(Cashew)

圓錐花序不斷散發出香味，玫瑰粉紅色花具淡綠色條紋；結成肉質膨脹莖—「蘋果」，上有突出的腎形果實，其中的堅果即腰果。

高 12 公尺

• **用途** 富營養的堅果，在亞洲用於烹飪。幼枝、葉和芽可生吃。「蘋果」釀造後可製含酒精的飲料。葉、花、樹皮和從有毒的堅果殼中提出的油可於醫藥。油具腐蝕性，會引起皮膚炎，但可用去除老皮、雞眼和金錢癬。果汁可生產不褪墨水。

南美洲部落用釀製後的樹皮來作避孕藥

末端鈍圓的葉片可產生黃色染料

堅果含油、蛋白質、鉀和維生素B

樹皮滲出有殺蟲作用的膠

棲所 熱而半乾旱的熱帶區；南美洲	利用部分

科 番荔枝科	種 *Annona muricata*	地方名 奶蛋糕蘋果

刺番荔枝(Soursop)

番荔枝屬約100種小樹和灌木中的一種。許多番荔枝植物具有芳香的葉和花，有的果實可食用。開黃綠色的單瓣花，結的果實最大，果皮具暗綠色，帶刺，果肉白色，種子褐色。

• **用途** 果實可做蜜餞，爪哇人拿來煮湯。在非洲，果肉和葉用以治療發燒和腹瀉，汁治療壞血病，樹皮產單寧，種子和種子油可製殺蟲劑和毒魚。

• **附註** 番荔枝即釋迦果，可做甜食。據說圓滑蕃荔枝（*A. palustris*）的果實可作麻醉劑。

葉子具惡臭味

常綠葉

△刺番荔枝

高 7 公尺

半脫落性葉

◁**番荔枝**（ *A. squamosa*）
番荔枝開黃綠色花簇，果實的皮為綠色呈魚鱗狀。

刺番荔枝

甜果實

棲所 熱而潮濕的熱帶地區；美國熱帶地區	利用部分

| 科 杜鵑花科 | 種 *Arbutus unedo* | 地方名 Manzanita |

莓實樹(Strawberry Tree)

在龐大的杜鵑花科中，這種耐石灰、常綠的小灌木，
具紅色的薄樹皮，上面有灰褐色裂紋。
葉緣呈鋸齒狀。

樹皮含
單寧

- **用途** 其果實含有20%的糖，可用來製做
蜜餞、酒和利口酒。葉子具收斂、利尿和防腐的
特性，樹皮含有一種可治療腹瀉的成分。這種植物
能減輕動脈壁加厚及肝的不適。花能促進排汗，
降低發燒時的體溫。葉、果實和樹皮可用於製革業。

晚秋開出具花蜜
香味的小花簇

- **附註** 如果吃大量果實，可能會有麻醉感。

果實上散布著
小隆起

發亮、
暗綠色、
具鋸齒
的葉

紅色
的莖

高
10
公
尺

花芽

黃色至猩紅色
的草莓狀果實

| 棲所 岩石林地，灌木地帶；歐洲，北美洲 | 利用部分 ✳ ∅ ⚊ ⚭ ▯ ▯ |

| 科 棕櫚科 | 種 *Areca catechu* | 地方名 Pinang／Areca Nut |

檳榔(Betel-nut Palm)

這種雅緻的棕櫚，具弓形的葉和香甜的小黃花，這些花發育成
約有50粒果實的果串，成串地懸掛在樹幹上。

淡綠色
的樹皮

- **用途** 有甜味的內心小枝及嫩花莖可生吃、煮來吃，
或發酵。據估計世界上有10%的人咀嚼具刺激性的檳榔
果。還可作為催淫劑、空氣清香劑、膠固劑和消化促進
劑。半熟的果實經去殼、煮過，切片、曬乾後，用老葉
（*Piper betle*）包起來和石灰一起咀嚼，可產生刺激性
的生物鹼，但大量吃有毒。

雞蛋大小的
綠色果實

果實
成熟後呈
橘黃色

高
20
公
尺

半成熟的
果實製成
檳榔

果實內的檳榔
果仁具抗癌活性

光滑的成熟表皮
下的纖維層可用
於清潔牙齒

從樹上掉下許多
未成熟的果實

| 棲所 熱帶；印度和東南亞直至太平洋島嶼 | 利用部分 ✳ ⁄ ⚭ ⚬ |

科 棕櫚科	種 *Arenga pinnata*	地方名 戈姆提棕櫚

砂糖椰子(Sugar Palm)

具由羽狀葉片組成的輻射狀樹冠，樹幹上的環紋狀覆蓋著老葉纖維狀的黑色葉鞘。

• **用途** 椰子砂糖是由切口流出的樹液製成的。樹液經收集蒸發製成濃糖漿，冷卻後即形成類似太妃糖的糖。莖髓可用來作西谷米。從開放的花朵中採來的汁液可發酵成棕櫚酒，或稱「toddy」，醫藥上用於治療月經不調和頭暈，或蒸餾成烈性酒「arrack」。根在草藥中治療腎結石。幼葉的葉鞘可製成有用的纖維，樹幹則可做水管。

高 20 公尺

棕櫚葉長8.5公尺，具形狀不規則的葉尖

光滑的小葉長1.5公尺

棲所 雨林；馬來西亞，印尼	利用部分 ※ ∅ ♫ ♫ ◊

科 桑科	種 *Artocarpus heterophyllus*	地方名 Nangka

波羅蜜(Jackfruit)

栽培這種常綠陰樹，主要是為取其能直接從樹幹長出的廣橢圓形巨大綠色果實。

• **用途** 白色的果肉可生吃、煮來吃、醃漬、或做美味醬。幼葉可當蔬菜吃，幼果可入湯。爪哇人將嫩花束和糖漿，和石花菜混合吃，種子則加入咖哩。在泰國，根被用以治療腹瀉，花則對付糖尿病，果實做收斂劑和緩瀉劑。

• **附註** 泰國人視這種樹為幸運樹，樹幹可製出和尚袈裟用的黃染料。

圓形有光澤的綠葉呈螺旋狀排列

灰褐色樹皮上長著綠色的地衣

果實可達30公斤重

高 15 公尺

棲所 熱帶森林和河岸邊；東南亞	利用部分 ※ ∅ ♫ ♫ ♫ ♫ ※

科 酢漿草科	種 *Averrhoa carambola*	地方名 Carambolqa

楊桃(Star Fruit)

濃鬱而對稱，熱帶廣為栽種，
以取其吸引人的可食果實。

光亮的複葉
排列成螺旋狀

- **用途** 果實具香郁如榲桲般的香
味，為絕佳的解渴飲料。
亞洲人常沾鹽生吃、加入沙拉
中、或做成果醬、飲料和蜜
餞。在泰國，用它們降低糖尿病
患者的血糖濃度。在印尼，則用於治療
高血壓、齦炎和痤瘡。當地人用花治療
咳嗽。葉子則是治療風濕病的藥方。

對生常綠
小葉

花淺紅褐
色，無香味

- **附註** 長葉楊桃
（*Averrhoa bilimbi*）
或稱胡瓜樹，其
黃色酸味的果實
長約7公分，一般
用於做泡菜、果醬和
飲料。

金色的
果實

果實橫切面
呈星狀，即
其英文俗名
的由來

果實的酸汁可
擦亮黃銅製品

高
14
公
尺

棲所 熱帶，亞熱帶；亞洲	利用部分 ✿ ⬭ ⚬

科 樺木科	種 *Betula pendula*	地方名 林中淑女

白樺(Silver Birch)

四季都很美麗，具剝落的白色樹皮，春天的柔荑花序，
夏天細緻的葉片到秋天變黃，冬天由枝條構成圖案。

含樹脂
的腺體

- **用途** 能抗菌的葉可做成利尿的茶，治療痛風、
風濕病、分解腎和膀胱結石，並降低膽固醇。葉子
可提供綠色和黃色染料。樹液做糖漿、酒和醋。
不透水的樹皮可產生樺焦油，用於裝飾和產生香味。
在俄羅斯，它還用於皮革業，並使皮革耐久。樹皮
和芽油用於做藥皂。

白樺▷

葉緣
重鋸齒

結果實的柔荑花序

紅褐色
的樹皮

鋸齒銳利的
葉逐漸尖變

◁**堅樺木**
（*Betula lenta*）
高達25公尺，枝條芳香，
蒸餾後可做樺油。

樹液
做啤酒
或糖漿

高
30
公
尺

△**堅樺木**

白樺

棲所 幼林；亞洲北部，歐洲	利用部分 ⬭ ⁄ ⬭ ⬭ ⬭

科 紅木科	種 *Bixa orellana*	地方名 Annatto／Urucu

臙脂木，紅木(Lipstick Tree)

蜜源小型樹，具圓錐花序，花白色或粉紅色，近似
野薔薇，紅色帶毛的蒴果含30-50顆種子。

• **用途** 紅色種皮切碎後可作桔紅色染料，為乳酪、
奶油或巧克力著色，當地用作伴飯的加味劑。亞馬
遜人以之為身體、武器和織品著色。可解除由誤食
處理不當的木薯粉造成的氰酸中毒。根被某些地方
當做助消化藥，以及作繩纖維，
種子在藥方中是祛痰劑。

• **附註** 內服後種子染料將皮膚
染成青銅色，商業上用製作膠囊。

鮮綠色
的葉片

帶紅毛的綠色
蒴果，即使是
幼樹也會
長出

乾的假種
皮粉末

高
8
公
尺

深紅色的
假種皮

成熟的
蒴果

椏枝上
的長葉柄

心形葉

由綠色
變成褐色

棲所 熱帶林邊緣，向陽處；亞馬遜河流域	利用部分

科 番荔枝科	種 *Cananga odorata*	地方名 香水樹

香水樹(Ylang-Ylang)

具有發亮的葉片；開大量芬芳的綠黃色花，有6枚窄長的花瓣，
可持續超過兩個花期；果實長圓形，內含一些種子。

• **用途** 花具馥郁的茉莉香味，可作為個人裝飾品，佩帶著
具催淫作用，可使亞麻布芳香。用蒸餾
法提取的精油為多種香
水、肥皂及潤膚乳的重要
成分，在馬卡塞髮油中可平衡
皮脂。芳香治療師
認為該油具鎮靜和鬆弛
的特性。

• **附註** 英文俗名意指
「花中花」。

葉端尖

常綠葉

高
25
公
尺

葉互生

葉脈下陷

光滑的
綠色椏枝

棲所 潮濕或季節性森林；印度，印尼，緬甸	利用部分

科 橄欖科	種 *Canarium commune*	地方名 Elemi

爪哇橄欖(Java Almond)

落葉喬木,具圓錐花序,花淡黃色,味芳香;果肉質,種子可食。

• **用途** 淡黃色樹脂稱為「勃界亞」或「馬尼拉欖香」,具濃烈的檸檬香味。其蒸餾油可加入水、化妝品和肥皂中。當地人用種子來治腳氣病以及製糖果。種子油用於烹調。在印尼的傳統藥方中,樹皮治療瘡疾,葉治療頭暈。

• **附註** 欖香(*Canarium edule*)的樹脂用作香水、香料,可治療皮膚疾病。

小葉末端細尖

馬鞭草香味

△欖香(異名, *Dacryodes edulis*) 這種非洲樹會滲出樹脂。

藍黑色的成熟果實

葉片對生

可食的成熟果實

小葉具葉脈

△▽▷ 爪哇橄欖

高30公尺

爪哇橄欖

夏天開花結出的綠果

表面具光澤

棲所 熱帶森林;東南亞,澳洲北部	利用部分

科 楝科	種 *Carapa guianensis*	地方名 Andiroba

螃蟹木(Crabwood)

生長迅速,濃密的複葉簇長於枝端;果實大,含8粒種子。木材上覆蓋剝成薄片狀的樹皮。

• **用途** 種子產生一種可能有毒的非乾性油,稱「安的羅巴」或「卡拉巴」油,用作驅蟲劑,製作肥皂和照明。種子具毒性,作瀉藥和催吐劑。樹皮用於發燒降溫。

灰色樹皮

• **附註** 長楝樹(*Carapa procera*)深黃色種子油治療雅司病、蚊子叮咬和腸內寄生蟲。

高25公尺

由8-10對小葉組成的羽狀葉

葉綠光滑,末端細尖

小黃花

棲所 潮濕的低地;熱帶美洲	利用部分

| 科 番木瓜科 | 種 *Carica papaya* | 地方名 瓜樹／泡泡 |

番木瓜(Papaya)

生長迅速，但壽命短的巨大草本樹木。兩年內即能結質地柔軟，富含維生素的果實。

• **用途** 果實成熟後可食，能治療痔瘡和便秘。果肉用於做面乳和洗髮精。未成熟果皮內的乳汁含木瓜蛋白酶，可用作面膜、消化藥，在迦納還用於治療腫瘤。可嫩化肉類、澄清啤酒，並使羊毛脫膠。

• **附註** 常和「泡泡」混稱，後者是三裂番瓜樹（*Asminia triloba*）的名字。

高 10 公尺

花莖直接懸吊在樹幹上

長葉柄

黃色的花

略具芳香的葉含有木瓜蛋白酶

大而美麗、質地柔軟的葉，當地人用以使肉變嫩

柔軟的橘紅色果肉，味道清新

| 棲所 排水良好的土壤；熱帶，亞熱帶 | 利用部分 |

| 科 豆科 | 種 *Cassia fistula* | 地方名 黃金雨 |

阿勃勒(Indian Laburnum)

落葉或半常綠熱帶喬木，其引人處在那雅緻的總狀花序能不斷開花，並結出光滑且內含黑褐色種子的長莢果。

• **用途** 也稱為瀉肉桂，因為種莢內果肉具輕瀉劑功效。這種果肉還被加味於孟加拉香煙。在印尼，它的花和葉用作瀉藥，根可治疥癬和清除潰瘍。在非洲西部，樹皮用於鞣製皮革；在印度用於鞣皮、染料和醫藥，芳香的花則供奉印度教神明。

高 15 公尺

灰色樹皮具隆起的木栓斑塊，富含單寧

芬芳的黃花

未成熟的種莢

葉柄上生長4-6對鮮綠色的小葉

| 棲所 半乾燥或排水良好的森林；熱帶，亞熱帶 | 利用部分 |

科 殼斗科	種 *Castanea sativa*	地方名 西班牙栗樹

歐洲甜栗(Sweet Chestnut)

這種耐旱的樹已栽培了3,000年，其具有光滑的灰色樹皮，隨著樹齡會長生褐色螺旋形的脊。夏天開乳黃色的花，秋天結合褐色發亮堅果的外殼。

- **用途** 歐洲栗的小樹幹用於啤酒花支架。堅果能炒、煮或磨成營養粉，並做成甜點如糖燒西洋栗。堅果粉可漂白亞麻布或做成澱粉。收斂性的葉是一種金縷梅代用品，泡製藥可治療痙攣性咳嗽。葉片可做洗髮精，堅果皮可使頭髮具金色的光澤。

綠色光亮，具齒的葉 ●

● 柔黃花序的花可為煙草添香味

乾樹葉具收斂性 ●

高 40 公尺

樹皮含單寧 ●

● 秋天綠色的外殼

● 多刺的外殼裂開後露出光亮的褐色種子，通常有兩粒

棲所 林地；暖溫帶	利用部分 

科 豆科	種 *Castanospermum australa*	地方名 澳洲栗樹

大葉栗子(Moreton Bay Chestnut)

觀賞常綠樹，具光亮的葉片和內表面芳香的粗糙樹皮。春天開出大量黃色、橘色和紅色的花朵，以後結為長莢果，內含三粒以上的褐色大種子。

- **用途** 生種子有毒，澳洲土著將之浸泡後，再烤來吃，或磨成粉。人類免疫缺陷病毒研究發現，其所有的部分都含栗精胺成分，但主要在種子裡；這可改變病毒的表面，使它不具傳染性。

● 複葉能提供良好的遮陰

高 40 公尺

11-15片橢圓形小葉，具淡色的中脈 ●

光亮的常綠葉，可渡過短暫嚴寒 ●

棲所 河邊森林；澳洲和亞熱帶	利用部分

科 松科	種 *Cedrus libani*	地方名 君主之樹

黎巴嫩雪松(Cedar of Lebanon)

這種華麗的針葉樹其水平的樹枝層層交錯，樹遮掩著具
裂紋的暗色樹皮，它以芳香的木材聞名。

- **用途** 從古代起其芬芳的樹脂就被用於作薰香、
化妝品和屍體防腐，並治療痲瘋病及寄生蟲。現在用
蒸氣蒸餾法提取其阿特拉斯木材中的精油。這種油可
驅逐害蟲，芳香療法中用它減輕慢性焦慮症、治療
膀胱炎、皮膚病和支氣管不適。
雪松油還可抑制腫瘤細胞的分裂。

- **附註** 在建造巴比倫空中花園和所羅門神殿
曾大量採伐雪松，因而幾乎使這種樹絕滅。

*深綠色至藍
色的針葉，
密集輪生*

△黎巴嫩
雪松

*側枝上細長
的針葉呈灰
至藍綠色*

◁**黎巴嫩雪松**
頂部較平的阿特拉斯雪松
（subsp.*atlantica*），樹高
50公尺，結桶狀的毬果。

高
45
公
尺

黎巴嫩雪松

棲所 山林；黎巴嫩，土耳其西南部	利用部分 🌿 ♦ ✂

科 木棉科	種 *Ceiba pentandra*	地方名 絲棉樹

木棉(Kapok)

樹幹多刺，具有支持根、花杯狀耀眼，淡黃色或
粉紅色，結出含有許多種子的發亮大蒴果，種子
外包覆著乳白色絲狀纖維。

- **用途** 木棉具浮力和防水性的纖維可用來做
救生衣和枕頭，以及隔音、隔溫和
作為生棉花。可食的
種子油也用於肥皂和顏
料。在西非，葉用以治療腹痛，
樹皮是催吐劑，根治療痲瘋病。

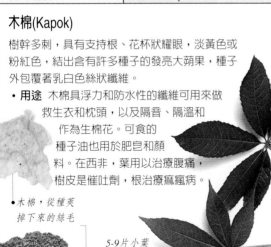

*木棉，從種莢
掉下來的絲毛*

*5-9片小葉
排成圓形*

高
70
公
尺

*微紅色
幼葉可
食用*

*脫落性的
深綠色小葉*

棲所 潮濕的熱帶；非洲，南美洲，東南亞	利用部分 🌰 🍂 ✂ 🌿 ❀

科 豆科	種 *Ceratonia siliqua*	地方名 洋槐豆

長角豆(Carob)

為耐旱灌木，秋天開淡綠褐色小花，構成花序，隨後結成串的綠色長豆莢，成熟時成皮質巧克力褐色，內有富含蛋白質及維生素的甜果肉和堅硬的小豆子。

• **用途** 果肉可作甜食吃，在不含咖啡因的食品中作為代替「巧克力」的調味品。發酵後可做酒精，並加工成糖尿病人用的麵粉，烹飪用的增稠劑。使皮膚軟化的佳樂豆樹膠普遍用作面部潤膚膏，在藥方中還可治療腹瀉。該豆曾是珠寶商最初的克拉測量器，碾碎後可做「咖啡」。

葉對生，無頂端小葉

光亮且大小一致的豆子

豆莢內層碾成粉末

具樹脂的常綠葉片

高 10 公尺

棲所 暖溫帶地區；地中海	利用部分

科 木犀科	種 *Chionanthus virginicus*	地方名 老人的鬍鬚

北美流蘇樹(Fringe Tree)

矮小的落葉樹，在早夏開大量的穗狀白花。而後結雞蛋形的紫藍色漿果。秋天，葉變為鮮黃色。

• **用途** 秋天收集乾的根皮，或是新鮮的樹幹樹皮，用於治療肝臟和膽囊疾病。樹皮可促進膽汁從膽囊中流出，刺激食慾、胃液和肝臟功能，利尿，並具輕瀉作用。久病之後，特別是與肝功能有關的病，可作為強壯滋補劑。

葉漸尖

全緣葉

細長柄上芳香的白花

乾的根皮做成糊藥可治療創傷、青腫和發炎

高 10 公尺

棲所 土壤潮濕的叢林；北美洲東部，東亞	利用部分

科 芸香科	種 *Citrus* species	地方名 各不相同

柑桔(Citrus)

柑桔屬包括16種常綠的喬木和灌木，具香味的花及芳香的分片果實。

- **用途** 柑桔的果實、汁和果皮可為食品和飲料增添味道，並提供維生素C。從果皮中提煉的精油可使食品、化妝品和香料具香味；種子油用做肥皂。酸橙花生產用於香水和芳香療法的橙花油，葉和嫩枝產點火用的次晶粒油；兩則都可治療焦慮和憂鬱症。酸橙種子油可降低膽固醇。油橙的精油，用於香料和芳香療法。檸檬汁是抗菌劑、收斂劑和潤髮劑；精油是興奮劑並有淨水的功能。

- **附註** 某些柑桔處理過的精油可增加皮膚敏感度，使用時要小心。

高 7 公尺

檸檬

橙色果皮可用作利尿劑和消化劑

帶芬芳的花

◁△▽ **檸檬**（ *C. limon* ）

香味馥郁的白花

果實熟後變鮮橙色

◁ **甜橙**（ *C. aurantium* 異名，*C. bigaradia* ）

酸橙樹高10公尺，葉質葉。花、枝、果，和種子產精油，以及副產品桔花水。

小鋸齒狀葉

檸檬果成熟時變黃

淡綠色果實

梨形，有皺紋的果實切片

◁▽ **馬蜂橙**（ *C. hystrix* ）

一種小樹，具重葉和清涼檸檬味；在泰國和印尼，果皮用於烹調和醫藥。

重葉

新鮮和乾的葉可用於烹飪

芳香瘤狀果皮

擦碎的果皮

棲所 排水良好的潮濕土壤；東南，太平洋島嶼	利用部分 ✷ ◒ ◖ ♣ ▩ ♌

萊姆，歐楖

（ C. aurantifolia ）▷

多刺而不規則的樹，開小白花，
結黃綠色果實。在熱
帶地區
普遍用於烹調。

▽ **小果柑**

（ x Citrofortunella

microcarpa，異名

C. microcarpa ）

濃密的，幾乎無刺的
小樹，酸味用作調味品，
為一種普遍的室內植物。

葉腋中的
短尖刺 •

具翅的葉柄 •

• 橢圓形
的頂尖
葉片

• 果綠色，成熟
後變橘色

• 有酸味
的薄而香
的果皮

• 光亮的
葉片

• 暗綠色
的葉

▽ **油橙（ C. bergamia ）**

油橙具郁香的白花和芬芳的
果實。薄而光滑的果皮產
香檸檬油，用於「真正的」
古龍香水、香料和伯爵
灰茶中，芳香療法者
用它治療憂鬱症、焦慮症、
皮膚病和尿道感染。

• 披針形的
葉子

• 芳香的白花

深綠色的
光滑葉片 •

◁ ▽ **椪柑（ C. reticulata ）**

是一種小的多刺的樹，具鬆弛
的皮和甜的果實。在中藥中，
果皮用於治療胸痛、充血和
瘧疾。

• 堅銳的
卵形葉片

橘黃色的
薄皮，成
熟時變為
深橙色 •

科 樟科	種 *Cinnamomum verum*	地方名 庫倫都 (Kurundu)

錫蘭肉桂(Cinnamon)

常綠喬木，圓錐花序，乳白色小花，有惡臭，漿果紫色；從萌生枝條可採收手指粗的莖。

• **用途** 樹皮卷在亞洲為美味佳餚的添加劑，在非洲用於烹飪；在歐洲用於甜食和飲料。葉、樹皮、莖和根的精油可以為食品和香料加味。葉油具有防腐性、滋補性，可治療噁心和高血壓。婦女在懷孕期要避免用這些油，因為會引起流產。

• **附註** 桂皮（*C. aromaticum*）為使用於在北美和中國味道更強的肉桂。

常綠葉 •

◁▽△ **桂皮**（異名, *C. cassia*）

• 用於中藥

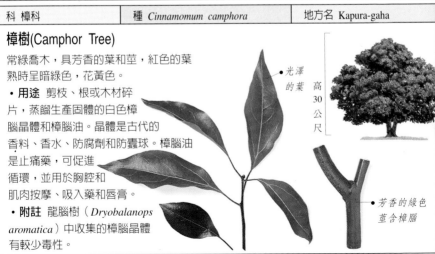

顯出的葉脈 •

葉背面色淺

樹皮具抗菌性

• 烹調用的桂皮

• 未成熟的果實

◁▽△ **錫蘭肉桂**（異名 *C. zeylanicum*）

樹皮卷

肉桂香料為其內樹皮的小卷，並產精油。

• 革質葉片

高 13 公尺

錫蘭肉桂

棲所 肥沃的沙質土壤；熱帶	利用部分

科 樟科	種 *Cinnamomum camphora*	地方名 Kapura-gaha

樟樹(Camphor Tree)

常綠喬木，具芳香的葉和莖，紅色的葉熟時呈暗綠色，花黃色。

• **用途** 剪枝、根或木材碎片，蒸餾生產固體的白色樟腦晶體和樟腦油。晶體是古代的香料、香水、防腐劑和防蟲球。樟腦油是止痛藥，可促進循環，並用於胸腔和肌肉按摩、吸入藥和唇膏。

• **附註** 龍腦樹（*Dryobalanops aromatica*）中收集的樟腦晶體有較少毒性。

• 光澤的葉

高 30 公尺

• 芳香的綠色莖含樟腦

棲所 肥沃的沙質土壤；熱帶亞洲	利用部分

科 棕櫚科	種 *Cocos nucifera*	地方名 Tennai／Thenga

可可椰子樹(Coconut Palm)

優美、傾斜的
棕櫚樹具有長達6公尺羽狀葉組成
的輻射式樹冠。著生乳白色花的花序，以及含
單粒種子的大果實。成熟的果殼內藏有硬殼的椰子。

• **用途** 是棕櫚中最有利用價值的，樹幹可作建築材
料，樹葉用作蓋屋頂和編織，棕櫚心（莖尖）可用
作烹飪。樹液做棕櫚糖，發酵成棕櫚酒，蒸餾後
為烈性燒酒「阿拉克」。椰子殼內有可食用的白色
椰子肉、清涼的椰「乳」。這種「乳」將逐漸被成
熟的肉吸收。乾燥後生產的椰子油可用來作肥
皂、合成橡膠、甘油、化妝品，和不能吸收一般
脂肪的病人的特殊食品。

• **附註** 「可可」為西班牙字「露齒而笑的臉」，
意指椰子基部的眼睛。

果實從綠色到橙色和淡黃色不等，
成串懸掛在樹幹的頂端

果殼
可作器皿，燃料和
吸收毒物的活性炭

外層成熟後變
成纖維果殼，
可製成纖維和
堆肥出售

非常小未成熟
的果實，加入
咖哩粉烹調

營養的椰漿喝後
可治療發燒、
泌尿失調

「椰子王」
產芳香的毛、
皮和防曬油

高
30
公
尺

「那瓦斯」是果殼
幼嫩時可食
的椰子

乾的時候肉稱為乾
椰肉，產椰子油

具有牙痕的
灰色樹幹

成熟的白色果肉切碎後製
成脫水椰子或浸漬成椰奶

棲所 含鹽的沙質土壤；熱帶，亞熱帶

利用部分 ❋ ⬭ ⌓ ⬭ ⬭ ⬭

科 梧桐科	種 *Cola nitido*	地方名 Kola

可樂果(Cola Nut)

可樂是一種濃密的常綠植物，有值得觀賞
的淡黃色並帶紫色條紋的花。結星形複
果，含有6-10顆紅色或白色種子的木質大種莢。

可樂果 ▷

* **用途** 可樂籽是可樂飲料的基本成分之一，
它們還可用作食物的調味品，促進消化，及
作紅色染料。新鮮的可樂堅果含有對心臟
和神經具輕微刺激性的可可鹼和咖啡因。
當地人咀嚼種子使他們能承受長時間繁重的工作。它們被
用於治療頭痛和憂鬱症，並可作為利尿劑。

光澤的
橢圓形
葉子

• 革質的葉子

高
20
公
尺

△**蘇丹可樂果**
（ *Cola acuminata* ）這種濃密的常綠
植物盛產可樂仁而被商業化種植。

• 新鮮的苦味紅色
或白色種子較好

可樂果

棲所 沿海岸和河口的森林；非洲，巴西，西印度群島	利用部分

科 金絲桃科	種 *Cratoxylum formosum*	地方名 Derum

粉色黃牛木(Pink Mempat)

熱帶粉色黃牛木具有通風的樹
冠，粗糙的灰樹皮上佈滿褐色斑
點。每4至6個月葉子脫落；粉紅
色的花像盛開的櫻花，隨後長出
的淡紅色葉子逐漸變綠。

粉色黃牛木 ▽ ▷

樹皮產生
樹脂

* **用途** 在印尼，樹皮煎出的
藥可治療腹部疾病；幼枝
黃至黑的樹脂可治療疥
癬、壞血病、創傷和燒傷。壓碎的樹
葉、可治療燒傷。

• 芳香的
粉紅色花

• 剝落的樹皮

• 葉簇

高
15
公
尺

• 紅色調的幼葉

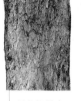

◁ **黃牛木**（ *C. cochinchinese* ）
為熱帶森林樹種，具粉紅至深紅色小花朵。
根、葉、樹皮和樹脂都有藥用價值。

• 黃褐色樹皮

粉色黃牛木

棲所 熱帶地區；東南亞	利用部分

科 柏科	種 *Cupressus sempervirens*	地方名 墓地柏

義大利柏木(Italian Cypress)

高大的常綠植物，具灰褐色樹皮，及極小的深綠色葉子。有淡黃色雄毬果和綠色的雌毬果，成熟後變為棕色。

• **用途** 從葉、枝和毬果中提煉的柏油有樟腦樹脂的清香，普遍用於香料，如刮鬍子水和肥皂中。芳香治療師利用它的收斂性和收縮靜脈功能，治療微血管破裂和過量流血，如蜂窩組織炎和月經過量；也可作靜脈瘤和內外痔的血液循環補劑，以及減輕咳嗽痙攣等的抗痙攣劑。

▽「天鵝黃金柏」
這是一種小型而生長緩慢，帶有金色尖葉的栽培品種。

稍有香味的針葉

尖端金黃的葉枝

高40公尺

抗蛀蟲木材

未成熟的綠色毬果

圓形毬果

◁ △ 義大利柏木

棲所 岩石山區；亞洲西南部，地中海東部	利用部分

科 薔薇科	種 *Cydonia oblonga*	地方名 金蘋果

榲桲(Quince)

為小型落葉樹，具有如繪畫般纏繞生長的粉紅色花，果實黃色芬芳，葉至秋天轉為金黃色。

• **用途** 果實十分堅硬並帶酸味。煮熟後變為粉紅色，可增添利口酒、蘋果派、果醬、果凍和肉餐風味。種子有毒，泡在水裡會產生稠液，可作頭髮定型液和染眉劑成分。果實熬出液或糖漿，可治療咽喉炎和腹瀉。

• **附註** 栽培最早的樹種之一。

高6公尺

長滿絨毛的秋果有馥郁的香味

多毛的新枝葉

葉背生有軟毛

頂端尖的卵形葉

棲所 潮濕的土壤；溫暖的地中海，亞洲中部，克里特	利用部分

科 第倫桃科	種 *Dillenia indica*	地方名 Chulta

第倫桃(Elephant Apple)

常綠喬木，具長30公分的鋸齒狀葉，芬芳的白色大花及圓形肉質果實，深受珍愛。

- **用途** 在印度，果實周圍多汁的酸味萼片可作蔬菜吃，並可製成冷飲、蜜餞和果凍。馬來西亞人把果實加入咖喱中，果肉則用來洗頭髮。金色第倫（*Dillenia aurea*）的木灰加入泥磚中可增加磚的耐火力。樹皮可治療鵝口瘡；葉子汁可防止禿頭。

  - **附註** 葉子用於象牙拋光。

星形的果實露出具有薄的紅色假種皮的種子

⊲ △ 低株第倫桃（*Dillenia suffruticosa*）

有光澤的大型褐皺葉，在市場上用於包裝商品。

高 15 公尺

⊲△ 第倫桃

膨脹的綠色花萼包著果實

有褶皺的尖頭葉子 •

棲所 溪流和河岸；印度，馬來西亞	利用部分 🌰

科 木棉科	種 *Durio zibethinus*	地方名 老虎果

榴蓮(Durian)

大型常綠植物，具迷人的簇葉，粉紅至黃色或綠白色的花，以及帶刺的果實和板狀的樹幹。

- **用途** 這種「水果之王」以如同臭乳酪和大蒜氣味而出名，但當地人卻喜愛它乳脂狀強烈而使人振奮的味道。馬來人喜歡生吃新鮮的榴蓮，以作為能量來源。發酵後別具風味。未成熟果實可作蔬菜，富含蛋白質的種子能烤和炒來吃。

高 36 公尺

葉子可藥用 •

卵形葉片，頂端尖，背面銀灰色

• 有刺的殼

果實可食，有的非常沉重

樹皮灰綠色可作藥用

棲所 熱帶雨林；東南亞	利用部分

科 棕櫚科	種 *Elaeis guineensis*	地方名 麥考脂

非洲油棕(African Oil Palm)

這種生長緩慢的高大棕櫚具有長型的羽狀複葉，和黃色至紅色的卵形果實。

• **用途** 從果皮中提取的棕櫚油可於烹調，以及製造肥皂和潤滑劑。更有價值的棕櫚核油是化妝品和人造奶油的成分。雄花序的花莖可以吃，樹液可用來做棕櫚糖和棕櫚酒（「托迪」）。葉柄汁可治療刀傷，根的煎汁可治療頭痛，根灰用於排出胎盤。

高 22 公尺

尖銳的小葉

葉可用於蓋屋頂和編織

• 外果皮　• 裡面的種子

老樹留在樹幹上的葉痕

棲所 濕潤的熱帶，沙質土壤；非洲西部	利用部分

科 古柯科	種 *Erythroxylum coca*	地方名 古柯

古柯(Cocaine)

原產於秘魯和玻利維亞的頑強灌木，在大多數國家，栽培它是非法的或至少是受控制的。

• **用途** 南美和中美的印第安人，咀嚼其葉子或者釀成酒，作為傳統的興奮劑，吃了可維持血糖濃度和機警狀態，而幫助旅行者適應高海拔，減少饑餓的痛苦。加工後的葉子製造大腦興奮劑和成癮的麻醉劑的藥用古柯鹼，也是一種古老的地方麻醉劑。現在用於耳、鼻、喉外科，及晚期癌症的痛。

高 3 公尺

• 葉緣平滑

葉子經咀嚼或釀造後是一種興奮劑和麻醉劑 •

紅色小漿果含一粒種子

• 白色的花　• 明顯的中脈　卵形葉　• 葉互生

棲所 亞熱帶山坡；南美洲	利用部分

科 桃金孃科	種 *Eucalyptus* species	地方名 膠樹

桉樹(Eucalyptus)

此屬包括500多種具脫落性樹皮的芳香喬木和灌木。最普通的種為塔斯馬尼亞的藍桉（*E. globulus*），有藍灰色樹幹，藍綠色幼葉，綠色成熟葉和白色雄蕊。

• **用途** 桉樹葉有香脂的樟腦香氣，土著用於包紮傷口；花蜜提供蜜源；從葉和椏枝中提取的油用於醫藥、芳香浴療和香料業。桉樹油是抗菌劑、祛痰劑和抗病毒劑，可治療肺結核、低血糖，且對燙傷、黏膜炎和流行性感冒有效。

△ 藍桉

• **附註** 桉樹抑制鄰近植物的生長，因為它們的根會分泌一種有毒的化學物質。

成熟的葉 •

樟腦香味 •

加寧桉（*E. gunnii*）▷
是最硬的類型，樹皮會滲出一種甜而可食的甘露。

具香味的幼葉 •

高 70 公尺

藍桉

• 具檸檬香味的葉子

△ 檸檬桉
（*E. citriodora*）
葉窄而尖銳，烹調用的檸檬桉樹葉產生的油，用於香料業。

花蕾 •

葉子用於蒸汽吸入劑

多色樹皮 •

成熟的葉 •

葉的氣味像樟腦 •

具香味的乳黃色雄蕊 •

△ 乾果桉
（*E. coccifera*）
葉片灰綠色，窄長，具胡椒薄荷香味。

△ 棉芝老桉（*E. deglupta*）
是一種大樹，原產菲律賓，樹皮用於傳統的醫藥，可減輕疲勞。

△ 棉芝老桉

棲所 乾燥的土壤；亞熱帶高原	利用部分 🍃 ✏ 🍶 ◊ ⸙

科 杜仲科	種 *Eucommia ulmoides*	地方名 杜仲

膠木(Gutta-percha Tree)

茁壯的樹，其葉、種子、根和樹皮中都含有有用的樹膠或「杜仲膠」。慢慢撕開葉片，其膠乳的連接纖維絲會將葉子連在一起。由此可鑑定這種樹。

• **用途** 樹皮味道可口，傳統的中藥歸之於暖性，被用作肝臟和腎的補劑，可降低血壓和減少膽固醇的吸收。有助於關節受傷處肌肉和骨頭的復健，或懷孕所引起的腰痛。樹皮還是情緒失調的藥方。

高 20 公尺

雄花有10個雄蕊

葉片光滑，深綠色，葉脈顯著

脫落性的齒狀葉含橡膠乳汁的纖維

晚春新葉長出前開的小花

棲所 遮陰的地區：溫帶　　　利用部分 ✎ ✿ 🍂 ○ 🕸

科 殼斗科	種 *Fagus sylvatica*	地方名 歐洲山毛櫸

歐洲山毛櫸(Common Beech)

相當大的落葉樹，具平滑的灰色樹皮、光亮葉片及雌雄分開的花。具硬毛的果實含1至3個亮褐色堅果。

• **用途** 堅果烤後可作咖啡替用品，榨出的無香味的油可替代橄欖油。也可用作燈油和製造肥皂。山毛櫸的橡果可餵養牲畜，或用於傢俱拋光，將之暫時染綠。枝條可提取藥用的雜酚油，而它們的灰則用作金黃色染髮劑。山毛櫸焦油可治療皮膚病。

• **附註** 美國山毛櫸（*F. grandifolia*）的葉洗劑，在傳統藥方中治療野葛灼傷、凍傷及皮疹。

光亮的葉子

果外殼

山毛櫸堅果含20%的油

綠色的嫩葉

平行脈

高 48 公尺

棲所 白堊質林地：北部溫帶　　　利用部分 ✎ ✿ 🍂 🕷 ○ 🕸

科 馬錢科	種 *Fagraea fragrans*	地方名 坦布蘇

香灰莉(Tembusa)

熱帶的行道遮蔭和觀賞樹，每年的年中和年底會開
大束芳香漏斗形花。該樹是「群集的」，意思
是全部開花，隨後一同結出成簇小漿果。

• **用途** 葉子和枝條在印尼被用作藥材。
晚上開花，香氣濃郁，婦女採集來做成
花環和個人裝飾品。

紅色肉質的
小漿果含有
許多小種子

花有
香味，由乳白色
轉成黃色

• **附註** 為遮蔭樹，並能
防止水土流失，因其
能耐貧瘠土壤。

高
25
公
尺

革質的狹窄
卵形葉

小型的常綠葉
可持續遮陽

棲所 開闊的熱帶森林，沙質海岸；東南亞，印度	利用部分 

科 桑樹科	種 *Ficus religiosa*	地方名 菩提樹／神聖的無花

菩提樹(Sacred Bo Tree)

具有成對紫色斑點的小無花果，和沙沙作響的大型葉
片，為印度教和佛教的聖樹，代表知識和開悟。

• **用途** 在印度具收斂性的樹皮可治療牙痛，
和龜裂發炎的腳。葉和枝可治療皮膚病。果
實（作為救荒食物）是溫和的輕瀉劑，其
粉末泡水喝可治氣喘。乳液可用作封蠟
和修理陶器。在緬甸，樹皮纖維用來
造紙。

小的
種子

營養豐富
的成熟
果肉

紫色的
果皮

△ **無花果**

(*F. carica*)

營養好吃的普通無花
果，也是溫和的輕瀉
劑。其葉片可產生一種
黃色染料。

心形葉

長而別緻
的葉尖

△菩提樹

大型葉，有時畫上
克里希那神像

高
8
公
尺

菩提樹

棲所 潮溼的熱帶到亞熱帶；東南亞	利用部分

科 木犀科	種 *Fraxinus ornus*	地方名 多花白蠟樹

歐納白蠟樹(Manna Ash)

春天開花的落葉樹，具光滑的灰色樹皮和令人耳目一新的香花，不過有些人不喜歡這種香味。

• **用途** 在開花季節，切割樹皮產生稱作木蜜的甜液（儘管這個名稱用於許多植物的產品），可作病人恢復期使用的滋養品和溫和補劑，還可遮掩其他藥物，但主要為兒童和懷孕婦女的溫和輕瀉劑。

每片葉上具5-7片小葉

頂生的小葉

小葉綠色，對生，大小不一

無光澤的表面

長而漸尖的帶鋸齒小葉

細長的綠色果實，成熟後呈淺褐色

小而香的奶油色花構成圓錐花序，在春天隨同新葉開放

高 20 公尺

棲所 林地斜坡：亞洲西南部，歐洲南部	利用部分 🍃 💧

科 銀杏科	種 *Ginkgo biloba*	地方名 白果

銀杏(Ginkgo)

雅緻、落葉的銀杏樹是2億年前一目原始植物中唯一的倖存種。具v字凹痕的扇形葉和鐵線蕨相似，在秋天變為金黃色。如果附近有雄樹，雌樹就會結出具有可食種仁的肉質果實。

• **用途** 葉子和種子入中藥可治療肺病。目前的研究表明，從秋天黃葉中抽取的GBE含維生素，能強化血管，減少破壞組織的游離基產生，其萜烯則能減少血小板凝集結塊。它還能改善腦功能和細胞活力。

秋天葉片變為金黃色

高 40 公尺

可食用的種仁，新鮮時呈牙白色

硬種皮保護種仁

黃綠色的果實，成熟後變為橙褐色

具缺刻的扇形葉

棲所 肥沃的沙質土壤，陽光充足的隱蔽處；中國中部	利用部分 🍃 🌰 ❀

科 買麻藤科	種 *Gnetum gnemon*	地方名 菠菜接合樅

買麻藤(Gnemon Tree)

熱帶常綠植物,具短而下垂的枝條和由於老葉痕產生
環紋的灰色樹幹。由小「花」結出黃色「果實」,
成熟呈桔紅色,內含一個大種仁。

• **用途** 幼葉、枝條、花序
均可食,經蒸過後趁熱
淋上椰子汁,或
放在蔬菜湯裡。種子
磨成粉,可做油餅乾,叫「矣餅」。
在印尼,葉片和種子治療貧血症
和閉尿,根可作為解毒藥,
並治療瘧疾。

• **附註** 買麻藤屬被
認為是針葉樹和顯花
植物之間的過渡類型。

高
18
公
尺

雌花像
穗狀花序

葉尖,長達
10公分

葉子從古銅色成熟為
有光澤的深綠色

葉成對生長 •

棲所 石質的未耕地或沼澤地,沃土;東南亞	利用部分 ✳ ⬢ ⬢ ⬢ ⬢

科 豆科	種 *Hymenaea courbaril*	地方名 Courbaril

南美彎葉豆(West Indian Locust Tree)

高大熱帶常綠喬木,具有漂亮的光澤簇葉;樹皮灰色,光滑;小白花
成簇生長,味似酸奶。褐色的長莢果堅硬,搗碎時會散發香氣。
在樹皮、細枝、葉和果實上都有圓點狀的香味腺體。

高
30
公
尺

• **用途** 莢果內有粉質的果肉和堅硬的可食用種子。
果肉發酵後可釀造酒精飲料,稱為「阿拖爾」。
樹根和樹幹周圍會滲出樹脂「巴西柯
巴脂」,是油漆、特製皮革和教堂薰香原
料。堅硬而沉重的木材類似桃花心木。

• **附註** 不能沿街道種植,
因其巨大樹枝容易發生
事故。

堅韌的殼保護令人
作嘔的甜果肉和種子

具有光澤的
暗綠色簇生葉

從葉柄上長出成對的小葉

成熟的
種莢果

未成熟的
綠種莢果

棲所 熱帶雨林;美洲,西印度群島	利用部分 ⬡ 📁 ⬢ ⬢

科 八角茴香科	種 *llicium verum*	地方名 大料，中國大茴香

大茴香(Star Anise)

常綠小喬木，各部分都具香味。其樹皮光滑，
灰白色，葉狹窄呈橢圓形，光亮；黃色花單生，
種子褐色有光澤。

◁ 大茴香

星形果莢的
每個尖突裡含
有一粒種子

• **用途** 獨特的種子和蓇葖果在亞洲的烹飪中作香料，
尤其是中國五香粉中的成分。蓇葖果和葉可提取精油，
用作茴香子調味料的代用品。在醫學上，可促進
食慾和消化，減輕肺病、風濕病和腸胃脹氣。

日本大茴香 ▽

油可做肥皂、頭油和東方香水。

• **附註** 日本大茴香（*I. anisatum*），具小豆
蔻香味，果實有毒。花沒有香味，葉有
毒。在日本，這種大茴香栽種在佛寺
附近，因其樹皮可當作香燒。

高
18
公
尺

有毒的常綠葉，光滑
且具香味，常綠 •

大茴香

棲所 非石灰質土，陽光充足的熱帶；中國，越南	利用部分

科 胡桃科	種 *Juglans regia*	地方名 波斯胡桃

英國胡桃(English Walnut)

落葉，其光滑銀色的樹皮會隨樹齡增長而裂開。葉子
深綠色，在春天或初夏發出雄柔荑花序。秋天的果實
單獨成對或三個一同出現。

在總葉柄上
有5-9片尖
銳的小葉 •

• **用途** 英國胡桃仁有降低膽固醇的功效。新鮮的堅果仁
可拌入沙拉和甜食，或在殼變硬前醃製。提供非乾性
的胡桃仁油，可食用，可用於肥皂
生產。在中國，堅果仁治療氣喘、
背痛和腿痛，以及便秘。

可食用的
核仁

樹皮、葉和外果殼產生
褐色染料。碾碎的樹葉可
治療皮疹和驅趕昆蟲。

胡桃堅硬的
外殼，保護
果仁發育 •

高
30
公
尺

健壯的
短軸上
長有綠色
果實

光滑深綠色的
小葉，碾碎後有香味 •

綠色的
葉柄

棲所 空曠的林地；歐洲東南部，喜馬拉雅山，中國	利用部分

科 柏科	種 *Juniperus communis*	地方名 普通圓柏

圓柏(Juniper)

常綠針葉喬木或灌木；具漿果狀毬果，
在第二年或第三年時成熟為藍黑色。

• **用途** 成熟的毬果或「漿果」可作琴酒、蕁麻
酒、肉餡餅和野味的調料。「漿果」生產褐色
染料、防腐劑和利尿劑。圓柏油去毒後，可治
療膀胱炎、痤瘡、濕疹、蜂窩組織炎和
風濕病。美洲土著煮食「漿果」以治療
感冒，並燃燒針葉作薰香。

• **附註** 鉛筆柏（*J. virginiana*）產紅杉木油，
有醫療和殺蟲效果。

• 成熟的
毬果

• 葉具白色
條紋

• 成熟的
毬果

△ 圓柏

◁ 鉛筆柏葉對生
為北美洲的喬木，
高達30公尺。

高
10
公
尺

圓柏

• 新鮮葉
可治療泡瘡

棲所 山地和叢林地；北溫帶	利用部分 ✐ 🍃 🌳 🌿

科 紫葳科	種 *Kigelia africana*	地方名 Kigeli-keia

臘腸樹(Sausage Tree)

落葉喬木，具長的圓錐花序，花大，鈴狀，深天鵝絨
紅色，具香味，夜間開放。果木質，褐色，豆莢狀，
長達50公分，懸垂於1公尺長的果柄上。

• **用途** 可作為觀賞性的遮
陽樹，在西非用於醫藥。傳
統藥方中，樹皮治療風濕症、
創傷、潰爛，葉治療痢疾。樹皮和葉
治療膀胱和
腎病及胃痛，根可驅除
腸蟲，多纖維的果實有毒，
但也有藥用價值。

• **附註** 有些非洲人把臘腸樹視為
神聖的樹，其與巫術有關。果實被當作
能帶來財富的護身符。

• 複葉可長達
50公分

• 波狀
的葉緣

• 對生
小葉

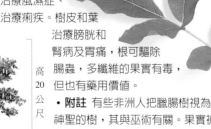

高
20
公
尺

棲所 肥沃而排水良好的土壤；熱帶非洲	利用部分 ✐ 🌰 🍃 🌳 🌿

科 松科	種 *Larix laricina*	地方名 東方落葉松

美洲落葉松(Tamarack)

落葉的針葉樹，優雅的水平分枝上具有細長下垂的小枝。樹皮灰色，隨著樹齡轉為褐色並呈鱗片狀。

- **用途** 具收斂性的內樹皮可加速組織更新，克里族人用以止血、治療耳痛和眼睛發炎，清洗傷口，治癒流膿的瘡傷、壞疽和皮癬。樹皮提取物為輕瀉劑和利尿劑，可治療黃疸和疝氣。泡成淡茶喝治療憂鬱症，咀嚼樹脂可治療喉嚨痛。

- **附註** 歐洲落葉松的內樹皮是收斂劑和利尿劑，可治療支氣管炎和尿道炎。

高 20 公尺

美洲落葉松

結種子的毬果 ●

柔軟的針葉組成的濃密葉簇 ●

● 雄花

△ **歐洲落葉松**(*L. deciidua*)
具薄片狀的灰褐色樹皮，秋天綠葉變成琥珀桃色。

小的褐色毬果 ●

△▽ **美洲落葉松**

嫩枝可作鴨的引誘物 ●

棲所 排水良好的山坡；加拿大東部到落磯山	利用部分

科 樟科	種 *Laurus nobilis*	地方名 月桂樹

月桂樹(Sweet Bay)

地中海常綠小喬木或灌木，具淡黃色小花和光亮的黑漿果。葉面光滑，具香味。常為剪形的盆栽植物。

- **用途** 烹飪用的葉子可能略有麻醉性，可加入點綴花束、滷汁、派、湯和燉煮食品中幫助消化。木材特殊的香氣可用來燻食物，從果實中提取的月桂油可用於某些利口酒的調料。葉的煎汁加入洗澡水中可除四肢疼痛，稀釋的葉精油能治療扭筋和風濕病，但可能會刺激皮膚。葉片是一種溫和的殺蟲劑。

- **附註** 除了月桂樹外，大多數月桂都有毒。

金月桂(*L. nobilis*「Aurea」)
其用途和月桂一樣，但稍微硬一些。

金黃色葉片 ●

● 漸尖的葉片

● 有香味的葉片

▽ **窄葉月桂**
(*L. nobilis*「angustifolia」)
為窄葉變種。

黑色果實產的脂肪油用於生產肥皂 ●

高 15 公尺

月桂樹

△ **月桂樹**

● 橄欖綠色的葉子

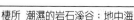

棲所 潮濕的岩石溪谷；地中海	利用部分

科 木犀科	種 *Ligustrum lucidum*	地方名 白蠟樹

尖葉女貞(Chinese Glossy Privet)

常綠喬木或灌木，古銅色葉片成熟後變綠。
花乳白色，漿果黑色。

- **用途** 尖葉女貞是中國的滋陰補養品。果實能夠增強腎功能，強壯肌肉和骨頭。傳統藥方中用於治療風濕痛、背和膝關節無力、心悸的失眠，幫助恢復視力和聽力。果實也用作治療頭髮過早灰白、乾燥和脫落。葉片和幼枝產生深黃色織物染料，成熟的漿果可作灰綠色染料。普通女貞(*L. vulgare*)的花生產化妝水，油酊劑防止皮膚風化曬傷。樹皮提供黃色染料。
- **附註** 地方名源於該樹莖上可放養白蠟蟲，生產工業蠟。

芳香的乳白色花排列成圓錐花序，很耐久

晚夏開花

葉背淡綠色

革質的葉對生

光滑暗綠色的葉片

光滑的灰綠色莖

高 10 公尺

棲所 林山和山谷；中國，韓國，日本	利用部分

科 金縷梅科	種 *Liquidambar orientalis*	地方名 蘇合香

東方楓香樹(Oriental Sweet Gum)

落葉喬木或灌木，春天開微小的黃綠色花，褐色蒴果小，橙褐色樹皮含香脂。

- **用途** 葉片壓碎時會釋放出香味，但樹皮更香，因含有「安息香」樹脂。樹皮燃燒可作香和薰蒸劑。具香脂的樹脂是祛痰劑，治療支氣管感染的吸入劑，並治療皮膚病和寄生蟲。和玫瑰香水及金縷梅混合能製成化妝用收斂劑。安息香是薰香和百花香的固著劑。
- **附註** 所有楓香樹屬的種都含安息香脂。

深缺刻的葉有3-5個裂片

高 30 公尺

蘇合香，一種半固體樹脂

樹膠有香脂的香味

沒有光澤的綠葉，秋天轉為橙色

棲所 不含石灰的潮濕林地；亞洲	利用部分

| 科 木蘭科 | 種 *Magnolia officinalis* | 地方名 粗厚朴 |

木蘭(Magnolia)

厚朴(*M.officinalis* var.*biloba*)

落葉，具有淡紫灰色的樹皮，葉緣呈波狀的淡綠色長葉片。乳白色花大而芳香，單生。

花可治療胃病和肝氣脹痛

• **用途** 木蘭屬植物因其芳香、具刺激性和滋補功能而被利用。樹皮含精油和肌肉麻痺劑，治療胃痙攣、胃潰瘍、腹瀉、嘔吐、咳嗽和氣喘。是對付傷寒、瘧疾和沙門氏菌的抗菌劑。

厚花瓣

• **附註** 由花的形狀顯示，這種原產中國的樹，一億年來幾乎保持原樣沒有變化。

秋季果實粉紅色

高 20 公尺

莢果外懸掛著紅色種子

堅實的果柄

樹齡20-30年的樹皮可以採收

| 棲所 潮濕肥沃的林地；中國 | 利用部分 ✳ 🍃 ✍ |

| 科 漆樹科 | 種 *Mangifera indica* | 地方名 Amchoor |

芒果(Mango)

常綠葉片

是速生樹，有大型芳香的圓錐花序，花綠白色。每年可結一或兩次帶麝香味的大果實。

• **用途** 果實可生吃、做糖糟或醃來吃。未成熟的果實和嫩葉是極好的酸味調味料。在印度樹皮治療內出血、痢疾和喉嚨疾病；咀嚼葉子可調節齒齦；葉片的灰治灼傷。

光澤的葉表面

• **附註** 使用餵芒果的牛尿液，是繪畫顏料的秘方。

高 30 公尺

裡面芳香的果肉呈粉紅色

堅韌的果皮呈黃色，紅色或綠色

| 棲所 肥沃而排水良好的土壤；亞洲 | 利用部分 ✳ 🍃 🍂 🍃 🍶 ⬡ |

科 桃金孃科	種 *Melaleuca bracteata*	地方名 羽狀茶樹

紅茶樹(Black Tea Tree)

雅緻的小喬木或灌木，具多而纏繞的枝、淺或深綠色的羽毛狀簇葉，及雄蕊特別明顯的小花和木質的種莢。白千層屬(*Melaleuca*)包括150多種常綠喬木和灌木，其中多數都可生產精油。

• **用途** 還不知道從這種樹得到的精油，是否也和其他著名的同族植物般具有強效藥用價值，但其芳香葉子中提取的精油，是溫和的興奮劑，可驅除昆蟲，清新的甜香味也用於香料業。這種油的潛力還有待科學家們進一步的研究。

• **附註** 此屬的許多植物都稱為茶樹，因其生長頂端很像茶樹，儘管它們並沒有親緣關係。

高 2 公尺

• 具香味的葉

棲所 海岸邊的土壤；澳洲至馬來西亞	利用部分 ✐ ✦

科 桃金孃科	種 *Melaleuca cajuputi*	地方名 紙皮樹

白千層(Cajuput)

粗壯而扭曲的樹幹上有濃密的灰綠色樹冠，並覆蓋著粉紅色像紙一樣的纖維樹皮。

白千層▷
(*M. leucadendorn*)

白千層▽
(*M. cajuputi*)

• **用途** 從葉和嫩枝中可提取抗菌的白千層油。大多數商業用油是取自白千層(*M. leucadendron*)的葉和嫩枝中，這種植物幾乎和白千層(*M. cajuputi*)相同，所以有些專家認為它們是同種。

從互葉白千層(*M. alternifolia*)提取的茶樹油是這個屬中最重要產品，醫療潛力很大。是強效的抗菌劑及免疫激活劑，可以抵抗細菌、病毒和真菌，像香港腳、鵝口瘡；還可治療感冒、流行性感冒、疣和痤瘡，晨莉油是從綠花白千層(*M. viridiflora*)的葉和嫩枝中提煉出來，可增強免疫系統功能，是胸腔感染的抗菌劑，創傷和痤瘡的組織刺激劑。鈷放射治療前塗抹可降低灼傷。

• 易剝落像紙一樣的淡色樹皮

• 一層層的粉紅、淺黃褐色的纖維狀樹皮

白千層
(*M. leucadendorn*)
開花後結出木質的蒴果。

碾碎的葉子做止痛藥，吸入後可止頭痛

灰綠色幼枝 •

• 葉子製備後可泡茶

高 25 公尺

• 尖銳的卵形葉有3條暗色葉脈

白千層(*M. cajuputi*)

棲所 沿海岸沼澤地；澳洲至馬來西亞	利用部分 ✐ ✦

科 棟科	種 *Melia azadirachta*	地方名 Margoso

印度棟樹(Neem Tree)

深根遮陽樹,開小白花,除了旱季外一直保持常綠。
生長迅速,耐貧瘠土地,在鄉村醫療中很重要。

• **用途** 種子油可治療麻瘋病和其他皮膚病,具降
低致癌物的特性,為抗真菌劑和抗病毒劑。樹皮、
葉子和根是滋補劑,可降低熱度。葉片為抗菌劑,
並可驅除腸蟲。為無毒性殺蟲劑,種子油化合物可
消滅細菌和200多種昆蟲。能殺死精子的種子,
可研製成安全的男性避孕藥。

• **附註** 是邊緣地造林計劃中的樹種。

複葉

不對稱的
齒狀小葉

印度棟樹

高
16
公
尺

乾果在中藥中用以
治療皮膚寄生蟲

△ 川棟(*M. toosendan*)
具有紫色的花,
氣味難聞的葉子。

△印度棟樹(異名,
*Azadirachta
indica*) ▽ ▷

橄欖般
的果實

白色的 咀嚼嫩枝可
成熟種子 強健牙齒
可榨油

棲所 排水良好的土壤,熱、乾條件;東印度	利用部分 ✴ ✍ 🍷 🏺 ⬧ 🌰

科 藤黃科	種 *Mesua ferrea*	地方名 Mesua

鐵力木(Ironwood Tree)

常綠觀賞植物,具總般深紅色幼葉,以及從
冬天開到春天,具金色雄蕊的大而芳香的白花。

• **用途** 芳香的雄蕊可治療發燒;芽可治療痢疾,
並作為收斂劑;花治療黏膜炎咳嗽,在印尼的
醫藥中,可治療精神不安。種子治療濕疹和
風濕病,並產生燈油。未成熟的果實,具
收斂性的樹皮連同薑服用可促進
排汗。葉和花可治療某些蛇的咬傷
和蠍子蟄傷。

雨季長出
深紅色
的幼葉

香味濃郁的花蕾
可用於香科
和化妝品

綠色的成熟葉

• **附註** 生長在
佛寺附近,
奉獻給彌勒佛。

高
13
公
尺

紅褐斑駁的樹皮是
溫和的收斂劑

棲所 肥沃的壤土;喜馬拉雅山東部至馬來西亞	利用部分 ✴ ✍ 🌰 🏺 🍷 🌰

科 木蘭科	種 *Michelia champaca*	地方名 Champak

黃玉蘭(Champaca)

生長迅速的常綠樹，以蠟質芬芳的白色或金黃色小花而受珍視。

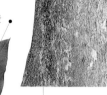

有光澤的長型葉具波浪形邊緣

• **用途** 種植在馬來西亞的墳場和印度的寺廟，以取其花為供品。具裝飾性的花生產著名的金香木香水，可使衣服和頭有香味。在印度，葉片用於養蠶，樹皮可降低熱度，通便的根治療膿瘡，花治療腎臟病，花油治眼睛發炎。

• **附註** 含笑花(*M. figo*)的花可生產香蕉香味的髮油。

• 用於印度醫藥的淡灰色樹皮

朱紅色的假種皮包裹著種子

• 蒴果

• 由多朵花發育成的瘤狀果實串

高 20 公尺

棲所 肥沃、排水良好的土壤；印度，中國，喜馬拉雅山	利用部分

科 山欖科	種 *Mimusops elengi*	地方名 唐炯樹

牛油果(Spanish Cherry)

大而茂密的常綠樹，在莖的下位開出成簇的小香花。表面光滑的長圓形橘黃色成熟果實可食，內含粉狀的黃色果肉及一粒大而硬的褐色種子。

• **用途** 香甜的花可做成花環戴在頭上，還可用於香料業，作為醫藥興奮劑。在印度南部，特別是臥亞，為奉神供品，具收斂性、有苦味和滋補作用的樹皮用於亞力酒的蒸餾，並可治療發燒，疥癬和濕疹。果實可緩解慢性痢疾；葉子用於治療氣喘、頭暈、扁桃腺炎和咽峽炎。在西非，從樹皮中提取褐色染料。

光亮的綠葉

• 開裂的灰褐色樹皮

• 星形，具香味的密集花簇

高 20 公尺

背面淡綠色的葉子具波狀邊緣

• 革質葉

棲所 熱帶地區；印度至馬來西亞和太平洋島嶼	利用部分

科 番荔枝科	種 *Monodora myristica*	地方名 牙買加肉豆蔻

葫蘆肉豆蔻(Calabash Nutmeg)

▷ 蘭花樹

常綠觀賞樹，花似蘭花，有香味，深紅色帶黃點；大的球形果含有許多種子。

• **用途** 種子中含肉豆蔻味的油當地用於烹飪。在醫藥上，種子經烤後磨碎可治療瘡傷，或咀嚼並擦在額頭上以減輕頭痛。它們還被製成裝飾串珠，或碾碎製成殺蟲劑。咀嚼根可治療牙痛。

• **附註** 蘭花樹（*M. tenuifolia*)具香味的種子可當作調味品和兒童食品。

• 脫落性的葉

高 8 公尺

• 油性芳香的葫蘆肉豆蔻種子

大型長圓葉，先端銳

開裂的樹皮 • ◁△ 葫蘆肉豆蔻

△ 葫蘆肉豆蔻

• 常綠葉在樹開花時的旱季會脫落

棲所 潮濕的低地；非洲西部	利用部分

科 辣木科	種 *Moringa oleifera*	地方名 山葵樹

辣木(Oil of Ben Tree)

未成熟而有稜紋的莢果 •

有木栓化樹皮，芳香的花排成圓錐花序，「鼓槌」般的長莢果內含油性種子。

• **用途** 種子產生的辣木油是持久而無味的油，用於化妝品和香料中。綠色豆莢、花、種子、幼葉和山葵味的根部均可食用。根、葉、種子、樹皮及微紅色的膠也都具藥效。

• **附註** 古埃及的香料中就含辣木油。

有蜜香的花 •

高 8 公尺

裏面的種子 •

• 葉表覆有點狀腺體

棲所 許多土壤類型；阿拉伯半島，印度	利用部分

科 桑科	種 *Morus alba*	地方名 山桑樹

桑樹(White Mulberry)

有5,000多年的栽培史。葉緣具鋸齒，果實可食用，褐色樹皮粗硬。

• **用途** 以葉子作為蠶的食物而著名，因為橡膠似的乳白樹液使絲
具韌性。嫩枝可食用。葉和根皮是利尿劑、祛痰劑，還可降
低血壓。提取物可降血糖，實驗證明還可抑制腫瘤。

• **附註** 桑樹和黑桑樹未煮的嫩枝和未成熟的果實中
含有迷幻劑。

鋸齒狀葉緣

白色
果實成熟時
由粉紅轉紅

心形葉

◁黑桑樹(*M. nigra*)
是落葉樹，栽培
取其美味的果實。

△桑樹

葉背面
有毛

雄花

果實紫色的汁液
服後可減輕喉嚨痛

高
15
公
尺

桑樹

棲所 隱蔽處，陽光充足的地方；中國	利用部分

科 肉豆蔻科	種 *Myristica fragrans*	地方名 Sadhika

肉豆蔻(Nutmeg and Mace)

茂密的常綠樹，具芳香的葉和微小的黃花。果實含有由肉豆蔻和它
的假種皮組成的種子，紅色的花邊狀覆蓋殼，即肉豆蔻乾皮。

• **用途** 肉豆蔻和肉豆蔻乾皮是烹飪用香料，用於烹飪
各種甜酸辣菜。肉豆蔻可增強酒精飲料的陶醉和催
眠功效。在藥方中治療腸胃氣脹和噁心。精油被
加入香料、肥皂、頭油、煙草和薰蒸劑中。果仁產
「肉豆蔻奶油」，用在護膚乳液中。

• **附註** 大劑量有毒，因含有迷幻劑肉豆蔻酸。

芳香的葉

果實外部
發酵後可做
酒精飲料

切開黃色的果實
露出肉豆蔻和
肉豆蔻乾皮

肉豆蔻乾皮

在果殼內
的肉豆蔻

灰綠色樹皮

高
10
公
尺

鮮紅的
假種皮

棲所 沿海潮濕熱帶；摩鹿加	利用部分

科 豆科	種 *Myroxylon balsamum*	地方名 鳳仙花樹

豆膠樹(Balsam of Tolu)

美觀、樹幹筆直，含樹脂的樹皮、具腺點的葉、小白花、帶翅的
果實和豆，都具有香味。

• **用途** 樹皮切割後流出安盧香脂，這是具肉桂、
香草香味和甜橙香味道的香樹脂，可作調味品、
抗菌劑、發燒和感冒藥中的祛痰劑，包括佛瑞
阿香脂，也是一種香料固定劑，用於肥皂和
頭髮滋補劑。從花萼中可提取最出色的
香水，從果實中可提取活性較少的
「白香脂」。

高
12
公
尺

豆膠樹
（異名,*M.*
peruiferum）

◦互生的小葉

幼枝◦

◦含樹脂的
灰色樹皮

◦淺色彎曲的豆
含「香豆素」

光澤的長圓形
深綠色葉片表面
有油腺

◦翅果成熟時呈紙質

棲所 熱帶地區：美洲	利用部分 ✳ ⊘ ◭ ⫙ ⬙ ⬚

科 木犀科	種 *Olea europaea* var. *europaea*	地方名 橄欖

歐洲橄欖(Olive)

是壽命長、多節、耐旱的常綠樹，已有4,000年的栽培史。

• **用途** 未成熟的綠橄欖或成熟的黑橄欖，處理後均可
食用。熟橄欖反覆壓榨後可得橄欖油。冷處理初榨的油
品質最好，含大量的抗氧化成分，在沙拉油、地中海
烹飪和貯藏食品中都很重要；醫學上可作輕瀉劑、
塗敷藥和載體油，化妝品中作護膚乳。劣等油可做
肥皂、潤滑劑和燈油。葉片含抗菌劑。木材樹脂用
於支氣管炎吸入劑和香料。

• **附註** 香橄欖(*O. fragrans*)的花是中國芝蘭茶的
香料加劑。橄欖枝則是和平的象徵。

芳香的
奶油色◦

綠橄欖
味道較酸

黑橄欖經鹽水處理
後可去掉苦味

◦狹窄的對生葉

高
7
公
尺

棲所 無霜的山坡：地中海	利用部分 ⊘ ◭ ⫙ ⬙

科 露兜樹科	種 *Pandanus odoratissimus*	地方名 傘樹／邱拉

露兜樹(Fragrant Screwpine)

「露兜」這個名字反映出此屬植物葉子的螺旋形排列方式，它常有支柱根以因應不同尋常的形態。成熟樹具有圍繞著雄花的芳香白色苞片，以及結出鳳梨狀的果實。

- **用途** 在亞洲，新鮮或乾燥的芳香葉片均用於烹調。雄花周圍的白色苞片含有濃烈玫瑰香味的精油，用於印度菜、香水和普遍的印度教香料。葉子用於當地醫藥，治療痲瘋病、梅毒和疥癬。精油是興奮劑和抗菌劑，在尼泊爾為治療頭痛和風濕症的藥方。

- **附註** 在印度，該葉片十分神聖，為濕婆神的供品。花投到井裡以使水有香味。

高
6
公
尺

露兜樹
(異名,*P. tectorius*)

常綠葉 •

有甜香
的葉片

鮮綠色
的幼葉 •

• 氣味獨特的常綠葉
用來添加咖哩的味道

果實
部分

葉子有香味 •

分枝末端旋螺狀
簇生的葉片

◁△ **露兜樹**

◁ **潤葉露兜樹**(*P. latifolius,*
異名, *P. rhumpii*)
稱為揉皮或咖哩葉，這種
灌木栽植於斯里蘭卡，
以取其芳香的幼葉。

維奇露兜樹 ▽ ▷
（*P. veitchii*）

• 有褶皺
的葉片

根尖變為
吸枝 •

褐色的
支柱根 •

具綠色條紋
的乳白色
葉片，尖端
很長

• 深綠色的成熟葉
可製做工藝品

棲所 沼澤和沿海岸地區；東南亞	利用部分 ✿ ∅ ⬚ ℘

科 大風子科	種 *Pangium edule*	地方名 Pokok keluak

馬來亞大風子(Pangium)

具藍綠色花，褐色果實長15公分，種子包裹在芳香可食的果肉中。

• **用途** 葉片包裝保存肉。葉片、樹皮和種子用於釣魚和殺死寄生蟲。葉片是消毒劑，用於創傷和疥癬。根油可減輕風濕症；種子產燈油。

• **附註** 各部分，特別是種子，含有毒的氫氰酸，但煮後可以去除毒性。

樹皮粗糙，灰綠色

脫落性的葉片

高 40 公尺

幼果

近方形的幼葉

種殼

種子

棲所 森林，河岸；印尼，馬來西亞	利用部分

科 豆科	種 *Parkia roxburghii*	地方名 Duaga

球花豆(Parkia)

極高的速生落葉林樹，具有大型羽狀複葉。在長花梗上，乳白色花密集成球，隨後結出懸垂成簇的長莢果。

• **用途** 在印尼的傳統藥方中，樹皮可治療疥癬，葉治療疝氣，種子治療金錢癬、腸炎和心悸，木材用於做火柴。

• **附註** 非洲球花豆(*P. biglobosa*)的莢果具甜味的白色果肉可生吃或作調味料。種子磨碎做蘇丹咖啡。樹皮則治療發燒和皮膚發炎。

二回羽狀複葉

光滑的樹皮

乾花花托

種子

種子治療霍亂

黑褐色莢果

高 40 公尺

棲所 熱帶地區；非洲，馬來西亞，緬甸	利用部分

科 樟科	種 *Persea americana*	地方名 鱷梨

酪梨(Avocado Tree)

常綠喬木或灌木,圓錐花序由小淡綠花組成,果實綠
色,梨狀。這種植物的墨西哥變種的葉片有茴香味。

• **用途** 味美可食用的酪梨果肉,蛋白質含量是水果
中最高的。從果實中提取的油用於護膚乳和按摩油,
具滲透性,可改善鬆弛老化的皮膚。喝利尿的
浸泡葉可清潔肝臟,並降低血壓。樹皮和葉
可治療胃病和胸悶,控制月經不調。

種子有助於治療
痢疾。

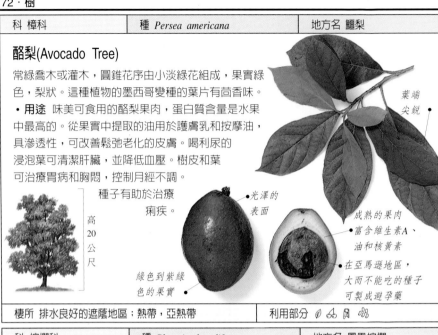

高 20 公尺

光澤的
表面

成熟的果肉

富含維生素A、
油和核黃素

在亞馬遜地區,
大而不能吃的種子
可製成避孕藥

綠色到紫綠
色的果實

葉端
尖銳

棲所 排水良好的遮蔭地區;熱帶,亞熱帶	利用部分

科 棕櫚科	種 *Phoenix dactylifera*	地方名 鳳凰棕櫚

海棗(Date Palm)

具高而細長的樹幹,由長型複葉組成的樹冠及下垂的果串。已有5,000多年
的栽培史,不但是重要的主食作物,也是供觀賞的林蔭道樹種。

• **用途** 據記載約有800多種不同用途。是精美食
物,可做成甜食。含維生素B6,摻入
治療黏膜炎的草藥糖漿,
而且是溫和的輕瀉劑。
嫩葉煮後可食用,
樹液可製糖和
棕櫚酒。

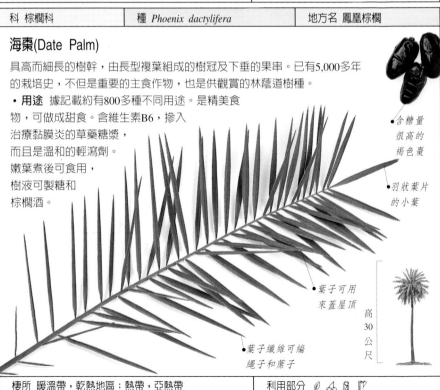

含糖量
很高的
褐色棗

羽狀葉片
的小葉

葉子可用
來蓋屋頂

高 30 公尺

葉子纖維可編
繩子和蓆子

棲所 暖溫帶,乾熱地區;熱帶,亞熱帶	利用部分

科 松科	種 *Pinus pinea*	地方名 傘松

義大利石松(Stone Pine)

黃色雄「花」

有深裂的鱗片狀橙褐色樹皮、灰綠色的長型針狀葉、
黃色的雄「花」，綠色的雌「花」和沉重的卵形毬果。

• **用途** 栽植義大利石松是為了取其傘狀樹冠及可
食用的松子。冬季收集成熟的毬果，曬乾後，待
來年夏天鱗片打開就會釋出種仁，通常是去殼
後出售。以做香蒜醬而聞名，廣泛用於古羅馬
的烹飪中。松子可以生吃、炒或醃食。堅果的
味道可增加蔬菜和肉菜的風味。石松種仁最
常被加工，其他松樹和南洋杉的果仁都可食用。

• **附註** 在中國，常綠的松樹是長壽和堅強
的象徵。

高
25
公
尺

光亮的褐色
鱗片；毬果
三年多才
成熟

灰綠色
針葉

松子在　去掉了黑色粉末狀
毬果內　外殼的松子

棲所 沙質沿海地區；地中海	利用部分 ⬡

科 松科	種 *Pinus sylvestris*	地方名 西伯利亞赤松

歐洲赤松(Scotch Pine)

紅色雌毬果

含樹脂
的枝椏

高大芳香，具紅褐色可剝落樹皮，與藍綠色針葉
形成鮮明對比。

• **用途** 乾餾的針葉、椏枝和毬果產出品質最好的
松油，用於香料及治療支氣管炎和感冒的吸入性
祛痰劑。從木材中取出次等油做肥皂和沐浴產品。
針葉可做百花香，毬果懸掛著也會散發香氣。

毬果還可增加啤酒和葡萄酒
的香味。根焦油有促進
毛髮再生作用。

• **附註** 松枝在水腐爛後
產生的化學物質，可抑制
池塘藻類生長。

高
35
公
尺

黃色
雄「花」

芳香的毬果，
曾稱為菠蘿

成對的扭曲針葉

棲所 山區；北溫帶	利用部分

科 桃金孃科	種 *Pimenta dioica*	地方名 多香果

牙買加甜胡椒(Allspice)

熱帶喬木，具芳香的樹皮、葉及漿果，綠白色花束充滿香氣。

▷牙買加甜胡椒（異名，*P. officinalis*）▽

• **用途** 在漿果已成熟但還是綠色時採摘，乾燥後產生丁香、肉桂和肉豆蔻的辛辣味，用於甜食和酸辣菜餚中。它還是治療受寒的溫性藥，並可減輕腸胃氣脹。漿果和葉產生康乃馨香味的甘椒油，用於增添化妝品香味。

• **附註** 多果香椒的葉子產香葉油，和蘭姆酒混合後可製作貝蘭這種著名的護髮水。多果香椒的變種(*P.racemosa* var. *citrifolia*)有檸檬香的葉片。

•光亮的革質葉片

光亮的葉片

•皮下油腺

多味的乾漿果殼

高9公尺

◁ 多果香椒（*P. racemosa*，異名，*P. acris*）

為小而直立喬木，西印度樹種，具有芳香的常綠葉片，蒸餾後可製出香葉。

牙買加甜胡椒

棲所 熱、乾地區；熱帶美洲，西印度群島	利用部分

科 漆樹科	種 *Pistacia lentiscus*	地方名 Lentisco

乳香樹(Mastic Tree)

芳香的常綠灌木，春天開成簇的芳香淡綠色的花，結出由紅到黑色的漿果。

高4公尺

乳香樹

• **用途** 樹皮流出的樹脂為乳香原料。地中海東部的人把它當作口氣清香劑咀嚼，它還是麵包、麵粉糕餅及乳香利口酒的調味料。乳香可作為祛痰劑、暫時的填牙物、香料、演戲用的膠水、清漆及古董修復物。

• **附註** 開心果為取其可口的堅果而種植，可烤食，入甜食和酸辣菜中。巴西乳香(*P.terebinthus*)的樹脂用作香水的基料。

•光亮革質葉片，中脈深陷

•對生葉，越近頂端的葉子越大

種皮

羽狀葉•

◁ 開心果（*P. vera*）

地中海小樹，產食用的淡黃色果。

樹皮產乳香

△ 乳香樹

棲所 排水良好的土壤，陽光充足；地中海，非洲西北部	利用部分

科 夾竹桃科	種 *Plumeria rubra*	地方名 Sambac

紅花緬梔(Frangipani)

樹幹短並有許多分枝。除乾旱季外，葉片常綠。芳香的花
幾乎不斷開放在光禿的分枝上，十分明顯。

• **用途** 加勒比海的婦女常用鮮花來薰香頭髮、亞麻織物和服裝。
雞蛋花變種(*P. rubra* var. *acutifolia*)的樹皮治療淋病。
葉片可作瘀傷和潰瘍的糊藥劑，乳汁為風濕症塗藥。
緬梔(*P. alba*)具黃色花喉的白花，也產香料。

• **附註** 1942年隨哥倫布航行的植物學家佛朗吉帕尼，
首先發現這種花的香味，而後，他的義大利親戚從中
製造出類似茉莉的香料。

側脈顯著的
大卵形葉 •

莖含乳汁狀
• 樹液

香味濃郁，
花全年開放

肉質
花瓣

高
7
公
尺

花是雞蛋花
香料和魚醬
原料

玫瑰色邊緣

白中帶金色
的花喉

棲所 排水良好的土壤，需要一個乾季；中美洲	利用部分 ✿ ◑ 📖 ◊

科 芸香科	種 *Poncirus trifoliata*	地方名 三葉柑桔

酸橙(Bitter Orange)

小型落葉柑橘樹，具三片小葉的複葉。沿著側枝長有粗大的
刺保護著過冬的花芽，它們在春天開出芳香的白花，而後
結成黃色的小果實。鮮綠色的莖點綴冬天的色彩。

• **用途** 果皮粗糙的果實香味濃烈，但生吃又酸又苦。
在中國和日本用它釀酒和做蜜餞。乾果皮和未成熟
的果實用於傳統的中國醫藥，幫助消化
和解除便秘、緩解肺充血、減輕心臟和
腹部周圍的氣「滯」與緊繃。

乾果皮
用於傳統的
中藥

中脈顯著

乾的未成熟
果實用作
調味品和藥材

尖刺長6公分 •

高
3
公
尺

果皮具芳香
的油腺

黃色
小果實

稠密帶刺的複葉
可做厚樹籬

棲所 白堊土壤；中國，日本	利用部分 ♧

科 薔薇科	種 *Prunus* species	地方名 各不相同

桃李屬(Prunus)

桃李屬樹種具有誘人的花朵和樹皮，脫落性的葉具細鋸齒，並結出各種單核的果實。

• **用途** 桃、李、杏的甜果實可生吃、曬乾或做果醬。具有苦味的黑刺李、西洋李、黑櫻桃和苦櫻桃是酒精飲料和蜜餞的調味料。扁桃(整個和碾碎的)可為許多菜添風味。扁桃精是從苦味扁桃(*P. dulcis* var. *amara*)種子提取的調味香料；扁桃油是不揮發油，從甜扁桃種子中壓榨出來，像桃和杏種子油一樣均用於化妝品、按摩油和醫藥。桃和杏的果實可作營養臉部的面膜。歌唱家和演講者用苦櫻桃的樹皮泡茶來清潤喉嚨。

• **附註** 黑櫻桃、西洋李、苦櫻桃和苦味扁桃都含有野櫻苷，在消化和接觸水時會轉成有毒的氫氰酸。為安全起見，在使用之前需作處理。

種子可抑制腫瘤和煉製調味精油 •

• 果甜可食

◁ △**杏**(*P. armeniaca*)
高10公尺，耐旱具紅色枝條及細鋸齒狀的略圓葉，春天開白花，可食的金黃色果實據說能延年益壽。

粉紅色花 •

深色樹皮

◁ △ ▽ **甜扁桃**
(*P. dulcis*)樹高9公尺，深色樹皮，早春開玫瑰紅至白色的花，乾肉質果實中帶點的核含有營養的種子。

暗綠色果實 •

取自核仁的不揮發性油，用於化妝品和芳香療法

葉狹窄，先端尖銳 •

△ **桃**(*P. persica*) ▽
春天開粉紅色的花，可用於驅逐腸道寄生蟲。果實甜，內含具溝紋的核，核內的種子可壓榨桃油，用於化妝品和芳香療法。

多汁的果肉 •

• 光滑且具細鋸齒的綠葉可治療百日咳

葉片狹窄，深綠色，先端漸尖，葉緣細鋸有

高6公尺

桃

種子可壓榨出桃油

• 成熟的種子，中醫用於治療消化不良

芳香的黃紅色果實可做面膜

棲所 溫帶山區林地；中國

利用部分

接李(*P. domestica* subsp. *institia*)
樹高7公尺，具輕度通的花、收斂性的根和枝皮，用於治療出血和發燒。

扁平的核含白色種子

無光澤的綠葉

果實成熟變紫色

幼葉成熟後具鈍齒

連體李

黃、紫、紅或藍的果實

早春白色的花

亮綠色葉片

乾李是乾燥的果實

歐洲李(*P. domestica*)
高12公尺，春天開白色五瓣的花，結甜而多汁的秋果，種子磨碎後可加入面膜中，乾果有輕瀉的作用。

秋天葉片變黃

芳香的樹皮

深色具刺的枝上長有小型帶鋸齒的卵形葉

紫色花，黑色的果實

黑刺李(*P. spinosa*)
高4公尺，開白花，具收斂性的果實可做黑刺李琴酒。傳統上，其木材用於製作球棒。

◁ **野黑櫻**(*P. serotina*) △
高25公尺。具收斂性的苦味黑漿果是酒和果醬的調味料。內樹皮是消化劑和鎮咳的袪痰劑。

晚春開乳白色花，總狀花序似「瓶刷」

光亮深綠色的葉子，背面色較淺

葉片產漱口藥

鋸齒葉

秋天葉片變為橘黃色

用於咳嗽藥的收斂、鎮靜性樹皮

◁ **苦櫻桃**（*P. virginiana*）△ ▷
高3.5公尺的灌木，味澀，開白花而結紅漿果，煮後可食用，但核有毒。粉碎的漿果粉曾用於促進食慾。

褐色樹皮有難聞的氣味

| 科 楊柳科 | 種 *Populus balsamifera* | 地方名 Tacamahac |

膠楊(Balsam Poplar)

具光滑的灰色樹皮,含樹脂、芳香而黏稠的芽,其柔荑
花序會從綿羊毛似的毛中釋出微小的種子。

• **用途** 從膠楊和它的雜交種,拔爾散謨樹(*Populus x
candicans*)中未展開的葉芽收集的樹脂可為百花香、
肥皂和香料固定劑。樹脂因具抗菌、袪痰、興奮、
退燒和止痛特性,大多用於咳嗽藥的配方,治療
切傷、皮膚病、風濕症的軟膏。樹皮可治療風濕
病痛和泌尿系統的疾病。

脫落性的
心形葉

含樹脂的芽
發育成的枝

長葉柄

△ 膠楊

• **附註** 美洲土著用樹脂治療
皮膚潰爛,70年代俄國
醫生成功地用它進行了
褥瘡、抗感染、手術後
膿腫的臨床試驗。

粗鋸齒

長柄上的
葉顯得在
搖擺

白楊(*P. x jackii*「Giladensis」)
類似膠楊,它的芽也有同樣的用途。

高
30
公
尺

歐洲白楊(*P. tremula*)
用於治療無名恐懼和焦慮症。

黏稠而含樹脂的皮
有耐久的香脂味

葉芽

膠楊

| 棲所 潮濕的林地;北美洲溫帶 | 利用部分 ∅ 🔥 🌿 △ |

| 科 松科 | 種 *Pseudotsuga menziesii* | 地方名 奧勒岡松樹 |

花旗松(Douglas Fir)

世界上最高的樹之一。這種金葉樹具有厚而開裂
的紅棕色樹皮、芳香的樹葉和具獨特凸出鱗片
的褐色毬果。

剛剛形成的雌毬果

• **用途** 具香脂味的葉子使空氣變得新鮮,太平洋
西北部的美洲土著常把幼枝和葉一起煮成飲料。
從樹皮中可提取單寧,而從樹幹中提取的樹脂產品
一奧勒岡香脂則具有醫藥和工業用途。

高
100
公
尺

• **附註** 是重要的栽培木材。

鱗片間有
3個尖頭
的苞片

春天垂懸著黃色的
雄「花」簇

| 棲所 潮濕的山地森林;美洲西北部 | 利用部分 🌿 ∅ 🔥 🌿 △ |

| 科 桃金孃科 | 種 *Psidium guajava* | 地方名 黃番石榴 |

番石榴(Guava)

常綠小灌木，幼枝有剝落的紅褐色樹皮，白色花單生，葉具平行葉脈，果實有刺鼻的麝香氣味。

• **用途** 富含維生素C和鐵，是溫和的緩瀉藥。番石榴果實可生吃、燉食及醃食。經製備的葉片和樹皮可治療消化不良、腹瀉。在迦納，葉子和茅草同煮作為咳嗽醫療的一部分，搗成泥的根還可治療痢疾。咀嚼葉子可減輕牙痛。

• **附註** 加勒比海的阿拉瓦克人首先利用番石榴。

倒卵圓形葉片

粟色的果實

△**草莓番石榴**(*P. littorale.* var. *longipes*，異名*P. cattleianum*)
結的果實比番石榴小而甜。

有香味的白花

△▽**番石榴**

在芳香成熟的果肉中有許多種子

番石榴▷

卵圓形葉片

高10公尺

成熟後果皮為橙黃色

番石榴

| 棲所 高海拔、潮濕地區；熱帶美洲 | 利用部分 |

| 科 豆科 | 種 *Pterocarpus santalinus* | 地方名 檀香木 |

紫檀(Red Sandalwood)

具有芳香的心材，顯眼的總狀花序，由淡黃無香味的花構成，圓形的豆莢扁平。

• **用途** 在印度和中國其芳香木材長久以來被當作香焚燒。磨成粉可薰物並制止昆蟲。提取的油用於保養的面乳。粉和木屑均具收斂性和滋補性，可治療發炎、發燒和蠍子叮咬。粉粒還能做成顏料，印度人用它為種姓階級標誌，並將絲、棉布和毛線染成紅褐色。木材用來做樂器。

• **附註** 印度紫檀(*P. indicus*)為有玫瑰香味的木材，可做紅色染料。

圓形深綠色小葉

樹皮無香味，僅心材有芳香味

樹皮粗糙

高9公尺

| 棲所 山林；印度南部 | 利用部分 |

科 安石榴科	種 *Punica granatum*	地方名 嘉太琪蘋果

石榴(Pomegranate)

小型落葉樹，偶爾有具刺的枝。春、秋有顏色漂亮的簇葉，夏天開顯眼芳香的鮮紅花。果實光亮，如蘋果大小。

● **用途** 甜汁可用於做石榴汁，雞尾酒、果子露和醃漬物的調味品。酸味果肉煮後可做石榴糖漿，在中東菜餚中作香料和酸味配料。種子和假種皮乾燥可做有酸味的印度調味品。果皮用於治療痢疾，根皮對付條蟲。果實、果皮和樹皮做纖維染料。

● **附註** 古代石榴樹是富饒的象徵。

狹窄綠色的長橢圓形葉片

朱紅色花，似西班牙國徽

具香味的花有波狀的紙質花瓣和肉質萼片

光滑的葉片

未成熟的果實

成熟果實具有堅硬、光滑呈黃色、橙色或紅色的果皮

緋紅色多汁可食的果肉，含有淡色帶酸味的種子

高 6 公尺

棲所 乾燥環境；地中海東部至印度	利用部分

科 苦木科	種 *Quassia amara*	地方名 苦味木

蘇里南苦木(Surinam Quassia)

小型熱帶樹，簇葉連同其紅色總狀花序一起出現，開始為紅色，成熟時變綠。英文俗名來自圭亞那奴隸奎斯的姓氏，他將治療發燒的功能介紹給歐洲人。

● **用途** 莖切片用於治療瘧疾、做消化刺激劑及驅蟲藥。苦木用於作黏蠅紙的毒液和園藝殺蟲劑。

● **附註** 現在的園藝古木藥來自牙買加苦木(*Picrasma excelsa*)。

高 3 公尺

延伸的尖端

通常有5片小葉，有二對對生

乾莖屑

帶有白心的鮮紅色花

紫黑色成熟漿果

帶翅的發亮紫色葉柄

棲所 濕軟河邊或山脊森林；南美洲	利用部分

| 科 殼斗科 | 種 *Quercus robur* | 地方名 櫟樹 |

英國櫟(Common Oak)

壯麗的落葉樹，曾是強力的異教徒的象徵。有大而擴展的枝，具缺刻的葉片和雄性的柔荑花序。

• **用途** 櫟樹皮和癭是收斂劑、抗菌劑，還可止血。熬汁喝後可治療急性腹瀉，漱口可治療喉嚨痛，可敷灼傷和切傷，加入藥膏中用於塗抹刀傷和痔瘡。粉末可作止鼻血的鼻煙。果實烤後可作咖啡的替代物，還可餵豬。

• **附註** 櫟樹皮含皮革的鞣料，鞣皮工人似乎對肺結核具免疫力，樹皮也曾用於治該病。

高 40 公尺

成熟的 深綠色葉 •

新葉在花開時展開

由癭黃蜂幼蟲形成的「櫟蘋果」癭 •

柄長、光亮的櫟果，成熟後由綠色變褐色

開裂的樹皮產染料 •

• 紅褐色內表面

櫟果曾是救荒食物

春天開放的雄性柔荑花序

| 棲所 林地；歐洲 | 利用部分 🌿 🍂 🌰 |

| 科 豆科 | 種 *Robinia pseudoacacia* | 地方名 黑洋槐樹 |

洋槐(False Acacia)

多刺的落葉樹，具有誘人的簇葉，成串芳香的花，以及扁平的褐色莢果。

• **用途** 花束用來做果餡，為果醬加味，提供蜜蜂花蜜並為香料添香。美洲土著食用煮熟的種子，根為紅色染料的配方。有毒的樹皮和根曾用作瀉藥。木材老化後可做成比櫟樹還硬的籬笆柱。

• **附註** 生長迅速的洋槐，它的根可固結土壤，且隨時可擴展，故用來改造乾地。樹皮對覓食的動物有毒。

高 25 公尺

△▽ 洋槐

耐污染的柔軟卵形小葉

鮮綠色的橢圓形玉卵形小葉

◁ **洋槐**（*R. pseudoacacia*「Frisia」）
這種小型栽培種在短葉柄上，長有鮮紅色的刺和金萊姆色小葉。

豌豆似的花 •

| 棲所 排水良好的溫帶林地；美國東南部 | 利用部分 🌸 🌿 🌰 🌱 |

科 楊柳科	種 *Salix alba*	地方名 歐洲柳樹

白柳(White Willow)

深裂的暗灰色樹皮、雅緻的枝條及春天的柳絮顯示出這種河邊落葉樹的特徵。

• **用途** 莖皮是止痛藥、退燒藥及阿斯匹靈水楊酸的原料。各種樹皮提取物分別用於喉嚨痛的漱口水,治療心痛、胃病、食物中毒、減輕關節疼痛及消除雞眼。葉片泡茶治療神經失眠症,加入洗澡水中可減輕風濕症。褪色柳(*S. caprea*)有同樣的醫藥用途。垂柳(*S. babylonica*)的根可治白血病,恢復化療後的骨髓功能。柳屬植物均可提供品質上乘美術炭筆的原料。白柳的變種是板球拍的木材來源。

• **附註** 柳屬的屬名「Salix」來自凱爾特族語「sal-lis」,是「靠近水」的意思。

葉背銀白色,多毛

具黃色花藥的雄柔黃花序

大黃蜂重要的春季食物

高 25 公尺

棲所 溫帶濕地,歐洲西亞	利用部分 ✎ / 🍃 ⚘

科 忍冬科	種 *Sambucus nigra*	地方名 洞樹

淡黑接骨木(Elder)

常見落葉灌木,具麝香味的木材和葉子,初夏開乳白色花,結酒色漿果。

• **用途** 花具麝香香味,可做甜食和酸辣菜的配料或製成酒精飲料。花的浸泡液可清洗眼疾、皮膚和剃鬍後的乳液。漿果可釀造類似紅葡萄酒的酒,它的味、色和維生素C可增添飲料、果醬或餡餅風味。芽可做泡菜。花有治療感冒、枯草熱、喉痛、關節炎功效,還可作溫和輕瀉劑。葉可治療瘀傷和扭傷。樹皮治療羊癲瘋,根治療淋巴和腎失調症。在中醫,其葉、莖、根用於治療骨折和肌肉抽搐。接骨木產綠色、紫羅蘭色和黑色染料。葉可製殺蟲劑。

• **附註** 因有許多保健用途而被譽為「國家醫藥箱」。

由星形花組成的花穗

葉有香味,赤褐色,葉緣鋸齒狀

豎立成叢的漿果,秋天成熟時下垂

高 10 公尺

棲所 溫帶地區;北半球	利用部分 ❋ ✎ / 🍃 🍂 ⚘

科 檀香科	種 *Santalum album*	地方名 印度檀香

檀香(Sandalwood)

經加工處理的是芳香的淺紅色心材。它是生長緩慢的半寄生常綠樹，具有細長而下垂的枝條，由淡黃至紫色的小花組成圓錐花序，以及內含一粒種子如豌豆大小的果實。

• **用途** 所有部分都產檀香油，特別是心材和根，約產61%的精油。蒸餾提取的油用於許多香料和化妝品中。可減輕剃鬍後的皮疹，特別有利於成年人的皮膚。曾記載於印度草藥學和古埃及塗屍防腐中，現在用作吸入劑，因其對咳嗽有祛痰和作用。對肺感染和尿道也是有力的抗菌劑。取自木材的精油用於緊張、焦慮的芳香療法，還可作為催淫藥。

灰褐色樹皮產 2%的檀香油 •

• **附註** 檀香木生產的香，具鎮靜作用，助於冥想。在印度，普遍作為葬禮的柴堆，他們相信香味能驅逐惡靈。

逐漸變尖 的常綠 卵形葉 •

葉對生 •

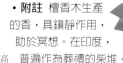

葉和枝產4%的檀香油 •

高 18 公 尺

棲所 排水良好的土壤，森林；東南亞	利用部分

科 樟科	種 *Sassafras albidum*	地方名 茴香木

洋擦木(Sassafras)

芳香，具紅色和金黃色的秋葉，春天開黃色花，紅色果柄上結出藍色小果實。

黃色花簇 •

• **用途** 葉片磨碎後稱「弗力粉」，用來稠化卡勹湯和做「弗力濃湯」。根皮油含黃樟素，量大時有毒，但它可增添根啤酒、牙膏和煙草的風味。果油則用於香料。黃樟素在擦木根啤酒中的致癌性僅為一般啤酒中乙醇的十四分之一，但現在在美國禁用。

葉芳香，有裂片 或為卵形 •

• **附註** 葉、枝椏、樹皮和根是滋補的清血藥。洋擦木可能是最早引入歐洲的美洲本地藥用植物。

內根皮含 洋擦木精油 •

基部樹皮產 橙色的染料 •

高 20 公 尺

會脫落的 卵形葉 •

棲所 茂密的林地；北美東部	利用部分

科 豆科	種 *Sophora japonica*	地方名 中國學者樹

槐(Pagoda Tree)

這種誘人的豆科植物長大後，在夏天開豌豆似的白色芳香花朵，構成圓錐花序，其莢果在種子之間收隘。

• **用途** 在中國，芽、花和莢果用於退燒、止血、控制神經質和頭昏眼花；治療高血壓。莢果產黃色的纖維染料。

高 25 公尺

槐

• **附註** 側花槐樹的豆含野靛鹼，能引起中毒和死亡。美洲土著部落曾用它來引發幻像，但這種豆已被較安全的拍約他(一種興奮劑)代替了。

脫落性葉簇 一直保持常綠 •

• 尖端內凹

• 尖銳的卵形小葉

• 倒卵形小葉

△ **側花槐樹**（*S. secundiflora*）

側花槐樹是小型常綠樹，具芳香的紫－藍色的花，木質長果莢內含八粒鮮紅色豆粒。

光滑的綠色莖 •

小葉對生 •

△ 槐

棲所 耐旱及貧瘠土壤；中國，韓國	利用部分 ❋ ⁄ △

科 薔薇科	種 *Sorbus aucuparia*	地方名 山梣

歐洲花楸(Rowan)

落葉的歐洲花楸，春天開乳白色的扁平花簇。秋天，當樹葉轉紅時，結出光鮮紅色的漿果。

• **用途** 富含維生素C，能製成果餡餅醬，磨成粉、發酵後可造酒，或蒸餾出酒精。種子含有氫氰酸要去掉。漿果也可做面膜或喉嚨痛漱口藥。樹皮和葉子可作漱口藥治療鵝口瘡。

稠密的漿果串

• **附註** 傳統上花楸是對抗巫術的護符。

• 乳白色花

高 15 公尺

可脫落的鋸齒狀 小葉，基部不對稱 •

• 葉片對生

棲所 林地和高地；北半球	利用部分 ⬭ △ ⌿ ⟊

科 安息香料	種 *Styrax benzoin*	地方名 Gum Benjamin

安息香(Benzoin)

灌木般的樹，樹皮灰色，葉單生，總狀花序短，由芳香的鈴狀白色小花構成，可用手斧在樹幹上製造切口使淡黃色芳香樹脂流出。

• **用途** 樹脂，稱安息香或膠安息香，可作焚香或香料中的固著劑，並加入化妝品防止脂肪腐臭。是抗菌劑，可治療裂開和粗糙的皮膚，以及治療嚴重支氣管炎的祛痰劑，作為複方安息香酊的成分之一，可減輕咳嗽和喉嚨痛。還用於芳香療法，但可能引起過敏。

• **附註** 藥用安息香(*S. officinale*)的樹脂產蘇合香，可當香焚燒。

●尖銳的卵形葉

高 9 公尺

從樹皮切口中可獲得香草味的樹脂膠

葉脫落性，中脈明顯，葉緣具細鋸齒 ●

● 單葉，互生

棲所 熱帶混交林，河邊；東南亞	利用部分 △ ♀

科 桃金孃科	種 *Syzygium aromaticum*	地方名 桑給巴紅頭

丁香(Clove Tree)

濃鬱的常綠喬木，具漸尖的深綠色葉片，花頭奶油色，當雄蕊下垂時變紅，漿果紫色。

• **用途** 具濃烈的香味，加入食品中可防止噁心。花可減輕眼睛疼痛。用蒸餾法從葉子和花芽中提取的丁香油可作調味品、殺蟲劑以及治療牙痛和消化不良的抗菌麻醉劑。還可作化妝品、香料和香煙的配料。現已有以丁香為主成分的麻醉劑。

葉子有香味 ●

△▽ 丁香

●未開的花芽一年摘兩次

高 20 公尺

● 可食用、具玫瑰香味的果實用於甜食和香料

●丁香是太陽曬乾後未開的花芽

● 成熟果實呈粉紅黃色

常綠的葉子

△ 蒲桃(*S. jambos*)
一種小型樹，花白色有香味。樹皮和種子可治療糖尿病和腹瀉。

丁香(異名，*Eugenia aromatica*)

棲所 排水良好的熱帶沿海地區；摩鹿加，印尼	利用部分 ✳ ◎ ♀ ♀

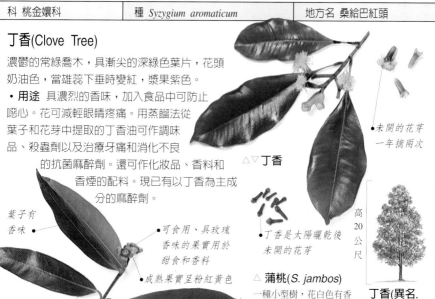

| 科 豆科 | 種 *Tamarindus indica* | 地方名 印度棗 |

羅望子(Tamarind)

壽命很長的常綠樹，彎曲的樹枝上長著雅緻的簇葉。芳香的花
呈乳白色，有玫瑰色條紋，構成總狀花序。

• **用途** 成熟的果莢含有可口的酸味果肉，可增添
印度咖哩粉和某種辣甜調味料、馬來西亞
沙嗲、加勒比海甜食及清涼飲料拉馬丹的
風味。在泰國以花和葉作調味品，在印度
用種子的果膠做果醬。氣生部分具輕瀉、收
斂、退燒功能，樹皮可治氣喘病；種子或葉子糊
可減輕膿腫；種子治腹瀉；花能降血壓。富含
維生素和礦物質的果肉可入中藥。

• **附註** 用於許多商業產品中，
包括辣醬油和苦味樹皮酒。

褐色長果柄

*對生的卵形小葉
組成羽狀複葉*

*具收斂性的葉子
產紅和黃色
的染料*

*黏稠營養
的果肉*

*成熟的
革質果莢*

*果肉包裹
著種子*

*浸泡過的果肉有
水果的酸甜香味*

種子

高
24
公
尺

| 棲所 乾燥的熱帶和亞熱帶地區；東非和亞洲 | 利用部分 |

| 科 紫杉科 | 種 *Taxus baccata* | 地方名 英國紫杉 |

漿果紅豆杉(Yew)

又稱紅豆杉，生長緩慢，壽命長，
是野外少見的常綠針葉樹。
因為具整齊的深綠色簇葉，
公園裡常見。

• **用途** 目前的重要性在於從短葉
紅豆杉(*T. brevifolia*)中發現的紫杉醇能阻止人類
細胞分裂，有治癒癌症的可能。儘管紫杉中並沒
有該種化合物，但企圖從這個樹種產生該物質的研究
正在進行。悶燒濕葉子產生煙霧可驅趕蚊蚋。冷卻的
葉片煎汁有溫和的麻醉作用，能鎮靜神經以捕捉動物。

• **附註** 發現於阿爾卑斯山，有5,000年之久的
「冰人」身旁，有由紫杉做成的弓和斧柄。

*未成熟的
綠色假種皮*

*螺旋形排列
的針狀
葉片有毒*

*無毒的紅色
肉質假種皮
包裹著有
劇毒的
種子*

高
25
公
尺

| 棲所 英國的林地；北半球溫帶 | 利用部分 |

| 科 梧桐科 | 種 *Theobroma cacao* | 地方名 巧克力堅果樹 |

可可樹(Cocoa Tree)

具常綠葉片、芳香的花,果實直接長在樹幹上,其中含粉紅色果肉和淡粉紅色種子。

• **用途** 可可豆經發酵和烘烤後能產生巧克力的味道和顏色,然後做成巧克力塊或粉末,以放入食品和飲料裡。可可含咖啡因和可可豆鹼,是溫和的利尿劑與興奮劑,能治療心絞痛。在哥倫比亞,葉用作心臟滋補劑。可可脂是一種普遍的化妝品潤膚劑,有保護皮膚的功能且不易腐臭。

• **附註** 「巧克力」是阿茲特克語,阿茲特克人把可可研製成巧克力飲料。

高8公尺

從種子中壓搾出的可可脂 •

• 成熟時變為紅褐色

葉大而光滑 •

發酵和烘烤後的種子 •

| 棲所 熱帶低地;中美和南美,西非 | 利用部分 🌰 |

| 科 柏科 | 種 *Thuja occidentalis* | 地方 白雪松 |

東方側柏(Eastern Arbor Vitae)

常綠針葉樹,具橙褐色樹皮、芳香的黃綠色葉片心枝,和豎立在枝端的毬果。

• **用途** 簇葉治療支氣管炎、尿道和陰道感染;內樹皮治月經遲緩;嫩枝治療風濕症,能抗病毒和抗真菌的嫩枝酊劑可治療疣及皮膚感染。精油有同樣的用途,但有毒。

• **附註** 大側柏的葉子和嫩枝均治咳嗽和風濕症。

高20公尺

東方側柏

• 扁平的嫩枝

△ 東方側柏

• 豎立的小毬果

◁ 大側柏(*T. plicata*)

高大的西方紅雪松,具粟色樹皮,扁平的鱗葉心枝下面有白斑點。

芳香的葉片 •

| 棲所 沼澤地和山坡;加拿大東部 | 利用部分 |

科 椴科	種 *Tilia* species	地方名 椴

歐椴(Lime)

花極小而有香味,因為它們會自然雜交,所以很難鑑定其品種。

• **用途** 花很常見,大葉或小葉椴樹的葉片都可製成鍛茶,是歐陸餐飲典型的助消化結尾飲料,可治療神經緊張、失眠和過動兒。能導汗而減輕感冒、流行性感冒和頭痛。椴樹水是皮膚滋補劑,加入洗澡水中能減輕風濕痛。椴花釀的蜜是世界上最珍貴的蜜,用於利口酒和醫藥中。內樹皮治療腎結石、痛風和冠心病。

• **附註** 「歐椴」、「椴樹」和「美國椴木」的名字是根據樹皮下亞麻狀的鍛樹皮纖維而定的,這種纖維曾用來做蠅索。

▽ 歐洲椴樹(*T. x europaea*)

淺色毛叢

葉蚜蟲產生「蜜露」

高40公尺

歐椴(異名, *T. x vulgaris*)

花味濃香,奶油色

葉片光亮,上面深綠色;背面灰綠色

葉片兩面都有毛

◁ **寬葉椴樹**(*T.platyphyllos*)
幼葉可食。這種椴和其他椴的嫩枝可生產用於醫藥、繪畫和熏食物的高品質炭。

帶苞片的花柄

葉基不均勻

不對稱的葉片小於其他近緣種

△ **小葉椴**(*T. cordata*)
應該避免非常不新鮮的老花,因為它們可能會引起輕度的中毒。其葉會被加入煙草中。

△ **美洲椴**(*T. americana*)
其花茶類似茶,但喝多了會引起噁心並有損心臟。美洲土著用內樹皮治療肺病和心痛。

具細鋸齒的心狀葉

葉長達25公分

棲所 肥沃的溫帶林地,石灰岩;歐洲	利用部分 ❀ ◊ ✎ 🗋 🖑

科 榆科	種 *Ulmus procera*	地方名 沒影榆

英國榆(English Elm)

高大的落葉喬木，樹皮有裂紋，葉有鋸齒，雄蕊花紅色，扁平的翅果中間有種子。由於荷蘭榆樹病的破壞，榆樹獨特的倩影已在歐洲和北美洲消失。

◁英國榆(異名, *U. minor* 及 *U.campestris*)

• **用途** 榆葉可製成痔瘡藥膏，煎汁則用於治療皮膚發炎。枝液可作洗濯液治療禿頭，具利尿性的內樹皮可製成順勢醫療的收斂酊劑。英國榆樹用作巴克花療法。

• **附註** 北美滑榆其黏稠而芳香的內樹皮被用於商業的復健飲料並作輕瀉劑。它還可減輕喉嚨痛和消化道發炎。

脫落性的葉具鋸齒 •

葉緣具重鋸齒 •

龜裂的外樹皮 •

內樹皮的黏液具鎮靜作用 •

◁ **北美滑榆**（*U. rubra*）
圓形樹冠寬闊，芳香的內樹皮有許多醫藥用途。

深綠色葉片 •

高 30 公尺

英國榆

棲所 田野，綠籬；南歐，北非	利用部分 ✽ ⬭ ✎ 🗋 🎏 ⬧

科 樟科	種 *Umbellularia californica*	地方 頭痛樹

加州月桂樹(California Bay)

常綠喬木，具芳香味，有圓形樹冠，披針形深綠色葉子；花黃綠色，構成小繖形花序；橄欖狀的果實，成熟後轉為紫色。

狹窄、光滑的葉片 •

葉子含有揮發油 •

高 30 公尺

• **用途** 與甜月桂樹(見61頁)一樣，葉子有刺鼻氣味，可和辣椒一起燉煮食品，因氣味較濃，所以只要少量。美洲土著把種子烤熟食用或磨成粉。含樟腦香的葉壓碎後可當作嗅鹽，並可加入洗澡水中治療風濕症。

黃綠色花 •

互生葉 •

• **附註** 在熱天，加州月桂樹的香味會引起噁心、暈眩和頭痛，但葉茶能治癒這些症狀。

葉緣平滑 •

葉子能驅除跳蚤 •

棲所 暖溫帶地區；美國西部	利用部分 ⬭ 🎏 ❀

科 馬鞭草科	種 *Vitex negundo*	地方名 印度水蠟樹

牡荊(Chinese Vitex)

茂盛的落葉樹,具雅緻芳香的複葉、淡紫色的花和芬香的小漿果。

• **用途** 在傳統中藥中,根、葉和果用於防止瘧疾和治療氣喘、感冒、咳嗽和細菌性痢疾。在印尼,葉子治療膿腫和潰瘍;而在尼泊爾,以煙熏治療頭痛,葉汁治療風濕性關節炎。花芽治療肺炎,乾果實作驅蟲劑,根則為袪痰和滋補藥方。

• **附註** 安古牡荊的乾果實含激素類物質,會降低男人的性慾,並幫助調節經期和治療月經前癥候群。

輻射狀排列的尖銳小葉

疏鬆的淡紫色聚繖花序

◁△ 牡荊 ▷

芳香的淡紫色圓錐花序

葉背銀白色

具檸檬香味的辛辣種子可作調味品

狹窄的橢圓形小葉圍成一圈

△ **安古牡荊**(*V. agrus-castus*)
這種地中海的樹,所有部分都具香味,種子可刺激孕酮分泌。

高 8.5 公尺

牡荊

棲所 亞熱帶高地;亞洲西部,東非	利用部分 🌿 ⟋ 🥜 ⚘

科 鼠李科	種 *Ziziphus jujuba*	地方名 中國棗樹

棗(Jujube)

多刺落葉樹,具黃色小花簇,果實可新鮮、乾燥和醃漬食用。

• **用途** 在中國,棗樹的果實是最佳草藥之一,為無傷害性副作用的全面滋補劑,見於一些中藥的抗癌處方中,日本人研究表明它可增強免疫力。果實可製成咳嗽糖漿、作心臟滋補劑及解毒劑。種子為治療焦慮、失眠、頭暈眩和盜汗等症的藥方。樹皮可治腹瀉和發燒;根也可治療發燒;並促進毛髮生長。

深紅色果實,成熟後變黑色

革質葉治蠍子螫傷

紅褐色樹皮

彎曲的刺

高 9 公尺

棲所 暖溫帶地區;東亞洲	利用部分 ⟋ 🥜 ⚘ 🍂 🥜

科 芸香科	種 *Zanthoxylum americanum*	地方名 北方刺梣

美洲花椒(Toothache Tree)

灌木般的落葉樹，在春天具檸檬香味的複葉出現之前，開出芳香的黃綠色小花。秋天結表面覆蓋檸檬香味腺點的暗色漿果。

- **用途** 美洲土著咀嚼樹皮治療牙痛，漿果茶治療喉嚨痛。樹皮和漿果為刺激素，可促進循環、消化和治療淋巴系統。傳統藥方中還用於治療風濕症、皮膚病、黏膜炎、靜脈曲張、皮膚潰爛、神經性頭痛，還是恢復期的滋補劑。

- **附註** 新的研究表明這種樹和石灰山花椒(*Z.clava-herculis*)可能有抗癌的性能。

高 8 公尺

脫落性 小葉

乾樹皮有促進 循環和消化功效

深綠色葉， 背面色淡

綠果實成熟 後變深紅

小葉對生

成對的刺

棲所 肥沃潮濕的林地；北美東部	利用部分

科 芸香科	種 *Zanthoxylum piperitum*	地方名 山椒

胡椒花椒(Fagara)

長在山上的灌木，雌雄異株，羽狀複葉芳香，春天開黃綠色的小花，秋天結辛辣的紅褐色漿果。

- **用途** 沒有種子的乾漿果稱為花椒或川椒。它們有木質的香料味，為中國普遍調味品。在日本其粒狀的漿果稱為山椒，用於撒在食物上。幼葉可入湯，幼枝則加入味噌豆醬中。花芽可醃製在醬油和米酒中。

- **附註** 四川胡椒是中國五香粉的配料之一，並為日本七味。

高 6.5 公尺

成對的脫落性橢圓形 有鋸齒的小葉

香郁的乾漿果， 使用時需去掉 苦味的黑種子

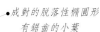

芳香的尖銳 複葉成梱出售

對生尖刺

棲所 暖溫帶山地；中國北部，韓國，日本	利用部分

灌木

科 豆科	種 *Acacia dealbata*	地方名 銀荊

銀栲皮樹(Mimosa)

常綠灌木；葉藍綠色至中等綠色，被灰白色茸毛；花黃色，香味濃郁。栲樹屬(*Acacia*)的灌木和喬木均耐乾旱，且能使土壤恢復肥力。

- **用途** 幼葉、嫩枝和種子可以煮熟吃，根可切開放出水。樹皮富含單寧和樹膠，在南非的納塔爾為重要的經濟植物。金合歡和灰葉栲（*A. farnesiana* 和 *A. baileyana*）的花可提取香料中使用的含羞草香精。阿拉伯膠樹（*A. senegal*）是阿拉伯膠的主要來源，用於糖果、油墨和印染業，畫家用以調稠顏料，還可使絲綢發出光澤。牛角相思樹的枝刺能治氣喘病，根可遲緩毒蛇咬傷，樹皮可治皮膚病。兒茶（*A. catechu*）的木材產生染料和兒茶末，後者和檳榔子咀嚼可治喉嚨發炎。
- **附註** 在熱帶草原上，栲樹屬植物樹上的豆莢是大象最喜歡的食物。

成團的總狀花序為橙黃色，有紫羅蘭香味

全裂的羽狀葉

▽ 銀栲皮樹 △

未成熟的綠色豆莢，成熟後變為褐色

高 20 公尺

△ 銀栲皮樹 ▽

葉被銀灰色毛茸

二回羽狀葉

常綠葉

尖銳的對生刺

圓形的常綠小葉

葉中綠色

◁ **牛角相思樹**（*Acacia cornigera*）
中美的一種高大灌木，豆莢圓柱形，枝上有刺，常有螞蟻棲居。

秋天開始長出花簇

棲所 排水良好的土壤，陽光；亞熱帶、澳洲	利用部分

科 馬鞭草科	種 *Aloysia triphylla*	地方名 檸檬馬鞭草

防臭木(Lemon Verbena)

葉有很濃的檸檬香味，輪生，每輪3-4枚葉片；夏季開花，圓錐花序，由淡色小花構成。

鬆散的白色和淡紫色花簇 ●

葉長而尖，質地粗糙 ●

葉乾燥多年後仍保有香味 ●

• **用途** 防臭木（異名，*Lippia citriodora*），葉可用於飲料、水果及甜食的調味，並製成草藥茶，有提神、鎮靜的功效，可減輕支氣管炎、鼻炎、消化不良，及嘔吐。葉產生綠色顏料和香精，用於香水和沐浴精。葉酊劑，可減輕眼睛腫脹，作為花醋，它可軟化皮膚。嫩枝可做百花香。

高 3 公尺

• **附註** 甜舌草（*Lippia dulcis*）含有甜度比蔗糖高1,000倍的糖精。

棲所 無霜凍且排水良好的地區；阿根廷，智利	利用部分

科 薔薇科	種 *Amelanchier alnifolia*	地方名 Shadbush

赤楊葉唐棣(Saskatoon Berries)

落葉叢生灌木或小喬木；其總狀花序，由芬芳的小白花構成而後結為紫色黑漿果串。

• **用途** 為加拿大西部原住民最重要的漿果，新鮮食用或曬乾以為冬藏，還可燉食和湯調味。現在漿果除了生吃，還用來做餡餅、布丁和蜜餞。克里族人將整株植物曬乾後做成藥茶。果實可治療眼睛發炎、胃疼和肝疾，還生產黑色和紫色的染料。根可作為煙草的代用品。

暗褐色的薄層樹皮，表面有細微的皺紋 ●

柔韌而結實的木材 ●

• **附註** 美洲土著把新鮮和乾燥的漿果與肉壓成塊食用，現在主要作為救急的口糧。

脫落性的互生圓形葉，長在細梗上 ●

高 4 公尺

漿果紫黑色 ●

甜漿果，可生食、熟食或做成蜜餞

葉片上半部邊緣有鋸齒

無光澤的綠葉

棲所 潮溼的林地；加拿大西部	利用部分

| 科 杜鵑花科 | 種 *Arctostaphylos uva-ursi* | 地方名 熊莓 |

熊莓(Uva-ursi)

矮生成墊的常綠灌木；具蔓生長莖，小枝柔韌；春天
開懸垂的粉紅白色甕狀花，秋天結出紅色的漿果。

• **用途** 生的或乾燥的漿果可製作項鍊和嘎拉響的
玩具，煮熟後還可作救荒食物。莖、葉經研製後
美洲土著用以治療頭疼、壞血病，其利尿和抗菌
效用可治療膀胱炎、尿道疾病，並外用於背部扭傷
等。根可治療痢疾。葉可作為煙草的
代用品，黑足族人用於儀式中。
整個植株的氣生部分能提取
黃色、綠色和灰色染料。

• **附註** 持續過量食用
會引起中毒。

葉倒卵形，
表面光滑

枝條一旦接觸
泥土便可生根

乾燥的
葉可製
備為藥茶

懸垂的
小花

葉深綠色，
背面色淺

紅褐色的枝皮

高
50
公
分

| 棲所 沼澤及荒地；加拿大到歐亞大陸北部 | 利用部分 |

| 科 小檗科 | 種 *Berberis vulgaris* | 地方名 小檗 |

小檗(Barberry)

葉具細齒緣

落葉灌木；具溝紋的枝上有刺，葉橢圓形；春天開黃色
花簇；秋天結出紅色的漿果。

• **用途** 漿果可做蜜餞或加以醃漬，新鮮果汁可強化
牙齦，漿果有輕瀉和降溫的功效，古埃及人用以退
燒。莖皮和根皮可殺菌，消炎並促進肝功能，因此
用以治療膽結石和肝臟疾病，包括酗
酒所導致者。莖皮還能擴張血管。

• **附註** 漿果孕婦禁食。

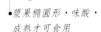

漿果橢圓形，味酸，
成熟才可食用

葉叢生於短枝上，
基部有三叉的刺

黃紅色
樹皮可生產
黃色染料

果實
成串下垂

葉橢圓形，表面無光澤

高
3
公
尺

| 棲所 林地；歐洲，北美洲，中東 | 利用部分 |

科 黃楊科	種 *Buxus sempervirens*	地方名 箱木

黃楊(Box)

常綠灌木或小喬木，形態多變；多葉的莖具獨特的
香味；春天開黃綠色小花；漿果具黑色種子。

黃楊 ▷

莖上長有堅韌
的橢圓形葉，
普遍修剪成
裝飾形式

- **用途** 葉含黃楊鹼，曾用以清潔血液、改善毛髮生長
和馬的皮毛；連同樹皮可治療風濕症和驅除腸蟲。目前
認為其毒性太強，僅適用順勢療法的劑量。木材有麻
醉、鎮靜作用，從中提取的油可治療牙疼和痔瘡。浸過
水的葉和木材產生棕褐色頭髮染料。樹皮用於香料業。
- **附註** 動物誤食黃楊的葉會中毒死亡。木材堅實，
用於製造科學儀器、橫笛和梳子等。

顯著的中脈 •

葉尖端
常有缺刻

堅實
的木材
有毒

高 6 公尺

葉含
單寧 •

黃楊

◁ 矮生的黃楊「Suffruticosa」
生長緩慢，枝葉緊湊，常作庭園
樹籬及結飾，最矮的
「Myosotidifolia」僅30公分高。

棲所 石灰岩；南歐，西亞，北非	利用部分 🍂 🏵 ⚘ 🌰

科 杜鵑花科	種 *Calluna vulgaris*	地方名 Ling

帚石南(Scots Heather)

矮生的常綠灌木；有一千多個栽培品種，
葉鱗片狀；擁擠的花構成總狀花序。

- **用途** 是蘇格蘭小佃農的有力支柱，可作燃
料、蓋房材料、飼料、茶和染料。花中含豐富的
礦物質，有收斂、利尿、殺菌、鎮靜功效，可治
療腎病和尿道感染，還是全效的滋補劑。浸水
沐浴可緩解風濕痛，葉可增添茶和啤酒的
風味。此植物為治療痤瘡的藥方。

頂端產生
綠色和黃色
的染料

花鐘狀，
鮮粉紅色，
產石南蜜

生長的
植株能增加
土壤肥力

高 60 公分

線形的肉質葉，
成覆瓦狀對生 •

鱗片狀小葉，
貼莖著生

樹皮含單寧

棲所 酸性土壤，沼澤地；歐洲，北美洲	利用部分 ✿ 🍂 ⚘ 🏵

| 科 蠟梅科 | 種 *Calycanthus floridus* | 地方名 草莓灌木 |

加羅林蠟梅(Carolina Allspice)

容易栽培的落葉灌木，葉有水果香味；花有蘋果香味，
果實堅硬，種子暗褐色；樹皮有丁香肉桂的香味，
木材有樟腦的氣味。

- **用途** 這種香料樹皮最早為美洲土著所用，目前有時
  為肉桂的代用品。因葉、木材和根都有芳香氣味而
  為受人喜愛的庭院樹種，並可做百花香。
  根皮或種子的煎汁可治療肌肉痙攣。
  - **附註** 芳香的樹皮藥可治療牙疼；葉有
    香味，具退燒功效。

高
3
公
尺

△▽加羅林蠟梅

有香味的花

花芽展開多枚花瓣，
花紅褐色

◁加州蠟梅
（*C. occidentalis*）
高達4公尺的芳香灌木，
花紅褐色。

葉尖銳，
有香味

葉橢圓形，
有香味

| 棲所 暖帶地區；美國東南部 | 利用部分 |

| 科 山茶科 | 種 *Camellia sinensis* | 地方名 茶 |

茶(Tea)

常綠灌木；葉光滑，末端尖銳，邊緣鋸齒，
富含單寧；花單生，白色。

- **用途** 葉經烘焙可泡成飲料，烘焙方法
不同可製出各種茶。精油賦予其香氣和味
道，單寧則決定其澀味和顏色。印度茶含
大量的單寧，具收斂性；中國茶含較多的
咖啡因，有滋補功效，能調節新陳代謝；烏
龍茶可降低膽固醇；研究顯示綠茶可促進免疫
系統，冷卻的紅茶包可緩解晒傷。

- **附註** 久飲
成癮。

幼葉和芽可製作
上乘的茶

在西伯利亞和蒙古常將
剩餘部分做成茶磚飲用

紅茶要經過發酵，
還可添加香味

黑烏龍茶要
經過部分
發酵和烘焙

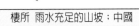
綠茶經過加熱處理，
不需要發酵

高
6
公
尺

| 棲所 雨水充足的山坡；中國 | 利用部分 |

科 鼠李科	種 *Ceanothus americanus*	地方名 紅根

美洲茶(New Jersey Tea)

落葉灌木；夏季開淺色小花簇，而後結成圓形乾燥的蒴
果。粉紅色薄樹皮成熟後變褐色；紅色根具褐色根皮。

• **用途** 葉不含咖啡因，為北美最接近東方茶者，獨
立戰爭時期為茶的代用品。美洲土著用根和樹幹作收
斂劑、抗痙攣劑和鎮靜劑，特別用以治療氣喘病，支氣管炎
和其他肺疾。用樹皮泡水漱口可治療口腔和咽喉感染，
研成粉末可治療性交痛。契洛基族用此植物作洗滌液
治療皮膚癌，加拿大人用其將羊毛染成褐色。

• **附註** 內華達印第安人用氈毛美洲
茶（*C. velutinus*）的葉泡茶來診斷
疾病，即由病人喝茶後所呼出的
氣味來判別。

高
1
公
尺

葉背面有細茸毛

長花梗

陰沉
的肉紅
色花

細長的粉紅色莖

葉互生，
中綠色，
邊緣鋸齒狀

棲所 乾旱的林地，大草原；北美洲東部	利用部分 🌿 ✏ 🔬

科 唇形花科	種 *Cedronella canariensis*	地方名 加那利香脂

加那利藿香(Balm of Gilead)

加那利藿香(異名, *C.triphylla*)為芳香的落葉灌木；複葉有三枚小葉，
葉緣鋸齒狀；夏天開淺色花。

• **用途** 目前這種藥草的用途主要在其芬芳的葉。葉搗碎後製作能發出
檸檬、樟腦和杉木的混合香氣；可加入百花香和藥草枕，在加那利群島
將此葉製成加那利茶。這種灌木因其清新
的香氣而常被栽培於花園和溫室中。

• **附註** 英文俗名意指外來的樹脂，
且用於多種不同的植物，如阿拉伯
沙漠中的一種灌木，麥加沒藥
（*Commiphora opobalsamum*）。

葉底面有
細茸毛

花簇生於枝頂，
有粉紅色、
淡紫色或白色

葉綠色，邊緣鋸齒狀

高
1.5
公
尺

莖四稜形，多刺，
基部為木質的

棲所 無霜凍地區；加那利群島	利用部分 🌿

| 科 菊科 | 種 *Chrysothamnus nauseosus* | 地方名 灰兔毛㕢 |

一枝黃(Rabbitbrush)

矮小的圓形灌木，有芳香氣味；葉柔軟，羽毛狀；管狀黃色小花成簇開放，花萼上有軟毛；結乾燥的蒴果。

• **用途** 美洲土著曾用其治病。吸入該植物悶燒的煙可治癒感冒。花和幼枝的浸製液可治療咳嗽、感冒和肺結核。用莖和葉洗滌皮膚可治療天花。根煎汁可治療痛經、傷風和流行性感冒。用枝葉做成油膏塗於馬身上可驅除蒼蠅。花可提取黃色和桔黃色染料。

• **附註** 第一次世界大戰間期，土著部落從其莖節處割口取口香糖膠，使美國政府考慮取其作橡膠來源。

小葉毛狀，灰綠色

線形，葉互生

植株可以種子或插扦繁殖

多分枝的莖

被著白色或灰色毛的莖，成熟後含有樹膠

高 2 公尺

| 棲所 多碎石的乾旱地區；北美西部 | 利用部分 ✻ ∅ ∥ ♨ ◊ |

| 科 半日花科 | 種 *Cistus ladanifer* | 地方名 勞丹脂 |

膠薔樹(Labdanum)

多細枝的常綠灌木，開大型的白花，每枚花瓣上都有一個深紅色斑點。在炎熱的夏季，莖和葉上的腺毛會滲出芳香黏稠的樹脂，天氣轉冷時，則變為不透明，而使植株呈不真實的鉛灰色。

• **用途** 膠薔樹曾取自吃嫩葉的山羊毛中。現在，則採集該植物多葉的嫩枝，用水煮沸樹脂便會浮到水面。經蒸餾後會產生濃郁的香味，用於香料固定劑，以及肥皂、化妝品及除臭劑，還可作為取自鯨的龍涎香的代用品，有殺蟲功效。

• **附註** 具玫瑰紫色花的岩膠薔薇(*C. creticus*)也是勞丹脂的豐富來源。

葉表面有黏性

葉深綠色，有芳香氣味

夏天的高溫使莖和葉滲出香脂，稱為勞丹脂

葉的表面光滑無毛，背面被纖毛

常綠葉

葉對生

高 2.5 公尺

| 棲所 多岩石的灌木林地；地中海 | 利用部分 ∅ ∥ ◊ |

科 茜草科	種 *Coffea arabica*	地方名 阿拉伯咖啡

阿拉伯咖啡(Coffee)

修長的常綠灌木；具有灰白色樹皮；
每個漿果含兩粒種子。

果實鮮紅色、黃色或紫色，含兩粒種子

• **用途** 成熟漿果發酵後，其種子經乾燥、
烘焙及沖泡即成咖啡飲料，不同的變種、生長
氣候和製作方法產生不同的味道，
任人調配出種種風味。咖啡還
可為甜食調味和著色。
咖啡是一種興奮劑、
利尿劑及止吐劑，咖
啡或咖啡因還可治療
某些心臟疾病、慢性氣
喘病、偏頭疼等，它能增
加某些止痛劑的止痛功效。

成熟的果實

成簇的花有茉莉的香味

• **附註** 咖啡會令
人上癮，若過
量飲用會引
起失眠及神
經過敏。

晒乾的咖啡豆烘烤後便可泡製咖啡飲料

葉和樹皮都含有咖啡因

高7公尺

棲所 肥沃的土壤，遮陰，潮濕；非洲，中東	利用部分

科 龍舌蘭科	種 *Cordyline terminalis*	地方名 棕櫚百合

紅竹，朱蕉(Good Luck Plant)

葉長在不分枝的莖上；花序由白色、淺紫色或
紅色花組成；漿果紅色。

葉尖端變窄

• **用途** 受歡迎的室內植物。幼葉可
食，以增加米飯味道，或作烤魚的
包裹葉。根可食用，以及發酵成
飲料。根狀莖可治療腹瀉。

• **附註** 夏威夷人、薩摩
亞人、毛利人，用其
長葉製作傳統的
裙子。

高4公尺

葉綠色，有時帶有紫色或紅色

葉柄有縱溝

棲所 雨林邊緣；澳洲，太平洋群島	利用部分

科 樺木科	種 *Corylus avellana*	地方名 大榛子

歐洲榛(Hazel)

長出吸枝的落葉灌木，在春天長出
下垂的雄性柔荑花序；秋天結出
成串的堅果。

• **用途** 榛子的堅果可生食，還可
用來製作糖果、蛋糕和利口酒。
堅果榨出的油用於烹飪、香料
按摩油、肥皂及潤滑油中。
葉可作為煙草的代用品。

• **附註** 枝幹為探水杖的傳統材料。

葉圓形，
鋸齒狀

葉柄短

奶油色堅果具硬殼，並包在
褐色的紙質種皮中

芽狀
的雌花

黃褐色的雄性
柔荑花序

堅果含
硫和鎂

高
10
公
尺

棲所 林地，灌木籬牆；歐洲，西亞，北非	利用部分

科 薔薇科	種 *Crataegus* species	地方名 五月花

山楂(Hawthorn)

落葉灌木；枝上有刺；葉緣鋸齒狀具缺刻；春末開聚集
成串的白花；假果紅色。

• **用途** 葉、花和果實為心臟血管滋補劑，可治療由腎病、
組織增厚、動脈痙攣、心律不整引起的心力衰竭等。果實
還能擴張血管，增進血壓。日本的研究
證實山楂可改善心臟的正常功能。

• **附註** 第一次世界大戰期間，幼葉為
茶和煙草代用品，種子碾碎
可取代咖啡。

高
10
公
尺

▽△光山楂
（*C. laevigata*, 異名,
C.oxycanthoides）

△▷單子山楂
（*C. monogyna*）
產於英國，葉深裂，
每個果實含一粒
種子。

曬乾後的
成熟山楂

△野山楂
（*C. cuneata*）
產於中國，果實目前用以
治療胃癌和卵巢癌。

每個果實有
兩粒種子

棲所 林地，灌木籬牆；歐洲，北非，印度	利用部分

科 大戟科	種 *Croton tiglium*	地方名 瀉巴豆

巴豆(Croton)

葉深綠色，有臭味；總狀花序；由不顯眼的花組成，褐色的蒴果中有3粒堅硬的黑種子。

高 6 公尺

- **用途** 種子油為危險而劇烈的瀉藥。現僅用於嚴重便祕或外用作抗刺激劑，在中國，用少量處理過的種子治療癲癇、瘧疾和胸部積血等。馬來西亞人用整粒種子來毒魚。該油能促進腫瘤發生，而被用來研究正常細胞是怎樣變成癌細胞。

葉端尖銳，邊緣凹凸不平

- **附註** 苦香樹（*C. eleuteria*）是觀賞灌木，具有金屬光澤。花白色，芳香。樹皮有滋補功效，燃燒時發出麝香味，溫和的麻醉功效可治療瘧疾、嘔吐、頭疼等。

幼葉表面呈古銅色

卵圓形的葉

數種巴豆的樹皮都有香味

破裂的莖流出辛辣的乳汁

棲所 熱帶混交林；印度西南部，緬甸	利用部分

科 瑞香科	種 *Daphne bholua*	地方名 Kagatpate

寶錄瑞香(Nepali paper Plant)

落葉或常綠灌木；冬天開花，花白色至粉紅色，有濃郁的香味；漿果小，鏽紅色。

卵圓形至橢圓形的尖葉

- **用途** 在尼泊爾，樹皮經乾燥、浸製、煮沸、水洗、打薄、再乾燥即產生傳統結實精緻的尼泊爾紙。這種紙有防腐作用，可用來紮小傷口。樹皮可製繩索，煎汁有退燒功效。根汁液可治腸疾。種子有毒，可驅蟲。

葉革質

- **附註** 紙用瑞香（*D. papyracea*）樹皮可造紙。冬天開花的歐亞瑞香（*D. mezereum*）樹皮和漿果都有毒，先前用作慢性皮膚病和風濕症的刺激素，現僅用於順勢療法。

葉聚生於枝頂

高 4 公尺

樹皮中的纖維可製作結實的紙

短葉柄

白色至粉紅色的香花聚成小簇

棲所 溫帶高海拔地區：喜馬拉雅山東部	利用部分

科 五加科	種 *Eleutherococcus sieboldianus*	地方名 Free pips

異株五加(Hedging Eleutherococcus)

落葉灌木，具彎曲的莖；初夏開花，纖形花序，由綠白色的花組成；果實黑色，聚集成串。

• **用途** 樹形優美，可作樹籬，耐城市污染，有藥用價值。目前僅對外觀與之相近的西伯利亞人參（*E. senticosus*）研究得較多，其根和葉的藥效與人參相似，且較便宜而溫和。俄羅斯的研究顯示能增強太空人和運動員精力、抵抗力，並減輕壓力。

• **附註** 在1986年車諾比核子災難後，西伯利亞人參被用來減輕放射病症狀。

> • *3-7枚 小葉，倒卵形具齒的小葉*
>
> • *暗色的葉脈使葉片呈斑駁狀*
>
> • *向上長的刺*

△ **異株五加**

異株五加

高 3 公尺

▽ **西伯利亞人參**
耐寒的灌木。

• *根磨成的粉末*

棲所 貧瘠的土壤，陽光；中國，日本	利用部分

科 麻黃科	種 *Ephedra sinica*	地方名 麻黃

麻黃(Ephedra)

原始的灌木；具有長而多節的圓柱形，莖鱗片狀和雄毬果。

• **用途** 麻黃屬的數種植物，特別是*E.sinica*為麻黃鹼的來源，可治療氣喘、枯草熱及過敏症，直到發現其有引發高血壓的副作用才停止使用。但整顆植株含生物鹼，能中和該作用。在中國已使用了五千年，現代草藥師認為應無副作用。

• **附註** 康藏麻黃（*E. gerardiana*）和美洲麻黃（*E. americana*）有利尿和解毒作用。

• *雌「花」*

△ **美洲麻黃**

• *枝弓形下垂*

高 75 公分

麻黃

• *輪生小枝*

△ **康藏麻黃**

麻黃
麻黃的乾燥莖含生物鹼。

棲所 半酸性且多岩石的山丘；中國	利用 部分

科 木犀科	種 *Forsythia suspensa*	地方名 連翹

連翹(Forsythia)

落葉灌木；春天在莖節上開出金黃色的花，然後長出葉和蒴果。

• **用途** 在中國，用其清涼抗菌的蒴果來解毒、消腫，治療流行性感冒、傷風、發燒、麻疹、水痘、咽喉炎和腫疱，以及抑制腦中風。葉可治療皮膚病，根有退燒作用。幼枝和葉煎汁對乳腺癌有顯著療效。

●對生葉

先開花結果後才長出葉

有些葉掌狀三裂●

●脫落性綠色葉，橢圓形，邊緣鋸齒狀

●莖綠色至褐色

●蒴果有芳香氣味，乾燥後可入藥

高 3 公尺

棲所 溫帶；中國	利用部分

科 茜草科	種 *Gardenia augusta*	地方名 梔子

梔子(Gardenia)

常綠灌木或小喬木；重瓣花白色，有濃郁的香味；果實橙紅色。

• **用途** 梔子（異名, *G. jasmincides*）的花可提取精油，製造香水，中國人還用來薰茶。泰國人用果實將食物染黃。在中國，用果實和根的解毒、退燒功效，治療肝炎和流行性感冒。果實和葉可降低血壓。

• **附註** 粉紅梔子（*G. erubescens*）產於熱帶非洲，當地人用果實作湯和醬油的香料。

表面有皺折●

●綠葉長圓至橢圓形，革質，有光澤

花白色，花柄短

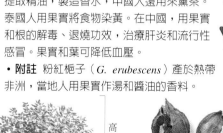

高 3 公尺

●果實有稜，乾燥後可治療牙疼、頭疼

●未開放的花苞

花極香

棲所 肥沃的酸性土壤，潮濕的熱帶；中國，日本	利用部分

科 杜鵑花科	種 *Gaultheria procumbens*	地方名 棋子莓

冬青白珠樹(Wintergreen)

蔓生的灌木;夏天開花,秋、冬結果,假漿果有香味,鮮紅色。

- **用途** 葉浸漬24小時後通過蒸餾法可提取清香的冬青油,常添入甜食和牙膏中。存在葉和果實中的冬青油含有與阿斯匹靈有關的甲基水楊酸。冬青油很容易通過皮膚吸收,有收斂、利尿、興奮的功效,可治療肌肉痛,特別是用於腳的鎮痛,以及風濕病等。在芳香療法中,該油和其他成分被用以治療蜂窩組織炎。拉布拉多的愛奴人用葉泡茶以治療麻痺、頭痛、肌肉痛及咽喉炎。漿果可生食,也可加入果醬。
- **附註** 冬青油會刺激皮膚,因此必須嚴格按醫囑服用。

常綠葉,有芳香氣味,聚生於枝端

葉緣具淺齒

葉柄紅色,長在豎立的短枝上

花白色至粉紅色

花鐘狀,通常單生於葉基部

莖灰白色

高 15 公分

棲所 林地,酸性土壤,流質荒地;北美洲	利用部分 ✐ ⚬ ✐

科 豆科	種 *Genista tinctoria*	地方名 染匠的掃帚

染料木(Dyer's Greenweed)

多變的落葉灌木;花金黃色;小型莢果,含4-10粒種子。

- **用途** 開在枝端的花可提取黃色染料,並使菘藍染過的布料變為綠色。植株有利尿、通便、強心和治療風濕病的功效。枝條柔韌,適於製作掃帚。花有麻醉作用,先使身體興奮繼而失去知覺,整個植株還可治腫瘤。
- **附註** 英王亨利二世用盛開的花枝作為戰爭的紋章,據說金雀花王家的姓氏即是其取自中世紀的「Planta genista」。

花聚生於枝頂

夏天開黃色,具二唇的蝶形花

葉小型,鮮綠色

△ 染料木 ▷

花鮮黃色,有芳香氣味

綠色莢果,成熟後幾乎呈黑色

花著生於細長的花柄上

每個葉腋有1-2朵花

莢果成熟後會炸開

高 2 公尺

小金雀(異名, *Cytisus scoparius* 及 *Sarothamnus scoparius*)為分枝多的灌木,具單葉或三枚小葉的複葉。

染料木

棲所 北溫帶;歐洲至西伯利亞及西南部	利用部分 ✻ ✐ ✐ 🖉 ⧈

| 科 錦葵科 | 種 *Gossypium hirsutum* | 地方名 棉花根 |

高地棉(Upland Cotton)

具有顯眼的奶油色花，逐漸變為粉紫色；蒴果裂開即為棉鈴，露出棕黃色或白色的種毛。

- **用途** 用蒴果的種毛來織棉布已有2,500多年的歷史。種子榨油可以食用，剩餘的殘渣可作牲畜飼料。從種子油中提取的棉子酚可做成激素，用於避孕，有抗病毒、抗菌、治療痛經的功效。

- **附註** 草棉（*G. herbaceum*）的種毛生產棉絮。

葉深綠色，3-5裂，葉柄長

未成熟的棉鈴

花瓣基部有黑色斑點

高2公尺

蒴果開裂，露出種毛

| 棲所 肥沃的土壤；溫帶和熱帶美國 | 利用部分 |

| 科 金縷梅科 | 種 *Hamamelis virginiana* | 地方名 維吉尼亞金縷梅 |

北美金縷梅(Witch Hazel)

落葉灌木；樹皮褐色，光滑；冬天開芬芳的花；木質的蒴果成熟後，可將其中的2粒種子彈出4公尺遠。

- **用途** 從葉和花枝提取的藥液有殺菌、收斂功效，常加入皮膚製劑中，可治療皮膚灼傷、瘀傷、皮疹、靜脈曲張、痔瘡等，並可止血。種子可食，葉經調製可泡茶。

- **附註** 商業上經蒸餾提取的金縷梅液含14%的酒精，千萬不要與金縷梅酊劑混淆，後者收斂性較強，可能損傷皮膚。

高5公尺

葉寬橢圓形，秋天變為黃色

金黃色花瓣長在赤裸的枝條上

枝條可以做測水杖

| 棲所 溫帶地區；加拿大東部，美國東部 | 利用部分 |

科 菊科	種 *Helichrysum italicum*	地方名 不凋花

義大利蠟菊(Curry Plant)

亞灌木；葉強烈的銀色；花金黃色；果實白色，
有光澤，圓柱形。

深黃色的簇生小花，
可做百花香 •

• **用途** 與另外兩種同名的植物不同，因具有咖哩氣味稱為
咖哩草，但並不是作咖哩的材料。葉可為湯和菜增添淡淡咖哩
味，但必須在吃食前除去，否則會使腸胃不適。

• **附註** 從義大利蠟菊中可提取香精，用於芳香
治療法，治療細菌和真菌感染、昏睡及抑鬱症。

銀白色線狀，
有很濃的
咖哩氣味 •

小型線狀的銀色葉，
有淡淡的咖哩味 •

毛茸茸
的莖 •

高
50
公
分

義大利蠟菊

▷ 小蠟菊（*H.
italicum* var. *nana*）
矮小，高25公分。

△ 狹葉蠟菊
（*subsp.
serotinum*，異名，
H. angustifolium）

棲所 向陽的或遮陰處；歐洲西南部	利用部分 ✲ ◊

科 紫草科	種 *Heliotropium arborescens*	地方名 櫻桃派

天芥菜(Heliotrope)

分枝多；花序彎曲，花紫色或白色；橢圓形小果實，含4個小堅果。

• **用途** 花的粉末增添肥皂香氣，可製化粧撲粉和提取芳香
油。祕魯印加人用新鮮植株退燒，順勢治療法用以
治療慢性喉頭炎的瘖啞。

• **附註** 英文俗名來自希臘字
「太陽」（helios）和「轉
變」（trope），源於古老的信
仰，即花會隨著太陽
的穿越天空，而變色。

•葉深綠色，
被短柔毛

•每朵花
有5枚
花瓣

•紫紅色、
紫色或白色
的花簇，有
櫻桃派香味

高
2
公
尺

葉卵圓形
至橢圓形，
末端尖銳 •

棲所 排水良好的地區；溫帶和熱帶秘魯	利用部分 ✲ ◊ ∥ ♀

| 科 錦葵科 | 種 *Hibiscus sabdariffa* | 地方名 檸檬水灌木 |

洛神葵(Roselle)

一年生灌木；黃色花瓣凋落後花萼宿存；隨後膨大形成一個多汁的「果實」。

• **用途** 「果實」能使果醬、果凍、葡萄酒和藥草茶呈現葡萄酒紅色且產生酸味，嫩葉可煮食，發酵的幼「果」汁可加入甜酒中，成熟的「果實」可做果醬。「果實」具收斂性，用於包紮傷口及治療咳嗽。乾燥的花瓣可退燒、驅除條蟲。內樹皮可產生類似黃麻的纖維。

• **附註** 朱槿（*H. rosa-sinensis*）的花產紅色食用色素，可泡茶並染黑鞋子。中國婦女常用花瓣汁液來畫眉。在東南亞，樹皮、根、葉和花作藥用。

葉子上部3-5裂，下部為全緣

葉的中脈基部有腺點

高2.5公尺

「果實」實際上是膨大的花萼

乾燥的果具可口的酸味

長葉柄

幼葉可煮咖哩

棲所 熱帶地區的肥沃土壤；熱帶亞洲和非洲　利用部分

| 科 胡頹子科 | 種 *Hippophaë rhamnoides* | 地方名 沙棘 |

沙棘(Sea Buckthorn)

春天開花；小花簇黃色；漿果橙色。根長，植株在風暴中也能固著於地面。

• **用途** 具收斂性的橙色漿果富含維生素C。西伯利亞人將之摻在乳酪、牛奶或煮成肉醬食用；在尼泊爾則生食、醃漬成蜜餞。尼泊爾婦女用紅色的汁來染嘴唇和前額。未成熟的漿果可治療腹瀉、痢疾，而且有止血功效。莖、葉和根可提取黃色染料。

• **附註** 廣為栽植以固著海岸土壤。

秋天密集成串的漿果

嫩枝有刺

高9公尺

葉似柳葉，灰綠色

棲所 溫帶沿海地區；歐洲，亞洲　利用部分

科 唇形花科	種 *Hyssopus officinalis*	地方名 Issopo Celestino

藥用神香草(Hyssop)

半常綠灌木或亞灌木；葉芳香，晚夏開花，穗狀花序，由二唇形藍色的花組成。

高 1.5 公尺

藥用神香草

• **用途** 葉有刺激的味道，可加入利口酒，增加甜食和酸辣菜的口感，並助消化肥肉；葉含有殺菌、抗病毒的油，曾被用以潔淨寺廟及清洗痲瘋病人；葉上長出的黴可提取青黴素；葉的浸泡液有鎮靜和祛痰作用，可治療流行性感冒、支氣管炎和黏膜炎；葉糊劑可治癒瘀腫創傷；具防腐性、抗病毒，但危險的精油可用於香料，並治療嘴角疹，消除瘀傷和傷疤。還可加入百花香及衣服洗濯劑中。

• **附註** 混植在菜園中可驅除紋白蝶，栽植在葡萄藤附近可提高葡萄產量。孕婦和高血壓患者禁用。

● 花簇圍繞葉軸輪生

● 葉有刺激的氣味

白色品型 ▽

花易招引蜜蜂和蝴蝶 ●

葉和花枝頂端可提取精油

● 花粉紅色

● 第二年分枝的莖基部木質化

花二唇形，鮮藍色

◁ **藍色品型** ◁ **粉紅色品型** ◁ **紫色品型**

葉窄而尖，有芳香氣味 ●

第一年生的莖呈綠色 ●

葉對生 ●

葉沒刺激的氣味

藍色和紫紅色的花

莖有胡椒味，可作烤肉叉

◁ **岩生柳薄荷**
（*subsp. ristatus*）
枝葉緊湊，可作樹籬

低地柳薄荷 ▷
（「*Netherfield*」）
一種新品型，葉綠色或金黃色，花白色。

枝葉茂密 ●

棲所 排水良好的向陽處；歐洲南部	利用部分 ✿ ⧄ ⚘

科 多青科	種 *Ilex vomitoria*	地方名 催吐冬青

▷ 印第安茶

印第安茶(Black Drink Plant)

常綠灌木;花白色;漿果鮮紅色。

• **用途** 印第安人於儀式中,將具麻醉性的葉釀製成刺激性的催吐劑,稱為黑色飲料,戰士在戰前會議前服用以淨身。漿果也會引起嘔吐,因此用於中毒後的急救處理。冬青屬有幾個種的葉含有咖啡因,某些地區用它來泡茶。圭玉沙冬青(*I. guayusa*)可製成具刺激性圭玉茶。巴拉圭茶(*I. paraguariensis*)風行於南美,有滋補強身、利尿通便功效,還能放鬆肌肉,降低食慾,提高智力。

• **附註** 枸骨葉冬青不能製茶。葉浸泡後可治療感冒和咳嗽。

葉扇形,有光澤

花白色,有芳香氣味

▷ 巴拉圭茶
葉乾燥後可製作茶。

高 6 公尺

◁ 枸骨葉冬青 ▷
(*I. aquilfolium*)
其漿果據信可避邪,因而用於聖誕節中。

有毒的漿果

葉上通常有刺,但也可能無刺

印第安茶

棲所 潮濕且排水良好的土壤;美國東南部,墨西哥	利用部分

科 豆科	種 *Indigofera tinctoria*	地方名 Nil-awari

木藍(Indigo)

落葉亞灌木,具羽狀複葉;夏天開花,總狀花序,由紫色調的花組成。

• **用途** 用木藍的莖和葉發酵提取藍色染料已有4,000年的歷史。在印度,葉被用來染黑頭髮。在中國,則用根和葉治療抑鬱症、腺體腫大和痱子;葉還有抗癌功效。

• **附註** 直立木藍(*I. arrecta*)和蘇門答臘木藍(*I. sumatrana*)富含染料,是重要經濟作物。

橢圓形小葉,對生

高 2 公尺

莖和葉可提取著名的藍色染料

棲所 熱帶,亞熱帶;東南亞	利用部分

科 大戟科	種 *Jatropha curcas*	地方名 瀉堅果

痲瘋樹(Physic Nut)

有毒的落葉灌木；具大型淺裂葉片；花黃色；種子橢圓形。

• **用途** 在尼泊爾，種子油用以止血，並助於傷口癒合，外敷還可治療燒傷、疱疹、濕疹和金錢癬。在南美洲則用果實來避孕，用葉的浸泡液擦身可退燒。在迦納，全株皆作藥用，其葉還產生紅色、灰色和不褪的黑色染料。種子油可作為油燈燃料，並能製作肥皂和蠟燭。種子可作毒鼠藥。

• **附註** 在熱帶地區，常用棉葉痲瘋樹（*J. gossypifolia*）的葉和種子油作瀉藥和糊藥，根可治療痲瘋病。與痲瘋樹相同，任何部分都有毒。

莖含辛辣的乳汁

深綠色的葉

▽△ 痲瘋樹 ▽▷

長葉柄

未成熟的果實

黃色的雄蕊和花瓣

乾燥的蒴果

棕色的種子

莖紫紅色，有刺

◁棉葉痲瘋樹
葉三裂，幼時呈紅色，成熟後變成深綠色。

綠色的蒴果

高 6 公尺

痲瘋樹

棲所 開闊的向陽處，熱帶，亞熱帶；南美洲	利用部分

科 馬鞭草科	種 *Lantana camara*	地方名 灌木馬鞭草

馬纓丹(Lantana)

茂盛的灌木；葉深綠色，有刺鼻的鼠尾草般氣味；某些人可能不喜歡，花鮮豔，橙色的香味較淡，黃色、粉紅色或白色的則散發出檸檬香味，極易招引蜜蜂；小型漿果色暗，有毒。

• **用途** 葉含有類似奎寧的抗痙攣成分，用於治療支氣管疾病、眼睛酸痛和發燒。根治療胃疼和疝氣，可解毒和退燒。

• **附註** 在某些地區，馬纓丹是主要的雜草。

葉常綠或脫落

扁平的花頭

黃色的花，逐漸變為橙紅色

葉橢圓形，邊緣鋸齒，末端尖銳

高 2 公尺

棲所 開闊的荒地，熱帶，亞熱帶；熱帶美國	利用部分

科 千屈菜科	種 *Lawsonia inerma*	地方名 木樨草樹

指甲花(Henna)

綻放的灌木；花小型，奶油色，有濃郁的香味；
果實藍黑色。

- **用途** 葉可提取著名的紅色染料，用於
染身體、頭髮、指甲、布料，有時還用於染
阿拉伯白馬的鬃毛。清涼且具收斂性的葉可
治療發燒、頭痛、刺傷、關節痛、皮炎
等病。葉可除臭，努比亞人將之置於
腋下，阿匹納的中世紀植物誌中推薦
以除腳臭。樹皮、葉和果實都是民間
用藥。從花中提取的芳香油為印度人和
非洲人的香水，還用於阿拉伯的宗教慶典中。

- **附註** 在《聖經》中此花香稱作「Camphire」，
克麗奧巴特拉著名的誘人香水即源於此，她第一次
與安東尼相遇前，即以之浸漬船帆。

圓錐花序，花小，
奶油色，強烈香味

蒴果內含
三角形的
厚種子

對葉生

葉狹窄，倒卵形至
橢圓形，末端尖銳

高
6
公
尺

葉可提取
染料

棲所 排水良好的土壤，向陽處；北非，西南亞	利用部分

科 樟科	種 *lindera benzoin*	地方名 班哲明灌木

黃果山胡椒(Spice Bush)

落葉芳香灌木；受傷的枝條散發出香料的氣味；春天開花，
淺黃綠色花簇著生在赤裸的枝條上；秋天結紅色果實、
大小與橄欖相近。

- **用途** 曬乾的果實磨碎後可作為牙買加甜胡椒代用品；新
鮮的葉和樹皮可製芳香茶，獨立戰爭時期深受美國人喜愛。
樹皮和嫩枝可治療咳嗽、感冒、痢疾和發燒。產生三種
芳香油：取自果實者有樟腦油氣味；取自葉者有薰衣草
氣味；取自樹皮和幼枝者有白冬青油樹氣味。

- **附註** 產於中國的烏藥，具芳香的葉，根香腸狀，兩者
均可入藥。葉外敷、根熬藥內服都可減輕腸胃不適、頭疼、中風、
風濕症、疝氣和痛經、發炎及充血。

倒卵形葉

高
4
公
尺

黃果山胡椒

根曬乾後
的切片

△ **烏藥**（*L. strychnifolia*）
常綠灌木，高達10公尺，
枝上有鐵鏽色的茸毛；花黃色；
漿果黑色。

◁**黃果山胡椒**

樹皮和
幼枝可提取
有冬青油樹
香味的精油

棲所 肥沃的林地；北美東部	利用部分

科 唇形花科	種 *Lavandula* species	地方名 各不相同

薰衣草(Lavender)

薰衣草屬包括28個種，為芳香的多年生常綠灌木，葉小，
線條形；芳香的二唇形紫色或藍色花組成穗狀花序。

• **用途** 整個植株的氣生部分都有芳香油腺，但大部分
集中在花上。花可為果醬、醋、甜食，奶油等增添香
味，並做成蜜餞。花的香味持久，可加入乾燥香袋和百花
中。花中的汁液為有益的皮膚調節劑，可促進上皮細胞的
更新，對痤瘡也有療效。花茶可治療焦慮症、頭疼、腸胃
氣脹、嘔心、頭暈和口臭等
病。花枝可驅除蒼蠅，尤其
是寬葉薰衣草（*L. latifolia*）
效果最顯著。其精油為高
價值的香水和藥；有殺
菌、鎮靜及止痛作用，
可治療昆蟲咬傷、燒
傷、喉嚨痛和頭痛，還
加入浴池中作鬆弛劑。
治療關節痛、失眠症、
憂鬱症、淋巴充血、
高血壓、消化不良、
月經病等。

• **附註** 從法國薰衣
草和狹葉薰衣草提取
的精油品質最好。

花粉紅色

葉銀灰色

夏天開花，穗狀花序，
花紫藍色，有香味

△ 狹葉薰衣草
「羅登粉紅」
（Lodden pink）
高45公分。

△ 狹葉薰衣草
「希德寇特」
（Hidcote）
生長緩慢的品種，
高40公分。

花鮮藍紫色

長花穗

花紫紅色

英國薰衣草 ▷
產於英國，可長到
75公分高。

高1公尺

葉狹長，
灰綠色，
有香味

狹葉薰衣草
（*Lavandula anguistifolia*）

荷蘭薰衣草 △
「維拉」（Vera）
葉長得更緊湊，
顏色更銀白。

狹葉薰衣草 △
「苻加特」（Folgate）
高45公分，枝葉緊湊，
葉狹長，灰綠色。

狹葉薰衣草 △
「特威克爾紫」
（Twickel Purple）
叢生且枝葉緊湊；
葉綠色，有時稍帶
紫紅色。

棲所 溫帶地區：地中海地區	利用部分 ✳ ◊ ╱ ⸙

花白色

花洋紅-粉紅色，
苞片直立

花鮮紫色

花紫色

短穗狀
花序

長花梗

葉白色，
被茸毛

葉細長，
銀白色

△ 小白狹葉薰衣草
（「Nana Alba」）
半耐寒，矮小，枝葉緊湊，高
20公分。

△ 綿毛薰衣草
（ L. lanata ）
半耐寒，有芳香氣味。

△ 綿毛薰衣草的雜種
（ L. lanata ×
「Sawyer's Hybrid」）
耐寒，葉銀白色。

花藍色

花凋謝後，
苞片宿存

綠薰衣草 ▽
（ L. viridis ）
高1公尺：葉綠色：
花白色或綠色。

葉細長而
密集

△ 法國薰衣草的亞種
（ L. stoechas subsp.
pedunculata ）
半抗寒：高45公分。

葉有香脂
氣味

葉芳香

△ 狹葉薰衣草
「孟斯泰德」
「Munstead」
高35公分：葉小，
藍綠色：花大型。

△ 齒葉薰衣草（ L. dentata ）
為柔弱的種類，冬天開花。

<法國薰衣草
（ L. stoechas ）
半抗寒：有獨特的萼片。

科 茄科	種 *Lycium chinense*	地方名 結婚蔓

枸杞(Wolfberry)

落葉灌木;莖弓形彎曲;葉綠色;夏天開紫色花;秋天或初冬結果,漿果耐久,朱紅色至緋紅色。

• **用途** 漿果、根皮偶爾還有葉,在中藥中能增進肝、腎和血液的機能。枸杞還可治療小兒肺炎、糖尿病、肺結核及營養不良導致的視力減退。其與其他草藥配合服用,可延緩機體衰老,促進肌肉生長,防止白髮產生、面部皮膚粗糙及色素沉著。

• **附註** 枸杞常為藥膳所採納,做滋補湯、粥和藥酒的配料。

成熟的果實呈橙紅色

曬乾後的漿果為中藥滋補劑「枸杞子」

互生葉

高 4 公尺

瓣淺紫色,有時也呈黃色,末端尖銳

花葉狹長,中部稍寬

棲所 溫帶地區;東亞	利用部分

科 小檗科	種 *Mahonia aquifolium*	地方名 山葡萄

十大功勞(Oregon Grape)

常綠的十大功勞(異名, *Berberis aquifolium*);灰褐色樹皮;葉深綠色,秋天變為紫紅色;花芳香;漿果淡紫-黑色。

• **用途** 根和地下吸枝入藥有清血作用,常用來治療濕疹、痤瘡、牛皮癬和嘴角疹等。可幫助消化,滋補肝臟,而用以增進食慾、抑制嘔吐,並減輕風濕發炎,孕婦禁用。根可提取黃色染料。

• **附註** 試驗顯示日本十大功勞(*M. japonica*)的葉有抗癌作用。

葉緣有刺狀齒

花金黃色,密集成串

光滑的樹皮

高 2 公尺

地下的吸枝可清血

棲所 開闊溫帶地區;美國西北部,加拿大西部	利用部分

| 科 大戟科 | 種 *Manihot esculenta* | 地方名 | Manioc／Tapioca |

木薯(Cassava)

具有肥大的肉質根；莖木質，有乳汁；葉柄
長；總狀花序，花大型；蒴果有翅。

• **用途** 肉質的塊根可作蔬菜；磨碎即成
木薯澱粉，經發酵可製作酒精。但根含氫
氰酸，必須經浸泡、壓榨或燒煮以除去這
種有毒成分。煮沸的苦味汁液具防腐性，
用作胡椒燉肉的調料。
葉入藥可治療發燒和
頭痛。

• 根富含
澱粉

葉先端
漸尖

葉含
氫氰酸

高
3
公
尺

• 肉質的
塊根

掌狀葉

直立莖

| 棲所 深的肥沃土壤；熱帶低地，中美洲 | 利用部分 |

| 科 芸香科 | 種 *Murraya koenigii* | 地方名 Karapincha |

可因氏月橘(Curry Leaf)

常綠灌木或喬木；木材古銅色；葉具香料
氣味；圓錐花序大型，花小，白色。

• **用途** 新鮮的葉為印度普遍的調味品，
特別是用在南方的蔬菜烹調、咖哩肉湯
和咖哩中，但乾燥後便失去香味。
樹皮、葉和根有滋補功效。

• **附註** 七里香的葉可治療月經不調和淋病。葉和
根能促進血液循環，並有鎮靜止痛、消炎作用。

樹皮有
香味

未成熟
的漿果

高
6
公
尺

◁ ▽△ 可因氏月橘
（異名, *Chalcas koenigii*）

常綠葉

小葉互生，
邊緣具細齒，
有香味

花有茉莉花
的香味

葉有檸檬
的香味

◁ 七里香（ *Murraya paniculata* ，
異名, *Chalcas exotica*）

葉、樹皮和花都有香味；漿果紅色，可作裝飾物。

| 棲所 亞熱帶森林；亞洲 | 利用部分 |

科 楊梅科	種 *Myrica cerifera*	地方名 蠟燭莓

蠟香桃木(Wax Myrtle)

常綠灌木，雌雄異株；夏天開花，柔荑花序；漿果淺綠色，表面被蠟質。

• **用途** 蠟香桃木和加州蠟香桃木的漿果都可燉肉，並產生香膏味的蠟，可製造蠟燭、刮鬍肥皂及化妝品。根皮有滋補作用，還可止血、殺菌、刺激血液及淋巴循環和治療腸胃炎。圖中三種蠟香桃木的葉泡茶都有退燒功效。

• **附註** 芳香的香楊香桃木，可驅除昆蟲和蛾。

高 12 公尺

蠟香桃木

葉邊緣齒裂

蠟香桃木 ▽

葉有腺點，散發出香味

◁ 加州蠟香桃木（ *Myrica californica* ）

有芳香氣味，柔荑花序呈綠色，漿果紫色。

加州蠟香桃木 ▷

幼枝呈淺紅色，有芳香氣味

沼澤香桃木（ *Myrica gale* ）▷

落葉灌木，有芳香氣味，堅果含樹脂。

先端圓鈍

淡黃色的柔荑花序

棲所 潮濕的叢林；北美東部	利用部分

科 桃金孃科	種 *Myrtus communis*	地方名 桃金孃

甜香桃木(Sweet Myrtle)

濃密的常綠灌木，葉和花芽都有香味；花乳白色；漿果藍黑色。

• **用途** 花可製造花露水，連同葉可加入創傷膏藥中，乾燥後則可做百花香；曬乾後還可作調料。花芽和漿果可為甜食添桔子花香，葉則為烤肉增加味道和香氣。葉曬乾後可製作藥枕，入藥有殺菌、收斂作用，對瘀傷和痔瘡有療效；從葉提取的精油為桃金孃油的來源，可治療齒齦炎。

• **附註** 用甜香桃木編織的新娘花環象徵美麗和貞潔。

深綠色發亮的葉子有深埋的油腺

花有芳香氣味

高 5 公尺

「Tarentina」一種葉狹窄而密集的品型

棲所 陽光充足、排水良好的土壤；地中海，北非	利用部分

科 小蘗科	種 *Nandina domestica*	地方名 南天竹

南天竹(Sacred Bamboo)

觀賞常綠或半落葉灌木；莖直立，似甘蔗有明顯的節；葉密集於枝端，春天呈紅色，秋天呈紫紅色；花白色；漿果鮮紅色，可在枝上宿存。

• **用途** 根和莖均可入藥，印尼人和中國人用以退燒、鎮靜止痛，治療由流行性感冒、支氣管炎和百日咳等引起的咳嗽，由消化不良和腸胃炎引起的腹瀉，以及外傷引起的肌肉和骨骼疼痛。

• **附註** 在日本栽培很廣，其木紋緻密且有香味，常用來製作筷子。

優雅的秋葉

葉橢圓形，先端尖銳

漿果似豆粒大小

漿果鮮紅色，聚集成串

夏天開花，圓錐花序

中脈明顯

夏天葉呈綠色

高2公尺

花繞軸輪生 ● 萼片有3-6枚 ● 莖有芳香氣味，木紋緻密

莖細長，似竹子

棲所 潮濕的溪谷，山坡，叢林；中國，日本	利用部分

科 磯科	種 *Plumbago zeylanica*	地方名 Elanitul

錫蘭磯松(Ceylon Leadwort)

小型常綠灌木，有蔓生趨勢；枝條具稜角；花白色；蒴果五角形；根長、多汁而味酸，有毒。

• **用途** 在熱帶地區，常用葉外敷治療風濕病，內服治療眩暈和尿痛。根可增進消化功能，且能治療痢疾，但過量服用會導致流產。用根製成的藥膏為殺菌劑，可治療由細菌和單細胞生物感染引起的水皰及慢性皮膚病。在尼泊爾，用根來治療禿髮。在迦納，則以油煎汁來治療胃癌。在歐洲，用根的浸出液來治療流行性感冒。

• **附註** 英文俗名源於信其可治療鉛中毒。

密集的穗狀花序，花白色，花瓣5枚，花藥藍色

高1公尺

基部被茸毛

葉緣有時不平整而呈波狀

葉綠色，橢圓形，先端尖銳

莖有蔓生趨勢

葉互生，葉柄短

棲所 熱帶地區，開闊地帶；東南亞至澳洲	利用部分

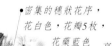

科 夾竹桃科	種 *Rauvolfia serpentina*	地方名 印度蛇根木

蘿芙藤(Rauvolfia)

常綠灌木；葉輪生；花紅色；果實小，聚生在一起。

• **用途** 3,000年前印度草藥學中就開始用其根來治療高血壓、失眠症和精神病。西藥則從中分離出活性的生物鹼——利血平，作鎮定劑以治療過度緊張，但有產生躁鬱症的副作用，因此現在很少使用。但整個植株因含有另外50種生物鹼可消除利血平而仍繼續使用。

• **附註** 泡茶飲用有鎮靜效果，曾為甘地所贊許。

高 1.5 公尺

• 從莖尖抽出的幼枝，上面長有輪生的葉

• 葉卵圓形至橢圓形，先端漸尖

紅色花簇，其尖端呈奶油黃色與未成熟的核果

• 中脈明顯

• 曬乾的根含利血平，可降血壓

棲所 亞熱帶具乾季的季風區；印度	利用部分 ✳ ✎ ⬓ ⬚

科 虎耳草科	種 *Ribes nigrum*	地方名 扁桃腺炎莓

黑穗醋栗(Blackcurrant)

落葉灌木，無刺，有麝香氣味；葉3-5裂；春末開花，總狀花序下垂，花略呈綠色；夏天結黑色漿果，可食。

• **用途** 果實可製作果醬、甜食、甘露酒及甜酒等；葉可作茶飲用，有收斂、清涼、降血壓的功效，還可治療腹瀉、咽喉炎、精神緊張等。

• **附註** 醋栗可為果醬和酒添風味。葉可治療痢疾，還可用於包紮傷口。

高 2 公尺

△▽黑穗醋栗

葉緣淺裂

• 果實黃綠色，有刺

△醋栗（*Ribes uva-crispa*）
多刺的灌木，葉緣深裂，花粉紅－綠色。

漿果含精油和維生素C

棲所 潮濕的籬牆；歐洲，喜馬拉雅山，中亞	利用部分 ✎ ⬓ ⬚ ♀

科 漆樹科	種 *Rhus typhina*	地方名 印度檸檬水

鹿角漆樹(Stag Horn Sumach)

落葉灌木；小葉狹長，秋天葉呈朱紅色；圓錐花序密集；
果實有酸味。

• **用途** 用酸漿果烹調為中東地區的食物特色，
尤其是西西里漆樹漿果最受歡迎。浸漬種子的
汁液或乾燥的漿果可加入沙拉調味汁、酸乳酪、
醬汁及醃泡汁。漿果粉末可增加魚肉風味。

• **附註** 野葛屬
（*Toxicodendron*）
的植物，如毒常春藤
也叫漆樹，有劇毒。

高
10
公
尺

漿果磚紅色，
聚集成串。在美國
用以製作印度
檸檬水 •

鹿角漆樹

曬乾的漿果經
浸漬後可製作飲料

◁▽ **光滑漆樹**（*Rhus glabra*）

高3公尺，產於北美，
漿果有酸味，可用於烹調。

△ **鹿角漆樹**

亮葉漆樹 ▽
（*Rhus copallina*）
落葉灌木，果實可為飲料調味，
根入藥可
治療痢疾。

成熟的
紅色漿果

未成熟
的漿果

碾碎而無
種子的漿果 •

從漿果中
取出的褐色
的種子

羽狀複葉

曬乾的
漿果 •

秋葉呈紅色，
可用以硝皮
和染色 •

◁△ **西西里漆樹**
（*Rhus corioria*）
漿果味道鮮美，可浸漬出酸果汁用來烹調。

幼枝呈
紅色

棲所 乾旱開闊的灌木林地；北美東部	利用部分

科 薔薇科	種 *Rosa* species	地方名 各不相同

薔薇(Rose)

大多為落葉灌木；莖上多刺；複葉包括3-9枚小葉；夏天開花，有清新的芳香氣味；秋天結出薔薇果。

樹高 5.5 公尺

犬薔薇

• **用途** 薔薇可用於提取香精、製造化妝品、烹調、入藥、做手工藝品等。新鮮的花瓣和花露水可為甜食和酸辣菜增添風味；花露水可消除皮膚和眼睛的疲勞感。乾燥的花瓣仍保有香味，為百花香的基礎。犬薔薇的薔薇果為製作果醬、糖漿、茶和甜酒的主要來源。用葉泡茶有通便作用，外敷可治療創傷。從大馬士革、波旁及其他薔薇品種的花中提取的玫瑰油可製作上乘的香水。

花白色或粉紅色，有5枚花瓣

花單生或聚生，花萼綠色

• **附註** 從亞馬遜薔薇（*R. rubirinova*）提取的油可促進傷口癒合，使亞馬遜地區的化妝工業顯著成長。

花瓣曬乾後可為百花香及香袋調色及增香

小葉中度綠色，邊緣鋸齒

◁▽犬薔薇△（*Rosa canina*）

莖弓形或蔓生，有強硬的朝下鉤刺

土耳其、阿拉伯及印度的烹調以芬芳的花瓣為特色

5-7枚橢圓形，邊緣鋸齒狀的小葉

薔薇果呈朱紅色

芳香的花瓣去掉有苦味鹼後可作調味品

葉面光滑，先端漸尖

花梗上有硬毛

◁大馬士革薔薇（*R. damascena*「Trigintipetala」）花香濃郁，被廣植以提取玫瑰油。

曬乾的薔薇果

△▽犬薔薇

小葉通常5-7枚，邊緣鋸齒狀

新鮮的薔薇果富含維生素 B、C、E、K

脫落性灰綠色葉片

花芽整個乾燥後可加入百花香或花束

薔薇果被刺激性茸毛，製茶時必須濾除

棲所 溫帶和亞熱帶地區；中國	利用部分 ❋ ⌀ △ ♟

花單生，深粉紅色，
有淡淡的香味 ●

通過蒸餾法
可從花中提取
玫瑰油 ●

芳香的花，
可作調料
及化妝品 ●

精選的花 △
「查理斯磨坊」薔薇與
「少女的羞紅」、「伊撒克夫人」、
「皮瑞耶」、「大白」和「老紅臉」
的花瓣。

● 芳香的
「老薔薇」
花瓣

愛南薔薇 △ ▷
（ *R. rubiginosa*，
異名, *R. eglanteria*）
生長密集，葉有蘋果香味，
為優良的芳香樹籬。

● 5-9枚齒狀小葉，
有蘋果香味

變色法國薔薇 ▷
（ *R. gallica*「Versicolor」）
高2公尺，莖有刺，花半重瓣，
有紅色、粉色和白色條紋。

● 花芽有香味

● 花萼

● 綠色
大苞片

花瓣
艷紅色 ●

花瓣芳香
且有條紋 ●

● 托葉
狹窄

花瓣深
粉紅色 ●

奧帕西薔薇 ▽▷
（ *R. gallica*「Officinalis」）
花半重瓣，深粉紅色，乾燥後
香味更濃，為藥用薔薇香水的
公認薔薇品種，在中世紀
深受英國人喜愛。

● 皺起且
鋸齒的
小葉

花有芳香
氣味 ●

◁△ **皺葉薔薇**
（ *R. rugosa*）
即日本玫瑰，直立
灌木，莖上有密集的刺，
花單生，有芳香氣味，薔薇果
大，呈紅色，富含維生素C。
根可作中藥。

科 唇形花科	種 *Rosmarinus officinalis*	地方名 海露

迷迭香(Rosemary)

為濃密的常綠灌木,有芳香氣味;葉針形,含樹脂;春天開藍色而柔軟的花,藍色,富含花粉,易招引蜜蜂。

• **用途** 葉為流傳已久的可口藥草,深受義大利人喜愛,用於豬肉、羊肉及甲殼類的烹調。葉有殺菌、抗氧化作用,可用來保存食物,有助於消化脂肪,被放入數種減肥藥中。葉被用於製作古龍水、染黑頭髮的潤絲精和去頭皮屑的洗髮精。新鮮或結晶的花可用於裝飾。經蒸餾提取的花露水可作鎮痛的洗眼水。能促進血液循環,並增加供血量以減輕關節痛。

• **附註** 從花中提取的芳香油有抗菌和滋補強身的作用,能增強中樞神經系統,促進血液循環,減輕肌肉疼痛。

◁ 塞汶海迷迭香
「Severn Sea」
半抗寒,枝條彎曲的品型。

花鮮藍色

花紫羅蘭色

葉纖細

葡匐迷迭香 ▷
「Prostatus」
匍匐莖品型。

葉狹窄

▽ 藍色塞福克迷迭香
「Suffolk Blue」
抗寒品種,
花天藍色。

花小,
二唇形

◁ 迷迭香

莖色淺

花白色

◁ 雜色迷迭香
「Variegated」
這種多變的品型具有深綠色和黃色的葉。

葉尖
金黃色

無莖的
革質葉

◁ 白色迷迭香
「Albus」
花有時具有淡紫色紋脈。

葉鮮綠色

花淺色

◁ 大粉紅迷迭香
「Majorca Pink」
半抗寒品種,
花粉紅色。

葉深綠色

高
2
公
尺

葉密集

垂直生長

迷迭香

◁ 直立的約瑟普小姐迷迭香「Miss Jessop's Upright」
抗寒品種,適於作樹籬。

棲所 排水良好的土壤,向陽處;地中海	利用部分 ❀ ◗ 🍃

科 薔薇科	種 *Rubus idaeus*	地方名 覆盆子

樹莓(Raspberry)

樹莓 ▷

二年生灌木；莖林立而多刺；羽狀複葉；花小，白色；
果實紅色，味道鮮美。

• **用途** 可作食物及調味品，還產生紅色的染料，
可加入紅變皮膚的面膜中。能減輕貧血，在中國
為腎病和尿遺藥方。葉含單寧，通常需經乾燥
以去除毒素。懷孕後期用葉泡茶飲用可增強
子宮及骨盆肌肉功能，茶還可減輕痛經。

多毛的
莖上有軟刺

• **附註** 葉煎藥內服有補血和滋潤皮膚的作用，
外敷可治療濕疹。

花粉紅色
或白色

果實紫黑色，多汁，
富含纖維和維生素C

高
1.5
公
尺

花梗上
有硬毛

歐洲黑莓 △▷

（ *R. fruticosus*，
異名,*R. ulmifolius*）
果實可提取藍灰色染料。

3-5枚小葉，葉緣鋸齒

樹莓

棲所 潮濕肥沃的土壤；歐洲，亞洲北部，日本	利用部分 🍃 🌿 🥖 🍇

科 百合科	種 *Ruscus aculeatus*	地方名 箱冬青

花竹柏(Butcher's Broom)

橢圓形的
葉狀枝

常綠灌木；每年抽出莖叢，上面長有先端銳尖的
葉狀枝（寬而扁平的葉狀莖）；花小，紫羅蘭色；
漿果鮮紅色。

• **用途** 新抽出的嫩枝似蘆筍，可食用。葉狀枝可治
療子宮疾病。根可治療關節炎。研究顯示整個植株入
藥有消炎及收縮血管作用，內服及外敷可治療
內外痔、靜脈曲張和凍瘡。

漿果紅色，
表面光滑

• **附註** 曾用來清洗屠夫的
砧板。

從根狀莖
抽出的枝條

高
1.25
公
尺

花小，
紫羅蘭色

棲所 多岩地區，低沃度；溫帶歐洲	利用部分 🌸 🍃 🌿 🥖 🕸

科 芸香科	種 *Ruta graveolens*	地方名 恩寵之草

芸香(Rue)

花黃色，夏天開放 ●

常綠亞灌木；葉深裂，略帶藍色，有香味；夏天開黃色花。

葉藍綠色，覆有具刺激味的油腺 ●

- **用途** 葉味苦，富含鐵質和礦物質，少量加入食物、飲料和酒中，可增化麝香氣味。為興奮劑，會導致流產，並能強化微血管，其抗痙攣作用能治療高血壓、癲癇、腹痛。葉的浸泡液用來洗眼睛可消除疲勞，曾為達文西和米開朗基羅所用。葉曬乾後是強力殺蟲劑，及傷口殺菌劑。精油為香料工業所採納。
- **附註** 葉的圓形裂片為撲克牌梅花圖案來源。皮膚接觸到莖的汁液會引起皮疹。

葉可變為綠色 ●

高 60 公分

雜色芸香 ▷
「Variegata」
葉的氣味與普通芸香相同，但其藥用價值還未經證實。

芸香

芸香 △

棲所 排水良好或多岩石的土壤，向陽處；歐洲東南部	利用部分 🍃 ⚘ 🌸

科 唇形花科	種 *Satureja montana*	地方名 豆草

歐洲風輪菜(Winter Savory)

風輪菜 ▷
(*S. hortensis*)

常綠亞灌木；葉狹窄，先端漸尖，香味濃郁；花小。

- **用途** 特別是更精巧的夏季風輪菜，能帶出豆類食品的味道，即使是罐頭或冷凍豆子，葉仍具香料辛辣味道，傳統上用來增添鱒魚、義大利香腸、辣根醬及滋補酒的風味，還有助消化和減肥。花有收斂、殺菌作用，用於漱口水及油性皮膚的蒸臉護膚中。

一年生，有芳香氣味，夏末開花，花淡紫色至白色，葉較歐洲風輪菜圓鈍。

葉有可口的風味

- **附註** 葉搗碎可減輕蜜蜂螫的腫痛。

葉深綠色，無莖

匍匐風輪菜(*S. spicigera*, 異名, *S. repandra*)
蔓生成墊狀，葉深綠色。

葉佈有油腺

高 50 公分

花白色

分枝多

◁ △ 歐洲風輪菜

棲所 排水良好土壤，向陽處，溫帶地區；歐洲南部	利用部分 ✽ 🍃 🖊

| 科 菊科 | 種 *Santolina chamaecyparissus* | 地方名 薰衣草棉 |

綿杉菊(Santolina)

濃密的常綠灌木；葉細裂，有刺激的芳香氣味；夏末開花，花芥末黃色；蒴果長圓形。

• **用途** 葉可加入百花香；幼枝可放入布料、衣物、地氈和書中以防蟲蟲；葉混以黃金菊及款冬可作煙草。花乾燥後可作裝飾品，植株則常栽培於花園邊緣及紋飾供觀賞中。在中世紀時，為重要的藥劑，可驅除腸道寄生蟲、清洗腎臟、調經及治療黃疸病等。花和葉浸泡後可治療金錢癬和疥癬。

• **附註** 雖然又稱為薰衣草棉及法國薰衣草，但不是真正的薰衣草，而是菊科的一個成員。

高 60 公分

鈕釦狀花頭

△◁綿杉菊
(異名, *S. incana*)

花黃色

常綠葉銀灰色，有刺激性氣味

長而伸展的羽狀葉

蔭處的葉已乾枯

柔軟而被白茸毛的幼莖，第二年變為綠褐色且木質化

花鮮黃色

◁綠綿杉菊
(*S. viridis*, 異名,*S. birens*)
植株矮小但分布廣泛，葉有芳香氣味。

葉鮮綠色

葉線狀

花梗長：小花管狀

△ 羽葉綿杉菊 (*S. pinnata*, subsp. *neapolitana*, 異名,*S. neapolitana*)
產於義大利南部的大型灌木，葉銀白色，夏天開黃色花。

葉柳綠色，有芳香氣味

有些專家把綠綿杉菊和香葉綿杉菊歸為一個種

葉細裂

莖很容易插扦繁殖

香葉綿杉菊 ▷
(*S. rosmarinifolia*)
灌木，葉柳綠色。

◁ **檸檬皇后綿杉菊**
「Lemon Queen」
枝葉緊湊的品型，花奶油色。

棲所 排水良好的土壤，向陽處；地中海　　利用部分

科 唇形花科	種 *Salvia elegans*	地方名 室內鼠尾草

雅美鼠尾草(Pineapple Sage)

半抗寒；莖紅色；葉卵形，邊緣紅色；冬天開花，總狀花序由緋紅色的花組成。

• **用途** 葉有菠蘿香味，可增加雞肉乳酪風味；幼葉放入雞蛋牛奶麵糊中油炸並在以奶油食用，還可為百花香增香，燃燒產生的煙霧有除臭效果，可消除室內異味。

• **附註** 窄葉鼠尾草可作為收斂清潔劑。西班牙鼠尾草種子可製滋補飲料，還可提取繪圖的油顏料。

▷ 雅美鼠尾草（異名, *Salvia rutulanss*）

葉藍綠色至灰色　葉有香味

▷ 窄葉鼠尾草（*Salvia lavandulifolia*）葉先端漸尖，有香膏氣味，花紫羅蘭色。

高90公分

雅美鼠尾草

棲所 肥沃且排水良好的土壤，向陽處；墨西哥，瓜地馬拉	利用部分 ✍

科 唇形花科	種 *Salvia miltiorrhiza*	地方名 紅根

丹參(Red-rooted Sage)

多年生藥用植物；具奇特而淺裂的綠葉，中間裂片最大，葉柄長；夏天藍紫色花；穗狀花序，根深紅色的圓鈍。

• **用途** 在中藥中，根的煎汁可治療月經不調、子宮出血、由滯血引起的腹痛，可為肝炎或肝潰瘍活血、胸膜炎、骨膜炎、腎炎、瘀傷、神經衰弱及失眠等多種疾病。

乾枯的苞片

葉緣鋸齒狀

曬乾的根

葉3-5裂

高60公分

棲所 向陽的山坡，河邊；中國	利用部分 ✍

科 唇形花科	種 *Salvia sclarea*	地方名 明眼目

南歐丹參(Clary Sage)

二年生抗寒植物；葉大型有刺激的氣味；花序高，苞片宿存不落，有顏色。

• **用途** 蒸餾提取葉和花可消除眼睛疲勞，浸泡種子的黏液可除去異物。從葉中提取的油精可作調味品和化妝品；在芳香療法中，其為緊張、疲勞、月經失調及氣喘病的強效緩解劑。

• **附註** 和酒精共用，會導致酒後嘔吐和做惡夢。

花紫色和白色

苞片從玫瑰紅到淡紫色、紫紅色或桃紅色不等

葉橢圓形，先端漸尖

高1公尺

棲所 乾旱、多岩石地區，向陽處；歐洲至中亞	利用部分 ✿ ✍ ⚱

科 唇形花科	種 *Salvia officinalis*	地方名 庭園鼠尾草

鼠尾草(Sage)

常綠芳香灌木；葉灰綠色，有織紋，夏天開藍紫色花。

・**用途** 葉有濃烈的氣味，乾燥後氣味更濃，煮肉時加入少量有調味和助消化作用。一般人喜歡將之放入雞鴨填料中，而且可與味道強烈的食物融合。花可摻入沙拉中，並可泡製清淡的茶飲用。葉茶為殺菌的神經血液滋補劑。鼠尾草含激素前體，入藥可治月經不調及更年期癥候群。

・**附註** 孕婦禁止大量服用。

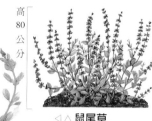

高 80 公分

◁△ **鼠尾草**

・花大多數呈紫藍色，有時也呈白色或粉紅色

葉卵形，
先端漸尖，
芳香 ●

金色鼠尾草 ▷
「Icterina」
葉黃綠混雜，
有淡淡的氣味。

葉紫紅色
葉緣具
細齒

葡匐鼠尾草 ▽
「Prostratus」
半抗寒，葡匐莖，
葉有香膏氣味

葉可提取有毒
的鼠尾草油

紫色鼠尾草 △
「Purpurascens」
抗寒品種，葉茶可治療喉頭炎。

花、苞片、
葉都呈雜色 ●

葉的顏色
常年不變

莖四
稜形 ●

△ **鼠尾草**

葉可引起
癲癇病
發作 ●

雜紫色鼠尾草 ▷
「Purpurescens variegata」
這種雜色品種意義駁雜著有白色、
桃紅色、玫瑰紅色及紫色。

葉表面
凹凸不平

莖紅色

葉可
擦白牙齒 ●

葉寬，
邊緣鋸齒

莖玫瑰紅色

三色鼠尾草 ▷
「Tricolor」
半抗寒品種，葉綠色，
邊緣粉紅色和白色，
有淡淡的香味。

◁ **寬葉鼠尾草**
「Broad-leaf」
這種有用的品種在涼爽
的氣候下很少開花。

莖四稜形

棲所 乾旱且排水良好的土壤；地中海，北非	利用部分 ✿ ◗ ✑

| 科 豆科 | 種 *Senna alexandrina* | 地方名 廷納威利山扁豆 |

山扁豆(Alexandrian Senna)

多年生亞灌木；羽狀複葉，小葉薄，灰綠色，對生；花黃色；初夏結橢圓形的扁平莢果。

- **用途** 幾百年來世界各地就已經用山扁豆和耳狀決明來生產高品質的「番瀉葉」瀉藥。葉和莢果可清洗和刺激下消化道，而用於斷食，但葉功能較強，有時可能會引起嘔吐和胃疼。山扁豆入藥能驅除腸道寄生蟲。

- **附註** 耳狀決明的葉可製作刺激性飲料，在熱帶亞洲用其樹皮鞣革。

▷山扁豆（異名，*Cassia senna*）

花黃色

成熟的莢果

莢果可作瀉藥

薄且成對的小葉

花瓣黃色，爪狀

乾燥的莢果

未成熟的莢果

小葉尖端較硬

耳狀決明（*S. auriculata*，異名，*Cassia auriculata*）
常綠灌木，高1公尺。

成對的橢圓形小葉

高1公尺

山扁豆

| 棲所 曠野；墨西哥，熱帶非洲，印度 | 利用部分 ✍ ⚘ |

| 科 菊科 | 種 *Seriphidium tridentatum* | 地方名 大鼠尾草叢 |

山艾(Sagebrush)

芳香的山艾(異名, *Artemisia tridentata*)葉柔軟，果實小。

- **用途** 美洲土著在儀式中燃燒其葉以產生神聖的濃煙。葉經咀嚼可治療消化不良和胃腸氣脹；作成糊藥可治療偏頭疼；浸出液來漱口有殺菌作用。花香精酊劑，可減輕緊張情緒。

- **附註** 美洲土著認為學草藥的學生只要通「山艾」的靈氣就能給人看病。

微小的銀灰色聚合花，聚集成串

高3公尺

銀色的葉先端齒裂

葉稍有黏性

| 棲所 乾燥的山坡；墨西哥，美國西部 | 利用部分 ✻ ✍ ⬷ ⚘ |

科 希蒙得木科	種 *Simmondsia chinensis*	地方名 山羊堅果

油栗，荷荷巴(Jojoba)

多變的沙漠灌木；葉小而堅韌；雌雄異株，雄花黃色，雌花綠色；果實似橄欖大小，乾燥後裂開露出1-5粒褐色的種子。

• **用途** 種子可食，可產出相當於其一半重量的安定性油，即清澈無味的液體蠟，可作為鯨腦油替代品，並提供低熱量植物油。這種油有抗氧化、抗腐敗的作用，因此廣泛用於化妝品和洗髮精中，還可作防水劑、皮革軟化劑、機械潤滑劑、還原後可製造蠟燭和汽車擦光劑。

• **附註** 栽植油栗可開拓沙漠並改善土壤。

葉常綠，
光滑而
有彈性

細長的幼枝

高 2 公尺

種子可食

葉交互對生

種子富含油脂

葉黃綠色至藍綠色

棲所 沙漠土壤；美國西南部，墨西哥北部	利用部分

科 茄科	種 *Solanum aviculare*	地方名 Poropore

鳥茄(Kangaroo Apple)

常綠灌木；雅緻的葉分三叉，葉脈紫色或褐色；花序有分枝，花紫色；漿果鮮紅色，內含許多種子。

• **用途** 為俄羅斯和紐西蘭的經濟作物，以提取類固醇激素，可用來避孕和治療風濕性關節炎。

漿果完成成熟後果皮裂開，才可食用，為澳洲人的食物，味道酸甜，可生食，或熟食。

• **附註** 葉和未成熟的果實都有毒。

高 3.5 公尺

果柄長的漿果，成熟後呈鮮紅色

中央裂片最長

葉深裂

葉邊緣平滑

葉基部漸狹

葉薄，深綠色，葉脈紫色或褐色

棲所 低窪地，	亞熱帶森林地區；澳洲	利用部分

科 茄科	種 *Solanum violaceum*	地方名 Terong Pipit

紫花茄(Tibbatu)

多年生灌木；莖粗壯多分枝，紫紅色，有刺；春天開花，花淡紫色至紫色；漿果紅色。

• **用途** 被視為春藥和收斂劑，可治療疔瘡、金錢癬；根可治療腹痛、咳嗽和氣喘。種子燃燒產生的蒸氣可減輕牙疼。在印尼，漿果被用來減輕高血壓、痛經及糖尿病。研究顯示，茄屬的某些種含有毒性溫和的生物茄鹼。

• **附註** 白英的莖可治療風濕病、氣喘，還有利尿和補肝功效。葉熱敷可緩解蜂窩組織炎。

花紫色，花藥金黃色

漿果成熟後呈紅色

綠色的漿果

稍微彎曲的尖刺

◁△▽ **紫花茄**（異名，*S. indicum non L.*）

葉邊緣波狀

高 1.5 公尺

紫花茄

葉卵形

有毒的漿果，成熟後呈紅色

◁ **白英**
（*S. dulcamara*）
攀緣灌木，有毒，幼枝嘗起來先是苦味，後有甜味。

花藥黃色

棲所 高達海拔1,800公尺的荒地；東南亞	利用部分

科 豆科	種 *Spartium junceum*	地方名 織工的掃帚

鷹爪豆(Spanish Broom)

落葉灌木，直立而無刺；能忍受都市的污染及海岸環境，總狀花序，蝶形花黃色，大型，排列疏鬆，有香味，花期從夏天至秋天；莢果黑色，扁平。

• **用途** 花枝為利尿劑和瀉藥。莖可用於編織藍、筐等。纖維可製造線、粗帆布、繩索、紙等，以及用來填充枕頭。柔韌的枝條可以做掃帚、刷子。花可提取黃色顏料和精油。常用於香水中，與依蘭油（見40頁）調配在一起。

• **附註** 入藥時要嚴遵醫囑，因為含有毒性物質，所以只能少量服用。

總狀花序，排序疏鬆，香味濃郁

花萼鮮綠色

花二唇形

金黃色的花瓣

萼片聚合為圓筒狀，基部漸狹

花莖上幾乎沒有葉

莖有髓

高 3 公尺

小型葉

葉線形

棲所 乾旱且多岩石的山坡；地中海地區，西南歐	利用部分

科 馬錢科	種 *Strychnos nux-vomica*	地方名 Nux-vomica

馬錢子(Strychnine)

灌木或喬木：葉橢圓形；花淺綠白色，成簇生長；果實黃色似網球，種子圓盤狀，灰色。

• **用途** 樹皮、根和種皮都含有馬錢子鹼和二甲氧基馬錢子鹼，曾用來刺激神經。在尼泊爾，處理過的種子用作消化滋補劑，可治療狂犬病、痛經及麻痺症等。

• **附註** 在印度，常將飲料馬錢子（*S. potatorum*）放入水缸中以使水中的雜質沉澱。毒馬錢（*S. toxifera*）是箭毒的成分之一，現在則在外科手術時用來使肌肉放鬆。

葉對生，光滑而有亮澤

高20公尺

印度人用樹皮治療霍亂

細茸毛產生緞子般的光澤

種子灰色

葉可作糊藥

棲所 沙土，乾旱的森林；印度，緬甸	利用部分

科 木樨科	種 *Syringa vulgaris*	地方名 Syringa

西洋丁香(Lilac)

落葉灌木或小喬木，小枝多；葉簇生；春天開花，圓錐花序，花小，蠟質，有紫色、白色、粉紅色或藍色等品級，散發出甜美飄浮的香味，花梗基部有小腺體。

• **用途** 花可用來提取香水，具經濟價值；花有退燒功效。丁香花象徵著初戀。

• **附註** 花香濃烈，吸入過多會引起嘔吐。

花蠟質

高7公尺

葉心形，每年都脫落更新

葉中央有輕微的皺折

棲所 山區林地；歐洲東南部	利用部分

科 唇形花科	種 *Thymus serpyllum*	地方名 百里香之母

舖地香(Creeping Wild Thyme)

芳香灌木，蔓生成墊狀；葉卵形，花粉紅色或紫紅色。

• **用途** 舖地香和百里香一樣可作調味品；兩者都可入藥，治療消化不良、腸胃氣脹，舖地香還有鎮靜作用，舖地香茶具殺菌性、祛痰性及鎮定性，可治療宿醉、咳嗽、流行性感冒、咽喉炎等。百里香花蜜為祛痰藥茶的甘甜劑，外敷可減輕皮膚疼痛。

• **附註** 早生百里香（*T. praecox*）與舖地香幾乎相同，只是花萼呈紫色。

高 10 公分

葉有柔和的香味

◁ △ 舖地香

根匍匐蔓生成墊狀

花胭脂紅色

舖地香「Coccineus」▷
葉深綠色，小型，有微弱的香味，花深紅色。

金色檸檬舖地香▷
（*Thymus ×
citriodorus*.「Aureus」
葉金黃色。

葉有檸檬香味

夏天葉呈金黃色

莖似鐵絲

金色舖地香「Aureus」◁
葉金黃色，陽光不足即枯萎：花玫瑰紅色至紫紅色。

葉密集成簇

羅芙百里香◁
（*T. doerfleri*）
葉灰綠色，狹窄，比假毛百里香密集，花紫紅色。

莖粉紅褐色

假毛百里香 ▽
（*T. pseudolanuginosus*）
葉灰色，被柔毛，花淡粉紅色。

荷巴百里香▷
（*T. herba-barona*）
有濃烈的葛縷子氣味，葉深綠色，莖、葉可薰牛肉等。

檸檬凝乳舖地香 △
「Lemon Curd」
葉綠色，有檸檬的酸甜氣味，花粉紅色。

葉有松葉的氣味

簇生百里香◁
（*T. caespititius*,
異名，*T. azoricus*）
植株形成圓丘般的墊狀，葉小而密集。

花玫瑰紅色

密集的花

葉金黃色

葉鮮綠色

花粉紅色

檸檬舖地香◁
（*Thymus ×citriodorus*
「Doone Valley」）
蔓生而強健，葉有濃郁的檸檬香味。

飄雪舖地香◁
「Snowdrift」
蔓生，有淡淡的香味。

檸檬舖地香▷
「Citriodorus」
蔓生且耐寒，葉有檸檬香味。

棲所 排水良好而疏鬆的鹼性土壤，陽光充足；北歐	利用部分 ❋ ✎ ✎ ✦

科 唇形花科	種 *Thymus vulgaris*	地方名 庭園百里香

百里香(Common Thyme)

亞灌木;莖木質且分枝多;葉中度綠色,數量多,小
而尖,有濃郁的香味;夏天開淡花紫色花。

高
38
公
分

◁▽△ 百里香

・**用途** 百里香用於烹調有助消化
油膩食物,適合燉肉和煮湯時作
調味品,尤其將檸檬百里香
(*Thymus × citriodorus*)加入
雞肉、水果拼盤中可使之更可
口。從葉和花中提取的芳香油有殺
菌和興奮作用,這種精神振奮劑外敷
可治療抑鬱症、感冒、肌肉疼痛及呼吸道
疾病;芳香油還加入雀斑膏、肥皂
及漱口水中。

葉可混合
其他草藥
作香料

花小淡紫色,
二唇形

幼株葉的
香味最佳

・**附註** 經研究證明,百里香
可強化免疫系統。

根濃密,呈灰褐色

◁**香檸檬百里香**(*T. ×
citriodorus*「Fragrantissimus」)
高38公分,葉藍灰色,有香甜的
水果味,花淡紫色。

葉有淡淡的香味

銀斑百里香 ▽
「Silver Posie」
灌木葉呈斑駁的銀灰色,
有溫和的百里香味。

▽**寬葉百里香**
(*T. pulegioides*)
灌木,耐寒,葉較寬,
花粉紫色。

葉有
濃郁的
香味

葉小且尖

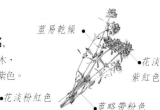

△**光亮百里香**
(*T. × nitidus*,異名,
T. richardii)矮小灌木,
葉狹窄,鮮綠色,花淡紫色。

莖易乾燥

花淡
紫紅色

葉比百里香
的大而圓

葉鮮綠色

花淡粉紅色

莖略帶粉色

▽**檸檬百里香**
(*T. × citriodorus*)
灌木,有檸檬香味,花淡紫色。

葉有
檸檬香味

▽**濃香百里香**(*T.
odoratissimus*,異名,
T. pallasianus)
枝條長而鬆散,
葉有柑桔的甜味,
花粉紅色,
花萼紫色。

葉有殺菌
作用,為
天然的
防腐劑

檸檬百里香「銀色皇后」△
(*T. × citriodorus*「Silver
Queen」)這種雜色灌木,具有奶油色到
銀灰色的葉,冬天的葉芽呈玫瑰紅色。

棲所 疏鬆且排水良好的土壤,向陽處;地中海西部	利用部分 ✿ ◉ 🍃

科 杜鵑花科	種 *Vaccinium oxycoccos*	地方名 小越桔

蔓越桔(European Cranberry)

矮小常綠灌木；匍匐莖似金屬絲；葉綠
色，葉背藍色；花淡紫色，花瓣
4枚；漿果暗紅色，冬天宿存枝上。

蔓越桔

•莖纖弱
且柔韌

漿果
可食

•成熟的漿果

• **用途** 漿果生食、做成果凍，曬乾後磨成粉末，
及加入禽肉煮食。提神的汁液可治療膀胱炎。

越桔▷

（ *V. vitis-idaea* ）

常綠，葉和漿果均可食用。

• **附註** 最新研究表明，歐洲越橘的漿果可治
血管疾病，增進微血管的強度，減弱血管的可透
性；它們還能補充「視紫質」，矯正視力。葉的煎
汁可降低血糖。葉泡茶可治療腹瀉、嘔吐及神經
緊張，且為殺菌漱口水，對咽喉炎
有療效。

大果蔓越桔▷

（ *V. macrocarpon* ）

美國重要經濟作物。

•葉邊緣鋸齒狀

葉曬乾後
可入藥•

高
30
公
分

蔓越桔

•成熟的漿果

◁**歐洲越橘**▷

（ *V. myrtillus* ）

這種落葉灌木產於歐洲和亞洲北部，
花略呈綠色，漿果可口，有酸味。

棲所 沼澤地；歐亞大陸北部，北美洲	利用部分 △

科 夾竹桃科	種 *Vinca major*	地方名 巫師紫羅蘭

蔓長春花(Greater Periwinkle)

蔓延的常綠亞灌木；葉卵形，有光澤；花管狀，
藍紫色，從春天開到夏天。

高
30
公
分

• **用途** 葉有滋補和收斂效用，治內出血、月經崩漏、
潰瘍、咽喉炎、痔瘡、鼻出血及小創傷，並降血壓。

▽△**蔓長春花**

花開展成5枚扁平
的裂片

• **附註** 研究已從蔓長春花中分離出長春花鹼，
這種生物鹼可治療腦溢血。小長春花可
製造藥酒及順勢療法的酊劑。

•扁平的裂片

◁**小蔓長春花**

（ *Vinca minor* ）

常綠，花藍色，粉色、
白色或酒紅色。

葉緣被柔毛•

•花為漏斗形狀

葉卵形、
先端漸尖

◁**圓滿小蔓長春花**
「Plena」

重瓣花，可覆蓋地面，
供觀賞。

•匍匐莖可
生出根

棲所 任何土壤，向陽處，遮陰處；法國、義大利、前南斯拉夫	利用部分 ✿ ✍

科 忍冬科	種 *Viburnum opulus*	地方名 雪球花

肝木莢蒾(Crampbark)

落葉灌木叢，葉楓葉狀，秋天轉紅；花穗美麗，奶油色；漿果紅色。

- **用途** 新鮮漿果有毒，煮熟後可食，還可做成果凍或蒸餾酒。莖皮有鎮靜及抗痙攣作用，可治療肌肉和腸道痙攣。美洲土著用莖皮治療腮腺炎。漿果可提取染料。

- **附註** 櫻葉莢蒾（*V. prunifolium*）樹皮有類似用途。可口莢蒾（*V. edule*）和三裂葉莢蒾（*V. trilobum*）的葉、莖和樹皮被加拿大克里族人用來治多種疾病，特別是退燒和止疼。

葉3-5裂

葉暗綠色，上表面光滑，下表面被柔毛

高
4.5
公
尺

曬乾的樹皮可治療肌肉痙攣和痛經

漿果成串，果梗長

棲所 森林中的空地，潮濕土壤；北非，亞洲　　　利用部分

科 龍舌蘭科	種 *Yucca filamentosa*	地方名 針綜櫚

絲蘭(Common Yucca)

常綠的叢生植物，在沙漠中隨著季節而展現，可能隔多年才逢雨開花，花序高，花形似鬱金香，有芳香氣味；結乾果。

- **用途** 常見於貧瘠的土地，為美洲土著的食物和資源植物。花開放前花梗可食，花芽和花瓣煮熟後也可食用，果實則可生食。葉可編成籃子，纖維可製作繩索。根糊藥或藥膏可治療皮膚疼痛和扭傷，煎藥內服可治療關節疼。

- **附註** 絲蘭和白王蘭（*Yucca glauca*）都含有收斂性的皂素，用於製造化妝品，為美國赫必族人結婚前淨身儀式所用的洗髮劑。

葉挺直，劍形，先端銳尖

花藥白色

花綠白色，在傍晚開放

高
4.5
公
尺

葉深綠色，葉緣有扭曲的線條

圓錐花序，花下垂

棲所 乾旱的沙地；美國東南部　　　利用部分

多年生草本

| 科 菊科 | 種 *Achillea millefolium* | 地方名 Milfoil |

禾葉蓍(Yarrow)

根狀莖匍匐，地上莖直立，外被絨毛。葉細裂，柔軟，具刺激味道。花頭密集而扁平，白色或淺粉紅色，夏秋季開放。

• **用途** 辛辣的葉片切細可拌沙拉，連同花可為利口酒增味。花頭可助消化、滋補強身、利尿及降血壓。新鮮葉片可止血，用作傷口敷料，或置於刮臉傷口上。花可治療濕疹及過敏性鼻炎。花精油可治傷風、流行性感冒及關節炎，美洲土著用根煎汁來強化肌肉。

• **附註** 過量服用使皮膚對陽光過敏；因此必須少量服用，孕期禁用。

高 1 公尺

◁△千葉蓍

花的提取物可治療枯草熱

花暗白色或淺粉紅色，具麝香香味

巫師用乾莖來占卜

白色花頭浸入洗澡水中可放鬆肌肉

羽狀葉片

白色頭狀花序

莖上有脊

鋸齒形窄葉

乾葉可用作燈絨

葉片具豆蔻香味，可加少許於湯和乳酪中

柔軟表面

珠蓍 ▷

△ 英國豆蔻（*A. ageratum*, 異名,*A. decolorans*）高80公分，花可治療胃疾。

△千葉蓍 ▷

（*A. ptarmica*）

根狀莖可緩解疲勞、治療泌尿系統疾病、腸胃脹氣、風濕痛和牙痛。

| 棲所 灌木叢或牧場；歐洲至西亞 | 利用部分 |

科 毛茛科	種 *Aconitum napellus*	地方名 烏頭／狼毒

舟形烏頭(Monkshood)

耐寒多年生草本，總狀花序高，花盔形，初夏開放。

• **用途** 所有部分均有毒性，根結節毒性最強。根只作外敷，治療神經性疼痛，如風濕、神經痛、坐骨神經痛等。能麻痺中樞神經，具鎮靜止痛、清熱功效。在中國是治療休克、某些心臟病和子宮癌的藥方。研究表明某些品種具有抗病毒、抗腫瘤的特性。

• **附註** 可用作箭毒及死刑犯的毒藥。

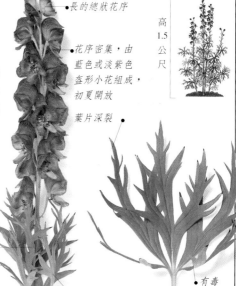

長的總狀花序

花序密集，由藍色或淡紫色盔形小花組成，初夏開放

葉片深裂

高 1.5 公尺

塊根

根節是植物中最強的神經毒藥之一

多葉莖

葉互生

有毒的葉片

棲所 遮陰潮濕的土壤；歐洲，亞洲，美國	利用部分 🖉 🝑

科 天南星科	種 *Acorus calamus*	地方名 甜莎草

菖蒲(Sweet Flag)

葉劍形，莖三稜，穗狀花黃綠色，斜伸向外，這點有別於其他有毒的鳶尾。

• **用途** 葉芽和內莖可做沙拉，根可為酒增香並做成蜜餞。葉和根莖曾是普遍的燉菜藥材、驅白蟻劑牙粉和化妝水。根為興奮劑和致幻劑，可治療消化不良。在中國治癲癇、中風和關節炎。植株可製成殺蟲劑。

• **附註** 提取的精油可用在胃粉、茶和香料中，但可能具致癌性。

葉鮮綠色

兩年的乾根可用作香料固定劑

葉狹窄，劍形，邊緣波狀；中脈明顯，有桔香味

高 1.5 公尺

根莖較粗，淺粉紅色，有分枝，可作香料和藥品

根具有濃烈的肉桂香味

棲所 溪水邊；亞洲，美國東部	利用部分 🖉 🝑 🝑 🝑

科 毛茛科	種 *Adonis vernalis*	地方名 春福壽草

春側金盞花(Yellow Pheasant's Eye)

多年生，地下莖黑色暗而堅實；葉羽狀，淺色莖光滑，春季開鮮黃色單花。

- **用途** 各部分均有毒性，最早用於治療性病，而後是心律失調。研究發現，花中含有心臟興奮劑和鎮靜劑，比毛地黃作用迅速且毒性低。但由於其吸收不規律因而應用受到限制。中國人對側金盞花（*A.amurensis*）的研究顯示它有利尿、鎮靜和活血作用。

- **附註** 奧多尼斯（Adonis）是希臘神話中美少年的名字，據說這種花是他的鮮血所化。

在陽光下花朵才能充分開放

閃亮的花瓣和黃色的花藥

高 20 公分

葉羽狀細裂，鮮綠色；莖光滑，淡綠色

植物各部分都有劇毒

棲所 灰質土壤，乾旱草地；歐洲南部、中部、東部	利用部分 ❀ ✎

科 唇形花科	種 *Agastache foeniculum*	地方名 大海索草

茴藿香(Anise Hyssop)

莖直立，多年生或兩年生。葉柔軟，有茴香氣味。穗狀花紫色，富含花蜜。

- **用途** 美洲土著作為止咳藥。花蜜可釀成清亮芬香的蜂蜜，由養蜂人引進歐洲。芬香葉片現在用作調味品。

- **附註** 茴藿香和藿香雜交後很難區分。主要是葉子氣味的差異：前者是茴香味，後者是薄荷味。新墨西哥藿香（*A. neomexicana*）在新墨西哥用作食物調味劑。

◁▽茴藿香（異名，*A.anethiodora*）

紫紅色花穗

三角形葉片

葉背淺色

花由淺紫紅到玫瑰紅，常引來蜜蜂

邊緣鋸齒狀

葉狹長而尖銳

直立莖

莖、葉可治療發燒、創傷、腹瀉、咽峽炎

◁藿香（*A. rugosa*）高120公分，二年生或多年生，是一種中藥。

高 80 公分

茴藿香

棲所 潮濕林地，高原；北美洲	利用部分 ❀ ✎ ✎

科 龍舌蘭科	種 *Agave americana*	地方名 百年草

龍舌蘭(Agave)

半耐寒，多汁液。葉基生，劍形。圓錐花序
高，淡黃色管狀鐘形花生於小側枝上。這些
特徵及其帶刺的葉緣有別於絲蘭。

• **用途** 除去花梗後收集汁液可釀成飲料，
稱龍舌蘭酒。莖基巨芽可烤食。花梗頂部產
生在宗教儀式中塗黑身體的顏料，葉和根打
成的漿可產生肥皂樣泡沫。葉的汁液可通
便，治燒傷。葉子可製成草紙般的紙，
纖維可搓繩。

葉片硬，淺綠到灰綠色，
含藥性汁液

斑駁的栽培品種
「*Marginata*」具
黃邊條紋

灰色至
棕色
刺狀齒

高
9
公
尺

根中含製造類固醇的
皂素，泡茶可治療
關節炎

棲所 乾燥且排水良好的亞熱帶地區；墨西哥	利用部分

科 薔薇科	種 *Agrimonia eupatoria*	地方名 教堂尖塔

龍芽草(Agrimony)

總狀花序高而優雅；羽狀葉片從芳香的
短地下莖長出。

• **用途** 乾燥的植株具杏仁氣味，可調製成助消化劑，
並與乾燥的根混在香袋中。葉和花的浸出液可明目、消
除牙齦炎、止咳、治療喉痛、胃炎、膀胱炎及腎結石。
試驗表明其提取物抑制某些病毒和結核菌。

• **附註** 中醫研究顯示，纖龍芽草
（*A. pilosa*）是強力凝血劑，提取物
可抑制除白血病外的各種腫瘤
（包括骨癌、肝癌及胰臟癌）。

黃色的星形小花，
有蜜香味，曾作
為蜜酒佐料

花具五片黃色花瓣，
花藥金色

葉上表面綠色，
下表面銀色

葉片含維生素B
和K，其中的矽質
有助於傷口癒合

高
1.2
公
尺

葉緣鋸齒形，
葉對生，
大葉與小葉相間

棲所 乾燥的田野，溝渠邊；歐洲，南北非，北亞	利用部分

科 唇形花科	種 *Ajuga reptans*	地方名 毛氈筋骨草

匍筋骨草(Bugle)

矮生的匍匐植物，以根莖覆蓋地面，莖枝多，
葉形美觀，開藍色管狀小花，穗狀花序。

• **用途** 幼嫩枝條可拌沙拉。全草具止痛效果，
可治療瘀傷和小傷口，為輕瀉劑，其浸出液可降
血壓和止內出血。歷史上曾用於
治療黃膽和肝、脾失調等症，
為溫和的麻醉劑。在順勢療法中
用於治療咽喉發炎和口腔潰瘍。

• **附註** 匍筋骨草（*A. chamaepitys*）
可用於治療痛風和風濕症，
並調整月經。

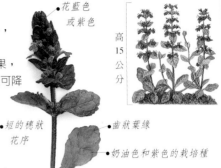

花藍色
或紫色

高
15
公
分

短的穗狀
花序

齒狀葉緣

奶油色和紫色的栽培種

較硬的葉中脈

葉含洋地黃類
化合物

棲所 潮濕林地，草地等；歐洲，伊朗，高加索地區	利用部分 ✳ ⊘ ⫱

科 薔薇科	種 *Alchemilla mollis*	地方名 露杯

斗篷草(Lady's Mantle)

耐寒的多年生植物，葉片柔軟，藍綠
色，形同女式斗篷，葉緣有皺褶，
可收集露珠，夏天開成簇的疏鬆
黃綠色花朵。

• **用途** 尖形幼葉被攪入瑞士茶
中，並拌沙拉。綠色部分能治陰
癢，並有助於產後恢復、調整月經和
緩和更年期。葉片煎汁對眼睛發炎、腹
瀉、脂腺炎、皮膚潰爛和擦傷及拔牙所致
的出血有療效。葉片還可製綠色染料，並
是牛的優良飼料，能提高
牛奶產量。

• **附註** 普通斗篷草
（*A. vulgaris*）有21個
亞種，都具有類似
的藥性。

黃中泛綠
的小花

淺色葉背
使葉緣呈
銀色

△ 高山斗篷草
（*A. alpina*）
這種匍匐成墊狀的植物，
與斗篷草性質能接近。

高
60
公
分

◁ 斗篷草
齒狀葉緣，圓裂
多至11個

花梗
直接
從基部
生出

◁ △ 斗篷草

棲所 氣候溫和的牧地：東歐	利用部分 ⊘ ⫱

科 百合科	種 *Aloe vera*	地方名 巴巴多斯蘆薈

蘆薈(Aloe Vera)

常綠的多年生植物，
無莖，葉片上布有不規則
白色斑點，葉片基生成密叢。
花黃色，組成穗狀花序。

• **用途** 此植物具有值得注意的特性。
有兩部分被利用：透明的膠狀葉肉，和
葉片綠色部分搗成的黃綠色汁液。前者
用於乳液可撫慰、治療及濕潤皮膚，在洗
髮精液中可滋潤、止癢、去
頭皮屑。能保護皮膚，防止空氣
性傳播或真菌感染，以及除疤痕。能
加速細胞再生，所以可治療放射性灼
傷、創傷和皮膚炎；可從割開的葉片中
切下碎片，用來急救小傷口、皮膚龜裂、
晒傷、濕疹。葉汁中
含有抗紫外線成分，
並有抗癌活性。

• **附註** 貝爾蘆薈
（*A. perryi*）因紫色
染料而聞名。

肉質葉漸尖，
斑點隨年齡
而消失

葉緣有
淺色刺狀齒

葉可能呈
粉紅色

葉緣呈
粉紅色

螺旋
扭曲

高
90
公
分

◁△ 蘆薈
（異名, *A. barbadensis*）

秋天開花

金桔粉紅色
的管狀小花
次第開放

◁ 海岸蘆薈
（*A. littoralis*）

切開的葉片
露出透明的，
能癒合傷口
的膠狀葉汁

有槽直通葉尖

能解疼的葉，
可即採即用，
也可存而
備用

葉上或有
或無白斑

◁ 海岸蘆薈
產於南部非洲，高達
3公尺，與蘆薈特性接近。

每株具1-2個花穗

葉平展帶刺

棲所 濕暖乾燥的環境；地中海，非洲	利用部分 🖉

科 百合科	種 *Allium sativum*	地方名 窮人藥

大蒜(Garlic)

大蒜由數枚小鱗莖組成一簇，外圍以薄膜質皮。單莖，葉細長，繖形花序可食，有時花由一些不孕的小鱗莖球所代替。

• **用途** 鱗莖可用於調味，生長於熱帶的味道更美。大蒜能降低血壓、膽固醇和血凝塊，並有清血和治痤瘡的功效。實驗證實，它能殺死葡萄球菌、沙門氏菌、霍亂弧菌、痢疾桿菌、斑疹傷寒等多種病原微生物，對真菌也有一定的殺傷力。大蒜可清除鼻黏膜炎，因此可治療傷風、支氣管炎、肺結核、百日咳等。最近的研究表明，大蒜對鉛中毒、某些癌症和糖尿病也有療效。

• **附註** 蒜屬(*Allium*)植物是最普遍的一類調味品，含有鐵及維生素及，具溫和的抗生性。

白色的花簇

高1公尺

大蒜

某些變種的葉片全年都可採得

切碎的葉子作為配飾

• 易生長

圓筒葉

味道強烈

◁△**蔥**
（*A. fistulosum*）
葉基均可食，葉具強烈氣味，在中國和日本很普遍。

花芽和花梗是一道中國特色菜

• 有大蒜氣味

葉片具有鮮洋蔥味，可刺激食慾

橫切開的葉片為中空的

從白色到紫色的密實花簇

◁△**細香蔥**
（*A. schoenoprasum*）
具有成簇的狹窄鱗莖和葉片，氣味芳馥，可作多用途的調料和裝飾，能助消化、通便。

韭菜（*A. tuberosum*）
具星形白花和莖根，其種子在中國用作滋補劑。在中國，葉和莖因遮斷陽光生長而成韭黃。

• 切碎的扁葉

棲所 排水良好的土壤中，溫帶：分布於亞洲中部	利用部分 ✿ 🥄

葉尖可以
進一步生長

星形花

長而扁
的葉片

熊蒜 ▷
（*A. ursinum*）
又稱野蒜，鱗莖可食，
並作減肥食物中的汁液。
在歐洲和亞洲用來治療
風濕痛、氣喘、消化
不良及高血壓。

花個別旋轉
排列成花簇

氣生小鱗莖

秋季抽出的新葉

小洋蔥

管狀葉

葉片可
作沙拉

生長的
植株可防
馬鈴薯
疫病

莖有時需支撐

葉可用作
小細蔥

乾莖和幼小鱗莖
可當大蒜用

氣味溫和

多子洋蔥（*A. cepa* var.
proliferum）
又稱木蔥，在莖端長出小蔥，
可發芽長出新葉。

單莖

多聚洋蔥（*A. cepa* var.
aggregatum）▷
少開花，但可連續生長，不斷
生小洋蔥。含維生素A、B1、
2、B5、C和E，用途與大蒜
似，據說其汁液可刺激
髮生長。其表皮
製染料。

小蒜 ▷
（*A.scorodoprasum*）
又稱胡蒜，具溫和的
大蒜味，氣生小鱗莖，
與紅紫色的花混在一起可食。

5至20個小鱗莖形成
一個大鱗莖，
外被膜質皮

淺色葉基

大蒜 ▷
夏季開白色成簇小花，鱗莖切片或
搗碎氣味更濃，與鮮薑共同烹調
避免輕度噁心。大蒜可驅蟲，
並治療蚊蟲叮咬。

莖團

可食的
鱗莖

鱗莖很容易
碰傷

未成熟鱗莖
及根系

科 薑科	種 *Alpinia galanga*	地方名 暹邏薑

南薑(Greater Galangal)

具有劍形深綠色葉片，白色花瓣帶粉
紅色脈絡，紅色的圓蒴果，
及芳香的根狀莖。

• **用途** 在東南亞飲食中
以其根狀莖作為辛辣的調
味品。其幼莖和花可以
生食，花也可以煮食或醃
製。在亞洲，新鮮的根狀莖
用於治療支氣管炎、麻疹、
胃炎、霍亂及鱗皮病，還可
作為嗅劑治療鼻黏膜炎。種子
可治消化不良。根狀莖產生一種
油，稱愛曼利精，用於香料中。

• **附註** 高良薑（*Alpinia officinarum*）
的根狀莖可為茶點、咖哩、泡菜和俄
國甜露酒調味，並用以治療消化不良
和潰瘍。

▽ **高良薑**（異名,*Languas officinarum*）

細窄的橢圓形帶尖
葉片，兩兩互成
直角排列在
蘆葦狀莖上

三枚白色花瓣，
通常帶紅色
脈絡

邊緣有
絨毛

△**南薑**
（異名,*Languas galanga*）
在古埃及和中世紀歐洲很常見，
現在主要限於東南亞飲食中。

杏黃色
髓質

長形葉
片，末端
尖銳

具辛辣薑味
的乾根莖

蘆葦狀
莖桿

分枝的
根狀莖

高
2
公
尺

◁△**南薑**

棲所 熱帶林地邊緣；東南亞	利用 部分

科 錦葵科	種 *Althaea officinalis*	地方名 Mallards／霍克草

藥蜀葵(Marsh Mallow)

花莖高大，葉披密絨毛，夏末開粉紅色大花，簇生於葉腋處，果實環狀，內生一圈種子。

花可製染料

- **用途** 有堅果味的種子、花及幼葉均可拌沙拉，葉可作疏菜食用，根煮後可炸來吃。錦葵均含具鎮靜作用的黏液，藥用錦葵含量最高，用於化妝品以保養風化的皮膚。根的浸出液對胃潰瘍、咳嗽、腹瀉和失眠有療效。根和葉可製成糊藥。

- **附註** 根中含天然糖分，是早期的藥用甜食，也是最早的軟糖。

花色從粉紅到白，花藥紫色

<藥蜀葵>

葉可治療支氣管炎

△ 蜀葵（*Alcea rosea*，異名,*Althaea rosea*）

葉片具藥性，花從白色到紫色

高2公尺

藥蜀葵

黃棕色根

將根浸入冷水以釋出黏液

乾燥的根含有軟化黏質物

棲所 潮濕或沼澤海岸；歐洲	利用部分 ❀ ∅ ♫ ⸙

科 紫草科	種 *Anchusa officinalis*	地方名 染房牛舌草

牛舌草(Alkanet)

這是一種少見的多年生或二年生植物，莖直立，具有類似胡蘿蔔的根，初夏開放藍色花朵。

花色，有鮮藍色、紫色或紅色，偶爾也有黃色或白色

- **用途** 花及幼葉可拌沙拉，一度用於製蜜餞。根的煎汁具清血功能，並可祛痰止咳。根皮粉末可製口紅，並用於頭髮或藥片的著色。它產生柔和的棕-粉紅色至深紅色紡織品染料。乾葉具淡淡的麝香氣味，可製香袋。

花序由葉腋部位生出

管狀小花組成彎曲的花簇

帶毛且質地粗糙的莖

- **附註** 與其他藍色花朵一樣，能招引蜜蜂，而為養蜂人所栽植。

高1公尺

線形尖葉

全株被覆小而硬的細毛

棲所 荒地，多岩石地區；歐洲，亞洲	利用部分 ❀ ∅ ♫

科 鳳梨科	種 *Ananas comosus*	地方名 安那西／娜娜

鳳梨(Pineapple)

與其他樹棲鳳梨科植物不同，鳳梨直接栽植在地面上；葉片組成密集的蓮座，以便最大限度地利用雨水；穗狀花序圓錐形，小花紫紅色，苞片黃色。

• **用途** 受歡迎的熱帶水果，含糖量高，並含豐富的維生素A、B和C。果肉可生食、熟食、製果汁、果凍、糖糟等，還可釀酒，包括鳳梨酒。嫩枝可放在咖哩中，殘屑可釀醋或作飼料，而果肉則用於面膜中，因其酵素可清除皮膚死細胞。果實有調月經、利尿、助消化的作用，對腳氣病、寄生蟲病和神經衰弱也有療效。其中所含的酶類可消腫、抗菌，並降解纖維蛋白以防治心血管疾病。

• **附註** 在斯里蘭卡，吸煙者用它來清肺，但可能會加重皮疹。

高 1 公尺

大型多汁果實，種子退化

由100多個小果實融合的複合果

果纓，具20-30片葉

帶刺邊緣

長而帶槽的葉片

某些品種葉片中的纖維可製成刺繡用線

海地人將帶刺果皮浸於水中製提神飲料

葉背面色較淺

硬質線狀葉

短果軸

果纓可誘導出根以繁殖鳳梨

未成熟果實呈長形

溫的葉片浸出液可治蜘蛛咬傷

棲所 熱帶低地：巴西	利用部分 🌿 ⬭ ♧

科 菊科	種 *Anthemis tinctoria*	地方名 黃金菊

多花菊(Dyer's Chamomile)

為生長期短的直立多年生植物，葉分節，夏季開大量類似雛菊的金色花朵，花柄長，果實小而有棱。

• **用途** 花具不同的媒染性，可製染料，從鮮黃色到黃褐色和橄欖色的紡織品染料。在北美，種子油用於治療耳痛和耳聾。與可都多花菊（*A. cotula*）相似，也具有緩解痙攣和刺激月經的功能，花一般用甘油保存。

• **附註** 可都多花菊的綠色部分可緩解痙攣和催促月經，它含有潛在的過敏源，常被誤診為春黃菊（*Chamaemelum nobile*）引起的過敏反應。

花芽 •

• 花瓣顏色由金色至淡奶油色

• 植株外被少量細毛

• 莖長，頂生單花

• 花瓣黃色，圍繞著金褐色的大花心

高 60 公分

鮮綠色羽狀葉，具淡刺激味 •

細梗 •

棲所 荒地，向陽處；歐洲，伊朗，高加索	利用部分 ❋ 🌿 ⚘

科 禾本科	種 *Anthoxanthum odoratum*	地方名 香子蘭草

黃花茅(Sweet Vernal Grass)

春天開花，黃色小花組成圓錐花序。為鄉間新割過乾草味的來源。

• **用途** 稍乾的黃花茅可以使房間或碗櫥充滿清香，乾燥的草弄潮後仍會散發香味。可用於手工藝品，割下青草煮十分鐘，太陽下曬一週至金黃色，可編成帽子或墊子。其花粉可能引起枯草熱，但呼吸一下花酊劑就可緩解。貯存濕草會產生雙香豆素，這是危險的抗凝血劑。

• **附註** 美洲土著所用的「美國香茅」取自香茅（*Hierochloe odorata*），用以薰香頭髮或衣物，或作為燃香。

綠色部分含香豆精，具甜香氣味 •

高 60 公分

• 扁平的葉片末端細尖

• 莖硬而光滑，不分枝，組成叢簇

• 根系細密，可防水土流失

棲所 草地或山坡牧場；歐洲，亞洲	利用部分 ❋ 🌿

科 毛茛科	種 *Aquilegia vulgaris*	地方名 婆婆帽

耬斗菜(Columbine)

可自由地與其他同屬植物雜交。其莖細長直立，具複葉、直根，花通常為藍色或紫色，有些具香味。

• **用途** 根曾被用於一般性皮膚病的外治藥物，目前認為花和葉毒性過大不宜再作利尿劑。順勢療法中用以治療神經系統疾病。

• **附註** 種子中含有毒的氫氰酸，會使兒童致命。

花下垂，具五枚花瓣，花藥金色

圓齒狀小葉

高 70 公分

芳香葉片

短而粗的直根，桔棕色

藥用根

棲所 光亮的林地，濕地；歐洲西部、南部和中部	利用部分 ✱ ◈ ◊ ◊

科 十字花科	種 *Armoracia rusticana*	地方名 紅菜

辣根(Horseradish)

辣根（異名岩薺, *Cochlearia armoracia*）具有肉質的長根，大而粗糙的葉片，以及由白色的四瓣小花組成的圓錐花序。

• **用途** 幼葉可拌沙拉，新鮮擦碎的根可調製奶油醬，從擦碎的根中提取的辛辣油可以清瘊。根能殺菌、助消化、治牙齦發炎、清黏液，對肺部和尿路感染有效，並可外敷治療風濕痛和支氣管炎。乾葉可製黃色染料。

大型葉片，揉折時散發辛辣氣味

波形齒狀邊緣

根經擦碎可產生油分

根中含鈣、鈉、鎂及維生素B和C

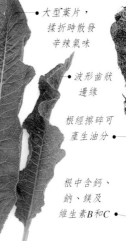

根的外心層辛辣味最濃

高 1 公尺

具脊的長葉柄

具辛辣氣味的根能提高其附近馬鈴薯的抗病能力

奶油色髓質

棲所 肥沃的原野，溪邊荒地；歐洲東南部	利用部分 ◊ ◊ ◊

| 科 菊科 | 種 *Arnica montana* | 地方名 豹毒 |

山金車(Arnica)

具匍匐的根狀莖及直立地上
莖，夏季開雛菊狀黃花。

• **用途** 花有毒，含有刺激血液
循環和消炎的成分。製成的軟膏可外用
（不要觸及傷口），治療瘀血、扭傷、肌肉痛
及風濕痛。近來研究表明，它還能刺激
免疫系統。

• **附註** 有毒，只限醫療使用，
對癲癇病、創傷及暈船有效。

葉片圍成
一個基座

葉片具小齒，
外被細毛

葉橢圓形，
先端圓或尖

<山金車>

• 黃色小花　　　乾花 •

<**細葉金車**（*A. angustifolia*）
是一種耐寒的極地植物，
與山金車花形相似，但葉片狹窄。

高
75
公
分

山金車

棲所 酸性土壤，山地；歐洲及西亞　　　利用部分 ❀ ✿ ✍

| 科 馬兜鈴科 | 種 *Asarum canadense* | 地方名 加拿大蛇根 |

加拿大細辛(Wild Ginger)

具芳香根狀莖，葉對生，鐘形栗色小花著生
於葉基部，氣味難聞。

• **用途** 乾燥的根有辛辣味，微苦，可作薑
的代用品，同樣有薑味的葉片可拌沙拉。根
油用於香料中。根可助消化，治療腹絞痛及
胃腸氣脹。美洲土著用它來避孕、治感冒、
喉痛，緩解神經過敏及痙攣。
它含有一種抗腫瘤化合物
——馬兜鈴酸。

• **附註** 歐洲細辛（*A.
europeaum*）能平喘，並為
免疫系統激活劑。

• 乾根

心形葉對生，
具長柄

栗色花 •

芳香根 •

△ 北細辛

（*A. heterotropoides*）
調製後的根在中國用於
風濕痛、鼻塞、咳嗽、
頭痛和牙痛的治療。

高
10
公
分

加拿大細辛

△加拿大細辛▷

棲所 肥沃林地；加拿大東部，美國北部　　　利用部分 ✿ ✍ ✍

科 菊科	種 *Artemisia abrotanum*	地方名 小情人

苦艾(Southernwood)

半常綠的多年生叢生植物，具濃烈香味，葉線形，夏季開
小而密集的黃色小花。

• **用途** 葉片具有濃厚的香甜氣味，略似檸檬，在製香醋、花露
水及百花香時用。擦於皮膚可驅蠅，置於衣物上可防蛀。葉還可
泡茶飲用，能強健體魄，並驅除孩童的腸道寄生蟲。葉在沐浴及
敷劑中可治療皮膚疾患，置於枕中可治失眠症。

• **附註** 多種同屬植物因其銀色葉片和可做
花束而被種植。

灰綠色葉 •

△ 苦艾

◁野艾

（ *A. campestris
supsp. borealis* ）

耐寒，多年生，
葉半常綠，小花黃色
或粉紅色。

絲狀葉 •

△ 柔毛艾（ *A.
pedemontana*, 異名, *A.
lanata* ）葉片叢生，常綠，
銀色細絲狀，略具辛辣氣味。

銀色絲狀葉，
微香

高
1
公
尺

苦艾

棲所 排水良好的土壤，向陽處；東南歐，西亞	利用部分 ✎

科 菊科	種 *Artemisia absinthium*	地方名 綠薑

洋艾(Wormwood)

為速生的多年生植物，具辛辣氣味，葉深裂，被細毛。頂端
花黃色，小而圓。

• **用途** 味苦，用於調製苦艾酒及一種現已禁止的利口酒。葉和
花頭浸出液可作為助消化、益肝膽、補血、清熱和消炎藥劑。
植株用於治療發燒、驅蟲、降低鉛毒，並作為伴生植物
以防止幾種害蟲。

• **附註** 山道年（ *A. cina* ）可作驅蟲藥，對蛔蟲
和蟯蟲有效，但大劑量有毒。

銀灰色葉片 •

羅馬艾 ▽

（ *A. pontica* ）

有芳香味，
葉精緻秀美。

絲般的
叢生葉

高
1
公
尺

△ 小木艾

（ *A. arborescens* ）

是一種半耐寒，半常綠
植物，具殺蟲功效。

灰綠色葉片 •

用作綠籬 •

△ 洋艾 ▽

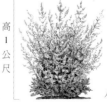

棲所 多岩的山坡，荒地；歐亞大陸，非洲北部	利用部分 ✽ ✎

| 科 菊科 | 種 *Artemisia dracunculus* | 地方名 Estragon |

香艾菊(French Tarragon)

多分枝，花略呈綠色，葉細長，有類似茴香的辛辣味，半甜半苦。

高 1 公尺

△ 香艾菊 ▷

- **用途** 是法國烹調的重要材料，可使佳餚更芳香開胃，也是精緻藥草的成分。葉中含碘、礦質鹽、維生素A和C。用葉泡茶可增進食慾、助消化，是常用的補劑。在服用味道很苦的藥物前咀嚼葉片可使味蕾遲鈍。根可緩解牙痛。

- **附註** 香艾菊和龍艾均原產於俄國，但龍艾更耐寒，更易結籽。

◁ 龍艾（*Artemisia dracunculoides*, 異名, *A. dracunculus*）
葉細長，色淺，沒有香艾菊的茴香味。

有苦味 ●

葉細長
有光澤，
背面有
芳香油腺 ●

| 棲所 灌木叢，荒地，向陽處；歐洲東部 | 利用部分 ⬭ ✿ ⚘ |

| 科 菊科 | 種 *Artemisia vulgaris* | 地方名 艾草 |

艾(Mugwort)

有芳香氣味的多年生植物；葉中度綠色，葉背銀色，有絨毛；小花紅棕色。

高 2.5 公尺

鋸齒狀 葉緣 ●

- **用途** 歐洲和亞洲都是重要草藥，葉片用於填料，摻入東方的米糕中，並捲成錐形用於熱灸。可助消化、調月經。孕期通常禁用，但中國有時用於治療胎兒過動或產後腹痛。對皮膚病有療效，也是驅蟲劑。

- **附註** 同屬的茵陳蒿（*A. capillaris*）和黃花艾（*A. princeps*）在東方國家的研究中顯示有抗癌活性。

◁ △ 艾

● 莖基略帶
紅色

● 小花白色成
羽狀排列

● 葉片深裂

魯道威艾 ▷
（*A. ludoviciana* var. *albula*）
草本，高1公尺，有匍匐根。

◁**角菜**（*A. lactiflora*）
耐寒的草本植物，高2公尺，
葉中度綠色，花芳香。

細長葉片，
白色有絨毛 ●

| 棲所 籬邊，路邊；歐洲至西伯利亞，北非 | 利用部分 ⬭ ✿ ⚘ |

科 蘿藦科	種 *Asclepias tuberosa*	地方名 蝶乳草

柳葉馬利筋(Pleurisy Root)

莖強健，葉狹長，聚繖花序長於枝端，小花橙色，花蜜豐富，與其他有白漿的馬利筋不同，汁液透明或綠色。

- **用途** 嫩枝、根和幼果莢均可當蔬菜食用，花是天然的甜味劑。根可刺激支氣管擴張及淋巴回流，並特別用於肋膜炎和支氣管炎的治療。還可治療某些泌尿系統疾病，測試證實其中有雌激素活性，大劑量或以新鮮葉泡茶飲用可催吐。汁液含有蘿藦蛋白酶，可除去疣瘤。敘利亞馬利筋（*A. syraca*）的根會造成暫時性不育。多穗馬利筋（*A. speciosa*）可治療慢性腎虛。這類植物都可能有毒性。
  - **附註** 許多美洲土著用之入藥，是梅諾米部落最重要的藥物之一。

細毛

種莢

種子具叢毛
以利傳播

絲狀絨毛可
填充枕頭

葉片排成
稀疏的螺旋

高
2
公
尺

調製後的塊根

棲所 乾燥或排水良好的土壤，林地；美國東部和南部	利用部分

科 菊科	種 *Aster ericoides*	地方名 Mista-sakewusk

斯克綿毛紫苑(Big Love Medicine)

叢生植物，根莖有強烈芳香味，莖分枝，外被細毛。花似雛菊，花心黃色，花蜜豐富。

- **用途** 根的香味特別誘人，英文俗名即得自於此。煮過的根可製滴眼藥，根的粉末是急救止血劑。植株可煙燻，或置於陷阱中引誘獵物。花蜜含量很高，為養蜂人所好。
  - **附註** 短絨紫苑（*A. ciliolatus*）也具有香味濃郁的根系，用於止血和治療結膜炎，紫苑連同美遠志的根，是有益心臟的強心劑。而香紫苑（*A. amellus*）在中國治療咳嗽和內出血。

線形葉
先端尖銳

粗大中脈

葉無柄，
邊緣光滑

細長的莖

長的匍匐莖
和小根

高
90
公
分

棲所 乾燥開闊的環境；加拿大，美國北部	利用部分

科 茄科	種 *Atropa belladonna*	地方名 莨菪

顛茄(Deadly Nightshade)

有毒的多年生植物,生活期短,莖中有紅色汁液,
仲夏到初秋開棕-紫色到綠色的管形單花,隨後
結光亮的黑色漿果。

高
1.5
公
尺

• **用途** 葉和根具麻醉和鎮定作用,提取物可用於
擴瞳,這種效果曾被義大利婦女用以增加魅力,
現在則用於外科實驗。葉和根是刺激,隨後轉為
抑制中樞神經系統。可作為抗痙攣
劑以治療呼吸障礙及風濕與肌肉疼
痛,也用於平舒胃氣,減少鼻涕。

• **附註** 各部分均有強烈毒性,
必須在醫生指導下服用。

有毒的葉會引起
心悸、幻覺、精神
錯亂以至死亡

匍匐的根莖
含有毒素

單花彎垂,
棕-紫色

果實光亮,紫-黑色,
包在星形萼片中

葉片不對稱,
通常互生

棲所 遮陰的鹼性土壤;歐亞大陸,地中海地區	利用部分 🍃 🌿

科 莧科	種 *Aerva lanata*	地方名 Pol-kudu-pala

白花莧(Polpala)

熱帶多年生植物,葉圓形,中度綠至灰綠色,有些具
絨毛。葉子互生於莖,葉腋生柔荑狀花簇,白色
花朵極小。

葉端部偶爾
有淺尖

• **用途** 新鮮的葉和莖都可拌入沙拉或咖哩,開
花枝端的煎汁在印度草藥中為興奮劑和利尿劑,
有清尿解熱的作用。它並用於驅腸道寄生蟲,對
咳嗽和糖尿病也很有療效。在印尼,
整棵植株被認為是滋補劑,並用於肌
肉痛及瘀傷的治療。

葉圓形或
橢圓形,
呈中至灰綠色

開滿花
的長莖

• **附註** 在茶葉傳入斯
里蘭卡之前,這種植物
被製成刺激性飲料。

高
2
公
尺

葉互生

細小的
白花組成
密實的
穗狀花序

葉腋處著生花穗

棲所 荒地或乾燥地區;歐洲、亞洲和非洲的熱帶地區	利用部分 🌸 🍃 🌿

科 玄參科	種 *Bacopa monnieri*	地方 水海索草

假馬齒莧(Bacopa)

多年生，生於水邊濕地，莖葉形成密集的墊叢。
夏季於葉腋開成簇的小鐘形花，白色或淡藍色。

高
50
公
分

- **用途** 莖、葉均為肉質，稍有咬
感，可拌沙拉，有增強記憶力
功效。印度人用其浸出液作為神經滋
補劑，以治療癲癇。印尼人用之治療
熱帶絲蟲病。中國人認為它有溫腎興
陽功效，對陽萎、早洩、腎虛、泌尿系統
疾病、月經不調及風濕症都有療效。

- **附註** 近期研究表明假馬齒莧有很強的
補腦功效。

葉片在印度醫學中
用於健腦

光滑的肉質莖葉
可拌沙拉

分枝的根
及小根

圓形呈倒卵形葉片，
葉尖有時內陷

匍匐莖上的葉節
常生出根鬚

棲所 沼澤，池邊；溫暖地區和熱帶	利用部分 ❋ ∅ ✎

科 菊科	種 *Bellis perennis*	地方名 英國雛菊

雛菊(Lawn Daisy)

蓬勃的多年生植物，是純潔的象徵。扇形葉基生成伸平的
蓮座。頭狀花序小，舌狀小花白色，筒狀小花黃色。

高
15
公
分

- **用途** 幼嫩葉片和白色花瓣可拌入沙拉。花朵浸出液
加入洗澡水中助於恢復冬天陰沉蒼白的膚色。春天莖中
汁液可平復出血斑。還曾作為洗液以治療濕疹、鵝口
瘡，以及咳嗽的祛痰劑。研究表明可減緩乳腺癌
生長，歐洲人以其花泡茶給倦怠兒童飲用。

- **附註** 可能引起過敏。

新鮮花瓣不帶
苦味的黃色花心

小花吸引蜜蜂
和蝴蝶

花瓣可
拌入沙拉
或作為裝飾

花期由春至秋，花心金黃色，
花頭單生或成雙

花朵在順勢療法中
用作「激發油」

葉緣扇貝狀

花芽常
做成花束

煮過或醃過的根
曾拌入沙拉

葉片一直用於
創口或瘀傷

棲所 草地；歐洲南部、西部和中部，西亞	利用部分 ❋ ∅ ✎

科 薑科	種 *Boesenbergia rotunda*	地方名 Kachai

凹唇薑(Kra Chaai)

（異名, *Kaempferia pandurata*），
具指狀根莖，地上枝最多有
四片，短葉柄的葉。穗狀花序
由白色或粉紅色小花組成，花
帶有粉紅色斑點的白色花唇。

橢圓至卵圓形葉片，
有中脈，背部毛茸

中脈顯著

• **用途** 在泰國和印尼廣泛種植
以取其芳香的根，用其香料味為蔬
菜湯、魚和咖哩調味。還被用於治療
胃腸氣脹、腹瀉、痢疾和寄生蟲。

根莖
淺黃肉質，
在泰國菜中
用於調味

　　• **附註** 泰國人認為其
　　葉片具有解毒功效。

高
50
公
分

淺棕色圓柱形根，
有香味，先端尖銳

棲所 具乾季的熱帶季風森林中；印尼　　　利用部分

科 繖形花科	種 *Bupleurum falcatum*	地方名 培菜

柴胡(Sickle Hare's Ear)

株形纖細，多年生；根莖木質；基生葉橢圓形；莖中空，著生較小
的細長鐮刀狀葉片；花黃色；卵形果實帶脊。

微小的黃色花
夏秋開放

• **用途** 中國人用其根治療瘧疾等引起的發熱，以
　　及肝病、黃疸及月經失調。植物其他部
　　分含芸香精，可煎煮成汁治療頭痛、頭
　　暈、消化不良、嘔吐和背痛。

5-8根放射枝

　　• **附註** 中國柴胡（*B. chinese*）和柴胡有
　　相同用途，可能是 *B. falcatum* var.
scorzonerifolium 的異名。

每個
繖形花的
基部都有
苞片

從木質長根中
抽出的莖

中藥取其乾燥，
味苦而無毒的根

葉片常為
鐮刀形

鋸齒邊
葉片

高
1
公
尺

棲所 荒地，籬邊；歐洲南部、中部和東部，亞洲　　　利用部分

科 唇形花科	種 *Calamintha grandiflora*	地方名 山脂草

大花新風輪菜(Large-flowered Calamint)

多年生芳香植物。具細長的匍匐根狀莖。葉深綠色，被細絨毛，兩側各有六枚齒；夏季開花，穗狀花序包括多至五朵管狀粉紅色小花。

• **用途**　含有類似樟腦的精油，沏泡葉片可產生薄荷的氣味。還被製成煎劑或糖漿，用以緩解咳嗽；新鮮莖葉可製成敷劑治瘀傷，沏茶飲用治脹氣、腹絞痛。

• **附註**　野新風輪菜和假荊芥新風輪菜（*C. nepeta*）的葉片可用作祛痰劑和發汗劑。

● 葉片具特殊的棕色邊緣

△△ **大花新風輪菜**

● 深綠色葉片具尖齒

△▽ **野新風輪菜**
（*C. sylvatica*，異名，
C. ascendens）
葉具薄荷味，夏末開花。

高
60
公
分

◁ **雜色大花新風輪菜**
「variegata」
有暗綠色斑點。

● 佈著綠色斑點的金色葉片，兩側各有六個鋸齒

葉片
橢圓形
末端鈍

● 帶粉紅色斑點的紫花

棲所 山林中；歐洲東南部，安納托利亞，伊朗北部	利用部分 ❀ ⬮ ✎ ℘

科 百合科	種 *Camassia quamash*	地方名 Quamash

凱麥霞花(Camass)

多年生耐陰植物，具有球莖。葉片禾草狀，春末開放顯眼的藍色穗狀花序。

• **用途**　球莖是美洲土著重要食物來源，常為爭奪其生長地而引起部落戰爭。含糖量高，澱粉少，可生吃或熟食，或在特製的鍋上慢慢焙熟以提高甜度。焙過的球莖可使肉湯增稠並加味。多的球莖曬乾或搗碎和漿果做成餅供冬天食用。煮過球莖的水可做甜味飲料。

● 綠色的未成熟蒴果

• **附註**　東方凱麥霞花（*C. scilloides*，異名，*C. esculenta*）也可食用。開奶油色花的死亡棋盤花（*Zigadenus venenosus*）與前者相似，但有致死劇毒。

● 漸細的尖端

● 矛形葉片由球莖中生出

深綠色禾草狀葉片

● 可食的圓形球莖，具黑色外皮及淺色肉質

高
80
公
分

球莖應在藍色花出現時採收

棲所　　山間，田野，林地；北美西部	利用部分 ⬮

科 桔梗科	種 *Campanula rotundifolia*	地方名 蘇格蘭藍鐘

圓葉風鈴草(Harebell)

多年生，株形纖巧。基生葉圓形或心形，具長柄；莖細長，著生線形葉。花白色至深藍色。

- **用途** 加拿大土著以其根入藥。阿爾伯塔的克里人咀嚼這種芳香易碎的黑色根以對治心力衰竭。克里人還用根外敷止血、消腫並促進傷口癒合。齊帕威人用根的煎汁消除耳痛。某些地區的圓葉風鈴草的根呈棕色，具綠色豆莢的味道。

- **附註** 風鈴草（*C. rapunculus*）屬二年生，第一年的幼葉和

花具5枚
尖銳裂片

幼莖

花初生時直立，
開放後彎垂

易脆的
淺色根

優雅的鐘形花，
淺藍紫色

根可拌沙拉

匍匐根
著生有
心形基生葉

高
30
公
分

纖長的
花梗

葉片暗綠
到藍綠色

葉線形，先端漸尖，
葉柄小或無

棲所 草地，歐石南荒地；北半球溫帶	利用部分

科 十字花科	種 *Cardamine pratensis*	地方名 杜鵑鳥花

草地碎米薺(Lady's Smock)

基生複葉形成蓮座，小葉圓形；莖生複葉的小葉細長。花常有兩種形式，在春天杜鵑鳥回歸時開放。其有效的種子傳播可將種子彈開兩公尺遠。

- **用途** 葉片富含礦物質和維生素，包括維生素C，具水田芥的味道。可作蔬菜食用，拌入沙拉，作牛排配菜或加入湯中。花在去除味苦的花萼後可拌沙拉或作配菜，新鮮葉和開花的枝頭能刺激食慾、助消化並有祛痰功效，為咳嗽藥所採納。

  - **附註** 常吸引端紅蝶在其植株上產卵。

優雅的花梗
頂端著生
成簇的四瓣
淺粉色到
淡紫色的花

細長葉片
具不規則
淺齒或
小裂片

高
60
公
分

細長的中度
綠色小葉

從短的根狀莖中抽出
的淺綠色直立莖

棲所 潮濕地區，草地，開闊林地；歐洲	利用部分

科 菊科	種 *Carlina acaulis*	地方名 矮薊

無莖刺苞朮(Stemless Carline Thistle)

這種無莖薊帶刺的葉片基生成蓮座，頭狀花序，由棕-紫色或白色小花組成，外圍有紙質銀色苞片。

• **用途** 花托類似朝鮮薊，可食；葉片可以凝乳；根用酒泡製後健胃，並可治療濕疹和皮疹。根的浸出液為利尿劑、溫和的通便劑、抗菌漱口水和傷口清洗液、並有補肝和驅蟲功效。獸醫用根餵牛以刺激其食慾。它在鄉間還是一種濕度計，每當快下雨時，花苞就會閉合。

• **附註** 刺苞朮屬（*Carlina*）源於查理曼大帝，他夢見這種植物可防疫，從此成為中毒、蛇咬解藥，並被當作護身符。

葉深裂，基生成叢

無莖刺苞朮▷

帶刺葉片

結果實的頭部

生命期短，在貧瘠土中不長莖，在肥沃土中長出短莖

高 30 公分

◁刺苞朮
（*Carlina vulgaris*）
具藥用價值。

長的肉質直根

無莖刺苞朮

棲所 貧瘠的草地，岩石山坡；歐洲南部和東部	利用部分 ✿ ⃰ ⃰

科 夾竹桃科	種 *Catharanthus roseus*	地方名 辣椒茉莉

長春花(Madagascar Periwinkle)

多年生有毒植物，分枝多，肉質；葉有光澤，深綠色；花扁平，玫瑰粉紅色（異名, *Vinca rosea*）。

• **用途** 民間用於治療糖尿病，研究發現它含有胰島素代用品及55種活性生物鹼。某些成分可影響白血球、淋巴腺和脾臟，並對癌細胞有顯著殺傷力，而用於兒童白血病及淋巴肉芽腫和實質瘤等治療。但對健康細胞也有影響，會導致短期副作用。

• **附註** 本植物對人畜有毒。

高 60 公分

肉質莖

葉對生，具明顯的淺色中脈

葉橢圓形或倒卵形，葉面及葉緣光滑

花五瓣，玫瑰粉紅、白色或深紅色，花心較暗

棲所 向陽的潮濕熱帶；馬達加斯加	利用部分 ✿ ⃰ ⃰

科 繖形花科	種 *Centella asiatica*	地方名 Gotu-kola

積雪草(Centella)

纖細的植物，具扇形葉，開小白花。並沿著匍匐莖生根延伸。

長的淺紅色莖

長莖上的圓形葉片

- **用途** 是東方人的長壽草，可補益腦提神。研究表明具有滋補、消炎、癒合傷口、利尿通便和鎮定作用。對痲瘋病、潰瘍也有療效，對血液淨化及免疫力有激活作用，因其可刺激深層皮膚細胞的更替。它是神經滋補劑，能提高記憶力，減輕精神疲勞；還可降血壓，治療肝病等。

鮮綠色杯狀葉，葉緣具圓齒

- **附註** 劑量過大會引起眩暈。

莖節產生小的葉簇和根

高 50 公分

棲所 濕潤的草地；熱帶，亞熱帶	利用部分 ❋ ✐

科 菊科	種 *Chamaemelum nobile*	地方名 英國春黃菊

黃金菊(Perennial Chamomile)

又稱羅馬春黃菊，常綠芳香，葉片羽狀，蘋果香味；花白色，具圓錐形金色花心。

夏季開放的花心中含有活性成分

乾花泡茶飲用可治療消化不良、噁心、惡夢及失眠

- **用途** 花茶具助消化、健神經和鎮定功效，常泡給過動兒服用，可消惡夢、止失眠，抑制噁心。用過的茶袋或花脂可消炎，清除因疲勞而在眼睛下方形成的暗影，也可製成敷劑治療濕疹或創傷。花的煎劑又有護潤髮功效，放入浴療水可軟化並漂白陽光或風吹造成的皮膚損傷。因其消炎、止痛和抗感染特性，還用於尿道感染、尿布疹、牙痛、耳痛、乳瘡及神經痛等治療。花所含的化合物在研究中具抗癌活性。花園中它是「植物醫生」，可使附近病弱植物復原。

▽雙花黃金菊
「Flore-Pleno」
多年生，花奶油色，成對生長，葉具蘋果香味。

黃金菊▷
芬芳葉片可製香袋或百合香

- **附註** 摩洛哥黃金菊（*C. mixta*，異名, *Ormenis mixta*）產生的精油，也當作黃金菊出售。

使附近病弱植物復原

黃金菊 ▷
「Treneague」
不開花的栽培品種，葉具蘋果香味，是草坪和公園的理想草種。

形成墊狀的匍匐根系

高 30 公分

黃金菊
（ 異名, *Anthemus nobilis* ）

棲所 疏鬆的沙質壤土；歐洲西部	利用部分 ❋ ✐ ⚘

科 藜科	種 *Chenopodium bonus-henricus*	地方名 皆佳

藜菜(Good King Henry)

具歷史性的直立多年生植物,為箭形葉,花序密集,夏季開放微小花朵,結出含黃褐色種子的果實。

• **用途** 嫩葉中含鐵、維生素和其他礦物質,可拌沙拉、當菠菜煮食,或用於砂鍋菜、填料及湯中。幼嫩如蘆筍般的莖和花序也可當蔬菜食用,但患腎疾者禁忌。葉片搗成敷劑可治皮膚腫痛,根治療羊咳病,種子於製作珠皮(人工作成細粒的皮革)。

• **附註** 加州皂藜(*C. californicum*)可製洗滌用皂素;晚藜(*C. vulneraria*)可製黃色染料;而帚藜(*C. virgatum*)的紅色漿果可自製化妝品。

黃褐色種子可磨成粉或當作飼料

波形邊緣

穗狀花序密集,花微小,黃綠色

表面綠色背面蒼白色

箭形葉

長葉梗

「低地金」及許多雜色品種均來自藜菜

高 75 公分

棲所 肥沃且排水良好的土壤,陽光充足的田間;歐洲	利用部分 ※ ◐ ∥ 🥔 ⚇

科 毛茛科	種 *Cimicifuga racemosa*	地方名 黑蛇根

總花升麻(Black Cohosh)

林間多年生植物,具深裂的齒狀複葉,總狀花序由奶油色辛辣味小花組成,夏天開放。

• **用途** 美洲土著用它助產,並作為響尾蛇咬傷後的解藥。具有抗痙攣、鎮定、消炎功效,而用於痛經、風濕、分娩、頭痛、咳嗽、氣喘等的治療。

• **附註** 升麻(*C. foetida*)在中國用於解毒、清熱。

淺裂具鋸齒的小葉

乾燥的根狀莖

新抽出的枝條,根系木質,有藥用價值

表面光滑而細長的莖

複葉,通常互生

高 2.5 公尺

棲所 林地;北美洲	利用部分 🥔

| 科 百合科 | 種 *Convallaria majalis* | 地方名 五月百合 |

鈴蘭(Lily of the Valley)

耐寒多年生植物，匍匐根狀莖具辛辣氣味，春末開芳香白花，隨後結深紅色漿果。

• **用途** 這種新娘花的精油可用於製香料，但提取很困難，所以大多數產品用的都是化學替代品。蒸餾的花露水為收斂劑及漂白皮膚的化妝水，稱為「金液」。它也能緩解由於心臟病造成的積水，中國人認為它是一種滋補劑。葉產生綠色染料。全株可治痛風、補心、恢復語言和記憶力（吸入根、花製嗅藥有清腦作用）。開花的枝頭及根可用於調節心律，與毛地黃屬（*Digitalis*，見247頁）植物的作用類似，但毒性較小。

• **附註** 鈴蘭可能有毒，應遵醫囑服用。

矛狀葉片，沿中脈稍有折疊

用石灰水可提取葉中綠色染料

具1至4片葉，中綠到深綠，葉鞘裹莖

單側總狀花序，著生於葉間，小花鐘形芳香

莖基部綠色或紫色

高 23 公分

| 棲所 落葉林地，草地；歐洲，東北亞 | 利用部分  |

| 科 繖形花科 | 種 *Crithmum maritimum* | 地方名 海茴香 |

鉀豬毛菜(Rock Samphire)

濱海生植物，具濃烈香味；基部木質，莖草質；葉光滑多汁，綠色。夏天開平頂繖形花序，花細小，黃綠色，結紫綠色卵形小果實。

• **用途** 幼嫩莖葉因其有鹹且辛香的味道和維生素C及礦質鹽而著名。可用於沙拉生食、蒸熟後趁熱淋上奶油或涼拌醬汁，或醃漬。種莢亦可製調味醬或醃漬。由全株提取濃郁的香精，可加入食物或藥酒中刺激食慾、助消化，及消腹脹。

• **附註** 這種植物現已少見，所以鼓勵人工栽培。為其生長提供鹽化環境（如澆海水）或施加海藻灰作肥料。

夏天開放平頂花序

鮮綠色複葉，小葉線形，肉質且含鹽

肉質莖多分枝，充滿芬芳汁液

草質莖

高 60 公分

| 棲所 濕潤海邊；歐洲大西洋海岸 | 利用部分 |

科 鳶尾科	種 *Crocus sativus*	地方名 Karcom

番紅花(Saffron Crocus)

具禾草狀葉片的球莖植物；花紅紫色，著生三枚朱
紅色突出的花柱，於炎熱長夏之後的秋季開放。

● **用途** 花柱和柱頭為利口酒和菜餚調味
和著色，尤其是稻米。一般認為它具催情
作用，但大劑量則有麻醉性。它能退燒、緩解
痙攣、補肝及安神。外敷對淤傷、風濕痛和神經痛
均有效。番紅花在印度用於宗教禮儀中，被當作裝
飾用的水溶性神聖染料。

● **附註** 鬱金在亞洲常被誤認為
是番紅花。

● 3支柱頭，有別於
有毒的秋水仙

● 價值很高的
桔色柱頭
和花柱

● 禾草狀葉
的鞘

5,000多支柱頭
（約1,700多朵花）乾燥
後才能積成25克番紅花

● 帶有外突
柱頭的花苞

高
23
公
分

棲所 排水良好的溫帶土壤；希臘及小亞細亞	利用部分 ✿

科 菊科	種 *Cynara scolymus*	地方名 Alcachofra

朝鮮薊(Globe Artichoke)

形態似薊；葉長深裂而彎曲，灰綠色；小花紫色，
易招蜜蜂。

● **用途** 花芽的肉質花托和苞片及遮斷陽光照射的淺色
梗可作蔬菜食用，但可能會使奶水凝結。能刺激膽汁
分泌，葉和根具殺菌作用，被加入助消化劑中。還能
治療動脈硬化、貧血、肝炎，及因中毒、酒精所
致的肝損傷等；並能降低膽固醇。葉可提
取灰色染料。

● **附註** 洋菜薊（*C. cardunculus*）
的梗及心可同芹菜
煮食。

● 菊科的
頭狀花序

● 肉質花托和
苞片構成可食
的朝鮮薊

● 粗壯的莖

● 具絨毛
葉片

高
1.5
公
尺

棲所 肥沃土壤；地中海地區北部	利用部分 ✿ ◗ 🖐

科 薑科	種	*Curcuma longa*	地方名 Besar

鬱金(Turmeric)

具芳香的地下莖；葉闊大；花黃色，苞片粉紅色。

• 用途 乾燥的根用於咖哩粉、許多印度菜餚及辣泡菜的調味及著色，有時如同番紅花般出售。嫩枝及花序在泰國當蔬菜食用。中醫認為其根可促進血液循環，舒淤活血。泰國人用以解眼鏡蛇毒。研究表明它能夠強化膽囊，抑制凝血，降低肝毒，促進脂肪代謝（可用於減肥），並有消炎、降膽固醇作用。從全株可提取一種金色紡織品染料，應用在印度宗教儀式中。

• 附註 蓬莪朮具有抑制子宮頸癌的作用，並可提高放射療法及化學療法的效果。

乾燥根的切片可藥用、製香料，在印度則放在一種爽身粉中 •

◁△ **蓬莪朮（*C. zedoaria*，異名,*C. xanthorrhiza*）**
花粉紅色及黃色，苞片綠色和紅色。根狀莖淡黃色，具樟腦氣味，可提取精油。

• 由基部生出大而尖銳的橢圓形葉片

• 尖端伸長

• 某些亞馬遜部落將葉片編成芳香的臂環配帶

葉糊可治膿腫 •

印尼人烹調魚時用葉調味 •

◁▽ **鬱金**

• 鬱金粉

• 中脈兩側有棕紅色帶

◁ **香鬱金（*C. aromatica*）**
蜜色根狀莖，中醫用來治療癰癤發作。

• 葉光亮，頂端尖細，長橢圓形

高1公尺

• 根肉質，鮮桔色，經煮過及乾燥後用於烹飪

△
鬱金 ▷

平行脈

棲所 熱帶季風區；印度	利用部分 ❀ ⬤ ⬤ ⬤ ⬤

科 禾本科	種 *Cymbopogon citratus*	地方名 蜂花草／Sereh

檸檬香茅(Lemon Grass)

全株芳香，叢生的球莖上產生大量葉片及分枝的圓錐花序。

• **用途** 莖和葉可烹調，具明顯的檸檬香味。以葉泡茶飲用可治胃痛、腹瀉、頭痛、發燒及流行性感冒，並有抗菌能力。精油用於化妝品和食品，在芳香療法中用以促進血液循環和肌肉狀態，也可作噴霧劑以減少空氣感染。

• **附註** 蜿蜒香茅（*C. flexuosus*）的精油與檸檬香茅略有不同，而取自馬丁香茅（*C. martini*）葉的香薑草油有薑花氣味，據稱可促進皮膚細胞代謝。

葉的中央折疊 •

鮮莖切片顯示同心的帶鞘葉 •

下面的10-15公分類似青蔥，富含汁液 •

△ 檸檬香茅 ▷

◁ **香水茅**（*C. nardus*）
草質粗糙，莖葉具檸檬香味，熱帶地區用以作菜，其精油可殺菌除臭，用於家庭環境或化妝品，還能驅貓。

葉細長，藍綠色，具濃烈檸檬氣味 •

成叢的莖延伸成長而尖細的葉片

• 根和根毛可固土

高1.5公尺

淺色根 •

檸檬香茅

棲所 開闊的熱帶乾燥土壤；印度南部，斯里蘭卡	利用部分

科 莎草科	種 *Cyperus papyrus*	地方名 埃及紙蘆

紙莎草(Papyrus)

是與聖經中摩西有關的「蘆葦」，
由莖頂端生出放射狀小花穗，圍以傘形的刃狀苞片。

- **用途** 公元前3,000年至2,500
年間用其莖髓製成最早的紙，希
臘字拼為*biblos*或*byblos*，為聖經（bible）的字
源。埃及人食用根狀莖，以之入
藥或用纖維織帆布，並
用花束來裝點寺院或墓地。現在用其
莖作燃料、織席編籃，或製
成當地船筏用的浮節。

- **附註** 耐寒水生植物甜莎草（*C. longus*）的根狀莖具紫羅
蘭香味，用於古藥方中。香莎草（*C. odoratus*）的莖與根
芳香，是一種巫毒教香料*priprioca*的原料；而乾膜莎草
（*C. scariosus*）則可製成孟買香料surat。

狹長優雅的
常綠苞片

苞片以放射狀
生於莖端

不擴展的
複繖形花

乾燥塊莖可作燃香，
驅蟲，並用於中藥

由紅褐色
小花組成的
複穗狀花序，
結具稜角的堅果

莖經剝皮、
切削、漂洗，
然後壓製成
草紙

△ 紙莎草 ▷

由塊莖
生出的莖

深綠色的三稜莖

◁ 香附子（*C.rotundus*）

多年生植物，塊莖可止痛，
助消化、緩解胸部疼痛，
治流行性感冒和月經不調，
並可製取肉桂味的香料用以
薰身體或薰衣。

高
5
公
尺

匍匐根狀莖，有時
成為不易清除的雜草

紙莎草

棲所 亞熱帶淡水邊；非洲	利用部分 🖉 🧹

科 石竹科	種 *Dianthus caryophyllus*	地方名 Gillyflower

香石竹(Clove Pink)

多年生，生命期短，藍綠色葉禾草狀，
夏季開芳香耐久的白、粉紅或
紫色花。

• **用途** 這種「神的花」為訂婚
的象徵。是栽培康乃馨的母本，現
在已少用其真實品型。具丁
香味的石竹花瓣，去掉苦味
的白色花蒂後，可加在水果甜
點、三明治、湯和調味料中；也可製
花露、醋、甜酒等。曾被英國作家喬叟
稱為「酒中麵包」，至今仍有人把它當作
神經滋補劑。花瓣裹糖後可烹食，據信
可給人無窮的力量。其強烈香甜味可
製香皂和香料。

• **附註** 羽花石竹（*D. plumarius*）是許
多「古典」石竹的母本；五彩石竹（*D.
chinensis*）及其他種的根及植株具
抑制腫瘤的功效。

具齒狀花瓣的
石竹花

鮮粉紅色
花朵 •

修道石竹 ▷
（*D. carthusianorum*）
具有密集成叢的禾草狀葉。

小型
洋紅色花朵 •

◁ **姬石竹**
（*D. deltoides*）
具密集成墊的綠葉。

鮭肉粉紅色花朵 •

多莉斯羽花石竹 ▷
「Doris」

葉片裹莖處
的節膨大

膨大莖節

乾花可作為
百花香的
成分

◁ **香石竹**

狹窄、扁平的葉片

香石竹

高
80
公
分

棲所 排水良好的岩石地區，向陽處；地中海地區	利用部分 ❀ ⚘

科 芸香科	種 *Dictamnus albus*	地方名 熾灌木

白鮮(White Dittany)

植株芳香，根色淺；總狀花序大而直立，花5瓣，白色、
粉紅或淺紫色；星形蒴果內含黑色種子。

• **用途** 葉泡茶飲用可助消化、安神。花
和根精可增添利口酒和香料的風味。順勢
療法中，葉和花的酊劑可治婦女疾病；利尿
而有毒的根會引起子宮收縮。

• **附註** 植株各部分均有檸檬味腺體，
在炎熱天氣中可排出足量可燃的蒸汽。

複葉頂端的
小葉為心形

脂香味腺體

鋸齒狀邊緣

木質莖的基部

高
80
公
分

棲所 高海拔地區；歐洲西南部，亞洲南部和中部	利用部分 ❀ ⬮ ⚘ ⚘

| 科 菊科 | 種 *Echinacea angustifolia* | 地方名 紫錐花 |

狹葉球菊(Echinacea)

具根狀莖，地上莖長而直，頂生頭狀花序，夏季開花，由玫瑰粉紅色到紫色小花圍繞錐形的中心。

• **用途** 研究證實其根狀莖具有顯著的免疫激活能力，為愛滋病研究者所注意。無毒，可提高機體抗病能力。具有抗菌，抗病毒作用，可平復發炎的結締組織，並治療發燒、感染，及降低過敏反應。

• **附註** 狹葉球菊和紫球菊（*E. purpurea*）有許多雜交種。

由紫-棕色筒狀小花組成的圓錐體

紅-紫色小花，尖端略呈綠色

◁▽ 狹葉球菊

紫球菊 △▽
(*E. purpurea*)
花瓣不像狹葉球菊那樣下垂，但對免疫系統的功效是相似的。

高 1.5 公尺

強健的紫綠色莖•

狹窄而漸尖的葉片，表面毛茸

乾燥的根狀莖切片是重要的免疫激活劑

粗糙的暗色莖及漸尖的葉

狹葉球菊

| 棲所 乾燥的開闊林地，草原；北美洲中部 | 利用部分 |

| 科 雨久花科 | 種 *Eichhornia crassipes* | 地方名 水蘭花 |

布袋蓮(Water Hyacinth)

水生漂浮植物或植根淤泥中；可抗污染，葉基生成蓮座，具穗狀花序。

• **用途** 泰國人用葉柄作酸湯，葉片作雪茄煙紙或花環；纖維可與棉花混合為織線。它有時會阻塞熱帶水道，但因吸收礦物鹽而可減少藻類生長，事後除去植株能藉而消除水中的重金屬污染。

藍紫色花朵，朝上的花瓣上有斑點

葉圓形，莖膨大利於漂浮

高 15 公分

延伸的匍匐莖•

細密的根毛可吸收重金屬，有淨水作用

| 棲所 熱帶淡水水道；南美 | 利用部分 |

| 科 菊科 | 種 *Eupatorium purpureum* | 地方名 砂礫根 |

紫蘭草(Sweet Joe Pye)

具3至6片輪生葉，略有香草和蘋果香味。夏末開粉紅色花朵。

• **用途** 美洲土著喬・佩曾用其治癒新英格蘭人的斑疹傷寒，此為其英文俗名來源。根狀莖仍用於退燒的發汗。能滋補生殖系統，緩解痛經、痛風、風濕症、腎及泌尿系統疾病。美洲土著從其種子提取粉紅色的紡織品染料。

• **附註** 貫葉澤蘭和麻澤蘭及紫蘭草中所含的化合物具抗腫瘤活性，在中國則用香澤蘭（*E. odoratum*）驅蟲和止血。

高 3 公尺

紫蘭草

白色至紫紅色小花構成圓錐花序

對生葉全裂

◁麻澤蘭▷
（*E. cannabinium*）
地上部分具滋補、利尿、激活免疫系統的功效。

莖粗糙帶稜，由擴展的根系生出

密集的玫瑰紅色花簇

葉片具粗糙的齒及軟毛

齒狀葉緣

葉片先端細尖，3至6片輪生

◁紫蘭草▽

硬實根狀莖

葉對生

奶油色根削片

貫葉澤蘭 ▽▷
（*E. perfoliatum*）
花紫白色，葉窄而起皺，具黃色脂點。

可治「骨疼」、流行性感冒及鼻黏膜炎

乾燥的根及根狀莖有利尿、滋補、興奮及抗風濕作用

擠壓葉片會散發出淡淡的蘋果香味

栗色莖

紫蘭草▷

乾燥的地上部分

| 棲所 中度肥沃的林地；加拿大東部，美國 | 利用部分 |

科 薑科	種 *Elettaria cardamomum*	地方名 Cardamon

白荳蔻(Cardamom)

多年生植物；花白色，具紫色條紋，組成直立或下垂的總狀花序，結綠色芳香果實。

高3公尺

- **用途** 莢果是種昂貴的香料，以曬乾、漂白或全綠者出售。種子是印度、阿拉伯和衣索比亞食品、咖哩粉、燴肉飯與許多甜點的重要成分及遊牧貝都因人的咖啡調味品、丹麥人的麵包香料及咀嚼爽口物。種子可助消化、興奮神經及緩解痙攣。根狀莖治療疲倦和發燒。即將成熟果實中的精油作為利口酒和香料。

- **附註** 白荳蔻種子是好客的象徵。

• 花唇具脈

• 長而漸尖的尖端

優質白荳蔻

• 漂白的白荳蔻

採收即將成熟的新鮮果莢而後曬乾 •

• 綠色白荳蔻

• 暗褐色白荳蔻

• 窄長葉片，背面被毛

棲所 熱帶雨林；印度	利用部分 🌿 🍶 🍽 🌰

科 繖形花科	種 *Ferula assafoetida*	地方名 臭膠

阿魏(Asafoetida)

根系發達，葉羽狀，夏天開放繖形花，花有強烈魚腥臭味。

成熟的種子頭部 •

- **用途** 在活株根貼近地面處切口，可獲得一種刺鼻的膠，羅馬人曾普遍地用來調味，目前仍少量用於印度泡菜、魚、蔬菜及辣醬中。綠色部分可當蔬菜食用。膠可助消化、改善緊張狀況、治療支氣管炎和氣喘等。研究證實植株還可抗凝血、降血壓。

• 中綠小葉

黃色的繖形小花 •

- **附註** 古蓬阿魏（*F. gumoas*）的乳液凝結後可作薰香，而納香（*F. narthex*）的膠用於獸藥。

高2公尺

光滑纖長的葉柄

纖細深裂的小葉片

由五年植物活根中提取的膠體

棲所 暖溫帶的肥沃地區；伊朗	利用部分 🌿 🍃 🍽 💧 🌰

科 薔薇科	種 *Filipendula ulmaria*	地方名 草地女王

歐洲合歡子(Meadowsweet)

莖直立，葉全裂，有冬青氣味；頂端開杏仁味的奶油色花朵，構成輕盈的繖房花序。

• **用途** 花朵可加在蜜酒、藥草酒、果醬及煮食的水果中，增添杏仁香味；乾花可薰香亞麻布，並能收斂和保護皮膚。花芽中的水楊酸用於阿斯匹靈合成；花泡茶治胃潰瘍、頭疼、抗菌利尿、感冒發燒、腹瀉和心痛；是溫和的止痛劑，具消炎功能，治療風濕症。開花枝端產生綠黃色染料，莖和葉中含藍色染料，根含黑色染料。

• **附註** 曾被德魯伊教徒用以祭祀；也是伊麗莎白一世的鋪地草。

花芽中提取的油用於製作香料

花及花芽廣泛用於新娘花環

成簇的奶油色小花可加入百花香中

粉紅色花芽展開奶油色無味花朵，構成密集的繖房花序

羽狀葉片

光滑的紫綠色莖

齒狀狹窄小葉

小葉成對

淡綠色的未開放花芽

葉片乾後具乾草味

◁合歡子

（*F. vulgaris*）
幼葉及卵形塊莖可食，曾用於腎結石、呼吸障礙及多痰的治療。

◁歐洲合歡子△

粉紅色有香甜氣味的根狀莖新鮮用於順勢療法中

高
2
公
尺

歐洲合歡子

試驗表明葉中化合物可治癒阿斯匹靈造成的潰瘍

色澤泛紅

中空帶溝的分枝莖

棲所 肥沃的水邊土壤；西亞，歐洲	利用部分 ✳ ⊘ ∥ 🖤 🍂 🫛 🌱

科 繖形花科	種 *Foeniculum vulgare*	地方名 Finocchio／Fenouil

茴香(Fennel)

葉呈細裂羽狀；仲夏開繖形花序，種子彎曲有肋；根系發達；全株均有新鮮的茴香味。

• 用途 種子可用於麵包、咖哩、蘋果餡餅、魚醬等的調味，發芽後可拌沙拉。精油則用於利口酒及牙膏的調味。種子咀嚼後可解飢並助消化。經泡製後可治療便秘、增加奶水、調月經。根的提取物具解毒、利尿和減肥作用。研究表明，茴香有助於酒精損傷的肝臟的恢復。種子和葉片蒸汽可清潔深層皮膚，而精油可少量穩當地用於肌肉按摩。

• 附註 茴香油不能用於癲癇病人和幼童。

種子芳香，咀嚼後可使口氣清香 •

• 黃色小花組成平展而芳香的繖形花序

羽狀葉片可作為油魚，海鮮及沙拉的配料 •

◁**紫茴香**
「Purpurascens」
是青銅色栽培品種，用途與綠茴香類似，使花園和花束增色不少，也使茴香醋呈紅寶石色。

• 羽狀葉能補腦，提高記憶力

△ **茴香**

• 葉片纖細，呈粉紅色、銅色、青銅色等，在春天色彩最繽紛

根切片拌沙拉或作蔬菜煮 •

• 肉質、鱗莖狀葉基部

• 肉質莖隨著年齡逐漸中空

高2公尺

優茴香▷
（ *F. vulgare* var. *azoricum* ，
異名, *F. vulgare* var. *dulce* ）
可食的「鱗莖」，由葉基部膨大而成。

• 幼莖

茴香

棲所 排水良好的土壤；歐洲，地中海	利用部分 ❀ ◔ ◗ ⧈ ⬙ ✿

科 薔薇科	種 *Fragaria vesca*	地方名 林地草莓

野草莓(Wild Strawberry)

鮮綠色的三出複葉基生成簇,果實由夏季結到秋季,由匍匐莖生出子植株。

- **用途** 果實富含鐵和鉀,可為利口酒和蜜餞調味,對貧血、糖尿病、風濕痛、腎、肝功能衰弱等有療效。作飲料可治發燒。鮮果又有去齒石牙垢、療陽光灼傷、消雀斑的功用。乾葉可加在百花香中。葉具收斂性,製茶飲用有鎮定作用,適宜油性皮膚保養。根可治療腹瀉及泌尿系統失調。

⊲ **雜色草莓「Variegata」**
葉片深綠色和灰綠色,
邊緣奶油色,不結果。

花期從春季至初霜

葉三出,邊緣齒狀

果實中含鐵質及維生素C

通常為常綠,葉至秋季轉紅,氣味芬芳

根具滋補、利尿作用

短的木質根系,帶有大量小根

葉片用於內服必須徹底乾燥以免中毒

高30公分

野草莓

棲所 涼爽的開放林地;歐洲	利用部分

科 豆科	種 *Galega officinalis*	地方名 法蘭西丁香

山羊豆(Goat's Rue)

莖光滑中空,有分枝;複葉中的小葉對生;夏末開蝶形花,形成鬆散的總狀花序;豆莢長圓筒狀,紅褐色,結2至6粒腎形種子。

- **用途** 從綠色部分中擠壓出的新鮮汁液可以凝乳而用於製乳酪;由開花枝端泡茶飲用可提高其他藥物的抗生的活性,可使人、畜泌乳量提高50%。植株有利尿、降熱、驅寄生蟲、緩解疲勞等功效。
  - **附註** 地上部分可降血糖,用於治療糖尿病,但需遵醫囑。

花淡紫色、粉紅色或白色

小葉中綠色,葉背色淺

莖直立中空,有分枝

邊緣光滑

葉柄著生的小葉末端有距

高1.5公尺

棲所 溝渠,河岸;中歐和南歐,小亞細亞	利用部分

科 茜草科	種 *Galium odoratum*	地方名 Waldmeister

香豬殃殃(Sweet Woodruff)

林地草本植物，根系呈紅褐色，匍匐蔓延；6至9片橢圓形葉間隔輪生於莖；春末開成簇的亮白色小花。

• **用途** 其香甜如新割乾草的香豆素味。僅在葉片乾燥時才合成，所以一般在應用前幾小時割取，可加在利口酒、白葡萄酒及德國的混合酒中。它們還用於果汁冰糕、水果沙拉及芳香鼻煙的調味。葉泡茶飲用可利尿、強肝、緩解痙攣、舒緩胃痛，是老人和孩子的溫和鎮靜劑。鮮葉搗爛為傷口的抗凝結劑；乾葉可驅昆蟲，作百花香的固定劑並薰香亞麻布等。

• **附註** 本屬植物根莖中均含紅色染料，為茜草科特徵；蓬子菜（*G. verum*）研粉可治皮膚發炎紅腫。

高 45 公分

◁ △ 香豬殃殃（異名，*Asperula odorata*）

純白花，常為四瓣

葉緣粗糙，略帶絨毛

• 6-9片橢圓形葉成輪狀排列

光亮的綠葉輪生於纖細的四角形莖上

• 細小的黃花組成密集圓錐花序，可提取黃色染料

多葉的莖有乾草味，中世紀用作床墊填料

豬殃殃（*G. aparine*)▽

一年生蔓生植物，可消毒、利尿、激活淋巴系統，有助於濕疹、乾癬、關節炎和肝病的治療。

果實上有剛毛，可黏在路過者身上

• 具有側枝的葉輪

線形葉組成的葉輪

花略具蜜香味•

蓬子菜 △▷

地上部分是凝結劑，可外敷止血；也可用於乳酪製作。

莖四稜，基部木質•

綠色部分可當菠菜食用，或製成除臭劑

粗糙而多毛的莖和葉

棲所 光亮林間；歐洲，北非	利用部分

| 科 犇牛兒苗科 | 種 *Geranium macrorrhizum* | 地方名 大根老鸛草 |

巨根老鸛草(Geranium Root)

芳香而有黏性的多年生植物。葉緣齒裂，
葉面被毛，至秋變成紅金色；花紅至
紫色；種子以爆發的方式傳播。

初夏
開花

• 用途 葉和根有香料味，可加入
百花香；保加利亞人視為春藥。

• 附註 斑點老鸛草的根浸出液可作漱口劑
治療口腔潰瘍和咽喉感染；內服可治腹瀉、
胃潰瘍、內出血，外用治痔瘡。洛伯老鸛草
可降血糖，有益於糖尿病，曾被當作珍希的
白毛莨來利用。

齒緣葉全裂、
淺裂

深裂葉片

葉片被毛

洛伯老鸛草 △
（ *G. robertianum* ）

一年生或兩年生，地上部分
有利尿功效，並用於
治牙痛。

小根

◁ **草原老鸛草**（ *G. pratense* ）
藍紫色花朵可加入沙拉。

延長的
花柱

乾燥的根

高
50
公
分

紫紅色
花朵

斑點老鸛草 △
（ *G. maculatum* ）
多年生植物，美洲土著
用於腹瀉治療。

長的
莖根

巨根老鸛草

△ **巨根老鸛草**

| 棲所 多岩的林地，灌木叢；南歐 | 利用部分 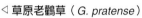 |

| 科 薔薇科 | 種 *Geum urbanum* | 地方名 林地水楊梅 |

路邊青(Herb Bennet)

多年生植物，具短的根狀莖，葉片淺裂，
淡黃色小花由初夏開至秋末。

• 用途 根莖可作丁香的代用品作湯或燉肉，為
啤酒、葡萄酒或利口酒調味；葉片可加入沙拉或
菜湯。全株含奎寧類物質，可治
發燒、胃腸黏膜炎、腹瀉、
出血、發炎、痔瘡等。
並可製成漱口劑治療牙
齦疼痛及口臭。

帶鉤的種子組成頭狀果穗

淡黃色
花朵

乾燥的
根莖

高
60
公
分

小葉片淺裂，大小不等，
邊緣有鋸齒，著生於細莖上

側生的小葉
中度綠色

| 棲所 林地；歐洲 | 利用部分 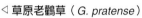 |

科 唇形花科	種 *Glechoma hederacea*	地方名 Alehoof／田脂草

連錢草，金錢薄荷(Ground Ivy)

匍匐莖不開花，直立莖開淺粉色至藍紫色花朵。

• **用途** 幼葉可拌沙拉或泡製成芳香的吉爾茶；是傳統的淨血、滋補和利尿劑，對胃炎、腎結石、膀胱炎和耳鳴有療效；也可作為慢性鼻黏膜炎的祛痰劑。葉子可舒解淤傷及消炎。

• **附註** 其雜色的品型常種植於吊藍中。

高50公分

嫩葉氣味濃烈

莖纖細弱，四稜

沿匍匐莖在各處生根

葉經擠壓會發出香味，據說可治頭痛

葉片曾用於澄清和保存啤酒

棲所 潮濕土壤；歐洲至高加索，北美洲	利用部分 ✽ 🌢 ✒

科 豆科	種 *Glycyrrhiza glabra*	地方名 甜木

甘草(Liquorice)

多年生植物，複葉上生有油腺，花白色至藍紫色，根及根狀莖即是甘草。

• **用途** 甘草可為食品、煙草、飲料、藥品和糖果調味，有祛痰功效，用於支氣管炎的治療。它可消炎、治過敏、氣喘、胃炎、消化道潰瘍、風濕及喉痛。有補肝解毒作用，並增強免疫力，刺激腎上腺；為利尿劑和緩瀉藥。根中含甘草甜素，比蔗糖甜50倍。

• **附註** 高血壓患者忌用甘草。

葉片因油腺而帶黏性

小葉9至17片

直立莖

高1公尺

甘草

根對女性有催情作用

△ 烏拉爾甘草（*G. uralinsis*）
根與甘草根類似，實驗證明它能刺激腎上腺。

乾燥的根切片

乾燥的甘草根狀莖

紅褐色根狀莖

直立的花序

棲所 沙土；地中海地區	利用部分 🖊

| 科 菊科 | 種 *Gynura* species | 地方名 紫三七 |

三七草(Gynura)

直立生長或蔓生；葉覆茸毛，葉背綠或紫色；頭狀花黃桔色有臭味。

△紅鳳菜

- **用途** 紅鳳菜（*G. bicolor*）和臥三七（*G. procumbens*）的
  嫩莖可食；葉片可用於發熱、
  痢疾及腎疾的治療。中醫用菊葉
  三七（*G. segetum*）和白背三七（*G. divaricata*）的植株和根來刺激血液循環、
  解毒及止血。

- **附註** 紅鳳菜可作室內
  植物種植。

高
4
公
尺

• 紫色茸毛

• 葉片具齒或淺裂

• 葉背

| 棲所 潮濕熱帶地區；喜馬拉雅山區 | 利用部分 |

| 科 繖形花科 | 種 *Heracleum sphondylium* | 地方名 牛防風 |

原獨活(Hogweed)

多年生或兩年生，根系發達，莖直立，有濃烈氣味，葉淺裂或分
節；夏季開白色至淺黃綠色花，結泛紅的紫綠色果實。

高
2.5
公
尺

- **用途** 根、嫩葉或莖可煮食或釀製啤酒，葉片在順勢療法
  中用作消化劑和鎮靜劑。地上部分的酊劑
  有益於一般性的衰弱。
  其亞種綿毛獨活
  （*H. sphondylium
  subsp. montanum*
  異名, *H. lanatum* 及 *H.
  maximum*）的根美洲土著
  泡製後可用於傷風、咳嗽、流行性感
  冒、頭痛、喉痛及痙攣的治療；製
  成糊藥則可治療風濕痛、腫
  脹、淤血、瘡癤。根中含有補骨
  脂素，它對白血
  病、愛滋病及乾
  癬等的治療作用
  正在研究之中。

- **附註** 植株中的辣汁液會
  使皮膚對陽光過敏而生水泡。

• 淺粉紅色
繖形花序

• 莖光滑
或帶毛

淺裂的
葉片

扁平的果實被
認為有催情作用

葉相間著
生於莖

• 鮮綠色幼葉，
表面有剛毛

分枝莖 •

• 莖硬而中空

| 棲所 潮濕草地、林地；歐洲，亞洲，美國北部 | 利用部分 |

科 百合科	種 *Hyacinthoides non-scripta*	地方名 野風信子

藍鈴花(Bluebell)

具有鱗莖，葉劍形光亮；花莖堅硬，清香的藍紫色鐘形花朝下低垂。與其他風信子不同，其花瓣缺少像字母AL的斑紋，所以藍鈴花又稱為「無筆跡花」。

• **用途** 鱗莖富含澱粉，曾用於漿衣領；鱗莖和莖均含膠，可以製成強力黏膠，用於書籍裝訂及將羽毛黏於箭上。詩人坦尼森曾描寫過用其汁液治蛇咬傷。新鮮鱗莖有毒，能利尿和止血，但現在已很少用。

• **附註** 藍鈴花一度曾是英格蘭國花。

在陽光下花色變淡 ●
● 花瓣
淺藍紫色，中央有天藍色條帶
● 葉片光亮
● 花莖淺綠色，圓形
末端尖細 ●
小鱗莖每年增多 ●
● 葉劍形中央有摺痕
根白色細密 ●
● 鱗莖中所含膠質可作黏膠或澱粉
高 50 公分

棲所	半遮陰林地；西歐	利用部分

科 藤黃科	種 *Hypericum perforatum*	地方名 Hypericum

金絲桃(St. John's Wort)

莖基部木質；小葉對生，具香脂味；成簇的檸檬味，黃花在夏季開啓。

• **用途** 葉片可用於沙拉或調甜酒，開花枝端的提取物具有抗病毒、收斂和鎮靜作用，可治療發炎、創傷和腹瀉，並有活血功效。它被用於刀傷、燒傷、痔瘡和靜脈曲張。內服可安定神經，治療抑鬱。對愛滋病的療效正在研究中。花中含有黃色和紫紅色染料。

• **附註** 因其可引起皮膚發炎，有些人認為不安全。

發散型金色雄蕊 ●
高 110 公分
花五瓣
香味花瓣 ●
沿邊緣生油腺 ●
葉上有透明油腺，類似小孔 ●

棲所 半乾燥土壤：歐洲至中國中部	利用部分

科 禾本科	種 *Imperata cylindrica*	地方名 白茅根

白茅(Woolly Grass)

多年生禾草，根狀莖橫生，覆有鱗片，莖高，葉
身長而窄劍形；圓錐花序形似羽毛，密覆絲般的銀
色茸毛，夏季開花。

• **用途** 中醫認為其具抗病毒特性的根、莖、花有清熱
作用，可與其他藥品合用或單獨使用。其莖根可退燒、止
血、治療鼻炎黏膜所致的咳嗽，並為治療尿道感染的利尿
劑；它還用於治流行性感冒、內出血、黃疸和腎疾。花可治
療流鼻血，肺病及焦渴等。對神經緊張有緩解作用，試驗還
表明它有抗癌特性。

• 高的圓錐花序，密佈毛絨的小花穗
• 葉扁平
• 成叢而堅固的莖稈包有葉鞘
• 細小的支根
• 長而匍匐的根莖
高 80 公分

棲所 山坡，草地；日本，溫熱帶地區	利用部分 ❀ ⁄ ⁄

科 菊科	種 *Inula helenium*	地方名 Horseheal

土木香(Elecampane)

株形高大；根莖粗大；葉大而帶尖，
葉背灰色有茸毛；夏季開黃色花朵。

• **用途** 新鮮根有香蕉味，可煮食
或曬乾吃，據說可殺滅結核菌，其
抗細菌、抗真菌和祛痰的根可治
咳嗽，是常用的滋補劑，吉普賽人用以
控制馬，它可激活動物免疫系統。

• **附註** 其英文俗名以特洛伊的海倫命名，據說
她被拐走時正在收集這種植物。

• 細窄的放射狀小花
• 花莖肥大
• 雛菊狀花朵
• 葉中度綠色，長而尖
• 根莖粗大，表皮暗褐色，芳香的肉質奶油色

高 3 公尺
波形葉緣

棲所 濕潤草地，遮陰土壤；歐亞大陸	利用部分 ∅ ⁄

科 鳶尾科	種 *Iris germanica* var. *florentina*	地方名 Fleur-de-lis

澤芳(Orris Root)

根莖肥大；葉劍形；花大而香，初夏開放，從白色至淺藍不等。

- **用途** 根莖具紫羅蘭氣味，調利口酒帶苦味；斷片可製念珠，碾碎成粉可作牙粉與化妝品的基質，百花香的固定劑，亞麻的薰香。從根中提取的油在香料中可代替紫羅蘭油。在法國，鳶尾種植在草蓋屋頂的屋脊上，以起連接的保護作用。

- **附註** 鳶尾屬植物的新鮮葉和根均有劇毒，馬藺（*I. lactae var. chinensis*）的種子能抑制腫瘤細胞的DNA合成，並激活細胞免疫力。

三片直立花瓣

具黃「鬚」的三片下位花瓣

• 種子可治反胃，助消化

藍紫色至紅紫色果實

澤芳 ▽▷

花芽 •

◁△▽ 黃鳶蒲（*I. pseudacorus*）

乾燥根莖可緩解牙痛、調經、治腹瀉。它還產生藍色染料。

粗大的棕色根莖，開花後收穫

• 花莖分枝

• 葉片刃形，灰綠色

• 夏天開鮮黃色花，具紫色或棕色脈紋

變色鳶尾 ▽▷

（*I. versicolor*）

乾燥根能消炎、清血、加速血液循環及解毒。

乾燥根莖可作瀉藥、催吐劑和利尿劑 •

• 葉身可舒活淤血

◁變色鳶尾

高
1
公
尺

澤芳

棲所 向陽，排水良好的土壤，乾燥的岩石地區；南歐 ｜ 利用部分 🌿🔪

科 薑科	種 *Kaempferia angustifolia*	地方名 喜馬拉雅薑百合

角葉山柰(Resurrection Lily)

無莖，葉叢生於根狀莖；花白色或紫色，有香味，組成稀疏的穗狀花序。

• **用途** 芳香的根狀在亞洲被嚼著好玩，製成粉末當嗅劑可治療感冒引起的鼻黏膜炎，對高燒、腹瀉、痢疾及肥胖有療效。其精油具商業價值。

• **附註** 圓唇番鬱金(*K. rotunda*)的葉及根狀莖可作調味品，根狀莖也用於治療胃痛及創傷。

中脈兩側具平行脈

葉緣起皺

具鞘的葉鮮綠色至暗綠色

淺色嫩塊莖及肥厚根

根用於獸藥中

高 15 公分

棲所 亞熱帶，濕潤和乾燥的林中；喜馬拉雅山東部	利用部分 🍃🌱

科 薑科	種 *Kaempferia galanga*	地方名 Maraba

番鬱金(Kaempferia Galangal)

葉茂盛而具根莖，於夏天開芳香的花，花瓣白、紫雜駁；由6至12朵花組成穗狀花序。

• **用途** 泰國人將嫩葉當蔬菜煮食或加到咖哩中，或將根擠碎與威士忌混合以治療頭痛；印尼人用於治療食物中毒、破傷風、口腔發炎、膿腫、咳嗽和感冒。在東南亞，其根被廣泛用作調味品和興奮劑。據說咀嚼根莖後嚥下，可產生幻覺但無不良副作用。

• **附註** 空山柰(*K. aethipica*，現名為 *Siphonochilus aethiopicus*)的根莖在迦納用作烹調香料。

一簇包括2至3枚葉片

葉片水平下垂

印度人拿根來洗髮

葉橢圓形，有時葉緣呈紅色

貯藏根具有提神的刺激氣味

高 15 公分

棲所 亞熱帶：印度	利用部分 🌸🍃🌱

科 唇形花科	種 *Lamium album*	地方名 大天使

野芝麻(White Dead Nettle)

無刺芝麻的根莖長，莖直立，四稜中空；葉對生，鮮綠色；開成簇的管狀白花。

花輪生，花蜜豐富，從初春開到冬季

- **用途** 嫩葉可當蔬菜煮食用或作湯。開花的植株可煎汁作補血劑。它能收縮血管治療經血過多、帶下、膀胱炎、痔瘡、燒傷及某些眼科疾病。其具收斂和癒傷效果浸出液。用於洗濕疹、止血；並可製成飲料以滋補生殖系統。

- **附註** 與刺蕁麻沒有關聯。

葉的上半部漸尖

白花

質地粗糙

高1公尺

心形帶齒基生葉

棲所 荒地；歐洲至西亞	利用部分 ✳ ⟋ ⟋

科 唇形花科	種 *Leonurus cardiaca*	地方名 獅尾草

歐益母草(Motherwort)

莖直立，葉對生，略有刺激味；上部形如獅尾。花輪生，有茸毛，白色或淺粉色，生於葉腋，夏至秋季開放。

上位葉有三個裂片；下位葉有5－7個裂片

- **用途** 全株提取物有鎮定、緩解肌肉痙攣、調節血壓、加速心跳及強心的作用。可以藉由降低血脂肪而有效地治療心臟病。它有助於產後子宮收縮並對焦慮的新媽媽有鎮定作用，還能對治月經不調，及更年期障礙。

- **附註** 孕期禁用，因它含有的水蘇鹼會引起早產。

治療行經及生育障礙

歐益母草 ▷

乾燥的全草

高2公尺

歐益母草

◁ 異葉益母草
（*L. heterophyllus*）
兩年生，開粉紅色花，可加速血液循環；種子有刺激性，用於治療眼睛疲勞和疼痛。

棲所 籬邊，林地；北溫帶	利用部分 ✳ ⟋ ⟋

科 菊科	種 *Leucanthemum vulgare*	地方名 月亮雛菊

牛眼菊(Ox-eye Daisy)

草本，下位葉扇狀勺形，上位葉
狹窄，花似雛菊。

• **用途** 嫩莖可拌沙拉，根、葉
有時可烹食。綠色部分及芳香的花為
滋補劑及抗痙攣劑，用於胸部不適。
全株蒸餾出的液體可緩解結膜炎；
葉和花則用於創口和淤傷的治
療；根為結核病引起的出汗的
藥方。

• **附註** 此草奉獻給女性之神阿特米斯，
被視為女性之草。

聚合花由黃色筒狀花
和白色舌狀花組成

花具香膏味

狹窄的
上位葉

花朵由一圈綠色
苞片支撐和保護

勺形
下位葉

高
1
公
尺

棲所 荒草地，牧草地，陽光充足處；歐亞大陸溫帶	利用部分 ※ ⎘ ⫽ 🗲

科 繖形花科	種 *Levisticum officinale*	地方名 情人香芹

圓葉當歸(Lovage)

葉深綠色，大而具芹菜香；莖中空；綠黃色繖形花由仲夏開至夏末。

• **用途** 葉片可作為湯和燉菜的材料和香料，根可擦碎置於沙拉中、
醃製菜或磨成粉作調味料。芳香種子可撒在麵包和米飯上，浸入白蘭
地飲用以助消化，或用於香料製造。葉、根和種子的浸出液可減輕
積水及排毒，使其成為
除臭、減肥的藥草，
具祛痰作用的根對口腔
潰瘍、扁桃腺炎、支氣
管炎、膀胱炎和經痛有
療效。動物試驗表明具
有鎮靜和抗驚厥作用。

• **附註** 腎病患者及
孕婦禁用。

微綠的
黃色花

有風味
的葉片

複葉深綠色，
光亮，邊緣有齒

成熟為
芳香的果實

莖上有隆脊，
可蒸發或結晶

高
2
公
尺

根芳香，
髓質白色

棲所 潮濕土壤；地中海東部	利用部分 ⎘ ⫽ 🗲 ⚭ ※

科 菊科	種 *Liatris spicata*	地方名 蛇鞭菊

麒麟菊(Gay Feather)

醒目而具根狀莖，長莖上著生許多放射狀排列的細葉，開羽狀聚合花。

- **用途** 葉片及具松香味的根研粉可驅昆蟲，薰香煙草；根還有利尿、發汗及抗菌作用，其煎劑可用作喉痛的漱口藥，曾用於淋病的治療。
- **附註** 錢氏麒麟菊（*L. chapmannii*）含利阿內酯，具抗癌性；香麒麟菊（*L. odoratissima*）葉片含香豆素，能驅蛾、鎮定、退燒；根是強力利尿劑。

花從頂端向下逐漸開放

高 1.5 公尺

密集的小花

線型綠葉著生於刷狀莖上，愈上愈小，有乾草氣味

棲所 肥沃潮濕的草地；北美洲東部	利用部分

科 百合科	種 *Lilium candidum*	地方名 波旁百合

純白百合(Madonna Lily)

秋季生出新的基生葉叢，春天在開花的莖上長出矛形葉，夏天每支莖上開出5至20朵喇叭狀白花，花藥金黃色，香味濃郁。

- **用途** 古代當食品，不少國家仍煮食其鱗莖。富含鎮靜性膠質，用於化妝品及膏藥中，對燒傷、腫和粉刺等有效。油浸的花瓣可治療濕疹，花用於商業香料的製造。
- **附註** 多種百合的鱗莖均可食，如日本的斑點百合（*L. maculatum*）及蒙古的戰神百合（*L. martagon*）。

一簇花可多至6朵

花中富含香料

鐵炮百合 ▷（*L. longiflorum*）花長，白色，具黃色花粉及綠色柱頭。

莖秋天枯死，留下新的鮮綠色基生葉

白色或淺黃色鱗莖含鎮靜黏液

高 2 公尺

純白百合　　純白百合 ▷

許多長卵形而尖銳的葉抱莖

棲所 向陽而有遮陰的山坡；地中海東部	利用部分

科 桔梗科	種 *Lobelia siphilitica*	地方名 藍花半邊蓮

大山梗菜(Giant Lobelia)

直立而具矛形葉，從夏至秋開藍色管狀花。

藍色花朵組成
密集的穗狀花序

• **用途** 根的煎劑被易洛魁族印第安人用於治療
梅毒。它可對治閉尿症，順勢療法則用於腹瀉的
治療。易洛魁人的夫婦爭吵後將根粉撒在床上以
重修舊好。

莖直立，頂端
著生花穗

• **附註** 紅花山梗菜（*L. cardinalis*）和囊果山梗菜（*L.
inflata*）的葉與枝含生物鹼，能祛痰並引起嘔吐。紅花
山梗菜花較為溫和，對支氣管痙攣有特效。印第安煙草毒性較大，
且有副作用，但它能刺激呼吸，以其煙薰可治哮喘、支氣管炎，
並有醒神作用。它也被加在戒煙混合物
中代替尼古丁。這兩種植物使用
劑量要小，並需遵醫囑。

綠莖

齒狀邊緣

高
60
公
分

葉無柄，
不平整，
兩端漸窄

大團的白根，
被印第安人
用於治梅毒

棲所 潮濕林地，溪畔：北美東部	利用部分 ✲ ⬭ ∥ ⧄ ⬡

科 豆科	種 *Lotus corniculatus*	地方名 蛋與燻肉

百脈根(Bird's Foot Trefoil)

小型多年生草木，直根木質，莖直立或蔓生。開大量
鮮黃色花，由春到夏色澤漸深成紅色，並帶橘色斑點。

亮金色花頭
包括4-8朵花

優良蜜源

• **用途** 對百脈根的藥用研究相對較晚，已發現其花
有鎮靜作用，對解除肌肉痙攣和強心亦有效果。並
產生一種黃色染料。全株與野西番蓮（*Passiflora
incarnata*）作用類似。其可製成外用敷劑以治皮膚
發炎，花因其醫療特性而被用於多種成藥製劑中。
本植物能固氮，增加土壤肥力，為綠肥作物。

由熊蜂授粉

褐色的圓柱形
種莢扭曲後
開裂，散發出
卵形褐色種子

• **附註** 鮮黃色花瓣上的紅色條帶，使其
獲得「蛋與燻肉」的俗名。

微小的
綠色葉圓鈍

高
40
公
分

長而直立
的花柄

莖實心
或中空

複葉

莖上有稜

棲所 牧場，路邊，向陽處；歐洲，亞洲和非洲	利用部分 ✲ ⬭ ∥ ⧄

| 科 豆科 | 種 *Lupinus polyphyllus* | 地方名 多葉羽扇豆 |

羽扇豆(Lupin)

葉柄長，頂生一圈狹窄的小葉，總狀花序形態妍然。

- **用途** 羽扇豆及白羽扇豆（*L. albus*）種子研成粉可治疥癬。加到面部蒸氣及剝落面膜中可減少油脂活化皮膚。白羽扇豆、黃羽扇豆（*L. luteus*）、埃及羽扇豆（*L. terminis*）、昇羽扇豆（*L. varius*）及變羽扇豆（*L. mutabilis*）種子烘烤脫毒後可作麵粉或咖啡代用品；羽扇豆是有益的綠肥植物；並可吸收多餘的殺蟲劑及其他土壤毒素。

- **附註** 羽扇豆栽植於車諾比和烏克蘭，以吸收核子災變後的放射性毒素。

花藍色、紫色、暗粉紅色或白色

綠色小葉中可能含有毒素

△ 細毛羽扇豆
（ *L. pubescens* ）
一年生，複葉環狀排列，爲有益的綠肥作物。

開放的總狀花序強健不曲

植株可驅兔

高 1.5 公尺

△ 羽扇豆▷

種子粉末用於皮膚和毛孔的更新和清潔

| 棲所 潮濕且排水良好的草地；北美西部 | 利用部分 ✻ ⬭ ✎ ⬭ ⬭ |

| 科 唇形科 | 種 *Lycopus europaeus* | 地方名 埃及草 |

歐地笋 (Gipsywort)

葉紫色卷曲，平展後變綠；莖四稜，覆有纖毛；夏末開白色帶紫斑的花朵。

- **用途** 植物汁液產生黑色纖維染料，曾被吉普賽算命師用來塗黑皮膚以模仿埃及人。地上部分是收斂劑和鎮定劑，可強心而解除焦慮，治結核病和心悸。

- **附註** 療效更強且具薄荷味的美洲地笋（*L. virginicus*）為鎮靜、收斂和麻醉劑。這兩種植物都可能具有避孕作用。

先端銳尖的矛形鋸齒葉

成熟的綠葉

葉基部深裂

葉腋中簇生花串

葉對生

高 120 公分

| 棲所 潮濕草地，溪畔；歐洲到亞洲西北部 | 利用部分 ✻ ⬭ ✎ |

科 千屈菜科	種 *Lythrum salicaria*	地方名 穗花千屈葉

短瓣千屈菜(Purple Loosestrife)

具匍匐根系;莖有稜;葉長矛形;穗形花序由紫紅色花朵組成。

• **用途** 葉片可食,是一種應急蔬菜,可發酵成酒。具收斂性的葉子,能使皮膚緊繃,消除皺紋,並增加金髮光澤。全草可明目,減輕浮腫,使微血管收縮,緩解皮下充血,止鼻血。開花植株能殺滅腸道感染源,治療腹瀉和食物中毒。對傷寒有療效,做漱口水可治喉痛;也用於發燒、肝功能障礙、腫痛和出血諸方面的治療。

• **附註** 輪千屈菜(*L. verticillatum*)常植於牧場,可防止母牛和母馬流產。

夏末開花,穗狀花序生長期長

萼片腋下輪生紫紅色花簇

莖上有稜,覆有密軟茸毛

葉對生,邊緣光滑

窄而具尖端的葉

高 120 公分

棲所 澤地;溫帶歐洲,亞洲和非洲	利用部分 ※ ⌀ ∥

科 錦葵科	種 *Malva moschata*	地方名 切葉錦葵

麝香錦葵(Musk Mallow)

略有麝香味的葉片全裂缺刻,非常優雅;莖圓而分枝;基生葉圓而淺裂;大型花白色或粉紅色,開放於夏季。

• **用途** 花可拌沙拉,葉和嫩莖含有維生素A、B和C,可當蔬菜食用。葉和根用於製作皮膚止痛膏及止咳糖漿。

• **附註** 錦葵和麝香錦葵作用類似,且效果更好。其葉、根和花有平復薄膜、消腫、治療支氣管炎及胃腸道不適等效用。

花期很長

五枚花瓣

◁ 麝香錦葵 ▷

採損時散發麝香味

花淡紫色,有脈紋

△ 錦葵(*M. sylvestris*)
多年生,直根肉質;葉中含維生素,可潤膚、祛痰。

葉綠有齒,覆軟毛

葉製成敷劑可緩解蟲咬痛

高 60 公分

麝香錦葵

棲所 荒地,向陽處;歐洲,西北非	利用部分 ※ ⌀ ∥ ⧅

科 茄科	種 *Mandragora officinarum*	地方名 魔蘋果

毒參茄(Mandrake)

具劇毒；其根長，類似防風草的根，可長成人形；葉簇生成
蓮座；花淡紫色；果實黃色圓形，有鳳梨香味。

- **用途** 根具鎮定性，對抑鬱、焦慮和失眠有療效，後來用作
手術麻醉劑；葉片外用可緩解疼痛。根和葉泡茶飲用先會
引起興奮隨後變得遲鈍，因而獲得春藥的聲價，且可增強
繁殖力。它成為巫婆施法的神草，因其能致幻，故與飛行
有所關聯。在順勢療法中用於哮喘和咳嗽的治療。

- **附註** 根是一種古老的麻醉劑。

葉有臭味 •

葉形大而
皺折，邊緣
不規則 •

高
30
公
分

• 春天開
淺紫色花朵

大且常分枝
的直根具
麻醉作用

棲所 疏鬆乾燥土壤；義大利北部，前南斯拉夫，南歐	利用部分

科 竹芋科	種 *Maranta arundinacea*	地方名 忠順草

竹芋(Arrowroot)

株形高大而分枝的多年生植物。根莖膨大肉質；葉長
而光亮，莖似蘆葦；花白色惹眼，組成稀疏分枝
的花序。

- **用途** 粗大的根研成澱粉質粉末，用於食品
和化妝品作調稠劑，或加水煮成稀粥食用。
它是腹瀉或腸炎初癒時的溫和補品；尤其
是老人和兒童的病癒營養品。與乾春黃菊
混合後可治痱子；根則可製成糖果。

- **附註** 在某些熱帶國家用於治療毒蟲
咬傷、蛇咬及箭傷，這使它獲得了
「箭根」的英文
俗名。

披針形葉
末端尖細，
上表面光亮

根的白色粉末 •

高
2
公
尺

• 葉柄短

匍匐根和幼根莖
隨年齡而膨大 •

莖蘆葦狀，
細長，紅棕色

棲所 潮濕土壤，熱帶林中，空地；美洲中部和南部	利用部分

科 唇形花科	種 *Marrubium vulgare*	地方名 白夏至草

普通夏至草(Horehound)

毛茸草本植物，有輕微的洋艾草味，葉被茸毛；
白色小花輪生於莖上。

- **用途** 葉片用於滋補劑、利口酒和麥酒中，
還製成祛痰和殺菌止咳糖。浸出液可鬆弛
肌肉、排除黏液、治療支氣管炎、假膜性
喉炎和哮喘等。並可殺滅腸道寄生蟲、助消化、
補肝通便。製茶飲用或外用可治濕疹及帶狀
丘疹。具鎮靜作用，小劑量可調控快而不規則
的心律，熱浸出液可退燒，治療奎寧無效時的
瘧疾等。它有助於創口結痂。納瓦霍印第安人
把根煎汁給分娩前後的產婦飲用。

- **附註** 毛茸的葉片曾用於清洗牛奶桶，
乾花輕浮在油面上可作蠟燭芯。

• 綠葉卵圓形，有皺折，
對生於莖，被細密白毛

• 葉腋中著生二唇形
小白花，形成針墊狀花輪

• 花蜜可止咳

• 葉圓，
邊緣鋸齒

高
45
公
分

棲所 草地，排水良好的土壤；歐洲，北非，亞洲	利用部分 ✿ 🌿 ✍ 🍂 🌾

科 豆科	種 *Medicago sativa*	地方名 Lucerne

紫花苜蓿(Alfalfa)

根向下深植，可固氮，葉三出；花藍紫色，
組成總狀花序，結螺旋形種莢。

- **用途** 具滋補作用的葉與發芽種子帶有新鮮
豌豆的風味，可拌沙拉，或混入保健飲料
而為運動員所重視。它能作為營養性
的開胃品，對癒後病人有益。阿拉伯人
用來飼餵賽馬以提高其速度。據說還
可提高奶牛產量，是一種優良飼草。
野生植株指示礦物質相當豐富的
土壤，而在貧瘠土地上為極佳綠肥。從葉中
可提純葉綠素作為商品，種子產生黃色染料。

- **附註** 蝸牛苜蓿（*M.
sculetta*）具類似效能。

花中有蜜腺和
花粉，吸引
蝴蝶和蜜蜂 •

• 葉分三瓣

• 紫色花組成
總狀花序

• 葉尖
帶四齒

• 全株可作為
營養豐富的綠肥植物

直立花柄

高
80
公
分

成熟種子 •

發芽的種子可食，富含
維生素和礦物質 •

種子3
至5天發芽

種子
中含油

• 綠色螺旋狀果莢

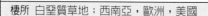

科 唇形花科	種 *Melissa officinalis*	地方名 Melissa

蜜蜂花(Lemon Balm)

草本叢生植物；莖四稜，葉有檸檬味；夏末開花，花色從白色或黃色變到淺藍色。

蜜蜂花 ▽

• 對生葉柔軟多皺，卵圓形

• **用途** 新鮮葉片可為多種菜餚、油、醋和利口酒調味，並可加入洗澡水以放鬆身體，治昆蟲叮咬，並製成鎮定及滋補的茶。這種茶有益壽、治頭痛、消化不良和噁心的作用。其提取物可抗病毒，並促進傷口癒合（造成細菌缺氧），精油可提神醒腦，對某些濕疹和過敏患者有療效。

• **附註** 對蜜蜂有吸引力，擦在空蜂巢上可引來新蜂群。

• 扇貝狀邊緣

高 1.5 公尺

蜜蜂花

雜色蜜蜂花 △
「Variegata」
喜歡潮濕的半遮陰環境。

棲所 向陽，排水良好的土壤，矮樹叢；南歐	利用部分 ※ ◊ ⫰ ✦

科 睡菜科	種 *Menyanthes trifoliata*	地方名 沼地三葉草

三葉睡菜(Bogbean)

沼生或水生，具黑色匍匐根莖，葉柄上著生三出複葉。白色花五瓣，花絲如鬚緣，形成總狀花序，開放於初夏。

• 略帶粉紅色的白花

• **用途** 曾作為應急食品。葉乾後可當茶葉的代用品；瑞士人用葉片當作蛇麻草的代用商品，北極加拿大的因紐特人將其根莖磨成麵粉；全草能提供滋補的浸出液，可淨血，有時用於刺激食欲，且據說有退燒、緩解風濕痛、調整經期不規律等功效。葉片揉搓後可消腫。

• 邊緣鋸齒狀

• **附註** 全株使用劑量過多會引起嘔吐和腹瀉。

高 25 公分

葉柄基部包覆根莖，頂端生3枚小葉 •

• 紫綠色

棲所 水中或水邊；北溫帶地區	利用部分 ※ ◊ ⫰ 🥄

科 唇形花科	種 *Mentha species*	地方名 Erba Santa Maria

綠薄荷(Mints)

大多數薄荷,包括最為人熟悉的綠薄荷和胡椒薄荷,均屬蔓生植物,極易雜交,產生許多變種。莖四稜,直立而分枝;葉芳香,花著生於葉腋。

• **用途** 常見的幾種薄荷如綠薄荷、胡椒薄荷及芳香薄荷等可為醬汁、醋、蔬菜、甜點、水藥調味或製成糖果;薄荷茶在忌酒的阿拉伯國家很常見。薄荷油具有溫和的麻醉作用,和清涼、提神的味道。還用於糖果、飲料、香煙、牙膏和藥品的調味。薄荷具有刺激性,可助消化、減少胃腸氣脹。胡椒薄荷還有抗菌、抗病毒、殺滅寄生蟲及發汗功效。摻入藥膏和清涼劑中可治療頭痛等諸種腫痛,吸入其精油可治震驚嘔吐,提高注意力。

• 清涼宜人的薄荷香味

• 葉起皺

高 120 公分

▽△ 綠薄荷
(*M. spicata*)

△ 摩洛哥綠薄荷
(*M. spicata* 「Moroccan」)
能緩解痙攣。

• 莖四稜

▽科西嘉薄荷
(*M. requienii*)
辣味小葉形成墊狀,開小型花。

淺紫色花朵

• 鮮綠色葉片

• 葉有蘋果香味

齒狀邊緣 •

◁ 雜色芳香薄荷
(*M. suaveolens* 「Variegata」)
葉片邊緣奶油色,持續生長至初冬。

芳香薄荷 ▷
(*M. suaveolens*)
葉片鮮綠色,規則的齒狀邊緣,是拌沙拉的良好原料。

奶油色邊緣 •

紅毛薄荷 ▽
(*M. x smithiana* 「Rubra」)
葉片有香甜的薄荷味,用於沙拉、甜食和飲料。

• 葉上被毛

金色斑點 •

• 深綠色葉片先端尖銳

▽ 皺葉薄荷
(*M. spicata* 「Crispa」)
葉片深綠色,具引人注意的縐縮,有幽幽的薄荷氣味。

• 葉面光滑

△ 薑薄荷
(*M. x gracilis* 「Variegata」)
葉有金色斑點,適度的水果味和薑味。

• 齒狀葉

• 健壯的紫色莖

• 邊緣卷曲

棲所 潮濕,有陽光的沃土;	歐亞大陸,非洲	利用部分

◁直立普列薄荷▷
（*M. pulegium* var. *erecta*）
株型直立，可驅昆蟲、治療
月經延遲，但劑量過大則有毒，
會引起流產。

淡紫色花

◁水薄荷▷
（*M. aquatica*）
具刺激性，催吐，
收斂，可用於治療腹瀉。

葉片被覆
茸毛

生根的莖

光滑的
鮮綠色葉片

普列薄荷▷
（*M. puleyium*）
葉片有胡椒薄荷氣味，
可驅蚤和螞蟻。

莖上生根

莖上生根，
在水中可生存

葉圓形，
鮮綠色

檸檬水薄荷▽
（*M. x aquatica*
「Citrata」）
葉片中度綠色，
鋸齒，有檸檬味，
用於雞、魚烹調
及水果沙拉
和飲料中。

野薄荷▽
（*M. arvensis*）
清涼的葉片
泡茶飲可治
療感冒發燒，
緩解旅行噁心
症狀。

△鮑爾斯薄荷
（*M. x villosa*）
葉片大而圓，被茸毛，
具香薄荷味，花粉紅色。

葉片盤曲，
有胡椒
薄荷味

葉片
有檸檬味

水薄荷▽
（*M. x aquatica*）
莖略帶紫色，葉鮮綠帶齒，
氣味濃郁。

尖銳的
帶齒葉片

卷曲葉片

古龍薄荷▽
（*M. x piperita*
「Citrata」）
香味濃郁，
在化妝品和
水果沙拉
中應用。

帶尖葉片

莖紫色

微帶紫色

皺葉黑辣薄荷△
（*M. x piperita*「Crispa」）
可用於烹調、藥品和香料，
能驅鼠。

光滑葉片

科 紫茉莉料	種 *Mirabilis jalapa*	地方名 四點鐘草

紫茉莉(Marvel of Peru)

花芳香，深紅色、紫色、黃色或白色，長管形，常在傍晚開放，故有上述地方俗名。

深紅色花可作為食品色素

• **用途** 尼泊爾人食用其葉片；日本人將其種子粉末用在化妝品中。

高 60 公分

根有通便和利尿功能，還被認為可催情、消炎、並促進血液循環等。它用於扁桃腺炎、尿路感染、閉尿、疥瘡和濕疹的治療。葉的敷劑可消膿腫，白花汁液可止嘔血。

葉具淺色脈絡和波狀葉緣

• **附註** 孕期忌用。

棲所 乾燥無霜氣候；南美洲。	利用部分 ❋ ⌀ ⌀ ⌀

科 唇形花科	種 *Monarda didyma*	地方名 蜜蜂脂

蜂香薄荷(Bergamot)

葉有香味，紅花組成蓬鬆的花頭，苞片紅色，開放於夏末。

高 120 公分

• **用途** 香味與油橙（*Citrus bergamia*）類似，嫩葉可調酒、製飲料、拌沙拉或作填料；美洲土著用檸檬味的橙蜂香草（*M. citriodora*）、檸檬牛至味的管蜂香草和齒蜂香草（*M. pectina*），薄荷味的斑點蜂香草（*M. punctata*）與薄荷蜂香草（*M. menthifolia*）的葉子調味品；蜂香薄荷的葉片浸出液用於髮油中。其含抗菌的百里酚，可治丘疹，作感冒蒸氣吸入劑等，對噁心、氣脹和失眠有療效。

蜂香薄荷

• **附註** 斑點蜂香草的葉片治消化不良。

雄蕊伸長

▽ **蜂香薄荷**
「Blue stocking」
花管極長，較適合大型蜜蜂採蜜。

• 花頭

• 紫色品型

• 鋸齒狀葉

• 紫紅色花

◁ **蜂香薄荷**
嫩葉有古龍香水味。

蜂香薄荷「田邊粉紅」
「Croftway Pink」▽
開粉紅色花，葉片氣味溫和。

• 紅色苞片

• 蝦狀花

葉對生 •

△ **管蜂香草**
（*M. fistulost*）
可治頭痛和發燒。

莖紫色，有蟲癭

• 葉片長卵形，先端尖，鋸齒

棲所	林地；	北美東部	利用部分 ❋ ⌀ ⌀ ⌀

科 百合科	種 *Muscari comosum*	地方名 荷苞穗

束毛串鈴花(Tassel Hyacinth)

具鱗莖，生3至7片狹窄帶槽的肉質葉；春季抽出細花莖，其上有茶褐色的可育花及頂端藍紫色的不育花。

• **用途** 希臘人食其鱗莖，春天收穫後煮脫苦味即可。與洋蔥性質相近，可醃在醋中。入藥有興奮和利尿作用。

• **附註** 在美國其鱗莖作為「西波利諾」出售。

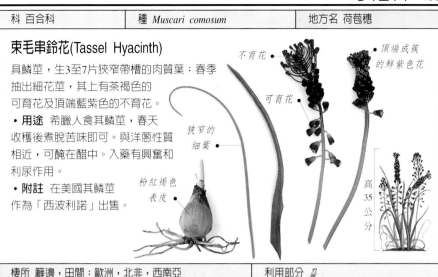

不育花
頂端成簇的鮮紫色花
可育花
狹窄的細葉
粉紅褐色表皮
高35公分

棲所 籬邊，田間；歐洲，北非，西南亞	利用部分

科 繖形花科	種 *Myrrhis odorata*	地方名 庭園茴香

沒藥樹(Sweet Cicely)

葉似蕨而芳香，為春天最早展葉的植物之一，隨後開繖形花序，由小型白色且有蜜腺的花組成；結大而細長的果實。

• **用途** 種子甜而具茴香味，綠色，可生吃或拌入水果沙拉，並用於調利口酒，還製成芳香的傢俱拋光劑。新鮮葉可切碎炒蛋、作湯和燉煮，與酸果共煮可除去辛辣。根也可擦碎拌沙拉、醃漬或煮食，浸入白蘭地有滋補、殺菌和助消化功能，葉片浸出液為治療老人貧血的藥方。

• **附註** 北美香根芹（*Osmorhiza longistylis*）可作捕野馬的誘餌。

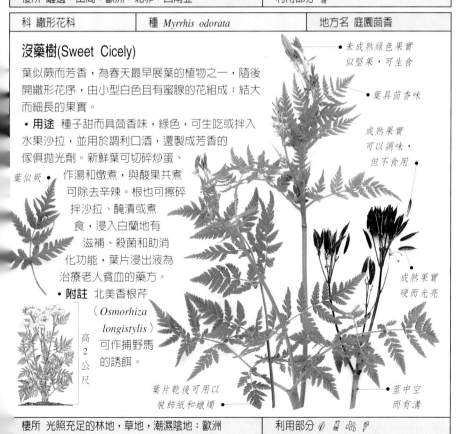

未成熟綠色果實似堅果，可生食
葉具茴香味
成熟果實可以調味，但不食用
成熟果實硬而光亮
莖中空而有溝
葉似蕨
葉片乾後可用以裝飾紙和蠟燭
高2公尺

棲所 光照充足的林地，草地，潮濕陰地；歐洲	利用部分

| 科 十字花科 | 種 *Nasturtium officinale* | 地方名 水胡椒 |

豆瓣菜(Watercress)

水生草本植物，複葉具刺激味，末端小葉較大；春夏季開小白花，形成總狀花序。

• **用途** 常用以拌沙拉或煮湯，可利尿、治貧血、袪痰，且可預防壞血病，還可解毒、淨血及清潔皮膚。民俗療法用以治療結核和腫瘤。其汁液能溶尼古丁鹼。

• **附註** 野外豆瓣菜可能帶有肝蛭。

葉中含有錳、碘、鐵、磷、鈣

葉中富含維生素

肉質的生根莖

葉鮮綠色，有光澤

高 80 公分

| 棲所 流水，溝渠，溪流；歐洲至西南亞 | 利用部分 ※ 𝄇 ✎ |

| 科 睡蓮科 | 種 *Nelumbo nucifera* | 地方名 藕百合 |

蓮(Sacred Lotus)

水生草本植物，葉蠟質，高出水面，葉柄長；花芳香，黎明開放，傍晚閉合。

• **用途** 葉柄、葉片、花瓣、種子和根莖均可食。中國人相信根莖和種子能延遲衰老，葉片則可作為減肥食品。清涼的根莖汁液飲用後可治療痤瘡和濕疹；根煮粥可治噁心；種子可強心，清涼的葉可治中暑及退燒；花、花絲和花柄中的汁液有收斂和強心作用。

• **附註** 在許多文化中為宗教供品，常因信仰而種植。

乾燥的種子蓮

白色種子具褐色的皮

高 2.5 公尺

花出汙泥而不染

金色花藥可薰香茶葉

大型葉片可包裹食物

根吸收養分

根莖粗大，日本人當蔬菜食用

| 棲所 溫暖的河流及湖中；東南亞至澳洲 | 利用部分 ※ 𝄇 ✎ 🕸 |

科 唇形花科	種 *Nepeta cataria*	地方名 貓歡喜

荊芥(Catnip)

葉芳香，二唇形的花輪生成花穗，花白色
帶淡紫色斑點，招引蜜蜂。

• **用途** 根和葉有薄荷味，令人
聯想起貓的外激素，能醉貓、驅鼠和
甲蟲。嫩葉可加在沙拉中或為肉
調味。在中國茶葉輸入之前以之
沏茶；葉和開花枝端能治療感冒、
反胃，可降溫，治頭痛及頭皮癢。
具溫和的鎮靜作用，可緩解嬰兒腹痛。
葉能製成敷劑治淤傷，或加在貓的玩具上。

• **附註** 葉做成煙草可產生無害
的快感。

花芽淺紫藍色，
管狀，二唇形

開放的
花穗

葉三角形，
邊緣鋸齒狀

齒狀葉

葉子有溫和
的荊芥氣味

高
1
公
尺

荊芥

荊芥 ▷

四方形莖，覆細毛

葉有刺激
的薄荷味

貓薄荷 ▷

(*N. racemosa* ，
異名, *N. mussinii*)

花開經夏，常作薰衣草和
玫瑰的護邊植物。

棲所 籬邊，路邊；西南亞，中亞，歐洲	利用部分 ✻ ⵔ ⵏ ⵏ ⵞ

科 唇形花科	種 *Ocimum gratissimum*	地方名 東印度羅勒

丁香羅勒(Tea Bush)

灌木狀，具檸檬氣味，與羅勒同屬；莖分枝，基部木質；
具穗狀花序。

• **用途** 中國和迦納人將其具柑桔味的葉當作開胃、烹調
品，並當茶飲用。在印度，全草用於緩解風濕和背痛。
葉片用於咳嗽、感冒及百日咳等的治療；
並可降溫、排汗和治蛇傷；對腹瀉、
痙瘡、癩疥等亦有效。
葉汁用於治眼疼。

• **附註** 西非和印度
用葉治療性病。

輪生白花

花苞片

高
2.5
公
尺

莖基木質，
皮常剝落

葉下垂

葉卵形，先端尖，
有檸檬味，通常具齒

棲所 熱帶向陽處；印度，西非	利用部分 ✻ ⵔ ⵏ ⵞ

科 蘭科	種 *Orchis mascula*	地方名 Salep/Cuckoos

強壯紅門蘭(Early Purple Orchid)

葉狹窄，常帶紫黑色斑點，穗狀花序，由紫色花構成。「*orchis*」希臘文意為精巢，指其具雙塊莖。

• **用途** 塊莖含澱粉和黏液，是已知最濃縮的植物食物之一；其中之一提供植株養分，隨後枯萎，另一球莖則貯藏剩餘的養分。它是航海的必備食物。印度人製成甜點食用，或醮蜜生吃。植株可製成有名的補充精力和催情飲料色列普，在咖啡普前廣泛出售；是優良營養品和滋補劑。

• **附註** 肉質塊莖被當作春藥食用，枯萎塊莖則可抑制情感。

• 小花組成的密集穗狀花序，靠近時氣味不佳

高 60 公分

葉上常帶斑點

• 葉片光亮

莖直立

兩個淺色塊莖有營養的澱粉和48%的黏質

中央「摺痕」

根稻草色

棲所 林地，潮濕草地；歐洲	利用部分

科 唇形花科	種 *Origanum majorana*	地方名 打結馬約蘭

馬約蘭花(Sweet Marjoram)

半耐寒多年生、二年生或一年生植物，莖上生根，葉芳香被毛，花白色至淡紫色，結出種子簇如同結節。

• **用途** 葉片比牛至或歐尼花薄荷的更甜更香，為普遍的烹調藥草，用於沙拉、醬汁、肉、乳酪和利口酒中，並是普羅旺斯香草茶成分之一。泡茶飲能助消化、平氣脹、治感冒和頭痛、安神調經。葉片可置於香袋、甜水中。曾作為地板的芳香拋光劑使用。

• 小型葉密排成叢，鮮綠色，可用於烹調和香料

◁冬牛至
(*O. heracleoticum*)
葉片甜辣而芳香，花粉紅色。

• **附註** 從葉和開花枝端蒸餾出的精油是抗氧化劑，可減輕皮膚老化；還有抗病毒、緩解痙攣、刺激局部循環的作用；精油還被加在香料和化妝品中。

• 葉中含維生素A

• 葉灰綠色被毛

莖上生根

◁馬約蘭花▷

• 磨碎的葉

• 乾葉仍能保留氣味

高 60 公分

馬約蘭花

棲所 排水良好的土壤，山邊；地中海地區，土耳其	利用部分

科 唇形花科	種 *Origanum onites*	地方名 法蘭西馬約蘭

歐尼花薄荷(Pot Marjoram)

小型叢生，多年生植物，莖微紅，夏末開花，葉芳香，色澤介於灰綠色的馬約蘭花與較暗的牛至之間；春天初生葉略帶金色。

• **用途** 葉片一般比牛至溫和，尤其在熱帶地區。它們是點綴花束的一部分，可擦在烤肉上，混以辣椒和大蒜，也用於與番茄、乳酪、雞蛋和魚共烹。莖置於烤肉的木炭上，可給食物添加淡淡的風味。

• **附註** 花吸引蝴蝶和蜜蜂，種子是鳥類的過冬食物。

金色歐尼花薄荷 ▷
「Aureum」
叢生，60公分高，上位葉無柄，與金色牛至相似，但後者只長到30公分高。

葉片氣味溫和 •

• 花紫紅色或白色，密集成簇

高
60
公
分

◁△ 歐尼花薄荷

葉片中度綠色

棲所 排水良好的山坡，肥沃土壤；地中海	利用部分 ✐✐

科 唇形花科	種 *Origanum vulgare*	地方名 野生馬約蘭

牛至(Oregano)

木本多年生植物，葉深綠色，有刺激味，夏末開放簇花。

• **用途** 葉具有濃郁的辛辣味，在義大利披薩餅及番茄菜、墨西哥辣椒粉及點綴花束中應用。製茶飲能滋養、止咳、解肌肉痙攣、治神經性頭痛及痛經等；葉片可抗菌、消腫、治風濕和落枕；開花莖端產生紅色染料。

• **附註** 其精油是強力殺菌劑，可在室內噴灑。它能夠滲透肌肉，因其會刺激皮膚和肌肉薄膜，所以要避免按摩。

花白色
至紫色

葉圓形卷曲，金黃色 •

金色皺葉牛至 △
「Aureum Crispum」
這種密生品種具柔和的香味。

暗粉紅色的頭狀花 •

• 深綠色葉片

△ 牛至

葉片橢圓形帶尖

▷ 金頂牛至「Gold Tip」
這種品種的葉上有金色斑紋，稍具刺激味，與牛至功用相同。

◁ 密生牛至
「Compactum」
這種密生品種的莖呈紅色，葉芳香，與牛至功用相同。

高
90
公
分

葉片殺菌，咀嚼可暫時緩解牙痛 •

牛至

棲所 開放林地，山坡，粗草地；歐洲	利用部分 ✿ ✐✐✐

科 酢漿草科	種 *Oxalis acetosella*	地方名 杜鵑鳥麵包

酢漿草(Wood Sorrel)

具匍匐根狀莖，三出複葉，帶有淡紫色葉脈；開白花。葉子和花全都在晚上下垂。

- **用途** 葉有強烈的酸味，可以作為沙拉和醬汁的調味料。具收斂、利尿性的浸出液可治療感冒發燒和泌尿系統疾病，並可用作皮疹和腫瘤的鎮靜性外洗劑。美國土著用它來消除唇部的癌變生長，用根餵馬可增加其速度。
- **附註** 大劑量有危險，不能用於胃炎、風濕症及痛風患者。

• 葉在晚上閉合，並分開成為三個心狀的部份

葉汁可去污

根有鱗片

高 13 公分

棲所 陰暗的林地；北美，歐洲，亞洲	利用部分 ✳ ✎ 🍃

科 芍藥科	種 *Paeonia lactiflora*	地方名 白芍

芍藥(Chinese Peony)

塊狀根肥厚，具複葉，葉緣呈波狀；夏天開白色、粉紅色或紅色花，有香味，雄蕊金黃色。

- **用途** 根為免疫系統激活劑，能降血壓、減少疼痛、緩解痙攣、減輕炎症、促進血液流向子宮。中國人認為紅色的芍藥根——赤芍，是血液清涼劑及止痛藥；而白色的芍藥根——白芍，是血液營養劑，能滋補肝臟，治療肝病、血尿、貧血，美容肌膚。
- **附註** 牡丹芍藥根皮能涼血，刺激血液循環，減慢傷口凝血、治療月經不調、發燒和腫瘤。是一種抗菌劑和降血壓藥。赤芍能有效地治療兒童濕疹。

• 暗綠色小葉

• 表面有光澤

• 紅褐色的根皮

△ 芍藥 △

• 白根的內部

• 大劑量的根皮有毒

牡丹 △
(*Paeonia suffruticosa*)
有粉紅或白色的花瓣，基部紫紅色。

• 花白色，有香味，雄蕊金黃色

背面淺色

淺綠色堅硬的莖，通常有明顯的紅色

高 60 公分

◁△ 芍藥

棲所 肥沃的溫帶土壤；西藏至中國，西伯利亞	利用部分 ✳ ✎ ✎ 🍃

科 芍藥科	種 *Paeonia officinalis*	地方名 花王

藥用芍藥(Peony)

具中度綠色鋸齒狀葉；夏天開紫紅色、粉紅色或白色花，華麗而芳香。英文名稱源於「Paeon」，是希臘著名的外科醫生神。

花芽

• **用途** 在日本被認為是「龍的食物」，花被當作蔬菜食用。14世紀英格蘭人將種子作烹調香料，泡在蜜酒中飲用可防止惡夢，串成項鍊則可為護身符。根可製成小珠子讓孩童在上面磨牙，亦為滋補劑和抗痙攣劑，治療頭部和神經疾病，包括癲癇病。乾燥花瓣可作「百花香」材料。

高 60 公分

• **附註** 可能有毒，應用時應遵醫囑。

深鋸齒狀，尖端的小葉 •

• 重瓣花

棲所 灌木地，草地；歐洲	利用部分 ❀ 🥬 🌰

科 五加科	種 *Panax ginseng*	地方名 人參

東方人參(Oriental Ginseng)

為落葉植物，具芳香、肉質的直根和頂端長葉的長莖。較老的人參莖較多，三年後長出繖狀花序，並結2-3個紅色漿果。

雪茄狀的根 •

• 頸部

隨著每年的生長會產生一圈皺折

• **用途** 兩年以上的老根是有名的壯陽藥，並不治療特定的疾病，主要是藉由調節內分泌、代謝、循環和消化系統來達到強身健體的目的，能增加運輸氧的紅血球，增強免疫功能的白血球並清除毒素而減輕身體上、精神上和情緒上的壓力。試驗表明可抑制癌細胞，增加警覺性、反射作用和精力。

花旗參 △

(*P. quinquefolium*)

與東方人參有相似的用途，但刺激性較小，鬆弛作用更強。

• **附註** 不能連續服用。

小根的藥效較小 •

◁ 東方人參 ▷

• 橢圓形小葉，邊緣有重鋸齒

高 80 公分

東方人參

棲所 山區，腐植質土壤；中國東北，韓國	利用部分 🥕

| 科 百合科 | 種 *Paris quadrifolia* | 地方名 一粒漿果 |

四葉重樓(Herb Paris)

僅有一單獨的莖,四片葉輪生於莖頂;貫穿葉片開一朵黃綠色花,結紫色漿果。

• **用途** 根是有毒的麻醉劑,曾用於治療痛風、肌肉痙攣、風濕症、抽搐等。種子和葉汁用於治療腫瘤。新鮮植株是砷的解毒劑,現用於順勢療法。

• **附註** 三葉重樓(*P. chinensis*)的根治療氣喘病、結核性腦膜炎,現正進行肺癌治療方面的試驗。

單生的漿果

卵圓形,端尖的葉片

高 40 公分

在平滑的莖桿上著生

4片輪生葉

四葉重樓

乾燥的根狀莖

▷ **多葉重樓**(*P. polyphylla*,異名, *Daiswa polyphylla*)治療發燒和蛇咬。

| 棲所 潮濕陰暗的林地;歐洲,高加索,西伯利亞 | 利用部分 |

| 科 牻牛兒苗科 | 種 *Pelargonium capitatum* | 地方名 香味天竺葵 |

花頭天竺葵(Rose Geranium)

常綠植物葉片深裂,有玫瑰花香味;花粉紅色或白色,夏至秋開放。

• **用途** 葉用於做果醬、糖漿和飲料的調味品,精油用於製香水和芳香療法。在面霜中可平衡皮膚中的油脂。其精油具滋補性,可抗真菌、抑鬱及防腐,能治療濕疹和內分泌疾患。

• **附註** 精油可從各種天竺葵提取。

花頭天竺葵

高 1 公尺

◁ **皺葉天竺葵**(*P. crispum*「prince of orange」)葉有桔子香味。

柔軟的灰綠色葉片

◁ **芳香天竺葵**(*P. graveolens x tomentosum*)葉子有玫瑰薄荷味。

銼葉天竺葵 △ 有玫瑰檸檬香味。

芳香天竺葵 ▷(*P. X fragrans*)葉片具松脂味。

圓形葉,扇貝狀的葉緣

有黑色種子的果穗

極香天竺葵 ▷(*P. odoratissimum*)葉片有新鮮蘋果的香味。

◁ **花頭天竺葵**葉片深裂多毛。

有玫瑰香的葉片

櫟葉天竺葵 ▷(*P. quercifolium*)葉有香油味。

| 棲所 沙丘,海邊的山坡,向陽處;非洲南部 | 利用部分 |

科 菊科	種 *Petasites fragrans*	地方名 香款冬

香款冬(Winter Heliotrope)

小型草本植物，有深而廣的根狀莖；葉基生，心狀；花有香草的香味。

- **用途** 冬至時花有香味可以收集起來。它們還為最早出現的蜜蜂提供花蜜。

- **附註** 蜂斗菜（*P. japonicus*）的長葉柄經剝皮及醃製後，是日本菜「Fuki」。可口但有苦味的花芽可作調味料。北極的冷蜂斗菜（*P. frigidus*）葉子可食，往南地區將掌葉蜂斗葉（*P. palmatus* 和 *P. speciosa*）燒成灰當鹽用。

有香草香氣的花簇及淡紫、白色小花

鋸齒狀的葉緣

花芽

長葉柄

心形葉，表面平滑，背面有柔毛

高 30 公分

棲所 長期陰暗潮濕處；地中海中部	利用部分 ✳

科 菊科	種 *Petasites hybridus*	地方名 沼澤大黃

雜交款冬(Butterbur)

具肥厚的根狀莖；葉子大，生有茸毛；雌雄異株，雄花富含花蜜，雌花結出帶白色羽毛的種子。

- **用途** 葉子用途很多，如包奶油和做雨帽。根狀莖有滋補心臟、利尿、祛痰的功效，還曾用於治療咳嗽。具收斂性的葉和花可減輕流血及腫脹的血管。由於它含有毒的生物鹼，現在已很少使用，除了皮膚發疹外，還在順勢療法中用於治療坐骨神經痛。

圓形葉可達60公分寬，背面有茸毛

齒狀的葉緣

花芽

稱為「鼠疫花」，被認為是治療鼠疫的良藥

密集的粉色穗狀花序長滿雄花

高 1 公尺

棲所 河岸，濕草地；歐洲，亞洲西部和北部	利用部分 ✳ ✏ ◫ ▨ 🍂 ❀

科 禾本科	種 *Phragmites australis*	地方名 Carrizo

南方蘆葦(Reed Grass)

莖挺直而堅實；葉身狹長；花序羽毛狀，花紫褐色，有光澤。（異名, *P. communis*）。

• **用途** 美國土著用略帶紅色的種子做粥；幼莖作蔬菜；根可磨粉；莖的粉末打濕後烘烤會像軟糖般膨鬆；其汁液有甜味，可食。在中國，常用根莖和根入藥治療嘔吐、泌尿系統疾病、關節炎及由發燒引起的口渴。

• **附註** 可從水中吸附雜質，常用來處理有機廢水。

夏天和秋天開花，花乾燥後還保持原來的顏色 •

• 莖可蓋屋頂，還可作煙斗、蓆墊和框架

• 葉狹長，可用以蓋屋頂

曬乾 • 的根莖

• 根莖可化痰、止咳，治療肺部疼痛和打嗝

河底栽培蘆葦以處理有機廢水 •

高 3.5 公尺

細長的 小根 •

• 根狀莖色淺

棲所 沼澤地，河邊；世界各地	利用部分

科 禾本科	種 *Phyllostachys nigra*	地方名 黑竹

烏竹(Black Bamboo)

優雅的常綠植物，具狹窄的莖，成熟時由綠色轉為黑色且有亮澤，極具觀賞價值。

• **用途** 新長出來的莖尖可作竹筍食用，但必須迅速採集，並經煮熟以除去苦味。根入藥有退燒、利尿的功效，並可鎮靜焦慮和幼兒過動症。根莖與其他草藥配合可治療腎病。

• **附註** 竹有300-1,000多種，歸於45個屬，可算世界上最有用的植物，提供人類各種活動的材料。

• 細莖

高 10 公尺

• 葉先端銳尖

• 刀形葉

• 熟的莖汁液可退燒

• 每個莖節下面都有蠟狀白色粉末

乾燥的根可作中藥 •

長而橫走的根莖和鞭子般的根 •

• 莖分節、中空且有縱溝，稱為竹竿

棲所 肥沃的潮濕土壤，陰涼處；中國東部和中部	利用部分

| 科 商陸科 | 種 *Phytolacca americana* | 地方名 鴿子漿果 |

洋商陸(Pokeweed)

有毒，具紫色莖；葉有臭味；花白色或略帶粉紅色；漿果成熟時由綠色變暗紫色。

• **用途** 莖經長時間蒸煮後可食。根有消炎作用，可治扁桃腺腫大。還能通便和麻醉，可排除黏膜炎、治療關節炎，並殺死精子。葉可治療真菌感染。

• **附註** 含有對免疫系統有益的成分，其蛋白質可防治流行性感冒、 疹和白血病。

乾燥的根

葉卵形，先端漸尖

開花的總狀花序

莖成熟後呈洋紅色

綠色的漿果

接觸植株會引起皮膚病

高4公尺

| 棲所 荒地，肥沃而疏鬆的土壤；美洲中部和北部 | 利用部分 |

| 科 車前科 | 種 *Plantago major* | 地方名 白人腳 |

大車前草(Plantain)

莖粗短，葉橢圓形簇生於基部；夏天開花，穗狀花序不顯眼。

• **用途** 葉糊藥可促進傷口癒合並可治尿道感染、燒傷、蜜蜂螫傷、痔瘡及結膜炎。葉含黏液，有祛痰功效。拉丁美洲民俗療法用以治療癌症。在中國則製成解毒的茶，治療結核性潰瘍及腹瀉。種子富含纖維；其黏液可降低膽固醇，且用於化妝品的製造。

• **附註** 小蚤車前（*P. psyllium*）和卵葉車前（*P. ovata*）的種子外殼可吸收其重量25倍的水分形成有鎮靜作用的凝膠，作脹大的瀉藥和減肥產品。

種子可餵鳥

△ 大車前草 ▽

花藥白色

◁ 卵葉車前
種子及其粉紅色的外殼入藥可治療腹瀉和便秘。

葉脈粗壯

種子含有黏液

高40公分

◁ 披針葉車前
（*Plantago lanceolata*）
新鮮葉可治療黏膜炎和鼻炎。

葉逐漸變細

大車前草

| 棲所 荒草地；歐亞大陸 | 利用部分 |

科 桔梗科	種 *Platycodon grandiflorum*	地方名 中國鐘花

桔梗(Balloon Flower)

直根肥大；莖直立，含乳汁；葉緣鋸齒狀；
花白色至藍紫色，呈氣球狀，花芽膨大。

• **用途** 在中國和日本常用嫩葉拌沙拉。
根有止咳、化痰、消腫、消炎、去膿的功效，
還可治療感冒、支氣管炎、肺炎、
胸膜炎和肺氣腫。

• **附註** 根有毒，
在入藥前必須經過
處理。

鐘狀花 •

• 發育成
紙質的蒴果

• 乾燥的根在中藥中
治療咳嗽和咽喉疼痛

葉緣鋸齒狀，
先端漸尖 •

高
70
公
分

棲所 深的壤土；中國，東北，日本	利用部分 🖊 🍃

科 唇形花科	種 *Pogostemon cablin*	地方名 Pucha-put

到手香(Patchouli)

柔弱而芳香；莖直立，四稜形；葉卵形，柔軟；花穗上
輪生白色花。

海恩氏刺蕊草▷
（*P. heyeanus*，
異名、*P. patchouli*）
可提取到手香油，用於
民俗醫療及香料中。

• 花穗

• **用途** 葉放於衣服中可防蟲蛀，並使印度披巾帶有
特殊的香味。在東南亞，被視為殺菌、興奮、驅
蟲劑，可治療毒蛇咬傷和蟲子叮咬，還可治療頭疼、
腸胃氣脹、嘔吐、腹瀉和發燒。其精油有
濃郁的香柏氣味，在亞洲深受歡迎，可作
薰香和香料固定劑。在芳香療法中被用以促進上皮
細胞再生、治療粉刺、
濕疹、香港腳和
皮膚乾裂。

• **附註** 使最初的
印度墨水和中國印泥
具獨特香味。

葉交互
對生

• 葉有
芳香氣味

◁ 到手香 ▷

葉緣齒狀

葉橢圓形 •

高
1
公
尺

到手香

葉緣具重鋸齒 •

• 幼莖和葉可
提取到手香油

棲所 熱帶或亞熱帶；東南亞，印度	利用部分 🖊 🍃 🌿

科 花蔥科	種 *Polemonium caeruleum*	地方名 希臘敗醬

花蔥(Jacob's Ladder)

莖上生羽狀複葉；初夏開密集的花簇，
花藍色，雄蕊黃色。

• **用途** 歐洲藥典
中記載，花蔥
整個植株有收斂
和淨化血液的
特性，可治療梅毒
和狂犬病，但現在
已不作藥用。在橄欖油
中煮過後可將頭髮染黑。

花藍色
或白色

黃色
雄蕊顯眼

小葉對生

高
90
公
分

鬚根

棲所 潮濕的草地，多岩石地區；歐洲	利用部分 ✿ ⊘ ⁄

科 百合科	種 *Polygonatum odoratum*	地方名 稜角黃精

香黃精(Scented Solmon's Seal)

莖彎曲而有稜；葉披針形；葉腋生有1-4個下垂的
白色管狀花，頂端綠色，有芳香氣味，夏天
開花，漿果藍黑色，有毒。

• **用途** 春季長出來的幼莖可煮熟後作為
救荒食物。根莖糊藥可化淤傷並使小傷口癒
合。在中國則用其清涼的根莖治療發燒、口乾
及慢性咳嗽。連同其他中國的種類，可作滋補
劑治療風濕症和衰弱疾病。最新的研究集中於
其緩和過度緊張的可能性。花有濃郁的
香味，可用於製作薰香。

• **附註** 全株都有毒，不宜
大量服用。

葉橢圓形

多花黃精△
（ *Polygonatum
multiflorum* ）
根莖有鎮靜、收斂功效。

花苞下垂，無香味

◁**香黃精**（異名，
*Polygonatum
officinale* ）▷

頂端綠色

根莖肥大，
富含澱粉

高
85
公
分

香黃精

葉披針形，
互生，
具平行脈

棲所 開闊林地，多岩石地區；歐洲，亞洲	利用部分 ✿ ⁄

科 蓼科	種 *Polygonum bistorta*	地方名 蛇草

拳參(Bistort)

根莖粗壯；基生葉卵形，花密集成穗狀花序。

- **用途** 春天的新枝和浸泡過的根莖煮熟後可作滋補劑。葉具收斂性，根可治療傷口流血；根的漱口藥可治療口腔潰瘍、黏膜炎和牙齦出血；根的浸泡液作灌腸劑可治療腹瀉。根可用來鞣革。

- **附註** 何首烏（*P. multiflorum*）為攀緣植物，塊莖有滋補、通便、抗痙攣、殺菌作用，在中國則用以治療頭暈、痙攣、少白頭，還可提神醒腦。

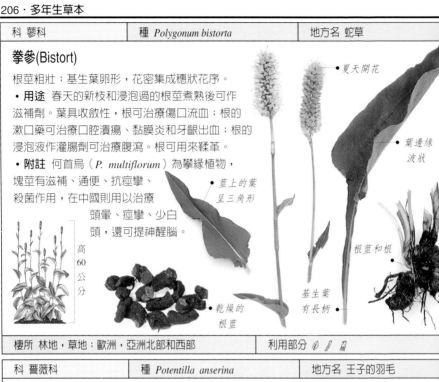

夏天開花

葉邊緣波狀

莖上的葉呈三角形

根莖和根

高 60 公分

基生葉有長柄

乾燥的根莖

棲所 林地，草地；歐洲，亞洲北部和西部	利用部分

科 薔薇科	種 *Potentilla anserina*	地方名 王子的羽毛

鵝絨委陵菜(Silverweed)

匍匐莖長且具有不定根；小葉具粗齒，背面呈絲般的銀白色；夏天開黃色花。

- **用途** 凱爾特人和美洲土著把根莖煮熟作蔬菜。花頭有殺菌、收斂作用，可止血和消炎，泡茶飲用可治療胃炎、黏膜炎和腹瀉，並作為咽喉炎漱口藥，作洗滌劑可減少曬斑、雀斑。

- **附註** 新鮮的植株敷在潰爛部位可止疼，作洗滌劑還可治療馬背上的鞍瘡。

齒狀小葉

花單生，花梗長

莖上生不定根

⊲△ 鵝絨委陵菜

⊲ **匍匐委陵菜**（*Potentilla reptans*）
根的煎汁用於製造抗皺霜。

根有玫瑰的香味

葉可食用

直立委陵菜（*P. erecta*，異名，*P.tormentilla*）▷
根可促進免疫系統的功能。

高 40 公分

鵝絨委陵菜

棲所 潮濕的土壤，荒地；北美洲，歐洲，亞洲	利用部分

科 報春花科	種 *Primula veris*	地方名 Paigle

蓮香報春花(Cowslip)

葉基生成叢；開多達30朵金黃色的花，中央有橙色斑點。

• **用途** 花可釀製烈性酒，還可為果醬、泡菜增味，並可裹上糖作為裝飾。花瓣有鎮靜作用，抑制組胺的釋放，消除使皮膚老化的自由基，還能減輕痙攣和消炎。花泡茶飲用可緩和緊張、治療頭疼、睡眠煩躁不安及感冒。以之洗臉可減少皺紋、雀斑及曬斑。根入藥有祛痰、利尿、消腫及減輕痙攣的功效，並含有類似阿斯匹靈的化合物，煎汁可治療慢性支氣管炎。

• **附註** 皮膚接觸雄蕊會引起皮膚炎。

高 30 公分

花芳香

實心的花梗

幼葉可拌沙拉和作肉的填料

葉卵形，藍綠色，有皺折，葉柄肥厚

根芳香，可祛痰

乾燥花泡茶飲用可緩和神經緊張

棲所 草地，開放林地；歐洲，亞洲西部	利用部分 ✻ ◢ ⬮

科 報春花科	種 *Primula vulgaris*	地方名 報春

宿根報春花(Primrose)

多年生；葉基生成叢；春天開單生的淺黃色花。

• **用途** 花過去曾用於製造春藥，並可作成蜜餞或加入果醬和沙拉中。葉可作蔬菜煮食。花和葉食用後都有淨化血液的效果。花泡茶飲用有鎮靜作用，還可治療頭疼。根煎汁有化痰止咳療效。曬乾的葉浸泡後可減輕眼睛疼痛。花可製成收斂性化妝水。葉的汁液可消除雀斑。

• **附註** 過敏者接觸報春花會引起皮膚炎。

奶油黃色的花瓣上有金黃色的斑點

葉倒卵形，蟲喜食

高 15 公分

葉黃綠色，有皺折，葉緣不規則齒狀或扇貝形

根莖紅褐色，有芳香氣味，可加入百花香中

棲所 潮濕的遮陰林地，長草的河岸；歐洲西部和南部	利用部分 ✻ ◢ ⬮

科 唇形花科	種 *Prunella vulgaris*	地方名 夏枯草

夏枯草(Self Heal)

多年生；莖匍匐且有不定根，長花的莖直立；葉卵形至鑽石形；夏天或秋天開藍紫色花，密集成簇。

• **用途** 整個植株的地上部分有收斂、殺菌、促進傷口癒合及降血壓的作用，還可治療咽喉疼痛、牙齦出血、痔瘡及月經過多。在中國，常用清涼而具收斂性的花穗來激活肝、膽，以治療由肝功能失調而引起的病症，如精神緊張及結膜炎等。

• **附註** 這種植物的英文俗名指出，用它急救傷口已有很長的歷史。

夏末開花，
花頭兜狀，
具唇

花藍紫色

嫩葉為春天
的滋補劑

高
50
公
分

莖四棱形

葉對生

棲所 長草的灌木林地，向陽處；歐洲	利用部分 ✳ ◊ ▯

科 紫草科	種 *Pulmonaria officinalis*	地方名 耶路撒冷蓮香花

療肺草(Lungwort)

根莖橫走；葉上有白色斑點，叢生；花成串著生於枝頂。

• **用途** 幼葉可做湯，並可釀製苦艾酒。葉和花枝有潤膚、祛痰、利尿及收斂功效，含有黏液、維生素C，可促進細胞再生，治療傷口流血、腹瀉、痔瘡，用來洗眼睛可消除疲勞；還可治療肺炎、咽喉炎、黏膜炎、咳嗽及支氣管炎。

• **附註** 療肺草葉上的斑紋與患黏膜炎的排出物類似，因此過去認為其暗示著這種植物的用途。

淺綠色
斑點

春天開花，
花藍色、紫紅色
和粉紅色

葉上的斑紋
類似罹病的肺

療肺草▽▷

高
30
公
分

療肺草

葉上有斑點

長葉療肺草
(*Pulmonaria longifolia*)△
多年生，花藍紫色，用途與
療肺草相似。

棲所 林地，籬邊，肥沃的土壤，陰涼處；歐洲	利用部分 ✳ ◊ ▯

科 毛茛科	種 *Pulsatilla vulgaris*	地方名 風花

常白頭翁(Pasqueflower)

葉基生成叢，細裂，被柔毛；春天開花，鐘狀，最後變成羽毛狀種冠。（異名，*Anemone pulsatilla*）。

- **用途** 這種花是舊時法國人為復活節而種植的。植株的地上部分新鮮時有毒，曬乾後入藥有鎮靜止痛、緩和神經緊張及減輕痙攣的功效，還可治療緊張、頭痛、困乏無力、耳朵疼、神經痛。
- **附註** 新鮮的植株只有專業人士才可使用。

羽毛狀的種冠

花單生，紫色，雄蕊黃色

新鮮的葉有毒

高45公分

葉細裂

開花後才長出叢生葉

莖和葉都被柔毛

棲所 白堊丘陵地；歐洲北部	利用部分 ✻ ∅ ∥

科 蓼科	種 *Reynoutria japonica*	地方名 羊毛花

虎仗(Japanese Knotweed)

莖似竹子，節明顯，分枝略呈紅色；葉圓形；花奶油色；根莖橫走，發達。（異名*Polygonum cuspidatum*。）

- **用途** 在中國，其稍有毒性的根莖和葉被認為有清涼美容作用，能促進血液循環及消除毒素和促進組織再生，根煎汁可治肝炎、月經不調、黃疸、耳鳴，作洗滌劑可治療風濕性關節炎。葉和根可治療燒傷、腫疱和毒蛇咬傷。根可提取黃色染料。
- **附註** 研究表明，虎仗含有可對治胃癌的成分。

莖中空，有節

高2公尺

葉卵形

夏末開花，圓錐花序，花奶油色

葉柄略帶紅色

棲所 荒地，暖至寒溫帶地區；日本	利用部分 ∅ ∥

科 蓼科	種 *Rheum officinale*	地方名 中國大黃

藥用大黃(Medicinal Rhubarb)

多年生；根莖肥大；葉大型，葉柄長；花莖長且分枝，夏天開小型
綠白色花。

• **用途** 葉柄可以食用，並有溫和的通便作用。但這種變種並
非常見的庭園大黃(*Rheum x cultorum*)。
根莖為瀉藥，可治療便
秘，而少量服用時
其收斂性可治
療腹瀉，加入
補酒中可增進食
慾並幫助消化。
根莖在中藥中用
於疏散血塊、淨化
肝臟，治療黃疸、
發燒、腹痛，
還有殺菌、消炎
作用，可外敷
腫疱、潰瘍和
燒傷。研究表
明，根莖還有抑
制癌細胞的作用。根莖
另可除鏽、除鍋垢，還可
提取黃色的染料。掌葉大黃
（*Rheum palmatum*）也有相同
的藥性。

• **附註** 大黃根莖
作中藥治病已有
3,000年歷史。

葉緣有皺折，
先端漸尖

新鮮的葉有毒，
煮後可作殺蟲劑

葉卵形，
有5個
不規則的
淺裂片

葉脈突出

曬乾
的根莖

葉柄有輕微
的通便作用

新鮮的根莖呈
酸性，可用於
擦亮銅器

葉柄可以食用

葉柄粉紅色，
有綠色斑點

高
3
公
尺

棲所	肥沃，潮濕而深的土壤；中國西部，西藏	利用部分 🌿 ✏ 🦴

科 景天科	種 *Rhodiola rosea*	地方名 仲夏人

岩景天(Rose-root)

根莖肥大且有分枝；葉肉質，形小，有時略帶紅色；黃綠色花頭於夏天開放，無香味。

• **用途** （異名，*Sedum rosea*），生長於北極，為重要的食物來源，伊努伊特人用食油煎食，拉普蘭人則拌沙拉。根新鮮時無香味，但乾燥後有薔薇花的香味，常加到潤膚劑中，被稱為「窮人的玫瑰香水」，還可噴灑到衣服上使之發出香味。植株可懸掛在室內用於驅蟲，能保鮮數週。現代的植株氣味較少。

莖長，
葉互生

葉橢圓形，
先端漸尖，
邊緣齒狀

葉肥厚，
有儲水作用

• **附註** 在西伯利亞稱為「金黃色的根」，浸出液治療咳嗽及止疼。但若過量服用會導致輕微的陶醉感。

高
30
公
分

根無香味 •

根莖伸出
地面，乾燥後
有薔薇香味

棲所 貧瘠的中性土壤，岩石，房頂；北半球	利用部分 ✿ ⬭ ⬙ ⬙

科 茜草科	種 *Rubia tinctorum*	地方名 染料茜草

西洋茜草(Madder)

匍匐或攀爬草本；葉輪生，革質，先端漸尖；夏到秋天開成簇的花，漿果小，肉質，紫褐色。

花成簇，
淺蜜黃色

高
1
公
尺

• **用途** 二年生的根可提取紅色的茜草色素染料，用於染布、頭髮及皮革等；內服後可將年輕的骨頭染成紅色，因此可用於整骨療法的觀察。根入藥可預防和分解腎結石，多葉的莖可治療便秘。在中國，茜草（*Rubia cordifolia*）的根常用於補血，治療不規則的出血、風濕性關節炎和黃疸等。

根有
利尿作用

4-6枚葉輪生

莖蔓生，
細而有刺

• 紅褐色的根
可提取紅色、
粉紅色和
褐色染料

• **附註** 中國的研究已證明，茜草屬植物的提取物可有效地阻止數種癌細胞的產生，這已被應用於骨癌的處方。

葉粗糙，
有刺

棲所 荒地；地中海東部至亞洲中部	利用部分 ✿ ⬭ ⬙ ⬙

科 蓼科	種 *Rumex acetosa*	地方名 小醋草

酸模(Broad-leaf Sorrel)

莖高；葉鮮綠色，箭形；夏天開紅綠色花，穗狀花序。

• 用途 春天時富含維生素的葉味道較淡，隨著植株成長，清新味越來越濃，可作沙拉、湯、醬汁、蛋餅、肉、魚和禽肉的調味品。葉像菠菜一樣烹煮，用水淘洗一次後便可食用。葉可止渴、退燒、利尿、治療腎臟和肝臟疾病；葉外敷可治療痤瘡、口腔潰瘍、腫疱及傷口感染。根有通便作用。葉的汁液可清洗布、柳編製品及銀器上的鏽污、黴跡及墨染。

• 附註 皺葉酸模（*Rumex crispus*）的根可治療乾癬和便秘。

◁▽ **皺葉酸模**

根可促進膽汁分泌，排出有毒物質，治療慢性皮膚病。葉可減輕異株蕁麻刺傷的疼痛。

• 未成熟的種子

美洲土著將種子磨碎後做餅、粥食用

• 幼葉

• 植株上部的小葉抱莖

花密集輪生

葉有收斂作用，可治療皮膚潰爛

• 葉長型

△ **酸模** ▷

葉邊緣波狀

葉鮮綠色，箭形，含鉀、維生素和草酸 •

主根長而肥大 •

葉狹窄，先端漸尖，邊緣皺折，富含鐵

根可提取黃色染料 •

高60公分

酸模

◁△ **皺葉酸模**

莖略帶紅色，有縱稜。莖、葉能提取灰藍色染料

主根 •

棲所 草地，林地；北溫帶，北極地區	利用部分

科 蓼科	種 *Rumex scutatus*	地方名 法國酸模

盾葉酸模(Buckler-leaf Sorrel)

植株低矮；有匍匐莖和直立莖；葉盾形，偶有銀色斑紋，及尖端
的裂片，夏天開花，成穗狀花序；果實粉褐色。

葉淡綠色，
可食

果實小

• **用途** 盾葉酸模的葉形可愛，多汁且有檸檬香味，
常用於拌沙拉，和酸模一樣
可做酸模湯、三明治，並混入
優酪乳中調味。

• **附註** 關節炎和腎結石患者禁食。

高
45
公
分

棲所 排水良好的乾旱土壤，牧場；歐洲，西亞	利用部分

科 禾本科	種 *Saccharum officinarum*	地方名 Ka-thee

甘蔗(Sugar Cane)

叢生；有根莖；莖粗壯，節明顯；葉身綠色，長而尖，
夏天開花，花序羽毛狀，小花穗呈白色。

莖堅硬的外皮包圍著
纖維性的髓，內含
有甜味的汁液，
可製糖

• **用途** 削皮的莖可咀嚼作甜食；泰國人燉魚
時也常加入。清涼的莖中汁液(用滾軸榨取)可
飲用，並富含蔗糖，可製作紅糖、精製白糖，
並產生副產品如富含礦物質的糖蜜、金色糖漿
和酒等。蔗糖可為食品調味，還能抑制微生物
生長，用於醃製食品。莖中的汁液可減輕氣喘病
的症狀，並有祛痰功效。在亞
洲，被用來治療外傷、腫 ，
根則為利尿劑。莖製糖剩餘的
殘渣可製造酒精，在巴西還作
為製糖工廠及汽車引擎的燃料；
蠟可拋光和塗佈紙。

莖節明顯，
莖節處是老葉
曾著生的地方

莖隨著生長由
綠色變為褐色

為了方便採收，
常將成熟莖
頂端的葉燒掉

• **附註** 食用蔗糖過多會引起蛀牙
及營養問題。

新抽出的枝
及「根莖株」
的直徑可
超過7公分

葉身

高
6
公
尺

幼葉從莖頂端
冒出且包住
莖頂端

葉長劍形，
先端銳尖

棲所 耕地，肥沃的土壤；東南亞熱帶地區	利用部分

| 科 罌粟科 | 種 *Sanguinaria canadensis* | 地方名 印地安顏料 |

血紅根(Blood Root)

根莖匍匐；葉單生，大型，剛長出時
折疊，花則貫穿其中；春天開白色花。

• **用途** 根莖可提取橙紅色染料，美洲
土著曾用來彩飾身體和作為驅蟲劑。根莖
雖有毒，但有祛痰、滋補、抗菌及抗病毒
的功效。有些地方將它作為麻醉劑，
少量服用可治療慢性咳嗽、咽
喉疼、發燒及皮膚感染。

• **附註** 最新的研究
集中於其可治療
皮膚癌的可
能性。

葉圓形，
具輻射脈

葉接連
生出

葉掌狀分裂，
邊緣扇貝形

長葉柄淺綠色

花單生，白色，
從折疊的葉中長出

紅色根莖
切片

高
60
公
分

根莖
肥大，紅褐色

| 棲所 林地；加拿大中部和東部，美國 | 利用部分 |

| 科 薔薇科 | 種 *Sanguisorba minor* | 地方名 庭園地榆 |

小地榆(Salad Burnet)

根莖肥大而匍匐；羽狀複葉優雅，叢生；莖纖細，
上端著生圓球狀且尖端紅色的綠色花，初夏開放。

• **用途** 新鮮的葉含維生素C且助消化，可為沙拉、
乳酪、湯、魚用醬汁、沙拉調味汁及冷飲
增添堅果味。葉的浸出液洗皮膚可治療
陽光灼傷及過敏，飲用有利尿、滋補
功效，還可預防蛀牙。

• **附註** 「*Sanguisorba*」源於拉丁語
「血」和「吸收」
之意，表明它有治療
外傷和內出血的功效。

花微小

紅色花柱

葉有堅果味，
及稍濃的黃瓜味

葉片壓平後可製作
卡片和蠟燭的裝飾物

高
90
公
分

| 棲所 乾旱多草或多岩石的地區；歐洲，北非，亞洲 | 利用部分 |

科 繖形花科	種 *Sanicula europaea*	地方名 木變豆菜

變豆菜(Sanicle)

根莖匍匐；葉掌狀分裂，邊緣鋸齒狀，莖直立，纖細，頂端著生白色或淡粉紅色花，夏季開放；果實有鉤狀硬毛。

• **用途** 根、莖、葉的浸泡液可治療腹瀉，作為血液淨化劑以改善皮膚，曾用於治療咳嗽、肝臟、泌尿疾病、內出血、胃炎及腸炎。以之嗽口可治療咽喉炎，外敷則可化痰，加入洗澡水中可消毒皮膚。

• **附註** 俗名來自拉丁語「*Sanus*」，意思是「健全、完整或健康」。

淺色的繖形花序

花雄蕊突出，最終變為小果實上的鉤狀硬毛

莖上長的葉較小

基生葉光滑，革質

葉柄長

高
60
公
分

棲所 多陰林地，富含石灰的土壤；歐洲，亞洲	利用部分 ✿ ⬭ ⧄ ⌇

科 石竹科	種 *Saponaria officinalis*	地方名 朱欒

肥皂草(Soapwort)

莖直立；葉對生，卵形，先端漸尖；夏末開粉紅色花，有飄浮的樹莓和丁香花的芳香氣味。

• **用途** 花可拌沙拉，並在啤酒釀造中產生泡沫。根莖、莖和葉中都含能軟化水的皂素，可清洗易損傷的頭髮和敏感的皮膚，治療濕疹、痤瘡和乾癬。兩年或三年的根莖能祛痰、利尿、通便，還可促進肝臟功能和膽汁分泌，但根莖有毒，內服前須經特殊處理。在印度，哺乳期婦女常服用經過處理的根莖以增加乳汁分泌。花乾燥後仍有香味，可作百花香。

• **附註** 用不含石灰的水煮可產生含肥皂的液體，博物館常用來清洗年久的織品、掛毯及珍貴精緻的飾帶。

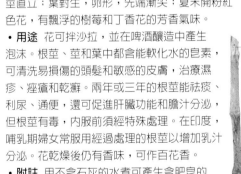

花淡粉紅色，有甜甜的香味，單生或兩個長在一起

莖強壯，圓柱形

莖基部的藥效稍遜於根莖

葉邊緣波狀

葉上有3條明顯的平行脈

高
60
公
分

根莖內部白色，含有泡沫多的皂素

棲所 開放林地；歐洲，亞洲	利用部分 ✿ ⬭ ⧄ ⌇

科 玄參科	種 *Scrophularia nodosa*	地方名 Rosenoble

林生玄參(Knotted Figwort)

基生葉較寬,莖上生長的葉狹窄,先端漸尖;
夏天開綠色和紫褐色花;蒴果圓而小。

下位葉較寬,
邊緣鋸齒狀,
先端漸尖

花稍有
臭味

莖綠褐色

- **用途** 為清血滋補劑,有利尿
及止疼作用,適用皮膚和淋巴
系統,傳統用以治療瘰癧和
壞疽,現在則飲用或作敷劑
治療淋巴腫大、濕疹、乾癬、
腫疱及小傷口等。為心臟
的興奮劑,心跳過速者禁用。

- **附註** 北玄參（*S. buergeriana*）
產於中國,根為強心劑,
也可治療瘰疾和傷寒引起的
發燒。

◁△ 林生玄參

寧波玄參 ▽
（*S. ningpoensis*）
根作中藥有鎮靜作用,可治療發燒、咽喉炎、
口渴和焦慮症。

根莖膨大

高
1.5
公
尺

◁△ 林生玄參

乾燥的
根切片

棲所 肥沃、潮濕且多孔隙的土壤,潮濕的林地;歐洲	利用部分 ✳ ◔ ⫽ ▦

科 景天科	種 *Sedum acre*	地方名 牆邊胡椒

銳葉景天(Stonecrop)

莖叢生成墊狀;葉三角形;夏天開成簇星形的黃色花。

高
13
公
分

- **用途** 葉乾燥後有薑和胡椒辣味,可作調味品,但只能
加少量,否則會有無法忍受的反應。整個植株可治療精神
緊張,還作通便劑和催吐劑,新鮮時可用於除疣及
雞眼,有溫和的消炎作用,促進傷口癒合。

- **附註** 白景天（*S. album*）和反曲景天
（*S. reflexum*）的葉可作救急食物。木株
景天（*S. dendroideum*）的汁液可治療痔瘡、
凍瘡和痢疾。紫景天（*S. telephium*）含黏
液,有收斂作用,可治療腹瀉,具抗癌療效。

葉稍有
毒性

葉小而多汁

多年生的
纖維狀根可在
岩石中或牆上生長

攀爬的匍匐莖
可使植株延展

棲所 多岩及沙質土壤,向陽處;歐洲,北非洲	利用部分 ✳ ◔ ⫽ ▦

科 唇形花科	種 *Scutellaria lateriflora*	地方名 Quaker Bonnet

美洲黃芩(Virginia Skullcap)

耐寒；莖分枝；葉卵形至三角形；夏天開藍色管狀花。

邊緣齒狀
花二唇形
花萼唇
頭盔狀

• **用途** 美洲黃芩可鎮靜神經和滋補強身。
植株的地上部分有鎮靜和防止痙攣的作用，
曾用於治療癲癇和狂犬病，泡茶飲用對焦慮症、
神經衰弱、經前癥候群、風濕症和神經痛有療效。
入藥還可降低酒精、苯甲二氮草及其他巴比妥酸鹽
所引起的退縮症狀，並減輕多發性硬化症的疼痛。
• **附註** 研究證明，黃芩的根有降血壓的功效。
半支蓮（*S. barbata*）還可抑制某些癌細胞。

對生葉　△ 美洲黃芩 ▷

黃芩（*S. baicalensis*）▽
根入中藥有清熱作用，
可治療發燒、呼吸
系統及消化系統
的熱症。

半支蓮 ▽
產於中國，一年生，有清熱
解毒作用，可治療發燒、
肝臟疾病及腫疱。

高
1
公
尺

美洲黃芩

根切片　　地上部分

棲所 潮濕的樹林草地，光亮的遮陰處；北美洲　利用部分 ✿ ⬤ ▮ ▦

科 景天科	種 *Sempervivum tectorum*	地方名 母雞和小雞

屋頂長生花(Houseleek)

以其鬚根附著於地面；葉叢生，蓮座狀；夏天開
粉紅色花，花開後中央葉便枯萎。

葉肉質，
尖端有刺

• **用途** 葉可拌沙拉，加入洗澡水中可滋養
皮膚，泡茶飲用可治療咽喉潰瘍、口腔疾病
和支氣管炎。葉含一種鎮靜性的黏液，
可治療小灼傷及昆蟲叮咬。
• **附註** 公元九世紀，查理曼大帝命令居民
在房頂上種
此植物以防
閃電雷擊和
巫術。

高
20
公
分

葉含黏液，
有鎮靜作用

紅色匍匐莖上
的分枝

棲所 乾旱貧瘠且排水良好的土壤；歐洲中部　利用部分 ⬤

科 繖形花科	種 *Sium sisarum*	地方名 Chervin

澤芹(Skirret)

根芳香；莖有分枝；
小葉形優美，先端漸
尖；夏天開白色繖形花序。

• **用途** 春季長出的幼芽及細根
可蒸煮；根可做燉煮和醃漬配冷
肉吃，烘烤後可作為咖啡的代用品。
澤芹變種（*S. sisarum* var. *sisarum*）
成簇的根肥大，根皮灰色，
味道最好。根入藥可促進排尿、
清洗膀胱，治療黃疸等其他肝臟疾病，
還可減輕胸部疼痛。

高 1 公尺

• **附註** 澤芹植株
形似致死的毒參，
常被誤認為有毒。

葉緣鋸齒狀

繖形花序，
由5枚芳香而
微小的花瓣
組成

第一次
霜凍後的
細根最甜

叢生的
灰皮白色根

小葉披針形，
先端銳尖

棲所 肥沃土壤，濕地沼澤地；歐洲至東亞	利用部分

科 菊科	種 *Solidago virgaurea*	地方名 一枝黃花

一枝黃花(Golden Rod)

基生葉較寬，莖上生長的葉狹窄，夏末開花，
圓錐花序密集。

• **用途** 植株的地上部分有祛痰、消炎、利尿、
溫和鎮靜及降低膽固醇的功效，還可治療腎臟
及膀胱疾病、咳嗽和氣喘病。在中國則用於治療
咽喉炎、流行性感冒、發燒、消化不良，外敷
可治療外傷及持久性疼痛。

• **附註** 加拿大一枝黃花（*S. canadensis*）和加州
一枝黃花
（*S. californica*）
的葉用於治療傷
口。香一枝黃花
（*S. odora*）的葉可
提取精油。

高 1 公尺

葉和花可提取
黃色染料

花芥茉黃色

基生葉
卵形，
中度綠色

葉揉搓後
有芳香氣味

棲所 乾旱的樹林，岩石，向陽處或部分遮陰處；歐洲	利用部分

科 唇形花科	種 *Stachys officinalis*	地方名 主教草

藥用石蠶(Wood Betony)

葉扇貝形，稍有刺激味，被茸毛；夏天開紫紅色花，構成穗狀花序。

• **用途** 植株的地上部分可作茶的代用品，還可加到補藥及香煙中。浸泡液為溫和的鎮靜劑、淨化劑、神經和血液循環的滋補劑，還可治療偏頭疼、焦慮症、消化不良、宿醉及難產的陣痛，還可能成為補腦劑。

• **附註** 盎格魯撒克遜人以之作護身符。

葉卵形，有皺折

鬆散的穗狀花序

高 1 公尺

根淺色，可促進肝臟功能。但會引起嘔吐和腹瀉

棲所 草地，開放林地；歐洲，亞洲	利用部分 ✹ ⵿ ⫻ ⌇

科 紫草科	種 *Symphytum officinale*	地方名 Knitbone

康富利，塊根紫芹(Comfrey)

主根長；葉卵形，先端漸尖，質地粗糙；春末開花，花管狀，藍紫色。

• **用途** 含鈣、鉀、磷和尿囊，可促進肌肉損傷和骨折後的細胞再生。葉泡茶飲用可治療消化道發炎和潰瘍、咳嗽。葉作糊藥可減輕扭筋和關節炎的腫脹和淤傷，還可加速癒合濕疹、切傷、燒傷、潰爛等。葉也是很好的肥料。

• **附註** 根的濃縮生物鹼，餵養小鼠會導致肝癌，因此在某些國家禁用。但進一步的研究證明，整個植株有抗癌功效。根禁止內服，葉也不能大量內服。

大花康富利 ▽
（*S. grandiflorum*）
花奶油色或粉紅色。

藍康富利 △
（*S. asperum*）
花鮮藍色。

花鮮藍色

花白色

△ **康富利** ▽▷
（*S. officinale*）

黃色的大理石花紋

花藍紫色

主根深入土中，可吸收貴重的礦物質

雜色康富利 ▷
（*S. o. variegatum*）

葉抱莖，先端漸尖

高 120 公分

康富利

棲所 潮濕草地，河岸，林地；歐洲	利用部分 ⵿ ⫻ ⌇

| 科 菊科 | 種 *Tanacetum balsamita* | 地方名 Costmary／聖經葉 |

脂香菊(Alecost)

葉扇貝狀，先端漸尖，銀綠色；頭狀花序由黃色筒狀小花組成，有時外圍白色舌狀小花。

花小，
中心金黃色

高
80
公
分

脂香菊（異名，
*Chrysanthemum
balsamita*）

• **用途** 葉可為沙拉、湯、禽肉填料和水果蛋糕增添特殊味道，有清爽荷蘭薄荷氣味。麥酒在用蛇麻子帶上苦味前先用其清潔調和並保存之。葉可薰香亞麻布料和百花香，且可鎮靜殺菌和防腐。用葉洗滌或揉碎後外敷可治燒傷和昆蟲叮咬。葉泡茶飲用可減輕感冒、黏膜炎、腸胃不適、痙攣，還可促進嬰兒順產。

• **附註** 清教徒在《聖經》中夾帶脂香菊葉，以和緩長時間禮拜的饑餓。

葉有
芳香氣味

幼葉
最適於烹調

• 雛菊般的白花

◁ **樟腦脂香菊**
（ *T. balsamita* var.
camphoratum）
有樟腦氣味，可驅除
昆蟲和跳蚤。

葉卵形

| 棲所 肥沃，排水良好而稍乾的土壤，向陽處；歐洲，亞洲 | 利用部分 ✳ ∅ ∥ |

| 科 菊科 | 種 *Tanacetum cinerariifolium* | 地方名 達爾馬提亞雛 |

除蟲菊(Pyrethrum)

株形優美；葉灰綠色，細裂，有刺激性氣味；白色的雛菊花，中心為黃色。

• **用途** 花心乾燥後可提取一種無毒且不累積的殺蟲劑，可噴灑於室內、室外以驅除蒼蠅、螞蟻、蟑螂和臭蟲，洒到動物身上可殺死跳蚤和虱子。除蟲菊粉末必須先溶於酒精才能稀釋於水，而用於花圃中。為了避免傷及有益的昆蟲，最好在黃昏時噴灑，因為它過夜便會分解。

• **附註** 活性成分僅在萃取和濃縮時才有毒性。

白色細長的
輻射小花

頭狀花序
單生，花莖
纖細而有稜紋

葉下表面
被茸毛

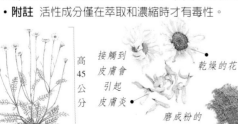

高
45
公
分

接觸到
皮膚會
引起
皮膚炎

乾燥的花

含有除蟲菊素、
白花除蟲菊素
等活性成分的
接觸性殺蟲劑

磨成粉的
頭狀花序

| 棲所 排水良好，多岩石的鹼性土壤，向陽處；歐洲東南部 | 利用部分 ✳ |

科 菊科	種 *Tanacetum parthenium*	地方名 羽毛葉

小白菊(Feverfew)

常綠；葉全裂，中綠至黃綠色，邊緣扇貝狀，有刺激性氣味；夏天開雛菊狀白色花。

• **用途** 葉能使食物稍帶苦味，用於助消化的開胃酒中。葉入藥可消炎、溫和鎮靜和放鬆血管。對治某些偏頭疼具療效，每天咀嚼可累積效果，使大腦肌肉放鬆，並抑制誘發偏頭疼和關節炎的化合物分泌。花頭的浸泡液可治療頭疼和關節炎腫脹。泡茶飲用可治療耳鳴、月經不調，在產後有清潔子宮的作用。

• **附註** 新鮮的葉會刺激口腔。

花中央黃色

高
60
公分

◁△ 小白菊

中央
灰白色

葉邊緣
扇貝狀

重瓣小白菊 ▷
重瓣品型。

◁ 金色小白菊
（ *T. parthenium*
var. *Aureum* ）
用途與小白菊相同。

棲所 籬牆，多岩石地區，向陽處；歐洲東南部，高加索　利用部分 ✳ ∅ 𝄞 ✿

科 菊科	種 *Tanacetum vulgare*	地方名 金色鈕釦

艾菊(Tansy)

根莖具侵犯性；莖直立；葉羽裂，具刺激性，有迷迭香氣味；夏天開扁平成簇的芥茉黃色頭狀花。

• **用途** 葉具香味且稍帶苦味，做牛奶蛋糊布丁時可稍加入一點。肉類在冰箱冷藏之前可用艾菊包裹，既可薰香，又可驅蠅。它是有效的驅蟲劑，可驅除寵物跳蚤，及室內的螞蟻和老鼠。植株的地上部分可用於薰面的蒸氣，作糊藥可治療淤傷、風濕症和靜脈曲張。順勢療法則用以驅除腸內寄生蟲。

• **附註** 內服會引起中毒。

花可提取
金黃色染料

艾菊 ▷

莖有稜，稍帶茸毛

小葉深裂

高
120
公分

艾菊

◁ 皺葉艾菊
（ *T. vulgare* var. *crispurm* ）
葉有淡淡的香味。

深受喜愛的
插花材料

棲所 籬牆，乾旱土壤，向陽處或光亮遮陰處；歐洲　利用部分 ✳ ∅ 𝄞 ♨ ♨

科 菊科	種 *Taraxacum sect. Ruderalia species*	地方名 仙女鐘

蒲公英(Dandelion)

耐寒的草本植物；葉長橢圓形，深裂，基生
成叢；花金黃色，常具褐色條紋，春季到
秋季開花；種子聚生成球狀。

• **用途** 花可釀成酒；芽可做泡菜，葉富含
維生素A和C及礦物質，可拌沙拉。
葉有利尿作用，可治療泌尿系亂
和閉尿症，而不致消耗體內的鉀。
葉對血液有解毒作用，可治療濕疹和
痤瘡。其白色汁液可治療雞眼、疣。
根有消炎作用，並能刺激
肝臟，可治療黃疸、
膽結石和風濕症。
根可提取洋紅色
染料。

黃色花，
煎汁可去除雀斑

花瓣下表面
有褐色條紋

高
50
公
分

葉有助消化、
養肝及補血的功效

葉邊緣深裂

根醃漬或烘乾後可作
咖啡的代用品

主根長，外表褐色

棲所 幾乎可到處生長；北半球	利用部分 ✿ ⬗ ✎ ▨

科 豆科	種 *Trifolium pratense*	地方名 草地三葉草

紅三葉草(Red Clover)

生活期短的植物；複葉包括3枚橢圓形小葉，
具新月形淺色斑紋；夏天開花。

• **用途** 花生產甜蜜，有消炎清潔作用，可治療皮膚
病和關節炎。美國研究證明其有抗凝結作用，可治療
冠狀動脈血栓形成；中國的研究證明
其中化合物可抑制某些腫瘤。
每天飲用花泡製的茶可預
防乳腺癌。整個植株被納
入治療多種癌症的驗方。

花白色
或粉紅色

◁ 白三葉草
(*T. repens*)

花過去常添加到麵包中，
葉有收斂止血的作用。

高
60
公
分

花紫紅色

3枚
綠色小葉

◁ 紅三葉草

紅三葉草
(*T. pratense*)

棲所 潮濕的草地，耕地；歐洲	利用部分 ✿ ⬗ ✎ ▨ ✾

| 科 唇形花科 | 種 *Teucrium chamaedrys* | 地方名 普通苦草 |

地膠苦草(Wall Germander)

矮小的常綠叢生植物；葉邊緣淺裂，有淡淡的芳香氣味；夏末開輪生的紫紅粉色花。

地膠苦草▷

夏末開花，
花輪生，
二唇形

- **用途** 植株的地上部分助消化，可加入補酒和苦艾酒。入藥有利尿、殺菌、消炎、促進排汗、減輕黏膜炎的功效，最近正在研究其減少脂肪沉積及治療潰瘍的作用。浸泡液可消炎、治療痛風和風濕症。與綠茶混合後飲用有明顯的減肥效果，但長期飲用會損傷肝臟。

- **附註** 貓苦草（*T. marum*）是地中海地區的岩石花園觀賞植物，易招引貓。蔓苦草（*T. viscidum*）在中國用於治療內出血、蛇咬、外傷和關節炎。

葉深綠色，
有光澤

地膠苦草▷
莖直立而不擴展，
適於花園栽培。

葉揉搓後有
淡淡的香味

高
50
公
分

地膠苦草

| 棲所 荒地，乾燥的林地；歐洲至高加索 | 利用部分 ❋ ∅ ∥ |

| 科 菊科 | 種 *Tussilago farfara* | 地方名 咳嗽草 |

款冬(Coltsfoot)

根莖蔓生；莖上有鱗片；早春開灰黃色花，凋謝後長成叢大葉片。

葉心形，
邊緣齒狀

- **用途** 葉柔軟，富含維生素C和鋅，可做湯和沙拉，磨成粉末後可作藥煙草，並治療咳嗽、皮膚潰瘍、疼痛。花曾是法國藥劑師的象徵，可治療黏膜炎、痙攣和發炎，還可促進免疫細胞的產生。

- **附註** 含少量有毒生物鹼，在某些國家禁止內服，但研究證明以水煮沸後可破壞有毒物質。

聚生的
種子

乾燥的花

葉下表面
有白色
茸毛

花有甘草氣味

高
30
公
分

根莖可做
止咳糖

花梗被鱗片

| 棲所 潮濕地區；歐洲，亞洲西部和北部，北非洲 | 利用部分 ❋ ∅ ▨ |

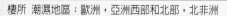

科 蕁麻科	種 *Urtica dioica*	地方名 普通蕁麻

異株蕁麻(Stinging Nettle)

匍匐的根莖發達；葉鋸齒狀，被螫毛；夏天開微小的花。

• **用途** 幼葉和嫩枝富含維生素和礦物質，可作蔬菜食用，也可釀製啤酒或富含鐵的保健茶，對貧血症有療效。葉還是一種有價值的肥料。整個植株有利尿、助消化、收斂、促進血液循環、清除尿酸的功效，可治療關節炎、痛風和濕疹。作糊藥可治療濕疹、燒傷、切傷及痔瘡。種子可治療肺結核和支氣管炎。

• **附註** 加熱或乾燥即可除掉葉上的螫毛。

螫毛中含組胺

莖可製作織布的纖維

高 1.5 公尺

根莖黃色，有滋養頭皮的作用

棲所 含氮豐富的土壤，荒地；北半球	利用部分

科 敗醬科	種 *Valeriana officinalis*	地方名 全癒草/Phu

藥用纈草(Valerian)

複葉具新鮮豆莢的氣味；仲夏開成簇而帶有蜜香的花。

• **用途** 根有麝香氣味，可作調味品及香料；根去皮後可作鎮靜止痛藥。植株可治療頭疼、肌肉痙攣和過敏的腸道症狀，局部則用於創傷、潰瘍、濕疹。實驗證明，其有抑制腫瘤的作用。葉的堆肥富含礦物質。

• **附註** 不能長期或大量服用。

花淡粉紅色

複葉

高 1.5 公尺

◁▽△ **藥用纈草**

◁▽ **威利奇纈草**

（*Valeriana wsllichii*）

這種味苦的喜馬拉雅印度藥草全株主治瘧疾和咽喉疾病。

根莖有芳香氣味

葉心形

葉柄色淺

幼小植株

根曬乾後入藥可治療神經緊張和彈震症

可促進附近植物釋放磷酸鹽

棲所 潮濕而肥沃的土壤，林地；歐洲，亞洲西部	利用部分

科 馬鞭草科	種 *Verbena officinalis*	地方名 神聖草

馬鞭草(Vervain)

耐寒多年生植物；下位葉深裂，上位葉較光滑；仲夏開花，小而密集的穗狀花序，由淺紫粉紅色花構成。

- **用途** 這種古代的神聖草藥可潔身、明目、催情，被加入利口酒和春藥中。葉的煎汁可護髮、養目。植株的地上部分可激活肝臟、滋養神經、促進乳汁分泌。花頭浸出液可治療抑鬱症、失眠、神經性頭痛、黃疸、泌尿疾病、腸胃痙攣和痛經等。作糊藥可治創傷和皮膚潰瘍。
- **附註** 實驗證明，有強心和抑制腫瘤的作用。

直立莖分枝為數個花穗

花小，管狀，淺紫粉紅色

莖上生長的葉較小

高 80 公分

葉齒裂，稍被柔毛，脫落性

正在開花的花穗

許多古代文化視馬鞭草為神物

棲所 肥沃而排水良好的土壤，荒地，向陽處；南歐	利用部分 ✿ ⊘ ⎰

科 禾本科	種 *Vetiveria zizanoides*	地方名 Khus-khus

維提味香草(Vetiver)

莖密集叢生，粗壯；葉片長；根和根莖都有芳香氣味。

- **用途** 在印尼被用來治療風濕病。在熱帶亞洲，根被製成扇子、簾幕及草墊，經常的濕潤可釋放出芳香氣味。從根中提取的精油能為果子露和甜食調味、固定香料，並為優質肥皂、化妝品和刮鬍水添香。根磨成粉末放於衣物中可防蟲蛀。其香味濃而清爽，帶木材和松脂味，類似沒藥和紫羅蘭的混合，在芳香療法中用於減輕精神緊張。印度和尼泊爾栽培維提味香草以固定土壤。

- **附註** 尼羅河香草（*V. nigritana*）的芳香根莖在某些地區用來薰香身體和衣服。

葉身狹窄

高 180 公分

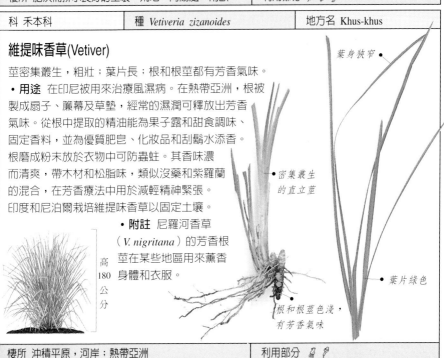

密集叢生的直立莖

葉片綠色

根和根莖色淺，有芳香氣味

棲所 沖積平原，河岸；熱帶亞洲	利用部分 ⎰ ⌇

| 科 董菜科 | 種 *Viola odorata* | 地方名 小臉花 |

香董菜(Sweet Violet)

無莖；葉心形；花紫羅蘭色或白色，有甜香味，花期
從冬季至春季。

- **用途** 做成蜜餞的花可為甜食和利口酒增味，花和葉
都可拌沙拉。植株的任何部分都含有
活性成分。花煎汁可製成洗眼劑，葉泡
茶則治療線狀靜脈，用花作糖漿
有殺菌、通便作用，花和葉都
可治療咳嗽、頭疼和失眠症。
根可治療支氣管炎。民間常用
葉來治療乳癌和肺癌。

- **附註** 三色董的地上部分可
激活循環系統和免疫系統，
治療慢性皮膚病。

5枚花瓣

黃色斑紋

花紫色

扇貝狀或
鋸齒狀的
葉緣

◁ 香董菜

莖直立、
中空

△ 三色董
(*V. tricolor*) 有排除黏膜、
消炎和強化血管的作用。

精油用於
香料中

裹糖的
花瓣

高
15
公
分

匍匐莖橫走，
每7-13公分即生根

白色的花

香董菜

| 棲所 林地，開闊的草地；歐洲南部、中部和西部 | 利用部分 ❋ ⬭ ✎ ⚘ |

| 科 十字花科 | 種 *Wasabia japonica* | 地方名 日本辣根 |

山葵(Wasabi)

根莖粗壯，兩年內成熟；心形葉有皺折；4枚花瓣的白色
小花聚生成簇，春天開放。結長而窄的莢果。

- **用途** 山葵生長於寒冷的山溪邊，為日本人獨特的
調味料。葉、葉柄及去皮並碾碎的根狀莖可殺死生魚中
的寄生蟲，因具有鮮豔的色彩和火辣強烈的味道而深受喜愛
和醬油混勻後，可蘸在生魚片、壽司、蕎麥麵和豆腐上。

- **附註** 必須新鮮時用，否則
很快會失去香味。

葉柄
綠色或
紫紅色

製成乾粉或
糊使用

葉表面
有光澤

嫩根莖淺色，
2-3年才能長成

心形葉

高
40
公
分

小根在清澈
的溪流中
長得最好

| 棲所 海濱，河邊；日本 | 利用部分 ⬭ ✎ ⚘ |

| 科 薑科 | 種 *Zingiber officinale* | 地方名 薑 |

薑(Ginger)

莖直立；葉矛狀，排成兩列；穗狀花序，花白色。

·用途 根莖新鮮、晒乾、醃漬和做成蜜餞都可食用。薑是東方菜餚所不可或缺的，某些地方用在甜點和甘露酒中。薑（*Z. officinale*）、蘘荷（*Z. mioga*）和球薑（*Z. zerumbet*）的嫩枝、葉和花序都可生吃或熟食。薑裹糖或浸出液可抑制噁心，吸入其蒸汽可治療感冒和肺部感染。飲用薑茶可治療消化不良、腸胃氣脹和發燒。在按摩液中加一滴薑根精油可減輕肌肉疼痛、風濕症、腰部痛和疲勞。

·附註 服用少量即可防止害喜。

高 1.5 公尺

球薑▷
花序與少見的「真」薑花相似。

花序變為懸垂

·葉片狹長，先端銳尖

花有芳香氣味·

莖上的花序持久·

·莖中空，基部略呈紅色

根莖有芳香氣味·

·莖類似蘆葦，葉茂盛，排成兩列

在亞洲，常將薑磨成粉末加到混和香料中，用於蛋糕和糖果的調味·

根莖新鮮時呈黃色、有節，稱為「綠薑」

棲所 熱帶雨林的低地；熱帶亞洲

利用部分 ❋ ⟋ ⫽ ⌇ ⟊

一年生和二年生草本

科 錦葵科	種 *Abelmoschus moschatus*	地方名 Ambrette

麝香黃葵(Muskseed)

一年生或多年生草本植物，葉大；
花黃色，花心呈紫色，很像
木槿花，種子有麝香味。

• **用途** 種子可為咖啡及中東
菜餚調味。具麝香味的油可製
作香水。種子和油均可滋潤皮
膚，對風濕症、胃病、
肌肉痙攣、神經疲勞均
有療效。中醫用根入
藥以退燒、止咳，
並抑制靜脈曲張。
花可治療灼傷和燙傷。
葉能治療腫疱和皮膚感
染。種子能治頭痛。

• **附註** 全草為強心劑，還可治療蛇咬。

葉淺裂
而多毛

葉緣鋸齒狀

凹進的
邊緣上有
黑色斑紋

種子腎形，
褐色

高
1.5
公
尺

棲所 排水良好的土壤；熱帶亞洲地區	利用部分

科 十字花科	種 *Alliaria petiolata*	地方名 蒜芥

蔥芥(Jack-by-the-Hedge)

兩年生或多年生。葉、花、種莢及主根有大蒜味。

• **用途** 綠色莢果可煎炸食用，種子壓碎後做調味料。
葉可加入酸辣菜中，泡茶可清血。花期的
植株可祛痰、止喘、殺菌、驅蟲、
促進傷口癒合。製成糊藥可治
皮膚潰瘍和創傷，汁液能促進
血液循環。

• **附註** 乳牛食用其葉後，
牛奶中會有異味。

白色小花，
春季開放

高
1
公
尺

未成熟的
種莢

下位葉的
葉柄長

葉可提取
黃色染料

棲所 籬邊，林地邊緣；北非，亞洲，歐洲	利用部分

科 菊科	種 *Ambrosia artemisiifolia*	地方名 美洲豬草

豬草(Common Ragweed)

一年生草本植物。葉似艾草，深裂。不顯著的綠色小花下垂直立的穗狀花序，夏秋開放。

• **用途** 美洲土著用壓碎的葉來治療蚊蟲叮咬及感染。用葉的浸泡液洗頭可治頭皮疾病。製成糊藥可減緩眼睛疼痛及傷口感染。具收斂性的葉泡茶可治腹部痙攣、便秘、嘔吐、肺炎和發燒等。根泡茶可治療月經失調。種子可榨油。

• **附註** 在美國，90%的花粉過敏症據說是由豬草引起的。豬草及三裂豬草(*A. trifide*)的花粉常被收集用來治豬草過敏症。美洲土著則燃燒裸穗豬草(*A. psilostachya*)來發汗治病。

不規則的裂葉對生或互生

葉上表面深綠色，下表面被灰色毛

觸摸會引起過敏反應

高2公尺

棲所 荒地；北美洲	利用部分 ❀ ✐ ◗ ♫ ⚘ ❀

科 繖形花科	種 *Anethum graveolens*	地方名 Aneto

蒔蘿(Dill)

一年生植物，葉線形藍綠色。繖形花序，夏季開放；結成簇橢圓形「種子」。

• **用途** 「種子」和葉，尤其是未成熟的新鮮種冠風味獨特，堪稱調味佳品，可作蒔蘿泡菜、釀醋、拌馬鈴薯沙拉等。未成熟的繖形花序和葉可為酸奶、魚、肉調味。在北歐及東歐，富含礦物質的「種子」則用來增添無鹽食物、酸辣菜及甜食風味。榨出的植物油可調製飲料、食物和嬰兒喝的水。「種子」助消化，浸出液可緩解腸胃脹氣、打呃、胃痛和失眠等症。「種子」煎汁洗澡可強化指甲。

• **附註** 印度蒔蘿(*A. sowa*)油可治療腸胃疼痛。

烹調用的「種子」

△ 印度蒔蘿
細長且稜脊深的「種子」味道獨特。

羽狀葉

◁▽ 蒔蘿 ▷
(異名,*Peucedanum graveolens*)

黃色花和綠色果實有濃郁香氣

高60公分

蒔蘿

未成熟的繖形花序，由黃色小花構成

「種子」褐色，有稜紋，具刺激味

棲所 肥沃，排水良好的土壤；歐洲南部至印度	利用部分 ❀ ✐ ◗ ⚘ ❀ ✐

科 繖形花科	種 *Angelica archangelica*	地方名 天使之食

當歸(Angelica)

三年的「兩年生」草本植物。
主根發達，葉全裂；花綠白
色，球狀繖形花序，第三年
開放；結種子後即枯萎。

◁△ 當歸

高
2
公
尺

• **用途** 植株有強烈味道。葉可和酸味
水果燉煮，嫩枝可拌沙拉，莖和根可
作為蔬菜食用，種子
可做糕點。種子、
根中榨的油可調製琴
酒、苦艾酒和香水。春天其
根的切口產生乳膠，可作定
色劑。根、種子和葉可治感
冒、消化不良和風濕症。根
對肝臟和子宮有刺激作用，
根油可抑制細菌和真菌生長。
暗紫莖當歸（ *A. atropurea* ）
有類似功效。

• **附註** 揉碎葉可治暈車。

● 全裂葉

種子 蒸乾的
可榨油 根切片

● 莖可做成
蜜餞

▽ 川白芷
（ *A. anomala* ）
可止痛、解毒、治療感冒
和皮膚感染。

乾燥
的根

中華當歸 △
（ *A. sinensis* ）
根對肝臟、心血管有滋補作用。

棲所 河邊：歐洲東部、北部至亞洲中部	利用部分 🖉 ⚊ 🥄 ⬦ 🕸 🍴

科 繖形花科	種 *Anthriscus cereifolium*	地方名 庭園細葉香芹

峨參(Chervil)

一年生草本植物，莖中空，分枝多，葉鮮
綠色細裂，類似蕨類。花白色，繖形花序。

• **用途** 有荷蘭芹氣味，可作為精緻
藥草的成分，且與其他藥草能充分
混合。在稍遮陰處生長的葉子香味
最濃，新鮮葉片常用來點綴佳餚，
或在烹調的最後加入。葉中富含維生
素C、胡蘿蔔素、鐵、鎂等。葉和蒼白
的莖可加強綠色沙拉、食用醋及多種精
緻菜餚的味道。葉泡茶可清除體內毒素，
淨化各器官系統。製成面膜有潔淨、柔嫩
皮膚功效。它是溫和的消化和循環刺激
劑，對肝病、黏膜炎也有療效，
還可緩解關節疼痛。

● 白色小花構成的
繖形花序，夏季開放

● 夏末葉由綠色
轉為紅紫色

花邊狀
的葉

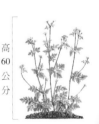

高
60
公
分

棲所 排水良好的土壤：歐洲，亞洲西部	利用部分 🖉 ⚊

科 繖形花科	種 *Apium graveolens*	地方名 野芹菜

旱芹(Smallage)

二年生草本植物,有荷蘭芹香味,具直根,葉在第一年基生成叢,花綠色或奶油色,構成繖形花序,第二年夏季開在多葉的莖上,隨後結成「種子」。

- **用途** 「種子」可加入酸辣菜,碾碎可做鹽的代用品。葉中富含礦物質、維生素,可加入沙拉、乳酪、燉菜和填料中。葉可刺激消化酶分泌。種子和其提取油可清除體內毒素,而消除腫痛、舒解關節疼痛及痛風。植株中富含纖維,中國試驗證明其酊劑可治療高血壓,並有抗真菌、鎮靜的功效。
- **附註** 可能有溫和的毒性,烹煮後較安全。

芳香的「種子」可調製泡菜、咖喱和湯

第二年夏季的繖形花序

葉切碎後可烹調佳餚

葉芳香,淺綠色,邊緣鋸齒狀

高 1 公尺

棲所 沼澤地,海岸;歐洲	利用部分

科 菊科	種 *Arctium lappa*	地方名 乞丐的鈕釦

牛蒡(Burdock)

高大的二年生草本植物,莖多分枝,葉大,圓形至箭形;頭狀花序紫色,苞片先端有鉤。

- **用途** 幼枝和根用文火燉後再煎炒,美味可口;其浸出液有滋補、強身壯陽的功效。根還可清血而預防流行性感冒,解除皮膚病及風濕症的毒素,並治療膀胱炎和尿結石。在試驗中,它是溫和的癌症抑制劑。
- **附註** 孕婦忌用。

種子可降低血糖

種冠具芒刺

葉的藥效較根溫和

根可治療風濕症及消化系統疾病

高 1.5 公尺

大的圓形葉

棲所 排水良好的土壤,林地,半陰地;歐洲	利用部分

科 菊科	種 *Artemisia annua*	地方名 青蒿素

黃花蒿(Sweet Wormwood)

一年生草本植物。葉羽狀，頭狀花序排成疏鬆的
圓錐狀花序，夏季開放。秋季莖變為紅色。

- **用途** 在中南半島被用以治療黃疸、痢疾和皮膚
病。中醫用它來止血，促進新肌肉生長，但可能
有副作用。中國軍隊用此草來預防瘧疾，中國人的
研究已從中分離出抗瘧疾化合物——QHS
苦艾素，可治療抗藥性
緊張。種子可治療眼疾。

- **附註** 二年生的青蒿
（*Artemisia apiacea*）可清除
體內毒素，在中國被認為是營養
美容食品，還可預防、治療瘧疾。

• 小而圓的黃綠色花頭
形成疏鬆的圓錐花序

• 葉深裂，邊緣鋸齒狀，
富含維生素A

• 葉羽狀

高
3
公
尺

• 綠色的莖
有時呈紅色

棲所 荒地；歐洲東南部、伊朗、中國及北美洲	利用部分 ❋ ⦿ ∬ ⚮ ⚘

科 藜科	種 *Atriplex hortensis* var. *rubra*	地方名 濱藜

紫濱藜(Purple Orach)

一年生草本植物。葉箭頭形；穗狀花序
由瑣細的花構成，結淺色種子。

- **用途** 葉和嫩枝可拌沙拉，
葉可像菠菜一般烹煮並加入湯中。
莖可煎炒食用。葉稍有鹹味，北美
移民和美洲土著用來調味，還常把
種子磨成麵粉。美洲土著用
濱藜屬其他幾種植物的根、
莖、花製成糊藥，治療蚊蟲
叮咬。歐洲人用它來治療
咽喉腫痛、黃疸及痛風。

- **附註** 紫濱藜可形成
季節性的樹籬。

• 紫褐色至深紅色；
還有金黃色變種

• 幼葉表面
粉末狀

莖生葉狹窄，
腋部生有銀綠色
的穗狀花序 •

高
2.5
公
尺

老葉
表面光滑 •

◁ 濱藜(*A. hortensis*) ▷
和紫濱藜的葉有相同的功效。

棲所 鹽澤，荒地；西亞洲，	歐洲南部	利用部分 ❋ ⦿ ∬ ✂

科 禾本科	種 *Avena sativa*	地方名 Groats

燕麥(Oats)

一年生草本植物。莖稈直立，葉片如刀身，疏鬆的圓錐花序由三朵小花構成小穗，每朵花結一粒穀子。

- **用途** 燕麥富含維生素E、礦物質和蛋白質，對心臟、神經系統及胸腺有滋補作用。燕麥麩（現在多加入麵包）可降低膽固醇。成熟的植株煎汁可治療沮喪、更年期、雌激素缺乏、持續感冒、帶狀疱疹和肌肉硬化等症。細燕麥片可磨光身體皮膚，其洗滌水可治濕疹和乾性皮膚。碾過的燕麥可做燕麥粥。

- **附註** 印度草藥學用燕麥解除毒癮，西方的試驗獲得相反結果。

綠色的未成熟稃片

莖稈乾燥後稱作燕麥草，可入藥

◁**野燕麥(*Avena fatua*)**

栽培的成熟燕麥

莖稈光滑、直立，中空

高1公尺

種子去皮後磨成燕麥粉

麥穗，麥粒帶穀

棲所 陰涼，潮濕的地區；歐洲西部	利用部分

科 紫草科	種 *Borago officinalis*	地方名 星星花

琉璃苣(Borage)

一年生，葉橢圓形，莖、葉揉碎後有黃瓜氣味，雄蕊黑色。

- **用途** 花常用來點綴沙拉、蛋糕，還可凍在冰塊裡。葉性涼，富含礦物質，可調製飲料、浸泡及無鹽食物。葉和花的浸出液可促進腎上腺素分泌，解除緊張、抑鬱，或於可體松和類固醇的治療後服用。對發燒、乾咳和皮膚乾燥有療效，可刺激乳腺分泌。種子油的作用類似月見草，可調經、降血壓，對急性腸炎、濕疹、關節炎有療效，還可解酒。

- **附註** 不可食用過量。

花萼不宜食用

莖強健，有毛

高60公分

含有鉀、鈣及無機鹽

藍色花

5枚花瓣

棲所 排水良好的土壤，開闊地，向陽處；歐洲	利用部分

科 十字花科	種 *Brassica nigra*	地方名 Moutarde Noire

黑芥菜(Black Mustard)

一年生草本植物。葉鮮綠色，卵圓形；花黃色，4枚
花瓣，夏季成簇開放；種子黑褐色。

種莢 •

高
2
公
尺

▷▽△ 黑芥菜

• **用途** 黑芥菜的種子氣味強烈，適於做芥末醬，
但機械收穫比較困難，所以被芥菜所代替。芥籽碾碎
後只有與冷水混合才會活化專門的酶，而產生
辛辣的芥末味。在熱水和醋中只是稍有香味，
且略帶苦味，這是由於熱水和醋
殺死或抑制這種酶。芥籽可
促進循環、做春藥、治療
支氣管炎，還可浴腳。芥末
糊藥可治療炎症、凍瘡、
風濕症。油可做潤滑油。

花可拌沙拉 •

種子黑色，
幾乎無香味

• **附註** 中醫用芥菜籽治療感冒、
胃病、膿腫、風濕症、腰痛和
潰瘍。葉入藥可治療膀胱炎。

下位葉形狀
變化多端

莖生葉狹長，
葉緣有齒

帶皮的種子
氣味較淡

白芥籽型大，
砂色

芥菜籽比
黑芥籽味道淡

◁ 芥菜
（ *Bassica juncea* ）
一年生，富含維生素，
在中國有很多變種。

種莢 •

葉子氣味刺激

白芥菜 ▷
（ *Bassica hirta* ）
一年生，有毛，種子氣味淡，
酶活性強，為泡菜、蛋黃醬
的防腐劑。

花莖上的
葉形狹長，味苦

棲所	肥沃，排水良好的土壤，向陽處；歐洲	利用部分 ❀ ⌀ ⌀⌀ ⚘

科 十字花科	種 *Brassica oleracea*	地方名 海甘藍

甘藍(Wild Cabbage)

一年生或多年生草本植物,基部木質化;葉大型、簇生、有淺裂,花莖上的葉較狹窄;花呈黃色,夏季開放。

• **用途** 葉營養豐富,含礦物質及維生素A、B1、B2和C,可生食、煎炒或蒸煮,有助消化。生葉製成糊藥可治療關節炎、肌肉緊張和頭痛;還可抑制細菌生長,促進傷口癒合,對皮膚潰瘍、傷口感染有療效。甘藍還可減緩神經疼痛,對肝臟有解毒作用。近來研究表明,葉汁液對胃潰瘍有奇效。

• **附註** 從瑞典蕪菁(*B. napus*)種子中提取的「羅倫佐」油可防止ALD症的發生,其為罕見而致命的神經系統疾病,多發生於男孩身上。

花芽和淡綠色莢可煎炒食用

株高 2.5 公尺

◁▽△ **甘藍**

狹窄的莖生葉

未成熟的綠色種莢

花黃色,有酸味

大面積種植會引起花粉熱及頭痛

葉子大,常有淺裂和皺折

葉倒卵形

◁ **瑞典蕪菁**

種子榨油可製作肥皂、潤滑劑,精煉後可用於烹調。在印尼,其根用以治療咳嗽和喉部搔癢。

不規則葉緣

上位莖生葉直立、狹窄長圓形

葉簇生、深裂,可觀賞

用於東方烹飪

葉基部深裂

幼嫩的葉柄為白色,多汁可食

中脈粗大、淺色

◁**日本蕪菁**
(*B. rapa* var. *nipposinica*)
為一年生,幼苗、嫩葉、花莖皆可食。

棲所 排水良好的石灰質土壤,海岸;歐洲西部	利用部分

科 菊科	種 *Calendula officinalis*	地方名 Pot Marigold

金盞花(Calendula)

一年生或多年生草本植物,葉上有茸毛,花為金橙色。

- **用途** 葉可拌沙拉,裝飾花可給米飯、菜餚上色。研究顯示,舌狀花有脫毛功效,加入面乳中可能有益。植株中含有激素及維生素A前體,可抗細菌和真菌,內服能治療胃痛、淋巴結炎,緩解酒精中毒,增強肝功能。浸油可治皮膚病。

- **附註** 花瓣可提取香精油,價格昂貴。

花期長

舌狀花常用於順勢療法

花單生或雙生

莖生葉披針形針

花瓣可提取黃色顏料,並製成洗眼藥水

高70公分

莖肉質多汁,具治療的汁液

葉子倒卵圓形

棲所 細粒壤土,荒地;歐洲南部,地中海地區　　利 用部分 ✳ ✎ ✐

科 桑科	種 *Cannabis sativa*	地方名 Marijuana

大麻(Canabis)

一年生叢生植物,具掌狀葉。雄株上小花簇生,雌株上毛狀苞片宿存,隨後結籽。

- **用途** 長久以來,人們便吸食飲用其葉、花、種子及樹脂,或用於治病,或尋求精神安慰;然而有些國家禁食大麻。大麻葉、莖,尤其是未受精的雌花序的腺毛含活性樹脂。在印度常用來治療失眠、神經疲勞,可延年益壽。它可緩解哮喘、痛經、偏頭痛、風濕症、肌肉萎縮、抑鬱症、癲癇、下肢麻痺、噁心、多發性硬化症的肌肉痙攣等症,並恢復復滋病人及化療患者的食慾。種子可止痛,並生產油漆的油。

- **附註** 大麻纖維可用來製作繩子和帆布。最初的牛仔布即以其纖維織成。

高4公尺

雌花有毛狀苞片

掌狀葉

多樹脂的毛

5個鋸齒狀小葉

高劑量的雌花序,能使人鬆馳、陶醉,並產生幻覺

棲所 荒地;亞洲中部及西部　　利用部分 ✳ ✎ ◊ ⬡

科 茄科	種 *Capsicum annuum*	地方名 Capsicum

番椒(Sweet Pepper)

用於烹調者有甜、辣之分,在植物分類上則複雜得多。番椒是一年生或生活期短的多年生草本,每個葉腋內只開一朵花,有甜、辣兩種品型。小果椒(*C. frutescens*)為多年生,每個葉腋內多達3朵花,果實小而辣。二者莖都有分枝,葉卵圓形,先端銳尖,果實的形狀、顏色和味道各不相同。

• **用途** 番椒富含維生素C,助消化,常用來拌沙拉、泡菜,也可煮食。辣椒為溫和的食物增加生氣,為咖哩添辣。具刺激性的番椒鹼可促進循環,刺激感覺神經,緩解咽喉疼痛,和「消毒」食物。浸油可溫熱按摩風濕症。

• **附註** 番椒鹼可治療帶狀疱疹,預防老年致命性吞嚥困難。

葉柄長

在馬來西亞,葉子常用來治療潰瘍、疔瘡

品種包括球狀的番椒,西班牙紅椒及多種辛辣變種

高1公尺

番椒

果實內有空腔,成熟時由綠轉紅

⊲△ 新王牌番椒「New Ace」

葉尖

乾紅椒,匈牙利人喜愛的佐料,可防止暈船

葉可使皮膚局部發熱

葉子表面光滑

花黃或綠色

果實可製作辣椒粉、辣椒油、辣椒醬

每個葉腋結2或3個果實

接觸眼睛或傷口會引起灼痛感

未成熟的綠色果實

為抵消辛辣味,常配著米飯、麵包、豆子及酸奶食用

⊲△ 小果椒 ▷
(*C. frutescens*,異名,*C. minimum*)
多年生,果實小而辣,在熱帶地區用於食物防腐。

棲所 耕地;熱帶美洲	利用部分 🍃 ✿

| 科 十字花科 | 種 *Capsella bursa-pastoris* | 地方名 聖詹姆斯草 |

薺菜(Shepherd's Purse)

一年生或二年生草本植物，基生葉
成叢，長年開花。

- **用途** 葉子可拌沙拉，地上部分可抗
菌、利尿，用於治療腹瀉
和膀胱炎。能促進循環和收縮
血管，對靜脈曲張、失血過多有
療效，且具短時期的降壓作用。
- **附註** 薺可代替奎寧治瘧疾。

葉型多變

綠色的
心形果實

高
50
公
分

大劑量
有毒

| 棲所 沙質土壤；溫帶，亞熱帶 | 利用部分 ✱ ∅ ∥ ♧ ▦ |

| 科 十字花科 | 種 *Cardamine hirsuta* | 地方名 苦水芹 |

碎米薺(Hairy Bitter Cress)

一年生草本植物。直根細；莖光滑直立；葉密
生成叢，形狀不規則，葉表及葉緣稍被
毛；花白色，具4枚雄蕊，長年開放。

- **用途** 碎米薺和波葉碎米薺的
葉子有辛辣味，秋冬採摘後可
加入沙拉、湯及三明治、並做
食物的裝飾。

波葉碎米薺 ▷

(*C. flexuosa*)

花中具6枚雄蕊。

白色花瓣

高
30
公
分

花微小

◁▽△ 碎米薺

下位小葉
呈圓形，綠色

| 棲所 岩石，牆垣；北半球 | 利用部分 ✱ ∅ ∥ |

| 科 菊科 | 種 *Centaurea cyanus* | 地方名 單身漢的鈕釦 |

矢車菊(Cornflower)

一年或二年生草本植物；葉子細長，覆絨毛，呈灰綠色；
美麗的藍色花夏季成群開放。

- **用途** 花為溫和的抗生素及興奮
劑，其浸出液可養顏護髮，洗滌水
可解除眼睛疲勞、增強視力、治療結膜炎
和發炎；外敷還可治療擦傷和皮膚潰瘍。
葉或花的浸出液可助消化，緩解風濕症。其
藍色色素可為墨水、顏料、化妝品及藥品著色。
- **附註** 乾燥後花不褪色。

頭狀花序，
中心的筒狀花紫藍色，
邊緣的舌狀花鮮藍色

莖纖細而
有分枝

高
90
公
分

| 棲所 荒地；北溫帶 | 利用部分 ✱ ∅ |

科 繖形花科	種 *Carum carvi*	地方名 Karawya

葛縷子(Caraway)

耐寒的二年生草本植物。葉羽狀細裂；
繖形花序由小花頭組成，仲夏開放；
蒴果內有兩粒彎曲狹長的種子。

- **用途** 種子是深受人們喜愛的香料，尤
其在中歐地區，常用來增添豬肉、牛肉、泡
菜、乳酪的風味，煮甘藍時加入可消除異
味；還可為麵包、蛋糕調味，生吃、或是裹上
糖衣做成葛縷子糖，味道極佳。
其能夠清除口腔異味、助消化及消
除腸胃脹氣。葉切碎後可做湯、沙拉；
根用做蔬菜煮食。種子提取的精油用於
製作糕點、調製琴酒、香旱芹利
口酒和漱口藥，並為肥皂及剃鬍水
添香，種子有抗菌和驅蟲的功用。

- **附註** 人們食用葛縷子的歷史可追溯
到石器時代。

- 蒴果成熟時開裂
- 白色、粉紅色的小花
- 種子香味濃郁，是極佳的消化劑
- 莖纖細，帶溝，有分枝
- △ 葛縷子
- 葉的香氣較種子柔和
- 高 60 公分
- 種子粉
- 羽狀葉
- 植根肥厚，是芳香蔬菜
- ◁ 印度葛縷子 (*Carum ajowan*)
一年生草本，栽植以取其香辣
的種子，可調製麵包、糕點
和豆類，並減緩腸胃脹氣。
- ◁△ 葛縷子

棲所 草地，荒地；歐洲，西亞	利用部分

科 罌粟科	種 *Chelidonium majus*	地方名 燕子草

大白屈菜(Greater Celandine)

變異的二年生或多年生。肉質直根
肥厚；小葉黃綠色有鋸齒；繖形花序。

- **用途** 新鮮植株的地上部分
有毒，為利尿的肝刺激劑，
草藥學家用它來治療肝、
膽和胃腸道疾病，以及黃疸，
還可減輕風濕腫脹。橙色的植株
汁液有通便、腐蝕性，長久以來
就用以外敷治療疣、雞眼和金錢癬。

- **附註** 服用時須謹遵醫囑。

- 花黃色，4枚花瓣
- 長的蒴果
- 葉淺裂，背面灰白色
- 高 120 公分
- 分枝處的莖結膨大

棲所 樹籬，光照的林地；歐洲，西亞	利用部分

科 藜科	種 *Chenopodium ambrosioides*	地方名 芳香虎骨

洋香藜(American Wormseed)

一年生或生命短的多年生草本植物；葉矛狀，大小不一，葉緣齒狀深裂；花綠色，夏季開放；乾果小。

◁△ 洋香藜

- **用途** 葉具刺激味，墨西哥人用來調製湯、玉米、豆類及貝類食品，還泡成「耶穌茶」，但最主要的用途是驅除人和動物腸胃道內的蛔蟲、鉤蟲和絛蟲。植株含有驅蟲物質——驅蛔萜，但從果實中提取的洋香藜油驅蟲效力最強。葉可治療鼻黏膜炎和哮喘，亞馬遜河流域的一些部落還用它來催乳，當地人稱之為「聖瑪麗亞草」。
- **附註** 洋香藜有毒。使用時須遵醫囑。

● 細長的
葉子

◁▽ 灰藜

(*Chenopodium album*)

根可製作中性肥皂。

● 綠色的
種子

● 纖細
的莖生葉

● 基生葉
有鋸齒

● 花枝芳香四溢
為亞馬遜人所佩戴

棲所 荒地，耕地；熱帶美洲	利用部分

科 菊科	種 *Chrysanthemum coronarium*	地方名 日本青藥

茼蒿(Edible Chrysanthemum)

一年生草本。葉鋸齒狀，形狀多變；花黃色，晚夏開放。

- **用途** 嫩葉芳香而營養。可作蔬菜和調味品，小花可裝飾食物。萌發的種子是冬季的點心，闊葉變種(*spatiosum*)的花頭有獨特味道。
- **附註** 油菊(*Dendranthema indicum*，*C. indicum*)的花頭是長生不老藥的原料。

● 花黃至
橙色

● 淺黃色花瓣
花心色較暗

高
80
公分

● 葉齒狀
深裂

● 莖可
煎炒食用

棲所 潮濕、肥沃的土壤，向陽光處；地中海地區	利用部分

| 科 豆科 | 種 *Cicer arietinum* | 地方名 埃及豆 |

鷹嘴豆(Chick Pea)

一年生。莖直立或蔓生；小葉卵圓形，對生；蝶形花白色或紫色；莢果短，卵圓形，內含光滑的種子。

• **用途** 綠色嫩莢可食。成熟豆子富含蛋白質，易入味；在印度，新鮮或乾燥的豆子都可煮湯、燉菜。種子碾磨成豆粉，可做麵包和糕點。種子萌發成豆芽可食用，根焙烤後磨成粉可製作面膜，或作咖啡的代用品。

• **附註** 接觸豆莢上的毛會刺激皮膚。

高1公尺

未成熟的莢果

玫瑰紅色的種子，用於中東地區

沙粉紅色的種子，受歐洲人喜愛

| 棲所 排水良好的土壤；南歐，西南亞及北非洲 | 利用部分 |

| 科 菊科 | 種 *Cichorium intybus* | 地方名 Succory |

野苦苣(Chicory)

二年生草本植物。基生葉有鋸齒，葉腋生有藍色花。常為蔬菜種植。

• **用途** 花可點綴沙拉，芽可做泡菜。幼苗和野苦苣卷可生吃或燉煮。幼根也可作蔬菜蒸，焙烤後與咖啡混合飲用，可降低咖啡的刺激性。葉中富含鐵、鈣、銅等元素，可製成糊藥消炎。

• **附註** 葉略帶苦味，可提取藍色染料。

花瓣天藍色，有凹槽

高120公分

◁△ **野苦苣**

▽ **苦苣**
(*C. endiva*)
葉稍苦，可入藥。

幼葉顏色蒼白，緊貼成簇，稱野苦苣卷

直根利尿且滋補

焙烤後有焦糖味

幼葉可拌沙拉

莖生葉抱莖

| 棲所 鹼性土壤；歐洲，西亞及北非洲 | 利用部分 |

| 科 菊科 | 種 *Cnicus benedictus* | 地方名 聖薊 |

聖薊(Holy Thistle)

不規則的的
齒狀葉緣

一年生草本植物，通體被毛。莖紅色，葉緣有尖齒，頭狀花序夏秋開放。

• **用途** 葉、花頭及根可食用，地上部分稍有苦味，可調製利口酒。對循環系統有滋補、淨化及強化的作用。小劑量可治療消化系統疾病、黏膜炎，還可使傷口癒合。種子曾用以榨油。

頭狀花序圍
有刺狀苞片

• **附註** 大劑量會引起嘔吐。

高
60
公
分

葉為日常補品　葉可治療帶狀皰疹

莖紅色，被毛

棲所 乾燥土壤；地中海及亞洲地區　利用部分

| 科 禾本科 | 種 *Coix lacryma-jobi* | 地方名 薏苡 |

薏苡(Job's Tears)

葉脈平行

一年生叢生禾草，莖強韌，葉矛形。秋天在莖節處生出奇特的圓錐花序，由雌、雄小穗組成，成熟的種子呈白色，稍帶藍色或褐色。

果實顏色淡

雌花生於雄花之下

• **用途** 在亞洲，人們把種子煮成粥或磨成粉食用；還可做化妝品、滋補品、利尿劑、鎮靜劑、軟化劑，食用後可治療疣、痤瘡、風濕症、痛風、支氣管炎、腳氣、闌尾炎等症，還可消炎退熱、促進消化，對脾胃有保健功能。中醫認為它有抗癌作用。在熱帶美洲，人們咀嚼葉子治療牙痛，印尼人用根來驅殺腸道寄生蟲。

雌花生於葉基部

• **附註** 種子廣泛用作念珠和裝飾品。

高
1.5
公
尺

新幾內亞的部落常用種子作裝飾品

葉可作飼料

灰色的殼裂開後露出淡褐色種仁

葉鞘抱莖

棲所 潮濕土壤；東南亞　利用部分

科 繖形花科	種 *Conium maculatum*	地方名 冬蕨

毒參(Hemlock)

二年生草本植物。其惡臭味及莖上的紫色斑點
有別於其他類似植物。夏天開白色繖形花序。

• **用途** 古希臘用未成熟的果實「種子」浸出液
製成毒藥處死犯人，蘇格拉底即死於這種毒藥。
毒參有鎮靜、止痛、治療痙攣的功效，也可致人
於死命。歐毒參鹼引起呼吸麻痺而導致死亡。毒參
的鎮靜作用在中世紀用來治療神經方面的疾病。如
癲癇、躁狂症和舞蹈症。目前只在順勢療法中用以
治療動脈增厚和前列腺疾病。

• **附註** 根可治療痛風症。

「種子」惡臭，
背面有5條脊 ● 劇毒

● 葉有毒

● 類似
蕨類的葉

● 全株都有
鼠尿氣味

● 總葉柄中空，略有
稜脊，具紫色斑點

高
2.5
公
尺

棲所 潮濕環境，開闊林地，灌木叢；歐洲	利用部分

科 毛茛科	種 *Consolida ambigua*	地方名 火箭飛燕草

飛燕草(Larkspur)

一年生草本植物。葉全裂，引人注目；莖纖弱；夏季開花，
色彩豐富，從鮮藍色至白色，花瓣和花萼複合，有花距；
蒴果扁平，內有黑色小種子。

• **用途** 花的汁液與明礬混合可製成墨水。花雖
無香味，但可以給百花香色彩和材質。*Consolida*
為拉丁字「能治傷的草」，指出其部分藥性
的淵源。人們用葉汁液治療痔瘡，有毒的
種子也可製成酊劑用作
殺蟲劑。

• **附註** 花朵鮮豔，
能吸引蝴蝶和其他昆蟲。

長的花距 ●

葉完全細裂，
有如毛髮

● 乾燥的
成熟蒴果

● 花鮮藍色

● 花瓣狀萼片

● 莖纖細

黑色種子，
具稜角，有毒

蒴果帶柄 ●

● 綠色蒴果

高
1
公
尺

棲所 耕地；地中海地區	利用部分

| 科 繖形花科 | 種 *Coriandrum sativum* | 地方名 中國香芹 |

芫荽(Coriander)

一年生，全株有香味。下位葉片淺裂，
上位葉片細裂。夏天開花，種子
圓形，種皮棕灰色，有稜。

• **用途** 具刺激味的葉在中東及亞洲
菜餚中被廣泛使用，種子有輕微
麻醉作用，用於製作泡菜、
咖喱和利口酒等。根可
加入咖喱中，莖則可煮湯
和豆子。埃及人以之作春藥，
希臘人則用來調酒。種子能鎮靜
安神，助消化，減輕腸胃脹氣和
治療偏頭痛。

　• **附註** 種子中提取的香精油用於
　　香水、香料的製作，為藥物和
　　牙膏的增味劑。加入按摩油
　　中可治療面部神經痛及痙攣。

高
50
公
分

莖可食用

種子和種皮有
香甜氣味

新鮮的根
可做咖喱

　• 下位葉片闊圓形，　　上位的
　　邊緣淺裂　　　　羽狀葉 •

• 新鮮切碎的
　根氣味刺激

棲所 荒地，沃土，向陽處；亞洲西部及非洲北部 | 利用部分 ✍ ⧸ ♨ ❀ ✎

| 科 葫蘆科 | 種 *Cucumis sativus* | 地方名 黃瓜 |

胡瓜(Cucumber)

一年生蔓生草本植物，莖粗糙，闊葉上
有毛。花為黃色，管狀；果實深綠色圓
筒狀，稍稍彎曲。

• **用途** 胡瓜性涼，能生津止渴。未成熟的
果實可生吃、作泡菜或熟食。新鮮的胡瓜片
可降低眼壓。種子榨油可食用。果肉做成
　　面膜可治療曬傷。葉子
　　治療發燒及腸流行性感冒。

　　　• **附註** 不易消化。

葉緣不規則 •

• 莖上有毛

株
高
不
等

• 淺色果肉富含維生素C，
　深綠色果皮富含鐵

棲所 排水良好的土壤；熱帶非洲，亞洲 | 利用部分 ✍ ⚬ ❀

科 葫蘆科	種 *Cucurbita pepo*	地方名 Squash

美國南瓜(Pumpkin)

蔓生一年生，莖上有刺不規則伸展；葉闊，與卷鬚對生；大型橙黃色雄花。生於葉腋，雌花生於梗上，果實綠至橙色。

株高不等

• **用途** 常見品種有西葫蘆、美國南瓜、小果瓜等。花可做填料和蛋糕，果肉可做甜食或酸辣菜餚。瓜籽炒熟可當點心，中國人視為延壽食物。瓜籽油可用以烹調，並能驅除腸道寄生蟲。

未展開的花苞 •

• **附註** 中國南瓜、美國南瓜、印度南瓜(*C. moschata* var. *toonas, C. pepo. C. maxima*)的種子可殺蟲，並可預防前列腺疾病。

葉緣有尖刺 •

• 葉子深綠色，邊緣淺裂，覆毛

果肉可食用

雌花生於木上，雄花生於葉腋 •

• 營養的種子可食用

莖多刺 •

果皮粗糙

棲所 排水良好，肥沃，無霜凍的土壤，向陽處；美國	利用部分 ※ 🖋 🎋 🔩 🦟

科 繖形花科	種 *Cuminum cyminum*	地方名 Jeera

孜然芹(Cumin)

一年生草本植物。葉芳香，全裂，絲線形，白色或粉色小花組成繖形花序，夏季開放。種子芳香，有小剛毛。

種冠 •

• 發育中的種子

• **用途** 莖可調製越南菜，種子可為阿拉伯巴哈拉、印度咖喱粉、泰國紅咖喱醬、卡瓊麻調料粉等成分。黑色種子有葛縷子氣味較罕見，蒙古用於烹飪。歐洲人用孜然芹為泡菜、利口酒和甘露酒調味。種子助消化，可治療腸胃脹氣、腹絞痛、腹瀉，是補品和興奮劑。

• **附註** 精油可加強香水花香；是極好的按摩油，對蜂窩組織炎有療效；在一些獸藥中常用。

高30公分

種子粉富有滋味，中度褐色 •

• 種子卵圓形，綠色至灰褐色不等，有種脊

莖稀疏

棲所 疏鬆，排水良好的土壤，向陽處；非洲北部，亞洲西南部	利用部分 🖋 🦟 🌾

| 科 茄科 | 種 *Datura stramonium* | 地方名 吉姆森草 |

曼陀羅(Thorn Apple)

一年生。葉有麝香味；花喇叭狀，氣味獨特；蒴果上
有尖刺。

- **用途** 和印度曼陀羅的葉都可治療哮喘性痙攣及唾液
分泌過多。花可治牙痛，是小型手術常用的麻醉品。
兩種藥草對神經紊亂和麻木都有療效，花和根外敷
可治風濕症。曼陀羅含東莨菪鹼，可作
忠誠血清，也可預防暈車。古代人
用來詢求神諭。

- **附註** 有毒，
可導致癲狂或
甚至死亡。

花白色、黃色或紫色

大型葉

種莢
有尖刺

褐色
種子有毒

種子可致幻

△曼陀羅

△印度曼陀羅▷
(*D. metel*)

印度草藥學用於
治療某些精神疾病。

高
2
公
尺

曼陀羅

◁曼陀羅

葉大，邊緣銳淺裂，
做成草煙可治療哮喘

| 棲所 肥沃的荒地；美洲 | 利用部分 ❀ 🌿 🥕 🌰 |

| 科 繖形花科 | 種 *Daucus carota* | 地方名 野胡蘿蔔 |

野胡蘿蔔(Queen Anne's Lace)

二年生草本植物。主根長，莖上有毛，葉分
裂；繖形花序，花白色到淡紫色，花心為
紫色，苞片全裂。

- **用途** 其亞種(*D. C.* subsp. *sativus*)的根富含
維生素C、胡蘿蔔
素，可提取橙色染料、
糖漿和咖啡代用品。種子在
民俗療法中用來治宿醉；精油
用於調製香水及利口酒。
根可殺菌及降低血壓，葉泡
茶可利尿，治療膀胱炎。

紫色花

主根

細葉

高
1
公
尺

| 棲所 荒草地，岸邊崖畔；歐洲至印度 | 利用部分 ❀ 🌿 🥕 🌰 🍷 |

科 玄參科	種 *Digitalis lanata*	地方名 巫婆的手套

毛地黃(Grecian Foxglove)

兩年生或多年生草本植物。莖略帶紫色；葉狹長；粉紅灰褐色，於莖頂形成總狀花序，夏天開放。

• **用途** 葉中提取的毛地黃毒苷、異羥毛地黃毒苷是治療心臟病的正統藥物，能夠增強心肌收縮而不致增加氧的消耗(作為刺激劑)，並調整心律。這種化合物最初在紫花毛地黃中發現，毛地黃中的含量最高，是它的四倍，而黃花毛地黃的葉危險性較低，因其效果不會累積。毛地黃的葉入藥還可治療癲癇和腫瘤。

• **附註** 有毒，必須謹遵醫囑。

花吸引蜜蜂 •

• 淺色花上有粉褐色脈紋：唇瓣白色，染有粉紅色

• 花密生於枝上

• 葉狀苞片比花短

◁ **毛地黃**

• 綠葉具紅色脈絡

◁**黃花毛地黃**
(*Digitalis lutea*)
多年生，花淡黃色或白色。葉糖苷可治療心臟病。

花瓣上有斑點 •

• 淺黃色或白色的花

• 葉狹窄而尖銳，葉緣具細齒

紫色毛地黃 ▽▷

紫花毛地黃 ▷
(*Digitalis purpurea*)
為治療心臟病正統藥物的另一種主要來源。

花蕾 •

花紫色至白色 •

高1公尺

光滑且呈鮮綠色的莖和葉 •

基部葉卵圓形，先端銳尖，質地粗糙，葉緣具細齒 •

毛地黃　　**黃花毛地黃** ▷

棲所 開闊林地：巴爾幹，匈牙利，羅馬尼亞	利用部分 ∅

| 科 續斷科 | 種 *Dipsacus fullonum* | 地方名 刷子和梳子 |

染續斷(Common Teasel)

二年生。第一年葉基生成叢，第二年莖伸長，夏天開具刺花。

- **用途** 吉普賽人在葉節處收集水治療眼睛腫痛，消除黑眼圈及皺紋。具淨化作用的根可治臉腺炎、指頭疽，對肝臟、胃有滋補作用。染續斷(*Fuller's Teasel*)鉤狀小苞片帶刺，梳理羊毛彈力極佳。現在雖大多已被鐵絲所代替，但其精密抗性無法複製，仍用於製作特種布料，如撞球檯用的厚毛呢。

- **附註** 續斷(*D. japonicus*)的根可治風濕症、月經不調及乳腺癌。

• 淺紫色花

• 鉤狀小苞片，彈性佳

• 葉銳尖

△ **染續斷**
(*D.f. subsp. sativus*)
小苞片具下彎的勾。

高 2 公尺

葉長而漸尖 •

△ **染續斷** ▷

| 棲所 適應性強，尤好黏性土壤；歐洲，亞洲西部 | 利用部分 |

| 科 紫草科 | 種 *Echium vulgare* | 地方名 藍草 |

藍薊(Viper's Bugloss)

二年生草本植物。全株被毛，粗糙，葉細長多刺；藍色的花形成稠密的穗狀花序，第二年開放。

- **用途** 花可製成蜜餞、拌沙拉，花序可治腫；種子煎汁與酒混合可「安心並解除鬱悶」。葉浸出液是常用補品，可利尿、退燒、止咳、消炎，對感冒、頭痛、精神緊張也有療效。根可提取紅色紡織染料，植物的汁液還可潤膚養顏。

- **附註** 曾經是很重要的蛇傷藥。

• 花芽為粉紅色或紅紫色，盛開後為鮮藍色

• 紫色花絲

葉細長，粗糙，凹凸不平，被白毛

• 夏季盛開的穗狀花序

高 90 公分

莖多刺，常有暗紅色斑點 •

• 幼葉

| 棲所 乾燥或石質土壤，尤適於海邊；歐洲 | 利用部分 |

科 十字花科	種 *Eruca vesicaria* subsp. *sativa*	地方名 Roquette／Arugala

箭生菜(Salad Rocket)

一年生草本植物。葉型多變,多為披針形;花乳白色,
4枚花瓣,晚春及初夏開放。

• **用途** 幼葉香味清爽而濃郁,成熟葉片在陽光下散發強烈
苦味,可加入沙拉及醬汁中,或蒸煮作蔬菜。花的味道較
葉稍淡。葉可利尿,治療胃不舒服,
若在皮膚上摩擦會產生胭脂般的紅韻。

• **附註** 在印度,種子
榨油可醃製泡菜,也可
儲存起來,待酸味消失後
食用,或作潤滑劑。

高
1
公
尺

*褐色的小種子
與芥籽相似* •

*花乳白色,
有紫色脈紋*

葉型不規則 •

*陰涼潮濕環境
中葉子生長快,
且苦味較淡*

棲所 荒地,路邊;地中海地區	利用部分 ✽ ∅ ⚬⚬⚬

科 繖形花科	種 *Eryngium maritimum*	地方名 Sea Holm

濱刺芹(Sea Holly)

二年生或生命短的多年草本植物。葉質地
堅硬,具刺;花金屬藍色,夏季開放。

• **用途** 幼葉、芽和嫩枝可食用。秋天的根
中富含礦物質,可為蔬菜和蜜餞調味,也可
加糖煮,是18世紀受人喜愛的滋補品、咳嗽和
春藥。根製成糊藥可促進組織再生;根煎汁可治療
膀胱炎、尿道炎及前列腺疾病。

• **附註** 刺芫茜(*E. foetidum*),氣味可驅蛇。

*小花簇生,
苞片刺狀*

葉銀色 •

△ 濱刺芹

銳裂 •

高
60
公
分

刺芫茜 △▷
根有臭味,但可為湯
和燉肉調味。

• *植株
氣味難聞*

• *基生葉
有細齒*

• *小型莖生
葉輪生*

濱刺芹

棲所 沙質土壤,向陽處,海岸;歐洲	利用部分 ∅ ⫽ ✍

科 罌粟科	種 *Eschscholzia californica*	地方名 金杯花

金英花(Californian Poppy)

一年生或生命短的多年生草本植物，變異多。葉羽狀，天鵝絨般金橙色花朵在陰天閉合。

天鵝絨般金橙色
花瓣攏起，
隨風顫動

花單生於
莖端

花期從
夏初至夏末

- **用途** 美洲土著把葉子煮熟或是放在滾燙的石頭上烤熟吃，且用地上部分作鎮靜劑，對牙痛尤為有效。整個植株對循環系統有供氧作用，有助吸收維生素A。其平靜作用頗受歐洲人青睞，用以治療兒童過動、少眠和咳嗽等症，對成年人失眠也有療效。吸食烘乾的葉和花，可使人心曠神怡且無副作用。

葉色灰綠

- **附註** 是加州的州花，也是加州花卉理療中心的一員，常用來輔助清除情緒。

葉細裂，
莖長而纖細

高
60
公
分

葉互生

棲所 貧瘠，排水良好的土壤，向陽處；美國西部	利用部分 ✻ ⬮ ⫾

科 玄參科	種 *Euphrasia rostkoviana*	地方名 Casse Lunette

小米草(Eyebright)

半寄生一年生草本植物。從寄主草的根中吸取營養。葉小，卵圓形；白色小花帶黃色斑點紅色脈紋，邊緣扇貝形。

花期從仲夏至晚秋

花頭可
用於製作
草煙

- **用途** 葉子微苦，可拌沙拉。植株浸出液或從新鮮莖中擠出的汁液對眼睛有滋補作用，能解除緊張和感染，且為受歡迎的化粧洗眼水，能使眼睛閃閃發光。另外還有抗菌、消炎、收斂的作用，常用於治療鼻黏膜、眼睛不適、流鼻涕、枯草熱、鼻竇炎等症。

白色花朵
組成穗狀的
總狀花序

- **附註** 此種(異名, *E. officinalis*)有數個品型，但只有那些花萼上有腺毛的種類才有藥效。

莖綠色
或紫色

乾燥的
地上部分

小葉卵圓形，
綠色或紫色，
葉緣有齒，被毛

高
50
公
分

棲所 貧瘠草地，歐石南荒地，林地；歐洲	利用部分 ✻ ⬮ ⫾

科 罌粟科	種 *Fumaria officinalis*	地方名 地煙

荷包牡丹(Fumitory)

有毒的一年生草本植物。莖直立或蔓生，葉藍綠色，細裂；花管狀，粉紅色，形成總狀花序。

- **用途** 地上部分在專家指導下內服可改善皮膚，因其可清除血液中的毒素，且為溫和的利尿、輕瀉功效。外用可抗菌消炎，消除疤痕、濕疹、雀斑。對肝臟和膽有刺激作用，能調節膽汁分泌。
- **附註** 大劑量能導致腹瀉和呼吸障礙。

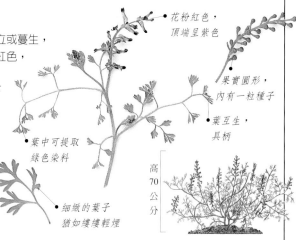

花粉紅色，頂端呈紫色

果實圓形，內有一粒種子

葉互生，具柄

葉中可提取綠色染料

細緻的葉子猶如縷縷輕煙

高70公分

棲所 排水良好的土壤，荒地；歐洲	利用部分 ✿ ◎ ∥

科 豆科	種 *Glycine max*	地方名 Daizu

大豆，毛豆(Soya)

叢生多毛的一年生草本植物，葉三出，花白色或紫色，莢果上有毛。

- **用途** 含48%的蛋白質，此外還有卵磷脂、維生素及礦物質。其膽固醇含量低，對心血管疾病有預防作用。所含糖類不易被人體吸收，所以對糖尿病患者有益。豆子可做豆醬、豆腐、醬油、豆漿、豆芽等豆製品，是肉蛋白的代替食品，常磨成豆粉。油既可烹調又可做潤滑劑，能促進血液循環、解毒、退燒，並治療食物中毒。
- **附註** 美國目前正在進行藥物試驗，用其衍生物預防「煙槍」易患的口腔癌。

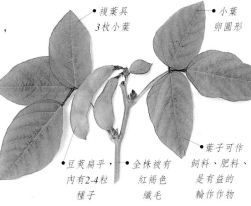

複葉具3枚小葉

小葉卵圓形

豆莢扁平，內有2-4粒種子

全株被有紅褐色纖毛

葉子可作飼料、肥料、是有益的輪作作物

紅色豆醬硬且鹹

大豆有黃、綠、紅、黑等各類顏色

黃色豆醬是亞洲人喜愛的住料

高2公尺

棲所 耕地，暖溫帶地區；亞洲至澳洲	利用部分 ◎ ∥ ▨ ♧ ⚘

科 茜草科	種 *Hedyotis diffusa*	地方名 蛇舌草

散涼喉茶(Spreading Hedyotis)

平展的一年生草本植物。莖多分枝，葉線狀，對生。微小的花淡粉色，生於葉腋。

狹窄的葉
及1-3朵
白色小花

• **用途** 地上部分有解毒作用，可淨化血液、退燒、消腫、消炎、利尿，對黃疸、蛇咬、闌尾炎、支氣管炎、咽喉腫痛以及肝臟、膀胱疾病有療效。還用於對治腫疱、皮膚感染、創傷瘀血。植物的汁液可減緩腸道不適。

◁散涼喉茶
(異名, *Oldenlandia diffusa*)

雙花耳草 ▷
(*Hedyotis biflora*)
葉可促進循環。

高 15 公分

• **附註** 中國的試驗證明它和其他5個種都有抗癌作用。

散涼喉茶

小而向外伸展的根

棲所 濕的田埂，溝畔，路邊；亞洲	利用部分

科 菊科	種 *Helianthus annuus*	地方名 Chimalati

向日葵(Sunflower)

生長迅速的一年生草本植物。莖粗壯，高大，被毛；葉心型；大型的頭狀花序金黃色，夏末開花。

舌狀花
金黃色

• **用途** 種子可生食、炒食，也可磨成粉或堅果奶油，印第安勇士視為「能量蛋糕」。花芽中可提取黃色染料，或像刺菜薊那樣煮食。種子榨取的油，可烹調製作化妝品或為工業用油。種子可利尿、祛痰、止咳，對痢疾、腎炎也有療效。根可通便和治胃痛。莖髓中含鉀和纖維，用於紡織、造紙；由於其組織質疏鬆，還可作為顯微鏡切片的支架。

• **附註** 種冠為鳥類冬天的食物。

種子可食，
排列成幾何圖形

高 5 公尺

葉互生，
葉脈顯著

果仁中含有
維生素、磷、
鉀及蛋白質

褐色種皮上
的灰色條紋

棲所 肥沃，排水良好的土壤，向陽處；美國	利用部分

科 禾本科	種 *Hordeum vulgare*	地方名 六條大麥

大麥(Barley)

一年生。莖直立；長葉具鞘；小穗成群；種子包於稃內，外稃有直立長芒。

• **用途** 人類栽培大麥已有數千年歷史，營養豐富的穀粒可做成麥粥、麥片，去殼後的「珍珠大麥」可煮湯、做菜。麥芽可釀製啤酒、威士忌和琴酒，啤酒酵母富含維生素，和酵母精是用途極廣的副產品。麥芽精和大麥食品、飲料有助於病人康復，對咽喉腫痛、胃腸疾病有療效。中醫用大麥治療食慾不振和消化不良。煮熟的大麥做成糊藥可治潰瘍，穀粒萌發後可治療支氣管炎。做成面膜有護膚養顏功效。

• **附註** 二條大麥是生產麥芽的主要品種，與大麥有相同功效。

長芒

磨成麵粉可做麵包

含有蛋白質、膠黏液、維生素B和E

每節上有3個可育的小穗

穀穗

莖直立，成熟時由綠色變成金褐色

麥稈在池塘中腐敗，可抑制水藻繁衍

乾枯的莖

高90公分

棲所 耕地：亞洲南部及非洲北部	利用部分 ✏ 🥜

科 茄科	種 *Hyoscyamus niger*	地方名 豬豆

天仙子(Henbane)

一年生或二年生。葉緣有利齒，蒴果內有許多種子。

• **用途** 是古老的預言、巫術和愛情草藥。曾廣泛用於鎮靜止痛，現在已禁止使用。草藥學家用它治療消化、泌尿管道及哮喘的痙攣。植物體內含有生鹼－－莨菪鹼(天仙子胺)，可緩解手術前肌肉緊張，防止暈車，對帕金森氏症也有效。葉可止痛、解除肌肉痙攣，並有催眠安神的作用。

• **附註** 大劑量能引起昏迷、抽搐，須遵醫囑。

花黃褐色，碗狀，有紫色脈紋

葉卵圓形，有黏性，被茸毛。葉緣具銳齒

葉製成煙卷，可治療哮喘

高80公分

粗壯的莖撐著二年生的植物體

棲所 海岸，向陽處：歐洲	利用部分 🌸 ✏ 🥜

科 鳳仙花科	種 *Impatiens balsamina*	地方名 鳳仙花

鳳仙花(Garden Balsam)

一年生，莖粉紅色，葉深綠色，白色花
有距，種莢炸裂釋放出成熟的種子。

• **用途** 在亞洲某些地區，地上部分
壓碎後與鬱金、鹽混合，可像
指甲花般暫時染紅指甲和皮
膚。在印尼，葉常用來治療腫
痛、潰瘍及創傷。

• **附註** 產於非洲中部的*I. burtonii, I.
irvingii*，產於中國、日本、歐洲的
「別碰我」(*I. noli-tangere*)，以及
產於馬來西亞的爪哇鳳仙花
(*I. platypetala*)，在當地都用
來治療傷口和皮膚感染。

• 莖端的葉簇生在一起

• 葉緣褐色，具齒

• 花瓣白色、淡紅色

高
75
公
分

• 直立的
粉紅色肉質莖

棲所 林地，潮濕的沙質土壤；東南亞，印度	利用部分 ✿ 🌰 ⚘

科 十字花科	種 *Isatis tinctoria*	地方名 Isatan

菘藍(Woad)

二年生草本植物，有毒。第一年
基生葉叢生，第二年抽出花
莖，頂生黃色小花。

• **用途** 植株的地上部分經過
重複發酵可產藍色顏料，雖已被
更鮮艷的靛青取代，但仍用於改善及
「固定」靛青染料。公元一世紀，羅馬人
蒲林尼記載，不列顛島的女人用菘藍塗
身，赤裸著走向祭壇獻祭於神；羅馬大
帝凱撒注意到士兵戰前也塗上菘藍，這或許
有雙重目的，即其葉可止血並癒合傷口，製成
糊藥可治療皮膚潰瘍。

• **附註** 中國北方用靛青(*I. indigotica*)
製作傳統的印染布。

• 長的花梗

• 4枚花瓣

• 鮮黃色
小花形成疏鬆
的總狀花序，
仲夏開花

• 長橢圓形的
葉先端銳尖，
具收斂性

莖生葉有
兩個裂片，
突出抱莖 •

高
1
公
尺

果實懸垂在枝上，
成熟時由
綠色變黑色

棲所 荒地，岩石，乾燥環境；東歐，西亞	利用部分 ✿ 🌰

| 種 菊科 | 種 *Lactuca virosa* | 地方名 窮人的鴉片 |

毒萵苣(Bitter Lettuce)

一年生或兩年生草本植物。花黃色；葉長橢圓
形；根有惡臭氣味；果實黑色，具毛狀翅。

• **用途** 植株各部分都含有乳汁，凝固時呈紅褐色，
有鴉片的味道。葉子及乳汁可鎮靜、止痛、祛痰
和降低血糖，但過量會引起失眠並刺激性慾。
毒萵苣的汁液可治療過敏性咳嗽、百日咳、
支氣管炎及焦慮症；稀釋後塗在雀斑及
受天氣傷害的皮膚上，有潤膚止痛的作用。
它還運用於香皂、化妝水和沐浴產品中。

• **附註** 沙拉萵苣具苦味，最具藥用價值。

破損的
莖滲出
汁液

具梗
的花頭

小刺

葉銳尖，
抱莖，
葉緣具齒

高
2
公
尺

毒萵苣

結球萵苣▽
（*L. Sativa*）
人們所喜愛的
品種之一。

◁ **毒萵苣** ▷

| 棲所 乾燥、沙質、岩石地區；歐洲西南部及中部 | 利用部分 🍃 💧 |

| 科 亞麻科 | 種 *Linum usitatissimum* | 地方名 Linseed |

亞麻(Flax)

一年生草本植物，莖纖細，綠葉線形，花藍色、
扁平而美麗，油質的種子呈褐色。

• **用途** 莖含堅韌纖維，可製亞麻布和麻蠅。種子
富含礦物質，冷榨油
可食用，熱榨油則
作繪畫及工業用
油。種子中含有
鎮靜性的黏質液。
亞麻油含有脂肪酸，
可清除體內重金屬
和心臟、血管中的栓
塞，可治療營養不良。

• **附註** 食用過量引起
中毒。

蒴果

澳洲亞麻 ▷
（*L. austriacum*）
多年生，用途與
亞麻相同。

種子富含
維生素

◁△ **亞麻**

宿根亞麻 ▷
（*L. perenne*）
庭園多年生植物，
也產生纖維和
亞麻油。

莖纖細

線形綠葉

高
120
公
分

亞麻

| 棲所 潮濕，排水良好的土壤，向陽處；歐洲，亞洲 | 利用部分 🌿 🌰 |

科 茄科	種 *Lycopersicon esculentum*	地方名 愛的蘋果

番茄(Tomato)

生命短的多年生草本植物，通常作為一年生
植物栽培。葉上有腺體，香氣濃郁；莖纖弱；
花為綠黃色，圓形的鮮紅果實聚生在植株上。

• **用途** 可生吃或熟食，富含礦物質和維生素，助消
化，有抗衰老保青春功效。果肉微酸，
可清除黑斑，清潔毛孔，恢復皮膚
酸鹼度。順勢療法中用來治療頭痛
和風濕症。在墨西哥，
人們把有毒的部分懸掛在
室內，其氣味可驅除蟑螂。

葉緣淺裂

莖、葉有毒

切面

肉質且
分室的漿果
內含扁平
黃色種子

高
2
公
尺

綠色部分
有金色香腺

複葉

成熟的圓形
果實聚集成簇

棲所 溫和的氣候，潮濕土壤；美洲中部、南部	利用部分 

科 菊科	種 *Matricaria recutita*	地方名 德國春黃菊

母菊(Annual Chamomile)

一年生草本植物。葉細裂；白色「花瓣」。

• **用途** 和黃金菊(見159頁)同樣可做化妝品和藥劑，
但它還有抗腫瘤的活性。萃取物可緩解神經緊張、助消
化，可治腸炎、腸潰瘍。過量食用會導致胃肌肉衰弱。

• **附註** 和黃金菊的精油成分相同，但含量不同，藍甘菊
環烴是精油中最有價值的化合物，可能是乾燥的花
在酸性條件下蒸餾過程中形成。多年生黃金菊香精油
會引起皮炎，二者都可預防過敏性發作，抵抗細菌、
真菌、病毒的感染，並治療
炎症和潰瘍。對於創傷、疱疹、
濕疹和感染，清涼止痛的稀釋精
油可促進細胞再生。母菊的精油
還可促進肝細胞再生。

花用於
順勢療法中

黃色花心

花中含有
許多重要
礦物質和
維生素A

葉無味

花有
蜂蜜氣息

高
60
公
分

棲所 排水良好的土壤，向陽處；歐洲，亞洲西部至印度	利用部分

科 豆科	種 *Melilotus officinalis*	地方名 黃香苜蓿

黃香草木犀(Melilot)

二年生，莖直立、纖弱，複葉由三枚具細齒的小葉構成。莖節處有明顯托葉；花枝纖細，開蜜香花。

• **用途** 葉、種子可調製乳酪和伏特加酒。花蜜可生產質優蜂蜜，乾燥葉片生產香水，種子是抗生類藥物。葉泡茶能助消化，治療頭痛失眠，解除肌肉緊張，為溫和的鎮靜劑。葉做成糊藥可抗菌消炎。此株對血管有滋補作用，對靜脈曲張、血栓及淋巴系統疾病有療效，可做成抗凝劑。

白花 •

• 黃花浸漬稀釋後可做眼藥水

高
1.2
公
尺

△ 黃香草木犀 ▷

乾燥的地上部分做成香束可驅蚨蟲 •

白花草木犀 ▽△
（ *M. alba* ）

是優質蜜源植物，還可改善土質。

小葉卵圓形

棲所 沈重，排水良好的土壤；歐洲，亞洲	利用部分 ✱ ⌀ ⫰ ⤫ ⚘ ⬚

科 馬齒莧科	種 *Montia perfoliata*	地方名 淘金菜

冬馬齒莧(Winter Purslane)

一年生，勺形且柄長的基生葉，及後端合併的莖生葉；花莖從莖生葉中貫穿而出，結光亮的黑色種子。

• **用途** 全株可食用，圓形的葉、莖和花富含汁液，是冬季的沙拉，可像波菜般蒸煮。植株體內維生素C含量很高，曾使加州的淘金者得以生存，被譽為「淘金菜」。根粗大且富含纖維，有菱角的氣味。

• 白色小花

高
30
公
分

莖生葉 •

棲所 沙丘，荒地；北美洲	利用部分 ✱ ⌀ ⫰ ⤸

科 紫草科	種 *Myosotis sylvatica*	地方名 鼠耳朵草

勿忘草(Forget-Me-Not)

二年生或多年生草本植物，葉片具質感，莖上有毛；花藍色、白色或粉紅色，花心黃色。

• **用途** 花可點綴沙拉。順勢療法用來治呼吸系統疾病，製成糖漿治療胸悶。據說煉鋼時加入植株的汁液可增強金屬的拉張強度。

• **附註** 較小的多年生高山勿忘草(*M. alpestris*)可治療眼疾、流鼻血，有助於傷口癒合。

• 春季或夏季開花

卵圓形葉互生 •

高
50
公
分

棲所 潮濕林地；非洲北部，歐洲及亞洲西部	利用部分 ✱ ⌀ ⫰

科 茄科	種 *Nicandra physaloides*	地方名 秘魯蘋果

假酸漿(Shoo-Fly)

一年生草本植物。莖獨立生長，葉片大，卵圓形，具波狀或鋸齒狀葉緣，花鐘形，紫藍色，隨後變成紙質的莢，其中含一個漿果，種子可休眠數十年。

● **用途** 種植假酸漿是為了取其鮮豔的花朵及種莢，在有限空間中生長還可驅除蒼蠅。葉製成殺蟲劑能更順利地殺死蒼蠅。

● **附註** 葉可根絕頭蝨。

鐘形花

葉銳尖

綠色的果莢成熟時呈棕灰色

葉互生，且有長葉柄

高 130 公分

棲所 荒地，肥沃、排水良好的土壤；秘魯	利用部分 ✳ ✿ ♣ ✿

科 茄科	種 *Nicotiana tabacum*	地方名 普通煙草

煙草(Tobacco)

一年生成或二年生草本植物。葉大且長；花筒狀，綠白色至玫瑰色。

● **用途** 燻乾的葉製成香煙有麻醉作用，但其中有毒的尼古丁會導致心臟病、肺病及癌症。北美和南美的一些部落在儀式中燃其葉製成糊藥，可治療扭傷、咬傷、傷口感染及皮膚病。汁液外敷可減緩顏面神經痛，濕葉能迅速治療痔瘡。研究表明葉含抗腫瘤物質。

● **附註** 黃花煙草(*N. rustica*)葉更粗糙，可用來生產香煙或殺蟲劑。

筒狀花

夏季開花

長花梗上膨大的綠色花萼

葉背面色淺

綠色卵圓形大型葉互生

高 120 公分

棲所 肥沃土壤；	阿根廷北部，玻利維亞	利用部分 ✿ ✐

科 毛茛科	種 *Nigella sativa*	地方名 Kalonji

黑種草(Nigella)

一年生，耐寒，具羽狀葉；膨大莢內有黑色種子。

• **用途** 種子有草莓香及肉豆蔻、胡椒的味道，廣受印度、埃及、希臘和土耳其人喜愛。新鮮或乾燥烘烤的種子皆可調製咖哩、蔬菜和豆類。在印度，人們用以驅除衣物上的蛀蟲及胃腸道寄生蟲，治療神經系統疾病、腸胃脹氣，並可發汗、催乳。

• **附註** 溫性的種子粉曾加在香粉中做成嗅劑以恢復嗅覺功能。

花呈灰藍色，包在花邊狀的苞片中

菁葵果

△ 大馬士革黑種草 (*N. damascena*) 種子助消化。

淺色花瓣

分裂的葉片

△▽ 黑種草

高30公分

黑種草

種子有胡椒味，可作香料調味品

棲所 荒地；西南亞，地中海地區	利用部分

科 柳葉菜科	種 *Oenothera biennis*	地方名 夜星

月見草(Evening Primrose)

二年生，有時一年生。葉子長而銳尖，第一年基生成叢。第二年在直立莖頂端盛開黃色芳香花朵。

• **用途** 黑足部落的人煮食其莖葉，曬乾的根是過冬食物。將根、花和蜂蜜一起熬成糖漿能止咳。種子油中含健康皮膚所必需的脂肪酸，以及亞麻油酸，可治療經前癥候群、過敏性濕疹、降血壓，在治療多發性硬化症時，可保持紅血球的滲透壓。對過動症、精神分裂症、關節炎、酒精中毒、厭食及帕金森氏症有良好療效。

• **附註** 高山月見草(*O. elata* subsp. *hookeri*)的根是印度人的狩獵護身符。

花芬芳，主要在夜間開放

「煮過兩次」的根可燉煮醃漬或做成蜜餞

高1.5公尺

種子含有抗凝物質

黃色的根，內部組織為白色

棲所 乾燥、沙質、石質地區，向陽處；北美洲東部	利用部分

科 唇形花科	種 *Ocimum basilicum*	地方名 庭園羅勒／Tulsi

羅勒(Sweet Basil)

一年生或生命短的多年生草本植物。莖四稜，有強烈的新鮮丁香氣息；葉緣具齒；白色芳香的小花於夏末開放。

高
60
公
分

△ 羅勒 ▽

• **用途** 葉溫性，有香料味，用於烹調義大利菜，混在大蒜、番茄和茄子中味道鮮美。可調製醋、油和醬汁等。變種(*Comosum*)凝膠狀的種子可調製地中海飲料。精油可為調味品、利口酒、香水和肥皂添加風味。羅勒對腎上腺有刺激作用，用葉泡酒可滋陰壯陽。葉可驅趕蚊蟲、腸寄生蟲，治療金錢癬、蛇咬、昆蟲叮咬及痤瘡。浸出液可抗菌、助消化。

• **附註** 吸入精油可醒腦提神，治療由病毒感染引起的嗅覺遲鈍，製成按摩油對神經有滋補作用，可恢復工作過度的肌肉。孕婦及皮膚敏感者忌用。

切碎的葉片烹調番茄、做湯，味道鮮美 •

葉子表面有皺折

• 6朵花輪生，具有丁香味的花蜜

• 葉卵圓形，先端銳尖，有溫性香辣的丁香氣味

◁羅勒▷

• 葉可治療昆蟲叮咬

撕裂的新鮮葉香味尤為濃郁 •

• 葉炳長

檸檬香味 •

卵圓形小葉 •

檸檬羅勒▷
(*O. b.* var. *citriodorum*)
一年生，具白花，綠葉，在做醬汁、雞肉時常用。

◁ **聖羅勒**
（*Ocimum sanctum*）
基部木質化，是印度教的聖物。種植在寺廟周圍，可驅蚊。

花白色或粉紅色 •

• 濃郁的羅勒氣味

◁**灌木羅勒或希臘羅勒**
(*Ocimum basilicum*
var. *minimum*)
株形圓且緊湊，香味適中，比羅勒耐寒。

香辣味 •

• 葉上有毛，葉緣具齒

棲所 排水良好的土壤，向陽處；熱帶亞洲	利用部分 ✳ ⃰

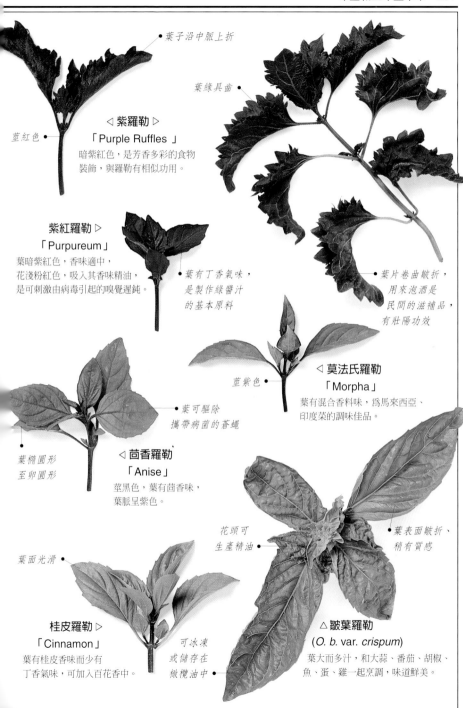

葉子沿中脈上折

葉緣具齒

◁ 紫羅勒 ▷
「Purple Ruffles」
暗紫紅色,是芳香多彩的食物
裝飾,與羅勒有相似功用。

莖紅色

紫紅羅勒 ▷
「Purpureum」
葉暗紫紅色,香味適中,
花淺粉紅色,吸入其香味精油,
是可刺激由病毒引起的嗅覺遲鈍。

葉有丁香氣味,
是製作綠醬汁
的基本原料

葉片卷曲皺折,
用來泡酒是
民間的滋補品,
有壯陽功效

莖紫色

◁ 莫法氏羅勒
「Morpha」
葉有混合香料味,為馬來西亞、
印度菜的調味佳品。

葉可驅除
攜帶病菌的蒼蠅

葉橢圓形
至卵圓形

◁ 茴香羅勒
「Anise」
莖黑色,葉有茴香味,
葉脈呈紫色。

花頭可
生產精油

葉表面皺折、
稍有質感

葉面光滑

桂皮羅勒 ▷
「Cinnamon」
葉有桂皮香味而少有
丁香氣味,加入百花香中。

可冰凍
或儲存在
橄欖油中

△ 皺葉羅勒
(O. b. var. crispum)
葉大而多汁,和大蒜、番茄、胡椒、
魚、蛋、雞一起烹調,味道鮮美。

| 科 菊科 | 種 *Onopordum acanthium* | 地方名 棉薊 |

大翅薊(Scots Thistle)

高大而壯麗的二年生草本植物。莖翅狀，
多刺；葉緣具齒及尖刺，被白色細茸毛；
小花紫粉紅色或白色，聚集成頭狀花序。

• **用途** 去掉外面的苞片，大型花盤
蒸煮後配以奶油，美味可口。蒼白的幼莖
削皮後用油、醋涼拌，也可煎煮後食用。
種子油曾用於烹調及照明，葉和莖上的
茸毛可做枕芯。葉的汁液可治療癌症及
皮膚潰瘍。根煎汁可減少黏液排出。

• **附註** 薊是蘇格蘭的象徵，曾立有
薊花勳位。

花紫粉紅色

尖刺狀的
圓形苞片圍

果實上
具冠毛

莖具翅

幼葉

主根暗褐色，
側根黃灰色

白色茸毛

葉狹長

高3公尺

齒狀葉
具刺

| 棲所 籬邊，肥沃的荒地；西歐至中亞 | 利用部分 ✿ ∅ ∥ ⚱ ☷ |

| 科 列當科 | 種 *Orobanche alba* | 地方名 幽靈草 |

列當(Thyme Broomrape)

缺乏葉綠素，吸附在唇形花科、豆科、茄科等植物的
根上，營寄生生活。莖呈紫褐色，葉小，花有丁香氣息。

• **用途** 全株皆可入藥，唯根的藥效最顯著。
外用可作強效收斂性糊藥，內服有鎮靜和溫和
通便的作用，有助於衰弱疾病或輕微中風後
體力恢復。為治療陽萎的藥方，對閉經和
子宮出血的療效目前正在研究中。中醫
以它做為壯陽藥物。

• **附註** 列當屬的植物都有
藥用價值。

丁香般
的香味

花污
白色或
灰紫色

花瓣5裂

稠密的
穗狀花序

高35公分

列當從寄主百里香
的根中吸收營養

粗短的
莖淡紅色

| 棲所 溫帶石灰岩地區的灌木上；歐洲，中國 | 利用部分 ✿ ∅ ∥ ⚱ |

科 禾本科	種 *Oryza sativa*	地方名 Ine

稻(Rice)

一年生，莖稈在結穗時彎垂。小穗狀花序成群生長，
穀粒包有外殼。

• **用途** 世界上大約有一半的人以其為
主食，有長粒、中粒、短粒之分。
其性涼，可作藥用。稻米經過發酵
釀成米酒。米粉是製作撲面粉
的基本原料。根可治療
發燒的盜汗。發芽種子
可治療消化不良、
強脾健胃。稻草
可編織草帽等
工藝品。

帶穀的穀粒
稱為「稻穀」

糙米含有維生素B及
蛋白質，但難以咀嚼，
需要較長的時間蒸煮

糙米

高
180
公
分

胚芽米係經加熱
再加以碾磨，可使
白米保有維生素
和其他營養成分

成熟的莖稈
可生產稻油

棲所 高地和低地；東南亞	利用部分

科 罌粟科	種 *Papaver somniferum*	地方名 Ahiphenalm

罌粟(Opium Poppy)

一年生。葉灰綠色、淺裂，葉緣具齒。花大，種莢
鱗莖狀，頂端平坦，種子小而多。

• **用途** 種子是製作麵包、糖果、
咖哩常用調味品，也是鳥的食物。
未成熟蒴果汁液製成的鴉片是古
老的止痛藥。鴉片中的生物鹼有
麻醉作用，是現代醫學重要止痛藥
及毒品的主要成分，如嗎啡、可待因和海洛因。

• **附註** 冰島罌粟(*P. nudicaule*)含有鴉片製劑，
可止痛。

花蜜招引
蜜蜂

虞美人▷
(*P. rhoeas*)
花可祛痰，也常用
來替酒、藥著色。

花瓣呈白色、
粉紅色或紫色，
基部有暗色斑塊

◁▽ 罌粟▷

高
120
公
分

罌粟

蒴果成熟時孔
裂釋放出種子

蒴果內部
有隆起，
內含種子

種子中
不含鴉片

棲所 排水良好的土壤；	東南歐，西亞	利用部分

科 繖形花科	種 *Petroselinium crispum*	地方名 Persil

歐芹(Parsley)

具直根，二年生。莖三稜、實心。花乳白色，繖形花序，夏季開花。種子香味濃郁。

• **用途** 莖、葉富含維生素和礦物質，可拌沙拉，烹調菜餚。常作點綴花束，可清爽口氣。葉浸出液可護膚養髮，營養眼睛。葉是中東人喜愛的蔬菜。根可做湯或燉食。葉、根和種子都可利尿，排出使皮膚老化的自由基，並減少組織胺釋出；還可助消化，緩解風濕疼痛，有助於產後子宮復原。葉糊藥可治療扭傷及創傷。

• **附註** 種植在玫瑰園裡能使玫瑰生長旺盛，芳香怡人。

葉緣具齒
莖多數
白色的粗大肉質主根
根可通便

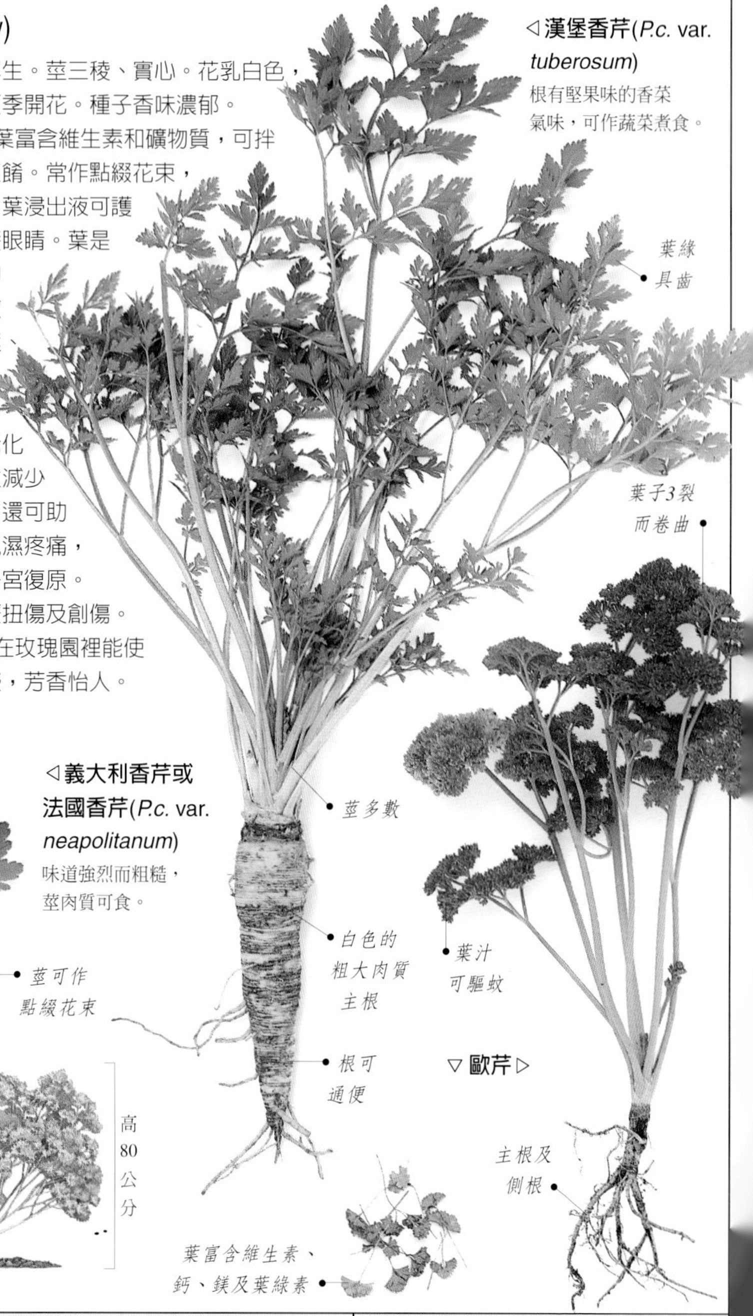

◁**漢堡香芹**(*P.c.* var. *tuberosum*)

根有堅果味的香菜氣味，可作蔬菜煮食。

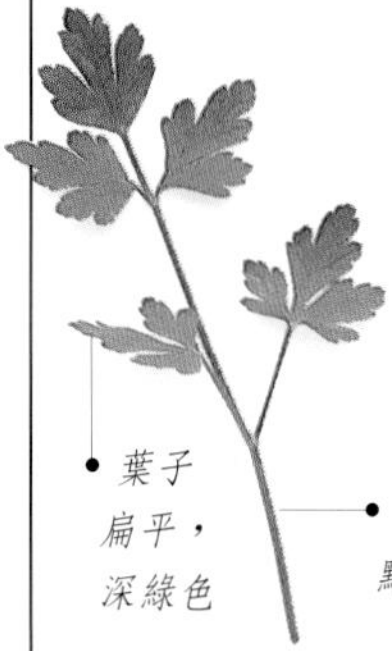

葉子扁平，深綠色
莖可作點綴花束

◁**義大利香芹或法國香芹**(*P.c.* var. *neapolitanum*)

味道強烈而粗糙，莖肉質可食。

葉子3裂而卷曲
葉汁可驅蚊
主根及側根

▽ **歐芹**▷

高80公分

歐芹

葉富含維生素、鈣、鎂及葉綠素

棲所 肥沃，潮濕土壤，向陽處或光亮的遮陰處；歐洲南部	利用部分

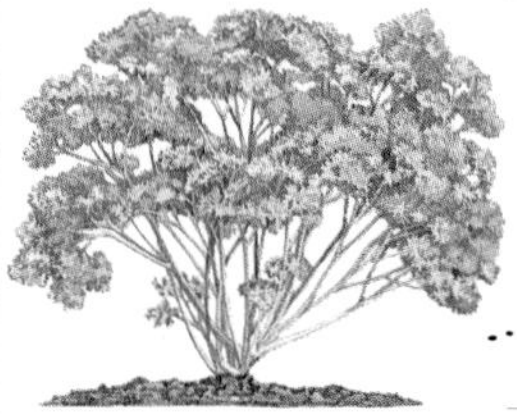

科 田亞麻科	種 *Phacelia tanacetifolia*	地方名 Fiddleneck

芹葉鐘穗花(Tansy Phacelia)

一年生草本植物。全株被小而硬的毛；葉分裂；花呈紫藍色，富含花蜜。

- **用途** 被成行種植在作物之間，因為蚜蠅以其花蜜為食，可迅速繁殖成長，而消滅蚜蟲。該花也可吸引蜜蜂傳粉，是優質的蜜源植物。秋天植株被犁翻在地下，做為綠肥。

- **附註** 在田裡組合種植此種植物，可減少化學殺蟲劑及化學肥料的使用，有利於環境保護。

花藍色至全紫色或紫紅色，由上至下漸次開放

顯著的雄蕊和花柱

管狀花，聚集成卷曲的聚繖花序

優質綠肥

高1公尺

複葉，小葉邊緣具深齒

棲所 乾燥土壤；加州至墨西哥	利用部分

科 豆科	種 *Phaseolus vulgaris*	地方名 四季豆

菜豆(French Bean)

一年生。莖稈纖細直立、叢生或攀緣。夏天開花，莢果肉含種子。

- **用途** 栽培品種多，除菜豆外還有腎豆、四季豆及某些蔓生豆等，都是廉價而富含維生素和蛋白質。豆莢可降低血壓，調節血糖的新陳代謝，對糖尿病患有益。繃帶在其烹調水裡浸泡製成糊藥，可有效地治療皮膚潰瘍。該水還可清洗羊毛織品。根瘤可增加土壤中的氮含量。

- **附註** 實驗證明，豆莢是減肥食品，可以消除人體中胰島素水平的擺動，有效減少脂肪堆積。其高纖維素含量也極有益處。

花有紅、奶油、白、粉紅、紫等顏色

花香怡人

複葉由3片光滑、銳尖且具葉柄的小葉構成

卵圓形小葉

長而色淺的葉柄

高4公尺

豆莢含有豐富纖維素及酶類抑制劑，是理想的減肥食品

豆莢內含數粒種子

棲所 向陽處，合理的土壤；熱帶美洲	利用部分

科 繖形花科	種 *Pimpinella anisum*	地方名 Anise

歐洲大茴香(Aniseed)

葉芳香，基生葉呈圓形，莖生葉狹長；繖形
花序；果實有香味。

高
50
公
分

- **用途** 在歐洲、阿拉伯、印度等地廣泛用於
烹調。完整或壓碎的種子加入甜的或香辣的調料，
可調製成各式甜點、糖果、泡菜、咖喱及佩爾諾利
口酒、茴香酒等白酒。花、葉可拌水果沙拉，莖、
根可做甜湯。種子煮湯或泡茶可助消化、止嘔、
治療腸胃脹氣及腹絞痛；歐洲大茴香常混入咳嗽
藥中，因其能祛痰，並緩解刺激性咳嗽痙攣，對
支氣管也有療效。還有溫和的雌性激素效果，
可用於催乳、刺激性慾以及助產。在實驗中，
它可促進小白鼠肝臟迅速再生。

- **附註** 少量種子精油常作為牙膏、香水、
漱口藥的添加劑，並用於
遮掩苦藥，但大劑量
有劇毒。

• 花可拌
水果沙拉

• 星狀小花聚集
成簇，夏末開放

• 莖生葉狹長，
扇形羽狀

• 綠莖分枝，
圓形而有稜

• 幼葉可點綴食物，
也可作沙拉、
湯和蔬菜
的調味料

•「種子」
碾磨後
香味消失

• 彎曲而芳香的
小果實或「種子」
要經過漫長的
夏季才成熟

莖根可做湯
或燉煮

下位葉卵圓形，
具鋸齒，葉柄長

棲所 排水良好的鹼性土壤，向陽處；敘利亞，埃及	利用部分 ✿ 🌰 ✎ 🍃 ⚘ 🔖 ✦

科 馬齒莧科	種 *Portulaca oleracea*	地方名 馬齒莧

馬齒莧(Summer Purslane)

圓形的
肉質葉 •

一年生草本植物，莖肉質，茂密，粉紅色至綠色；葉肉質；
花鮮黃色，雄蕊敏感，仲夏開放。

- **用途** 富含鐵、維生素C，脆爽清涼的葉和莖可混入
較熱性的沙拉藥草。常醃成泡菜或像蔬菜般烹煮，
也可做湯。乾燥的種子磨成粉可加入麵粉。在中醫中，全株入藥可
治療腹瀉、尿道感染，並可退燒。
在印尼常用來治療心臟衰竭，種子
和果實可治呼吸障礙。植株的汁液
對皮膚病有療效。

葉製成糊藥，
性涼，止痛

高
30
公
分

根小而易擴展，
使植株形成墊狀

棲所 排水良好的疏鬆土壤，向陽或遮陰處；印度，歐洲	利用部分 🌰 ✎ ⚘ 🔖

科 木犀草科	種 *Reseda odorata*	地方名 小愛人

木犀草(Mignonette)

一年生草本植物，葉卵圓形；花褐黃色，芳香；蒴果內含多數種子。

• **用途** 木犀草芳香濃郁，可抵消污染異味，是理想的城市綠化植物。其精油的提取非常困難，僅少量用於最上乘的香水。在羅馬時代常用於治療淤傷。木犀草是蜜源植物，且為毛蟲提供食物。

• **附註** 據說是拿破崙把種子從埃及帶到法國，使之在歐洲普及。

黃木犀草(*R.lutea*) ▷
形態類似淡黃木犀草
(*R. loteola*)。

芳香襲人

綠色蒴果

莖生葉

葉緣波狀

葉緣光滑

綠色莖稈結實而有稜

高
80
公分
△木犀草▷

棲所 石質荒地，花園；地中海，埃及	利用部分 ✿ ✍

科 大戟科	種 *Ricinus communis*	地方名 Palma Christi

蓖麻(Castor Oil Plant)

灌木；掌狀葉陡裂，開紅色小花。常作一年生植物栽培。

• **用途** 種子中提取的蓖麻油無毒，是輕瀉劑，中毒後服用可迅速排瀉毒物，也可製成藥膏治療眼睛發炎。在尼泊爾，用葉糊劑治療傷口感染和退燒；用汁液治療痢疾，根浸出液治療皮膚病。在迦納，用它治療哮喘和胃癌，葉可製殺蟲劑。在中國，種子粉碎後可敷於顏面神經麻痺及穴道處。

葉互生，具長柄，葉緣具齒

• **附註** 種子可致人於死命，且無解藥。

高
5
公尺

種子劇毒

蒴果

棲所 潮濕，排水良好的土壤；非洲北部及東部，中東	利用部分 ⬭ ╱ 🌰 ⬡

| 科 藜科 | 種 *Salicornia europaea* | 地方名 沼澤海蓬子 |

歐洲鹼蓬(Glasswort)

直立的一年生植物，褐色莖木質。
枝多汁，多節；綠色小花秋天開放。

植株衰老
時變紅

枝肥厚多汁

幼嫩植物
呈綠色

高
30
公
分

• **用途** 莖富含礦物質，多汁，略帶
鹹味，很像海蓬子，可在其成熟的綠色
季節食用。常常用來醃製泡菜，或像
蘆筍那樣煮熟趁熱塗上奶油或用醋涼拌。
種子曾磨成粉食用，植株燃燒後的蘇打
灰可製作玻璃和肥皂。

• **附註** 含鹽量高，為牛隻所喜愛。

| 棲所 鹹沼，河口；歐洲，亞洲，北美洲 | 利用部分 |

| 科 藜科 | 種 *Salsola kali* | 地方名 滾草 |

鹽草(Saltwort)

莖結實而有稜，多分枝；葉肉質，先
端刺狀；花單生於葉腋，夏末開放。

葉片臘質、
肥厚

高
1
公
尺

葉卵圓形
至長橢圓形

小花生於葉腋，
夏末開放

• **用途** 嫩枝富含礦物質，煮熟後配以
奶油、醋等調味品，美味可口。其種植
歷史悠久，人們從其灰燼中提取蘇打灰
用於製作玻璃製品和肥皂、利尿劑。

• **附註** 在被污染地區，鹽草可容忍過量的
硝酸鹽和草酸鹽。

| 棲所 沙質鹼性土壤，鹽鹼地；歐洲，美國 | 利用部分 |

| 科 十字花科 | 種 *Sisymbrium officinale* | 地方名 歌手之草 |

大蒜芥(Hedge Mustard)

具直根，一年生；芥黃色小花夏季開放。

毛茸的角果
緊貼於莖上

基生葉叢生，
銳裂，常
布滿灰塵

4枚花瓣

狹長的箭形葉，
葉緣不規則

高
50
公
分

• **用途** 植物富含維生素C，有芥末香味，可做
調味醬。新鮮的汁液可作漱口劑，常與豆瓣菜、
辣根的汁液混用，可治療喉部充血、發炎、
疼痛及聲音嘶啞等症。其為
刺激性滋補劑，對肺功能減
退、黏膜炎、咳嗽、哮喘等症
也有療效。

• **附註** 因能恢復倒嗓，有
「歌手之草」的美稱。

| 棲所 荒地；溫帶歐洲 | 利用部分 |

科 胡麻科	種 *Sesamum indicum*	地方名 Bene／Til

芝麻(Sesame)

一年生草本植物；莖直立，不分枝；葉卵圓形；
管狀花生於葉腋，紫色或白色，芳香怡人。

• **用途** 具堅果味的種子營養豐富，烘焙之後撒在
麵包、餡餅上，磨成粉可作芝麻糖片、芝麻醬。
芳香的芝麻油在中國廣泛用作烹調油，還可製作人造
奶油、防晒油、藥膏和輕瀉劑等。在印尼葉子用來治療
眩暈、淋病及腹瀉。中醫裡，種子入藥可治療腎虛、
肝虛、咳嗽、風濕症、麻痹和小便失禁。花可
製作古龍香水。

• **附註** 芝麻油可長年保存，
即使在盛夏也不變質。

葉脈顯著

葉卵
圓形、
銳尖

種子含
油量55%

莖稈
可作燃料

高
1
公
尺

品種不同，
種子呈
不同顏色

富含維生素
A、E及蛋白質

黑芝麻
有一種土味

棲所 炎熱、乾燥的熱帶地區；非洲	利用部分 ❀ ✿ ✎ ♨

科 菊科	種 *Silybum marianum*	地方名 賜福薊草

大薊(Milk Thistle)

二年生草本植物。莖上有溝紋；葉綠色淺裂，因布滿
淡黃色的小刺而呈現斑駁白色；花紫色。

• **用途** 全株可食用，助消化。具鎮痛性的種子
和葉入藥可治療缺乳症、咳嗽、沮喪、
消化不良，及肝、膽、脾的疾病。種子中
含有西利馬靈，可用於清除肝臟中的有毒
物質，包括劇毒的傘菌，種子油可緩解酒
精、毒品對人體的危害，對慢性肝炎、肝硬化
及鎘中毒有療效。還可防止暈車和心臟病。

• **附註** 服用種子要謹遵醫囑。

頭狀花序有
淡淡香味

白色
大理石
花紋

花盤像
朝鮮薊一樣
可食用

中脈呈
白色

乾燥的
種冠

種子
可滋補
肝臟

莖上
有溝，多刺

葉淺裂、
具刺，
有光澤

高
1.5
公
尺

棲所 向陽處，排水良好的土壤；西南歐	利用部分 ✿ ✎ ♨

科 繖形花科	種 *Smyrnium olusatrum*	地方名 黑色當歸

亞歷山大草(Alexanders)

芳香的二年生草本植物。葉有光澤；花蜜多，春天開黃色花；果實或「種子」暗色。

• **用途** 幼莖可煮食，花可夾在油炸餅裡。嫩葉和醃漬的花芽是魚、沙拉、湯和燉菜的調味品。「種子」芳香，磨成粉作辛辣調料或加入百花香中。根有歐防風的味道，可蒸煮或做成蜜餞。全株都可增強食慾和幫助消化，根為溫和的利尿劑，葉富含維生素C，「種子」可減輕痙攣，汁液可用來清洗傷口。

高 1.5 公尺

• 小葉卵圓形，葉緣具齒

第二年長出的直立莖

繖形花序發出處無葉片，有別於繖形花科其他植物

• 根上部肥大

複葉

果實中有 2 粒黑色種子 •

• 側根上具根毛

莖綠色，實心而有稜

棲所 林地邊緣，路邊；歐洲西部及南部，亞洲	利用部分 ✻ ⊘ ∥ ⧄ ⚖ ♣ ☷

科 茄科	種 *Solanum nigrum*	地方名 毒莓

龍葵(Black Nightshade)

茂密的一年生草本植物，邊緣不規則齒狀。花瓣白色，5枚，花藥黃色，漿果成熟時呈黑色。

• **用途** 植株中含有毒茄鹼，集中在未成熟的漿果中，地上部分對神經末梢有麻痺作用，可製成止痛軟膏。在亞洲其煎汁常用來利尿、治療眼疾和皮膚潰瘍。

• **附註** 漿果有毒。白英（*S. lyratum*）對癌細胞有強烈抑制作用，對正常細胞無影響。

高 60 公分

黃色花藥，喙形

漿果有毒

葉卵圓形，先端銳尖

莖上有毛

成熟的黑色漿果

棲所 苔地，肥沃土壤；歐洲南部	利用部分 ✻ ⊘ ∥ ⚖

科 茄科	種 *Solanum tuberosum*	地方名 地蘋果

馬鈴薯(Potato)

葡匐莖上帶有塊莖；地上莖直立，有分枝；葉片深綠色，
羽狀；花白色或紫色，夏季開花；漿果呈暗紫色。

高
80
公
分

莖粗厚

- **用途** 除塊莖之外，所有的綠色部分均有毒。
塊莖富含蛋白質、維生素B群及C、鉀及澱粉，後者
提取後供商用。品種不同，形態、質地也不同，分別
用於蒸煮、烘焙、煎炸或製成洋芋片。也可釀酒，如
斯堪的那維亞的夸維伏特加酒及一些伏特加酒。生馬鈴
薯及其汁液可清潔軟化皮膚；磨成粉可消除眼睛腫脹
及曬斑；做成藥膏可治療潰瘍、痔瘡。

其汁可敷於皮膚灼傷、燙傷處，
再塗上一層蜜以隔絕空氣。

黃色花藥
顯著

- **附註** 煮過馬鈴薯的水可清洗
銀器，並可恢復羊毛、皮革
製品光澤。

- **球形塊
莖可食用**

- **地下的
葡匐莖**

- **複葉的
對生小葉
大小交錯**

棲所 涼快的山區；南美洲		利用部分

科 石竹科	種 *Stellaria media*	地方名 星草

繁縷(Chickweed)

一年生或生命短的二年生。莖肉質，白色小花數量多。

高
40
公
分

- **用途** 莖曾是受人喜愛的菜餚，現因其中含皂素而被
質疑其安全性。曾用來消除雀斑。地上部分製成
糊藥或軟膏有收斂和鎮靜作用，可治療皮炎、
疥瘡、濕疹、乾癬，能緩解風濕性關
節炎，抽出碎片有助傷口癒合。煎熬後
飲用能治療便秘、膀胱炎及身體虛弱。

- **附註** 雀舌草（*S. alsine*）的地上部分
性涼，中國人常用它來治療發燒、
丘疹及蛇咬。

- **葉對生，
富含鈣、鉀、
維生素A、B、C**

- **枝葉可餵
鳥和家禽**

棲所 公園，耕地；歐亞大陸		利用部分

科 菊科	種 *Tagetes patula*	地方名 萬壽菊

孔雀草(French Marigold)

一年生草本植物，有刺激性氣味，莖直立，葉羽狀，頭狀花序金黃色。

• **用途** 孔雀草、萬壽菊（*T. erecta*），尤其是印加萬壽菊（*T. minuta*）的根分泌物可驅殺玫瑰、鬱金香、馬鈴薯上寄生的線蟲。印加萬壽菊的根還可控制茅草、午顏草，魁克草以及連錢草的繁衍。此屬所有植物的花都可提取黃色顏料，花瓣還可以給紙或百花香上色。

• **附註** 多年的香葉萬壽菊（*T. lucida*）花可作調味品。阿茲特克人用其葉使犧牲祭品的感官遲鈍。

梗長的頭狀花序，由舌狀花和筒狀花組成
葉上佈有香腺
葉具致幻性
莖帶紫色

果實小，有奶油色剛毛

種子長成2公尺高的一年生植物，具小的頭狀花序

△ **印加萬壽菊**

能殺死周圍的一些多年生雜草。

鬚根團

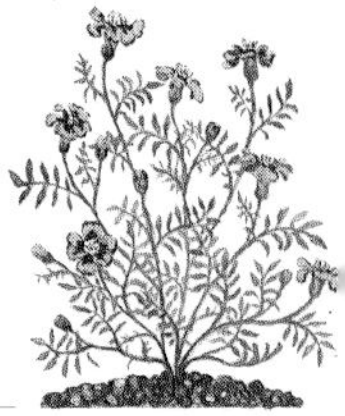
高50公分

◁ △ **孔雀草** △

棲所 肥力適中的土壤，耕地；墨西哥，瓜地馬拉	利用部分

科 菊科	種 *Tragopogon pratensis*	地方名 牧羊人的鐘

草原婆羅門參(Goat's Beard)

一年生至多年生植物，具直根；黃色頭狀花序外圍有葉狀苞片；果實聚集成球，有羽狀冠毛。

• **用途** 草原婆羅門參和婆羅門參（*T. porrifolius*）有甜味的根、嫩枝和花序可擦碎或醃漬以拌沙拉，或燒烤蒸煮。汁液可減緩胃、膽疼痛，無腐蝕性，曾用來治療「閉尿」。根的浸出液可治心痛。製成糖漿可祛痰，花的浸出液可清潔皮膚，消除雀斑。

• **附註** 根部含有乳膠，加拿大土著用來做「口香糖」。

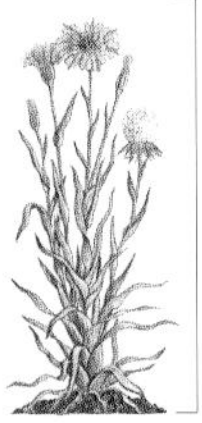
高70公分

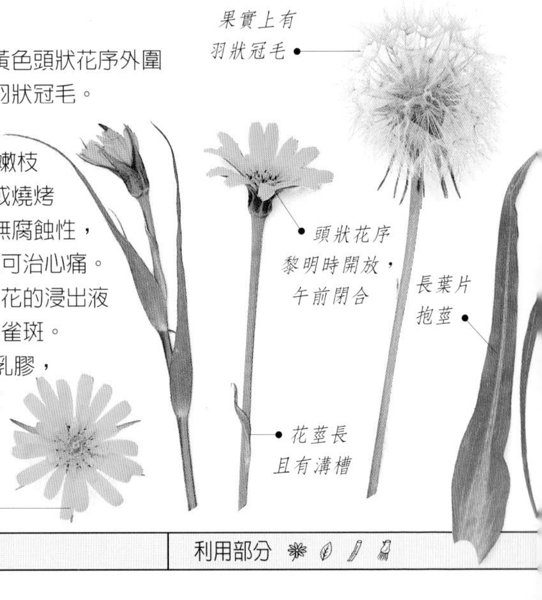
果實上有羽狀冠毛
頭狀花序黎明時開放，午前閉合
長葉片抱莖
花莖長且有溝槽
乳黃色小花的末端齒裂

棲所 草地，荒地；歐洲，美國	利用部分

科 豆科	種 *Trifolium incarnatum*	地方名 義大利三葉草

紫紅三葉草(Crimson Clover)

一年生草本植物，根部生有固氮根瘤，複葉三出，
小葉圓形，花頭深紅色。

• **用途** 香甜的緋紅色小花常灑在沙拉上。花蜜
含量豐富，可泡滋補茶、釀製上乘蜂蜜，同時也是
高蛋白飼料和重要的綠肥。葉子除非在鹽水中
浸泡數小時或再煮沸十多分鐘，否則難以消化，
還會引起腸胃脹氣。

深紅色小花組成
疏鬆伸長的花頭

3片圓形
小葉

葉是優質
飼料

葉營養
豐富

• **附註** 美麗三葉草（*T.
amabile*）和纖毛三葉草
（*T. ciliolatum*）的葉
子可生吃或熟食。

高
50
公
分

長柄上生有三片圓形
具缺刻的小葉 •

莖上
有絨毛

棲所 草地：歐洲南部及西部	利用部分

科 豆科	種 *Trigonella foenum-graecum*	地方名 希臘乾草

葫蘆巴(Fenugreek)

複葉三出，小葉卵圓形，花呈黃白色，
夏天開放，種子有香味。

• **用途** 具刺激味的種子碾磨烘烤後，可調製
咖哩和甜醬。發芽的種子富含鐵，可拌沙拉。
大的嫩葉有水芹的辣味，可生吃或做咖哩。
種子的浸汁可製潤膚劑，磨成粉和油可按摩頭皮
及作護唇膏。種子泡茶可滋補強身，治消化系統疾
病、痛經、發燒等，製成糊藥外敷可治皮膚感染。

• **附註** 種子可刺激荷爾蒙前體，因而可促進乳汁
分泌、毛髮再生，增強性慾，對子宮有刺激作用，
可製作口服避孕藥物。研究顯示初患糖尿病者食用
可降低血液中的膽固醇及尿糖濃度。

乾葉有青草氣味

花黃白色

老葉味苦

三片圓形
小葉

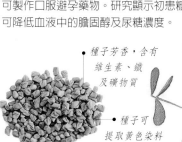

種子芳香，含有
維生素、鐵
及礦物質

種子可
提取黃色染料

高
60
公
分

棲所 乾燥的草地，山坡；歐洲南部，亞洲	利用部分

科 金蓮花科	種 *Tropaeolum majus*	地方名 印度水芹

金蓮花(Nasturtium)

一年生的矮小攀緣植物，葉緣
波狀，花有距，種子大。

• **用途** 新鮮的葉和花可烹調，是開胃
菜，綠色的種莢可醃製泡菜。全株
入藥有回春、催情功效，常用於
生產護髮用品。種子含有抗生素，
與葉、花配合可殺滅呼吸道的細菌，
而不致影響腸道細菌。浸出汁液可治療
咳嗽、感冒及生殖泌尿系統的感染。

• **附註** 塊莖金蓮花（*T. tuberosum*）
在安地斯山脈生長了8,000年之久，
塊莖可食，會降低睪丸激素，
導致性慾下降或喪失。

「阿拉斯加」雜種
的葉子色彩斑駁

花色彩
鮮豔

新鮮的
葉可拌沙拉

花富含
維生素，
會吸引食蚜蠅

高
60
公
分

種莢有
3粒種子

棲所 排水良好的貧瘠土壤，向陽處；哥倫比亞至玻利維亞　利用部分 ✿ ✔ ⚘ ⚙

科 玄參科	種 *Verbascum thapsus*	地方名 火炬草

毛蕊草(Mullein)

二年生草本植物。葉被覆茸毛，簇生；莖高大
結實有茸毛；花鮮黃色；蒴果中種子多。

• **用途** 花氣息香甜，可調製利口酒，提取
潤膚乳膠。葉子和花都有祛痰、鎮靜、消除
痙攣的功效，可止劇咳並製成草煙。研究證實
其植物提取液中含有抗結核活性。印第安人
燃薰葉子可使昏迷的人恢復知覺。花可減輕
濕疹，有助於傷口癒合。種子油可緩解凍瘡
和皮膚乾裂。根為利尿劑。順勢療法中，
葉子的酊劑可治療偏頭痛及耳痛。用
毛茸的葉子包裹可保存無花果，也可作
火絨及急救繃帶。

莖浸泡在牛脂
或獸脂中可作
持久的火把

花期從仲夏
至中秋

花黃色，
5枚花瓣，
在莖上
隨機開放

花有
淡淡的
蜜香

花的
浸出液可
潤澤金髮

高
2
公
尺

壓碎的蒴果
及小種子可
用以毒魚

葉上的毛能
引發炎症，
浸出液要過濾
才能飲用

棲所 乾燥的碎石山坡，林地；歐洲，亞洲　利用部分 ✿ ✔ ✔ ⚘ ⚙

科 石竹科	種 *Vaccaria hispanica*	地方名 乳牛草

西班牙王不留行(Forbidden Palace Flower)

一年生草本植物，在中國宮廷花園中常種植。
莖直立，二叉分枝；綠葉狹長。花粉色至暗紫色；
蒴果開裂，釋放出暗色的種子。

• **用途** 種子可刺激血液循環，治
療膿腫及皮膚潰瘍。煎熬後可對治
乳房炎症及疼痛，對良性乳腺腫瘤
也有療效。在中國還用於調經、催乳
及促進分娩。

• **附註** 為上乘飼料，可提高乳牛產
奶量，常在牧場種植。混在鳥食的
種子中，有助於其繁衍。

• 蒴果具褐色
至黑色種子

• 夏天開花

• 服用時
要謹遵
醫囑

• 長圓形，
先端銳尖，
抱莖對生葉

高
60
公
分

棲所 排水良好的土壤，向陽處；西歐至 西亞	利用部分

科 禾本科	種 *Zea mays*	地方名 甜玉米

玉米(Corn)

一年生。莖稈粗，葉片刀刃狀。晚夏時，
莖稈頂端生出總狀花序，由雄性小穗組成；
葉腋生出玉米穗，由葉狀苞片包裹。

• **用途** 玉米供給人類甜玉米、玉米花、
玉米粉、玉米粥、玉米油、玉米麵和
波旁威士忌等。玉米澱粉可製作化妝
品、洗衣粉和碘的解毒劑。玉米絲有
興奮、利尿和鎮靜功能，可治肝虛
和過度緊張。玉米絲和苞片製
成糊藥能清除傷口濃液。

• **附註** 「*zea*」是
「賴以生存」；
「*mays*」是
「我們的
母親」
之意。

雌花序上
的絲 •

• 受精後，
絲變成
鐵鏽色

• 內部
的絲有
藥用價值

• 苞片頂端
銳尖

• 平行葉脈

• 玉米可
強健骨骼、
牙齒和毛髮，
滋養肝臟

• 綠色的葉狀
苞片包被穗軸

高
4
公
尺

• 根、葉
可利尿

• 無籽的
穗軸可止血

棲所 溫暖氣候，向陽或遮陰處；中美洲	利用部分

攀緣植物

科 豆科	種 *Abrus precatorius*	地方名 印度甘草

相思子(Abrus)

藤本豆類攀緣植物。花紫色；均等的羽狀複葉；莢果内的
種子紅色，帶黑斑且有光澤。

• **用途** 印度草藥學的常用藥。相思子中含有
甘草甜素，可利尿、催欲並治療風濕症。葉有
甜味，咀嚼可緩解咳嗽和咽喉腫痛，
還可治氣喘、腸道疾病、心臟
病和止血。亞洲的草藥師
常把種子作為避孕藥出售。

• **附註** 美麗而劇毒的種子
可做成項鍊。

葉有甜味

小葉
長橢圓形

種子曾用於
計量金子

粉紫色的花　　*複葉*

高
4
公
尺

棲所 熱帶，山區；印度	利用部分

科 木通科	種 *Akebia quinata*	地方名 巧克力藤

木通(Akebia)

半常綠或落葉的攀緣植物。掌
狀葉優雅；花紫色，有蜜香草
的芳香，春天開放。在較溫暖
的氣候中結紫色香腸狀果實。

• **用途** 中藥用其可食的果實
和莖入藥以催乳、
調經、發汗退燒、
刺激血液循環、滋補肝臟並
治療皮膚發炎。植株中含
有鉀鹽，作為利尿劑可
治療泌尿系統疾病及閉尿
症。它可強化消化道肌肉。
根有退燒作用。

• **附註** 木通及三葉木通（*A. trifoliata*）
的果實在試驗中都具有抑制癌細胞生長
的功能，中醫用它們治療某些癌症。

5枚卵圓形
小葉，葉尖
有凹陷

生長迅速
的纖細莖

莖橫切片，中心
常有一小孔

小葉5枚一簇

紫色莖

雄性的
總狀花序

高
12
公
尺

棲所 排水良好的土壤，向陽或半陰地；中國，日本	利用部分

| 科 黃褥花科 | 種 *Banisteriopsis caapi* | 地方名 Caapi |

南美卡皮木(Ayahuasca)

熱帶木質藤本植物，樹皮光滑，褐色。葉卵圓形，先端銳尖，成熟時為深綠色。花序粉紅色，種莢有翅。

葉脈深陷

- **用途** 樹皮能殺死寄生蟲，是多功能的藥物。對瘧疾可能也有幫助。南美的一些部落把它作為迷幻劑，相信該植物可使靈魂解脫。根據植株的年齡及配製的方法，分別用於精神觀想、占卜、牽亡、增強性慾、醫療診斷和精神感應等。也可製成鼻煙、飲料，或咀嚼物。

頂葉對生

- **附註** 南美卡皮木是巴西宗教聖禮「Santo Daime」中的主要成分，和綠色九節（*Psychotria viridis*）的葉子合用，可延長信仰的強度。可增強創造力，因而深得巴西藝術家、作家的喜愛。

成熟葉為深綠色

光滑的褐色莖

高 30 公尺

| 棲所 熱帶雨林；南美洲 | 利用部分 葉 |

| 科 毛茛科 | 種 *Clematis vitalba* | 地方名 老人鬚 |

葡萄葉鐵線蓮(Traveller's Joy)

落葉、半木質的攀緣植物；小葉卵圓形；花緣白色，芳香，形成圓錐花序，夏天開放；隨後結成蓬鬆的種冠。

柄上有3-5片具微齒的小葉

高 30 公尺

- **用途** 幼枝曾食用，葉則為利尿劑、鎮痛劑，現已知該植物內服會引起中毒，外用會引發炎症。葉子是一些止痛藥膏的成分；順勢療法中，用於治療水泡、潰瘍和炎症。

- **附註** 中華鐵線蓮（*C. chinensis*）的根可止痛，中醫常用於治療風濕症、腰痛、月經不調，還作為酒精中毒的解毒劑。

種冠上具蓬鬆的羽毛

萼片長橢圓形

花芽

小葉彎曲

| 棲所 籬邊，林地；歐洲，伊朗北部，阿富汗 | 利用部分 花 葉 莖 |

科 桔梗科	種 *Codonopsis pilosula*	地方名 黨參

黨參(Dang Shen)

纏繞的多年生草本植物，具塊根。葉卵圓形或心形，揉搓後散發獨特的氣味。鐘形花單生於長梗上，淺綠色，花心有紫色圖案。

紫色花心

花下垂

- **用途** 是人參的廉價代用品。可防止淋病，在降低腎上腺素以及緊張方面比人參更有效。對於愛滋病及進行放療和化療的病人極為有益，因可增加紅血球及白血球數量，減弱有毒藥物對人體的副作用。還用於乳癌、哮喘、糖尿病、心悸、記憶衰退、食慾不振和失眠等。

葉緣稍呈扇貝狀

葉沿著莖對生

- **附註** 川黨參（*C. tangshen*）和羊乳黨參（*C. lanceolata*）的根可催淫，並有潤肺、調經的功效。

高1.5公尺

根變得粗大，其上生有許多側根

莖狹長

棲所 肥沃土壤，草叢，山坡；中國北部	利用部分

科 薯蕷科	種 *Dioscorea villosa*	地方名 疝痛根

長毛薯蕷(Wild Yam)

具塊狀根莖，地上莖纏繞，葉心形，花呈黃綠色，種莢有翅。

葉脈凹陷，使葉呈摺縫狀

高5公尺

- **用途** 含有薯蕷皂苷元的數種植物之一，薯蕷皂苷是孕酮的前體，可製成避孕丸。還生產類固醇和可體松；其消炎作用可治療風濕症；製成氫化可的松軟膏可治療濕疹。塊莖可緩解疼痛的分娩痙攣、腹絞痛、腿抽搐及痛經。

可使肌肉放鬆

葉基有齒

表皮褐色，內部組織淺色

- **附註** 薯蕷（*D. opposita*）的塊莖對腎、肺、胃有滋補作用，球根薯蕷（*D. bulbifera*）稍有毒性，可治療咽喉腫痛、蛇傷和腫。

葉柄長

孕期忌用大劑量

棲所 潮濕林地，沼澤地；美國，墨西哥	利用部分

| 科 五加科 | 種 *Hedera helix* | 地方名 英國常春藤 |

常春藤(Common Ivy)

常綠攀緣植物。幼葉淺裂；花綠色，秋天開放；漿果黑色。氣生小根分泌黏性物質，使植株得以攀緣。

- **用途** 為古老的藥用植物，希臘人很早就用它來解毒。葉有毒性，製成糊藥外敷可緩解神經痛、風濕症、坐骨神經痛；製成酊劑可治療牙痛和百日咳，並可退燒、驅蟲。製成敷布可用於蜂窩組織炎。植株中含有皂素，製成溶液有烏髮作用，並可恢復黑色絲綢、波紋皺絲的光澤。

- **附註** 可驅殺變形蟲、真菌和一些軟體動物。

高
30
公
尺

雄蕊顯著

藍黑色・漿果有毒

幼葉淺裂

成熟葉無裂片

| 棲所 肥沃土壤，向陽或遮陰處；歐洲，斯堪的那維亞 | 利用部分 |

| 科 大麻科 | 種 *Humulus lupulus* | 地方名 歐洲啤酒花 |

啤酒花(Common Hop)

纏繞性草本植物，葉大具齒，花有強烈啤酒香味。

- **用途** 幼枝可作蔬菜，遮日照的葉可做湯，但主要用於釀酒業。成熟的雌花序可使啤酒增味、澄清，並能長久保存。中世紀的釀造業主並不樂意使用啤酒花，認為它們會引起憂鬱症和使人苦惱的疾病。不過沮喪時確實應避用此物。其茶可滋補神經、鎮靜安神並放鬆肌肉。其中含有雌性激素，可催乳及壯陽。植株中提取的精油可用於製作香水和化妝水。

- **附註** 會引起皮膚過敏。

球果狀的雌性穗狀花序

高
6
公
尺

紙質苞片

葉可提取褐色染料

葉對生

葉有3-5個裂片

雄性花

葉緣具齒

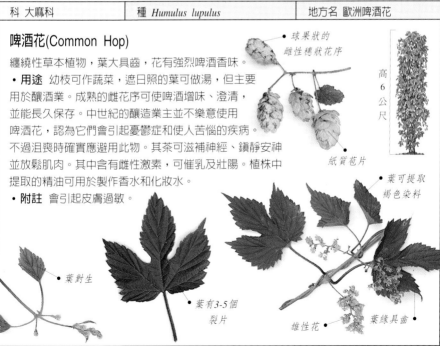

| 棲所 籬邊，灌木叢；西亞，北美 | 利用部分 |

科 旋花科	種 *Ipomoea hederacea*	地方名 Tlililtzin／Piule

葛葉牽牛(Morning Glory)

被毛的一年生攀緣植物，葉3-5片淺裂。葉柄長，花喇叭狀。

花漏斗狀，藍色、紫色或白色

葉淺裂

高 4 公尺

◁△ 葛葉牽牛

- **用途** 植株的各部分尤其根是常用的瀉藥。乾燥的成熟種子有毒性，可使人產生幻覺。亞洲人常用它來驅蟲、利尿、催經以及醫治便秘。

- **附註** 蕹菜（*I. aquatica*）可止咳，並可滋補強身。美國牽牛花（*I. tricolor*）和紫牽牛（*I. violacea*）的種子含有類似LSD的化合物，阿茲特克人用於祭祀儀式。

三色牽牛 ▽
種子有致幻作用，常塗以有毒的殺蟲劑和防腐劑出售。

邊緣波狀

小葉卵圓形

種子小，被毛

蔓匐草本植物

◁△ 細葉番薯
（*I. asarifolia*）
印度草藥學中的滋補品，用於體質虛弱，製成糊藥可去毒。

全緣、淺裂或具齒葉

紫色色素

◁ 甘藷
（*I. batatas*）▽
塊根對腎和胃有滋補作用，含有維生素，可提取葡萄糖，也是製取酒精燃料的原料。

◁ 毛里求斯番薯（*I. mauritiana*）▽
木質攀緣植物，塊根營養豐富，印度草藥學中常用來治療脊神經麻痺、風濕症、肝和泌尿系統疾病，並調節血液循環。

花芽

塊根有助於體力恢復

可食的塊根含有多種維生素和澱粉

掌狀裂葉

| 棲所 草地，灌木叢，路旁；美國南部至阿根廷 | 利用部分 |

科 木樨科	種 *Jasminum sambac*	地方名 Sambac

茉莉花(Arabian Jasmine)

常綠；葉片有光澤；花白色，芳香，花期長。

• **用途** 亞洲人常用其花來為甜點添香，並製成茉莉花茶。泰國用茉莉花環呈現佛教徒敬意。印度獻黃色茉莉花給濕婆神。在東南亞，花茶可清洗眼睛，葉和根可退燒及治療燒傷。

• **附註** 秀英花中提取的精油是香水的主要成分。芳香治療師認為它可消除抑鬱，有助於放鬆。對乾性或敏感性皮膚以及疲勞有幫助。

花簇

高 2 公尺

◁ △ 茉莉花

花期從夏天到初秋 •

黃色夏花

花芽

葉卵圓形至披針形

• 多至 7 片小葉　　△ 矮素馨（ *J. humile* ）
葉可治療鼻竇炎和凍瘡。

秀英花（ *J. officinale* ）▷
落葉小灌木，白色夏花
香味濃郁。

棲所 熱帶地區；印度，東南亞	利用部分 ✽ ⬮ ⬯ ⬱

科 忍冬科	種 *Lonicera japonica*	地方名 金銀花

日本忍冬(Japanese Honeysuckle)

常綠或半常綠植物。葉片被毛；花初開時為白色，漸變成黃色，芳香，花期從春天到夏天；漿果黑色，有毒。

• **用途** 植物為涼性，中國人用其花和莖製作夏季飲料。被用來止瀉、退燒，還可利尿。試驗證明忍冬可調節血糖濃度，有殺菌、解毒的功效，可治療流行性感冒、咳嗽、喉炎、腫疱、淋巴腺腫大以及食物中毒。

高 4 公尺

乾燥花芽

花香濃郁

葉卵圓形

棲所 向陽地或半陰地；日本，韓國，中國	利用部分 ✽ ⬮

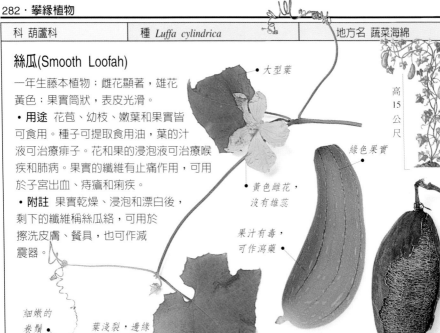

科 葫蘆科	種 *Luffa cylindrica*	地方名 蔬菜海綿

絲瓜(Smooth Loofah)

一年生藤本植物；雌花顯著，雄花黃色；果實筒狀，表皮光滑。

• **用途** 花苞、幼枝、嫩葉和果實皆可食用。種子可提取食用油，葉的汁液可治療痱子。花和果的浸泡液可治療喉疾和肺病。果實的纖維有止痛作用，可用於子宮出血、痔瘡和痢疾。

• **附註** 果實乾燥、浸泡和漂白後，剩下的纖維稱絲瓜絡，可用於擦洗皮膚、餐具，也可作減震器。

大型葉

綠色果實

黃色雌花，沒有雄蕊

果汁有毒，可作瀉藥

細嫩的卷鬚

葉淺裂，邊緣具齒，可治哮喘和疔瘡

褐色的果皮包裹著絲瓜絡

高 15 公尺

棲所 熱帶，亞熱帶地區；亞洲，非洲	利用部分 ❀ ⌀ ⌿ ⚘ ⸬

科 天南星科	種 *Monstera deliciosa*	地方名 龜背竹

龜背芋(Swiss-cheese Plant)

藤本植物，具氣生根，花序有總苞，隨後膨大成奶油色果實。

• **用途** 阿茲特克人把種子烘烤之後作為瀉藥，中醫用葉子治療某些癌症。加勒比海人食用其具菠蘿和香蕉味的圓錐形成熟複果，或者打成漿做冰淇淋和飲料。

• **附註** 果實內的小結晶體會刺破口腔。

葉有光澤

中脈粗大

結實扁平的葉柄

成熟葉大而分裂

高 20 公尺

棲所 溫暖，潮濕的森林地；墨西哥至巴拿馬	利用部分 ⌀ ⚘ ⸬

| 科 胡椒科 | 種 *Piper nigrum* | 地方名 藤本胡椒 |

胡椒(Black Pepper)

多年生藤本植物。莖粗壯,穗狀花序白色,果實由綠色逐漸變為暗紅色。

葉互生,葉脈平行

高4公尺

◁△ 胡椒

• **用途** 黑胡椒、綠胡椒和白胡椒由成熟度不同的漿果經不同加工製成,為全世界的調味佳品,其價值促進了早期航海貿易。胡椒中的胡椒鹼可刺激唾液、胃液分泌,幫助消化,並可殺菌。果實可利尿,對腸胃脹氣、腹絞痛、風濕症、頭痛和腹瀉等症有療效。

未成熟的果實

• **附註** 精油可為商業食品添胡椒香,還可調製香水。製成按摩油有興奮和滋潤作用。

綠色果實乾燥後變成黑色胡椒籽

黑色胡椒粉

◁ **蓽拔**(P. longum)
長胡椒在綠色時採摘經乾燥製成,較黑胡椒味甜,用於亞洲飲食,根可祛痰。

稠密的果穗

葉端銳尖

假蒟(P. sarmentosum)▷
草本,幼葉可生吃或作蔬菜,根、葉和果實皆可入藥。

紅色果實乾燥後,浸泡去皮,形成白色胡椒籽

葉卵圓形

白色胡椒粉

蒟醬(P. betle)▽
葉和檳榔一起咀嚼具刺激性,有利於健康。葉和葉的精油在印度草藥學中常用。

葉表有光澤

果柄長

葉光滑

◁△**蓽澄茄**(P. cubeba)
果實有牙買加辣胡椒氣味,用於亞洲烹調,可治療阿米巴痢疾和肺病。

葉心型,有芳香氣息

棲所 肥沃的沖積土壤,遮陰地;印度南部,斯里蘭卡 | 利用部分 🐝 ✿

科 西番蓮科	種 *Passiflora incarnata*	地方名 Maypop

野西番蓮(Wild Passion Flower)

草質藤本植物；長花絲為藍紫色，果實呈黃色。

• **用途** 果實卵圓形，多汁，白色的果肉
芳香可口，可製冰淇淋和清爽的飲料。
印第安人用整棵植株治療眼睛腫
痛，根是一般滋補品。葉作為鎮靜
劑不會上癮且無抑制性，可治療
失眠、焦慮、心跳過速及高血壓，
還可減緩由哮喘、癲癇和急性腸胃
併發症所引起的神經性肌肉痙攣，
外敷可治療灼傷和皮炎。

• **附註** 此屬具「格瑞納迪拉果」，包括甜果西番蓮
（*P. ligularis*），紫百香果（*P. edulis*），黃百香果
（*P. laurifolia*），柔葉西番蓮（*P. mollissima*）。

葉緣有細鋸齒

莖纖細，
圓筒狀

葉互生，3裂，
先端銳尖

卷鬚細長

花芳香，
奶油色至淡紫色

花象徵著耶穌
受難於十字架

高
9
公
尺

棲所 肥力適中的土壤，向陽或半陰地；美國東部	利用部分 ✿ ⬭ ╱ ⚘ ⚭

科 五味子科	種 *Schisandra chinensis*	地方名 木蘭藤

五味子(Schisandra)

芳香的木質藤本植物，花淺色至鮮粉紅色，雌株上
結成串紅色漿果。

• **用途** 果實對內臟器官有刺激和調和作用，可調控
人體生理活動、維持代謝平衡、增強免疫力系統、
減少病菌感染、增加氧氣的吸收，使每個細胞都有
充足的能量，使人體力充沛。漿果對中樞神經系統
有興奮作用，可增強人體的耐力和協調性能，有助
於集中注意力，抵抗沮喪。全株入藥可控制血壓、
延緩衰老、滋陰壯陽。

• **附註** 果實味道獨特，酸甜苦辣
鹹五味具全，故得其名。

葉色深綠，
邊緣具齒

葉沿莖
簇生

葉節

盤繞莖
成熟時
顏色較暗

高
8
公
尺

幼葉
葉脈有毛

果實中含有
微量元素鍺

棲所 肥沃的森林， 林地；中國	利用部分 ⚭

| 科 蘭科 | 種 *Vanilla planifolia* | 地方名 香蘭 |

梵尼蘭(Vanilla)

肉質蘭科植物。花芳香，色淺，蠟質，
春天開放；種莢懸垂。

• **用途** 莢果於未成熟的黃色時採摘，經重複
去除水分及乾燥可長久保存。為布丁、調味
醬、冰淇淋、糕點和利口酒的重要調味料，
可重複使用。大多數食品使用廉價的合成
代替品，味道粗劣且後味不佳。梵尼蘭可助
消化，具興奮作用，但過量食用會引發炎症
及不適。種莢用酒精浸泡後可提取優良的香蘭精，
可用於烹調、化妝品和香水。

總狀花序，
未展開的花芽

葉互生

高
15
公
尺

莖粗壯，
接地後在
葉節處生根

開裂的乾種莢
及黑色的種子團

綠色飽滿的
莢果，無香味

優良的莢果柔軟而
飽滿，覆有香子蘭醛

| 棲所 炎熱、潮濕地區，遮陰地；中美洲及南美洲 | 利用部分 |

| 科 葡萄科 | 種 *Vitis vinifera* | 地方名 Chicco d'uva |

葡萄(Grape)

葉淺裂，具卷鬚，圓錐花序由淺綠色
花組成，春末至夏初開花；隨後結成
串的紫色或綠色果實，味道甜美。

• **用途** 有很多栽培品種，是受人喜愛的水果，
可以榨果汁、做葡萄乾、釀製葡萄酒、為食物
調味，或用於宗教儀式。葡萄汁
蒸發後製成土耳其珍饈——葡萄蜜。
榨葡萄汁的殘餘物可作酒石英，葉子可包裹
食物，種子經壓榨產生清淡而上等的油可用來
烹調，在芳香療法中則用於按摩。適量的
葡萄酒有滋補作用，還可浸泡草藥製成
藥酒。果實有助於病後康復，也是
某些清血食物的主要成分。枝的汁液
可製作眼藥水。

• **附註** 咀嚼
種子可刺激抗
致癌因子的活性。

葉有3-7個裂片

銳齒

果柄

栽培中
的莖需經
常修剪

葉色正在
轉變

果實甘甜，
有紫、紅、黃、
綠等各種顏色

切開成熟
的果實，
露出種子

成熟果實
飽滿成簇

高
35
公
尺

| 棲所 深而潮濕，排水良好的土壤；歐洲南部和中部 | 利用部分 |

其他藥用植物

科 鳳尾蕨科	種 *Adiantum capillus-veneris*	地方名 維納斯的頭髮

鐵線蕨(Maidenhair Fern)

◁ 鐵線蕨

匍匐蕨類，具彎曲的羊齒葉，莖柄色暗。

• **用途** 葉泡茶可治療咽喉疼痛、哮喘及胸膜炎。與鞭葉鐵線蕨（*A. caudatum*）一起製成「卡皮拉里」是十九世紀有名的止咳糖漿。葉有解毒作用，可用於治療酒精中毒。納瓦荷族印第安人用其葉擦洗蜜蜂、蜈蚣及蛇的叮咬，還用以驅蟲，退燒。

• **附註** 掌葉鐵線蕨（*A. pedatum*）可祛痰，加拿大土著用以治療胸膜炎，其莖可洗髮。

扇形小葉 ●
淺裂

小葉具齒 ●

鞭葉鐵線蕨 ▷
葉大型。

高
70
公
分

△ 鐵線蕨

棲所 森林，溪畔，岩隙；廣泛分布	利用部分 🌿 🍃

科 毒傘科	種 *Amanita muscaria*	地方名 鬼筆鵝膏

蛤蟆菌(Fly Agaric)

成熟菌蓋扁平，
紅色或橙色

淺色的疣 ●

白色或
黃色菌褶

未成熟的子實體
為奶油白色 ●

菌柄基部
成球狀

子實體秋天長出，菌柄上有殘留的菌環，紅色菌蓋上常有淺色疣。

• **用途** 可能是最早使用的致幻劑，是印度傳奇中的迷魂藥。馴鹿以它為食，西伯利亞人用它提神。薩滿教巫師還用於幻覺啓示及治療儀式。食用後使人飄飄然產生幻覺，進而心緒不寧、噁心嘔吐、渾身痙攣，引發腸胃炎，最後昏睡不醒。順勢療法中用以治療疥癬及神經病症。與牛奶攪拌可殺滅蒼蠅。

• **附註** 拉普蘭薩滿教巫師食之以求啓蒙，這可能是飛行馴鹿及穿紅白服飾聖誕老人傳奇的由來。

高
25
公
分

棲所 稀疏的樺樹林；歐洲，北美洲	利用部分 子實體

科 麥角科	種 *Claviceps purpurea*	地方名 Secale Cornuti

麥角菌(Ergot)

寄生真菌，越冬的菌核外有紫色的菌殼包被，具異味。

- **用途** 生長在裸麥及其他穀物上。中世紀的
助產士用它刺激子宮收縮，幫助分娩。至今醫生
仍用其萃取物助產，作為血管收縮劑，可治療
偏頭痛，也是治療精神病的基本藥物。LSD最早
是從麥角菌中分離得到的。

- **附註** 曾用於古希臘的穀神祭典上。
中世紀時，感染麥角菌的穀粒造成
大量中毒，食用後引起壞疽和癲癇
症狀，這種病稱為「聖安東尼之火」，是為了紀念
他的熱烈貢獻。

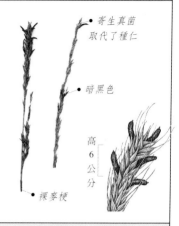

寄生真菌
取代了種仁

暗黑色

高 6 公分

距卷曲

裸麥梗

棲所 寄生在穀類和禾草上；全世界	利用部分 子實體

科 鱗毛蕨科	種 *Dryopteris filix-mas*	地方名 甜羊齒

歐洲鱗毛蕨(Male Fern)

落葉蕨類植物，綠色大型羽狀複葉簇生於根狀莖端，
羽片具細齒。

沿著葉脈簇生
圓形的孢子團

- **用途** 卷曲的幼葉可煮食，在挪威饑荒期間，以之配麵包
吃，並釀成啤酒。長久以來，根狀莖就用於驅殺條蟲等
腸道寄生蟲。包括獸醫在內，醫生現在仍用從根狀莖
和葉基中提取的深綠色精油來治療這類疾病，但需
注意其毒性。葉子中還可提取鹼水。

- **附註** 蕨類植物奇特的繁殖方式使古人
相信它的種子可使人隱形。根可製作
春藥，縱慾的人食用其葉，最終陷入
罪惡的深淵不能自拔。

幼葉，
許多仍卷
縮在基部

紅褐色的匍匐根狀莖，
短粗且具鱗片

鬚根

高 90 公分

小葉
全裂成邊緣
具齒的裂片

梗上密生
褐色鱗毛

棲所 潮濕林地，籬邊；北美，歐亞大陸	利用部分

科 木賊科	種 *Equisetum arvense*	地方名 剃髮刷

問荊，木賊(Horsetail)

隱花植物。莖有二型，營養莖綠色，生殖莖褐色，頂端生有直立的圓錐形孢子囊，內生孢子。

• **用途** 幼嫩枝頭可煮食，日本人還醃成泡菜。莖可止血、收斂、利尿，對泌尿生殖系統疾病、尿床有療效，可調節體內代謝平衡。含豐富礦物質和鹽類，對血液、頭髮和指甲有滋補強化作用。二氧化矽的存在促進結締組織的再生，增加其強度和彈性，對關節炎、潰瘍和濕疹有幫助。

• **附註** 可提取黃色顏料。在中國，同屬植物木賊（*E. hyemale*）的莖可清熱明目。

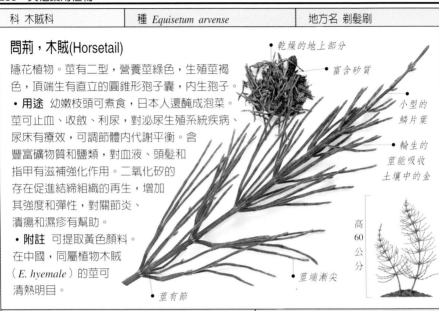

乾燥的地上部分

富含矽質

小型的鱗片葉

輪生的莖能吸收土壤中的金

莖端漸尖

莖有節

高 60 公分

棲所 樹籬旁，荒地；歐亞大陸，北美洲	利用部分

科 馬尾藻科	種 *Fucus vesiculosus*	地方名 Black Tang

墨角藻(Bladderwrack)

多年生海藻，呈橄欖綠色，葉扁平，分叉。具氣囊，可使它向光漂浮。

• **用途** 可以燉煮及泡茶。藻體中雖有海中污染物，並能與咖啡因、檸檬酸和某些藥物反應，但它富含鐵、抗生素和礦化劑。常用於治療風濕症和扭筋，可調節免疫系統，促進淋巴細胞增生。燃燒後的紅色粉末含碘，可促進甲狀腺素分泌，有助於減肥，還可加入潤膚護髮的化妝品。

• **附註** 在嚴寒的海灣地區是牛羊過冬的飼料，也是有機肥料。

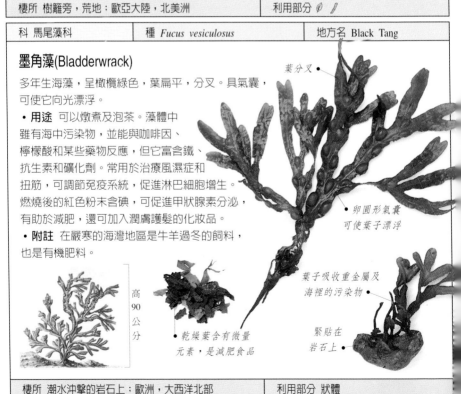

葉分叉

卵圓形氣囊可使葉子漂浮

葉子吸收重金屬及海裡的污染物

乾燥葉含有微量元素，是減肥食品

緊貼在岩石上

高 90 公分

棲所 潮水沖擊的岩石上；歐洲，大西洋北部	利用部分 狀體

科 靈芝菌科	種 *Ganoderma lucidum*	地方名 靈芝

靈芝(Reishi Mushroom)

光亮的栗褐色真菌子實體,具長菌柄。菌蓋側生,腎形或扇形,上有同心的皺紋;孢子鏽色,從灰白色至暗褐色的散發孔釋出。

• **用途** 為道家的長生不老藥和不朽的象徵,曾是皇宮的貢品,長久以來就和長壽及健康相提並論。它可以促進循環、解除心臟疲勞、降低血壓,並可鎮靜、止痛,對關節炎、哮喘、支氣管炎、過敏和失眠等症均有療效;還能夠增強人體免疫力,且減少50%的老化自由基。

• **附註** 中醫用靈芝治療各種癌症,日本也正在進行這方面的研究。

側生菌蓋
溝紋縱橫

菌蓋
有稜角

表面有光澤

長菌柄

凹凸不平
且不規則

莖粗壯

高
30
公
分

棲所 闊葉樹的樹椿,樹根;歐洲,中國	利用部分 子實體

科 馬勃科	種 *Langermannia gigantea*	地方名 灰色的星星

大頹馬勃(Giant Puffball)

像一隻白色的足球出現在夏末,逐漸變成褐色,最後破裂,散發出孢子。

• **用途** 幼嫩的子實體採摘後能保存數天,可蒸煮、煎炸或烘烤。成熟的菌肉可止血,黑足部落常用來醫治傷口、痔瘡,用孢子揉搓嬰兒頰部可使之安寧。在中國,用孢子調以蜂蜜治療咽喉腫痛。

• **附註** 菌體中含少量馬勃素,可抑制癌細胞生長。

初時灰白而鬆軟,
然後呈奶油色且光滑,
最後變為褐色且乾燥

子實體
的基部

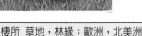

高
30
公
分

棲所 草地,林緣;歐洲,北美洲	利用部分 子實體

科 昆布科	種 *Laminaria saccharina*	地方名 糖海帶

糖昆布(Sweet Wrack)

由柄、吸器和單個葉狀體組成的海藻：葉片長，
波浪形，褐色。

• **用途** 富含維生素、礦物質和碘，是海草灰的重要來源。
其滲出液含有糖分，乾燥後的結晶體常撒在口香糖及難吃的藥丸上，
並用於紙、拋光劑和炸藥的製作。幼嫩的植株可生吃或熟食，含有藻酸
酯，可用以安定冰淇淋、脫水及調配食品、化妝乳、髮膠、潤膚水及
假牙。昆布肥料深受有機園丁的青睞，因為其中
含微量養分。

• **附註** 傳統中藥常用以消除
硬塊，對淋巴結腫大、腫瘤
很有療效。

氣囊形成
皺折邊緣

輪胎狀的花紋

高
3
公
尺

波狀邊緣

纖維質的吸器

光滑的柄

濕潤的藻體
滲出濃稠的
糖液，乾燥後
形成甘露
醇糖結晶

單片
不分裂
的葉片

褐色、
革質葉片

棲所 20公尺深的海水中；北海，大西洋	利用部分 狀體

科 口蘑科	種 *Lentinula edodes*	地方名 Glossagyne

香菇(Shiitake Mushroom)

褐色的腐生真菌，菌蓋扁平，乾燥後
有斑駁的裂紋。

• **用途** 在亞洲有悠久的栽培歷史。可切片
煎炒，整個煮湯，做成罐頭或醃漬。含多種人體
必需胺基酸，營養價值極高，在日本、
中國被視為滋補佳品。它可以降低
血壓和膽固醇，治療貧血、糖尿
病、癌症，還能夠增強性功能。

• **附註** 含有香菇多糖，可提
取抗致癌物質。

菌蓋淺色
至褐色

乳白色
菌褶

菌蓋扁平

高
7.5
公
分

菌體中富
含碳水化
合物、蛋白質
及維生素

棲所 硬木的圓木材上；中國，日本	利用部分 子實體菌蓋

科 仙人掌科	種 *Lophophora williamsii*	地方名 梅斯卡爾鈕釦

白藥帖仙人掌(Peyote)

小型、簇生的仙人掌。根類似胡蘿蔔，莖無刺，
花為白色或粉紅色。

• **用途** 墨西哥人用此物有3,000年歷史，乾燥後作為
「徽章」，用於儀式中擴張心靈的食品或飲料。在傳達
神旨時，它能令人探求更多的知識，此外還是一種萬靈藥，
可醫治肉體和精神的所有疾病。仙人掌中含有生物鹼，可提
煉迷幻藥。它還用來治療關節疼痛。

• 膨大無刺
且分節的莖

• **附註** 用途流傳到北美地區，
現在是美洲土著祭祀儀式中不可
或缺的。

高 6 公分

灰綠色且生長緩慢的
莖上有稜紋和簇生毛

棲所 沙漠；墨西哥北部，德克薩斯州南部	利用部分 ✐

科 石松科	種 *Lycopodium clavatum*	地方名 地松

石松子(Stag's Horn Clubmoss)

有毒的常綠植物，外形類似苔蘚。葡匐莖蔓生，
具直立的分枝，孢子囊呈錐形。

• 1-3個長圓錐形
孢子囊穗

• 直立的分枝

• **用途** 孢子曾用於治療胃和膀胱的疾病，為抗痙攣的
鎮靜劑，可以做藥片的包衣。印第安人黑足部落深知
孢子有止血、癒合、吸濕的特性，並把孢子吸入鼻腔
用來止住鼻血。現仍用在創傷和濕疹上。

高 12 公分

• **附註** 孢子燃燒時爆烈，常用以
製造劇場的閃電效果或煙火。

棲所 酸性土壤，山區；歐洲，北美洲	利用部分 孢子

科 松蘿科	種 *Pseudevernia prunastri*	地方名 櫟之肺

橡苔(Oak Moss)

白藍色至綠色的叢生地衣。是藻類和真菌的共生體。

• 生長在落葉
樹的樹皮

• **用途** 阿拉伯人用其粉末來發酵麵包，從中還可
提取有紫羅蘭香氣的固定劑和一種人造奶油樹脂，
生產香水及香皂。美洲土著常用它來包紮傷口。
還可祛痰止咳，以及滋養胃。

高 4 公分

• **附註** 從中可提取紫色羊毛染料，
但空氣污染使之成為稀有植物。

• 分叉
的葉狀體

棲所 落葉樹，潮濕環境；歐洲，北美洲	利用部分 全株

科 泥炭蘚科	種 *Sphagnum recurvum*	地方名 彎葉泥炭蘚

彎葉泥炭蘚(Garden Sphagnum Moss)

濕淋淋的苔蘚莖上布滿狹窄的葉。莖由細微的
管組成，可吸收潮氣。

• **用途** 本科有許多有用的植物，除彎葉
泥炭蘚還有舟葉泥炭蘚（*S. cymbifolium*）。
乾燥後蘚體很輕，可吸收水分，其中
含有防腐劑、抗生素和碘。長久
以來，舟葉泥炭蘚就被用於
包紮傷口，其有止血、促進
癒合的作用。

• **附註** 粉碎後可為種子生長提供
無菌、抗病的基質。

黃綠色
或赭石色

葉緣
鋸齒狀

◁ 乳突泥炭蘚
(*S. papillosum*)
分枝短而鈍，葉近圓形，
夏天出現孢蒴。

高
25
公
分

狹窄的葉

◁△彎葉泥炭蘚

棲所 花園，沼澤，濕地；歐洲，北美洲	利用部分 全株

科 塊菌科	種 *Tuber aestivum*	地方名 黑塊菌

夏塊菌(Summer Truffle)

這種真菌的子實體位於地下，表皮色暗而薄，上面有
瘤狀突起。表皮裡面呈奶油色，有紅褐色大理石花紋。

• **用途** 夏塊菌芳香，生鮮切片可為酸辣菜
添香。香味最濃的是柳菰和黑孢菌（*Tuber
Melanosporum*）。黑塊菌可為雞蛋和派增香。
白塊菌可製香料，也用來佐餐調味。

• **附註** 夏塊菌以其獨特的香氣引誘
動物前來食用，以便散播孢子。

◁▽柳菰(*T. magnatum*)
生長在闊葉樹下。

黃褐色表皮

淺色的
菌肉有紅
色紋理

暗色表皮
具瘤狀突起

高
10
公
分

◁△ 夏塊菌

棲所 闊葉樹根；歐洲，北美洲	利用部分 子實體

科 檞寄生科	種 *Viscum album*	地方名 德魯伊之草

檞寄生(Mistletoe)

常綠的半寄生植物，葉子可進行光合
作用，提供部分能量。莖在花簇周圍
分叉莖端，冬天結白色漿果。

• **用途** 葉狀的嫩枝可滋補心臟、降低血壓、
減緩心跳速率、強化微血管壁、刺激免疫系
統和抑制腫瘤，但用量過大時有毒。

• **附註** 是德魯伊教的聖物，在它
下面接吻為古代生殖力的象徵。

有毒的漿果具黏性，
可做膠水

花簇長在一對
革質葉之間

乾燥
的枝

高
1
公
尺

棲所 落葉樹；溫帶歐洲和亞洲	利用部分

名詞解釋

在本書10至27頁對許多植物部分和活性成分都作了解釋。下文中出現的粗體字則在此表的其他地方有所界定。

- **二回羽狀複葉 Bipinnate**
羽狀葉又再分出一次羽狀葉。

- **子實體 Fruit-Body**
真菌產生孢子的可見部分，就蘑菇而言，由菌蓋和菌柄組成。

- **小花 Floret**
如麥穗或雛菊花序上的一朵花。

- **止痛劑 Analgesic**
解除苦痛的藥。

- **半耐寒 Half-Hardy**
極冷天氣裡不能生存的植物。

- **半灌木 Subshrub**
生長緩慢的灌木，其莖柔軟，基部木質。

- **多汁的 Succulent**
細胞肥厚和肉質化。

- **收斂劑 Astringent**
藉由蛋白質的固結而引起組織收縮的物質。

- **羽狀的 Pinnate**
沿著共同的葉柄，成雙相對排列著三對或多對小葉，可能末端有一小葉。

- **自由基 Free Radicals**
與其他分子產生非彈性結結的游離氧原子。它們會使皮膚老化。

- **舌狀花 Ray Floret**
似雛菊頭狀花序外圍的瓣狀花。

- **卵形的 Ovate**
雞蛋狀的葉。

- **抗生的 Antibotic**
可破壞或抑制微生物的生長。

- **豆科植物 Legume**
豆莢或豆科植物，根上有固氮的根瘤。

- **亞種 Subspecies**
種的再下一等級，在結構上不同，但能雜交。

- **卷鬚 Tendril**
細長的盤繞器官，可幫助植物攀緣支撐點。

- **披針形的 Lanceolate**
基部寬，似長矛的葉子。

- **花托 Receptacle**
莖末端膨大而長有花的部分。

- **花序 Inflorescence**
指莖上花和葉的排列。

- **花萼 Calyx**
圍繞著花瓣的不育部分；萼片。

- **匍匐的 Prostrate**
沿地面平臥生長的。

- **柔弱的 Tender**
指不耐霜寒的植物。

- **耐寒 Hardy**
不需任何保護，冬天在室外也能生存的植物。

- **苞片 Bract**
花基部起保護作用的變態小葉。

- **香豆素 Coumarin**
乾燥帶新割乾草味的植物物質，為抗凝結劑，內服會引起出血。

- **香脂味的 Balsamic**
具樹脂的香味。

- **倒卵形 Obovate**
中部以上寬的槳形葉。

- **根系 Rootstock**
整個根部系統。

- **祛痰劑 Expectorant**
幫助肺咳出黏液的物質。

- **基部的 Basal**
靠近地面著生的葉子或花序。

- **深裂葉 Dissected Leaf**
邊緣具深缺刻的葉子。

- **莢果 Pod**
為一種乾果，常呈長圓筒狀，內含一些種子，成熟時兩側裂開。

- **軟化劑 Emollient**
見緩和劑。

- **媒染劑 Mordant**
用於幫助紡織品吸附、固定、著色的化學物質。

- **掌狀的 Palmate**
從同一點上長出三片或三片以上小葉。

- **斑葉 Variegated**
有次生斑點的葉子。

- **筒狀花 Disk Floret**
菊花中心的筒狀小花。

- **絲狀構造 Filament**
指雄蕊的柄，或是植物的任何線狀部分。

- **菌幕 Veil**
包裹磨菇幼小子實體外的薄膜。

- **圓裂片 Lobed**
葉片輕裂，每個裂片都呈圓形。

- **圓錐花序 Panicle**
花有柄，著生在分枝上。

- **節 Node**
莖上長出葉和芽的地方。

- **落葉 Deciduous**
在生長季結束時植物葉子脫落。

- **葉狀體 Frond**
指蕨類或棕櫚樹的葉。

- **萼片 Sepal**
似花瓣的葉，它們圍繞著花芽形成花萼起保護作用。

- **柔荑花序 Catkin**
由小而帶柄的花組成的懸垂花序。

- **聚繖花序 Cyme**
在主莖和側枝上均開花的寬大花序；它可能呈現彎形。

- **蒴果 Capsule**
含一或多粒種子的乾果，成熟時開裂，種子從小孔或裂隙中散出。

- **漿果 Berry**
在肉質果肉和果皮中包含一至多粒種子的果實。

- **緩和劑 Demulcent**
緩和體內組織發炎的物質，外用稱為軟化劑。

- **複出的 Compount**
葉或花簇的主軸具分枝。

- **橢圓形的 Elliptic**
兩頭尖的卵形葉。

- **頭狀花序 Flower-Head**
由無柄花組成密的頂生花叢。

- **穗狀花序 Spike**
由無柄單花組成的細長花序。

- **總狀花序 Raceme**
不分枝的花簇，花有柄，通常在長軸上排列成金字塔形。

- **繖形花序 Umbel**
從同一點上長出花的花序，花柄的長度相同。

- **繖房花序 Corymb**
頂端平坦的花序，外圍花先開。

- **驅蟲劑 Vermifuge**
殺死或排除腸內寄生蟲的藥物。

英文索引

（斜體字表示拉丁文學名）

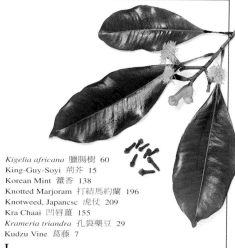

中文索引

十劃

十二劃

十三劃

致謝

THE AUTHOR would like to pay the highest tribute to the DK team for its focus on quality, with special thanks to Charlotte Davies, Mustafa Sami, and Colin Walton; to Dr. Pat Griggs and Holly Shimizu for their botanical knowledge; and to Neil Fletcher and Matthew Ward. Thanks also to my assistant Catriona MacFarlane for correlating the research; and to Louisa Bird for supervising my herb garden.

Many people around the world contributed to the collection of this herbal information: special thanks to Prof. Kaminee Vaidya and Judith Chase in Nepal; W. K. Premawansa of Peradeniya Botanical Garden, Sri Lanka; the remarkable herbalist/driver "Lucky", and Dr. Danister Perera of the Siddhayurvedic Pharmaceutical Co. Ltd., Sri Lanka; Ibu Gedong Bagoes Oka, Bali; Dr. Wee Yeow Chin and Prof. N. B. Abdul Karim of the University of Singapore; Mr Lim of PTE Chinese Medicine Co.; Cao Heng of Hangzou, China; Mina and Shiro Mishima, Ma Suo Shimota, and Seizaburo Hemmi, the Medicinal Plants Garden, Japan; Sumaia and Umaia Farid Ismail of Manaus, Amazonas, Brazil; Godsman Ellis and the Mayan healer Don Eligio of Belize; Anamette Olsen of Denmark; Grethe Gerhardsen Træland of Norway; Vivienne Boulton for Southern Africa; Dr. Anne Anderson of the Cree Nation, Alberta, Canada.

Thanks to my husband J. Roger Lowe for his unfailing support and wisdom, and to my four sons, each for their unique contribution.

I would like to dedicate this book to Manuel Incra Mamani, an Aymara Indian of Bolivia who was killed for revealing the secrets of the best quinine tree to foreigners, thereby saving millions of lives from malaria.

DORLING KINDERSLEY would like to thank: Julia Pashley for picture research; Michael Allaby for compiling the index; Damien Moore for additional editorial assistance; Neal Cobourne for the jacket design; East West Herbs Ltd; David Sleigh, Wellingham Walled Herb Garden; Compton & Compton; Tony Murdock, "Overbecks" Museum and Garden; Selsey Herb Farm; Dr. Richard N. Lester, The University of Birmingham; the staff of the University Botanic Garden, Cambridge, The Royal Botanic Gardens, Kew, Chelsea Physic Garden, and The Botanic Garden, Singapore; Dr. D. B. Sumithraarachchi, Peradeniya Botanical Garden, Sri Lanka; The Lindley Library, Royal Horticultural Society.

Photographs by Neil Fletcher and Matthew Ward, except: Peter Anderson: 23cr; 56bl; 63cb fruit; 70br; 96tr; 96br; 102br; 104t; 145b; 155br; 179bc; 186t; 223tr; 232br; 238b; 246cl; 247l; 247r; 253b; 258t; 281cl; 281cr; 284b; 287br; Kathie Atkinson: 92cl; 93bl; Lesley Bremness: 7tr; 31b; Bridgeman Art Library/Bodleian Library Ash 1431 folio 15v-16r: 6b; Martin Cameron: 13bl; 17bc; 19bl; 25bl; 27b steps; Bruce Coleman/Gerald Cubitt: 194bc flower; Bruce Coleman: 253tc stem; Compix/A&J Somaya: 29tc; Eric Crichton: 7bl; Andrew de Lory 29bc flower; Philip Dowell: 13c; 25tr; 122 except cl; 230b; 241tr seeds; 251bl seeds; 253tr seeds; 263c dried; Steve Gorton: 11cl; 21cl; 23ß bottle; 27cl; 28bcl; 54tr; 81tr; 109tr dried; 114bl dried; 118 tr dried; 128tr pods; 130cl; 149tr dried; 149br dried; 152c dried; 160bc; 168br; 187tr dried; 199bc root; 199bl leal; 203cr seeds; 233cr; 246tc seeds; 253tcr seed stem; 255bc; 267bc seeds; 278br dried; 286br dried; 288t; Derek Hall: 179tr, Robert Harding Picture Library/ European Magazines Ltd.: 22br; Dave King: 9; 11br; 14cr; 15c petals; 17cl; 27c; 61b; 82bl; 87cr beans; 97br; 108 except bc variegated; 112-113 except br; 116b; 120cl dried petals; 120br hips; 124-125; 126t; 127t; 127c; 132; 133 except tr; 136c; 139bcr tall stems; 140b; 141tr; 142 except bl; 143 except tc; 145tc; 148bc; 150; 151t, 151br; 159b; 160cl; 166t; 168bl; 170cr; 171; 172tr; 182b except dried; 184br; 185tc flower; 189t; 190 except tc, bl; 191 except tc, tr, c, bl; 192bl;
195tc; 196b; 197; 199t, 200b; 214b; 215b; 212cl; 218t; 219cr flowers; 220tr; 220b; 221; 223tc; 226tc; 229br; 230tc; 231t; 233b; 234bl; 236t; 239t; 241b; 244tc; 252b; 255cl; 255bl; 256 br; 257tc; 259tr; 259b; 262cr; 263br; 264bl; 264br; 266tc; 270t; 272tr; 273br; 274t; 274bl; 274br; Colin Leftley: 46cl; 47bl; 234br; 235br; 264c; 265b; Rory Lowe: back flap; 30bl; 30br; David Murray: 12cr; 15br; 18l; 24cr; 30tr; 30cl; 59tr dried; 60tc berries; 69br fruit; 83bc bark; 86cr pod; 96bl dried; 127bl; 127br; 148br root; 164tr; 193b; 234 seeds; 237cr dried; 237bl dried; 244cl; 244cr; 251bc paste; 260cl; 260c; 260cr; 261tr; 266cl seeds; 273bl seeds; 283cr dried; Martin Norris: 16cl seeds; 19l; 24b dried; 46b; 68bcr; 119bl seeds; 144b roots; 169c seeds; 169br; 226br paste; 239cl seeds; 259c seeds; 263bl; 269c seeds; 283cl dried; 283bl dried; 285c dried; Roger Phillips: 87c butter; 115tl; 118bl fruit; 134tr fruit; Potter's Herbal Supplies, Wigan: 8tr; Still Pictures/Bojan Brecelj: 8b, Still Pictures/Edward Parker: 21br; Colin Walton: 8cl; 12cl; 12c; 13cl; 13tr; 14c; 15tc; 16bl; 17tc; 17cr; 17br; 18ctl; 18cr; 19tc; 19tr; 19cl; 19cr; 19r; 20cr; 21tc; 21tr; 21cl; 21cr; 21r; 22c dried; 24tr equipment; 25tl; 25c dried; 25br; 28tr; 28bcr; 28cr; 29tl; 29tr; 29yc; 29br; 31t; 129tc seeds; 152cr; 152b; 158tr; 188br sprouts & seeds; 193tc bulb; 196 tr roots; 216b; 229cr seeds; 243cl seeds; 244b; 244b; 249c seeds; 253cl straw; 269tr; 269bl dried; 272cl seeds; 280cr seeds; 284t flower; 284b seeds. **Illustrations by** Laura Andrew; 168; 170; 203; 204t; 205t; 211t; 212; 213t; 242b; 271b; 272t; 273; Evelyn Binns; 9; 95b; 124b; 125; 126; 127; 146; 171; 172b; 181t; 182t; 185b; 195; 209b; 218b; 219t; 220; 221; 230; 231; 232; 234; 236b; 238t; 238b; 239t dried; 241t; 250b; 254b; 266t; 267b;Julia Cobbold; 97b; 101b; 104b; 118t; 128t; 130b; 138b; 193b; 196b; 197; 198b; 199t; 228t; 229; 235; 264; 270t; 275t; Joanne Cowne; 145; 147t; 148t; 153b; 154t; 157t; 186t; 214b; 215b; 216t; 222; 255t; Myra Giles; 267t; 277t; 292c; Ruth Hall; 117b; 157b; 175t; 214t; 215t; 219b; 223b; 252t; 258b; 268b; 270b; 274t; 282b; Tim Hayward: 36t; 38b; 39; 40t; 46; 48; 49; 50t; 53; 55; 56; 57; 58b; 62; 63; 71; 72; 74; 75; 76; 77; 78t; 79b; 82; 84t; 85b; 86t; 87t; 90t; 93b; 94b; 95t; 103b; 105b; 107b; 110t; 115b; 131b; Philippa Lumber; 268t; 280; 284; 291b; Stephen McLean; 10br *Langermannia*; 277b; 281; 289b; David More; 10cl *Alnus*; 34; 35; 37; 38t; 41; 42; 43t; 44b; 51b; 54; 58t; 59b; 64; 65; 66; 67t; 68; 69; 70; 71; 80t; 81t; 80b; 91; 92; 93; 99b; 100; 103t; 132; 133; 140b; 141; 148b; 149b; 156b; 158b; 159b; 161b; 238c; Leighton Moses; 10bcl *Piper*; 276b; 278t; 283; 288b; 290t; Sue Oldfield; 32; 33; 36b; 40b; 43b; 44t; 45; 50b; 51t; 52; 59t; 60; 61; 67b; 68b; 73; 78b; 79t; 80b; 81b; 83b; 84b; 85t; 86b; 87b; 88; 89; 97t; 98; 99t; 101t; 102t; 103t; 109t; 111; 114t; 116t; 119t; 129b; 130t; 131t; 153t; 202b; Le Pepperell; 12; 14 line; 16; 18; 20; 128b; 136; 142; 150; 151; 154b; 158t; 166t; 172t; 173; 179; 180; 181b; 182b; 183b; 189b; 192; 202t; 228b; 240t; 249t; 49t; 50t; 53; 51; 160b; 183t; 184; 201; 211b; 226b; 239b; 241b; 243; 244t; 245b; 246; 247; 248; 249t; 250t; 251t; 252b; 253b; 257t; 257c; 259b; 262t; 263b; 266b; Michelle Ross; 10c *Camellia*; 186b; *Lycopersicon*; 14 colour; 94t; 96; 106; 104t; 109b; 110b; 118b; 120; 122; 123; 124t; 129t; 134t; 135; 137; 138t; 139b; 140t; 155b; 162t; 163; 166b; 174 175b; 176t 177t 178t; 186b; 187t;189t; 190; 194t; 196t; 198t; 200t; 206b; 223t; 233; 236t; 244b; 245t; 253t; 256; 257b; 260; 263t; 269t; 275b; 276t; 286b; 289t; 290b; Hayley Simmons; 10bcr *Dryopteris*; 285t; 286bl; 287b; 292t; Catherine Slade; 112; 115t; 116b; 117t; Jenny Steer; 279b; 282t; 287t; 288t; 292b; Rebekah Thorpe; 274b; 278b; 279t; 291c; Jonathon Tyler; 285b; Barbara Walker; 10cr; 105t; 107t; 134b; 139t; 144; 152t; 155t; 156t; 162b; 169b; 176t; 185t; 193t; 194b; 199b; 200b; 207; 208; 209t; 216b; 217t; 218t; 220t; 225; 226t; 227t; 242t; 249b; 254t; 255b; 259t; 262b; 268c; 269b; 291t; Wendy Webb; 152b; Debra Woodward; 160t; 161t; 164t; 165; 167; 169t; 187b; 188; 204b; 205b; 206t; 210; 213b; 217t; 237; 251b; 265b; 266b; 271t; 272b. **Endpaper illustrations** by Caroline Church.

國家圖書館出版品預行編目資料

藥用植物圖鑑／萊斯莉‧布倫尼斯著；
馬特‧華德，尼勒‧菲特卻爾攝影；
傅燕鳳等翻譯. -- 初版 . --
臺北縣新店市：貓頭鷹, 民85
面； 公分. --（自然珍藏系列）
譯自：herbs
含索引
ISBN 957-9684-03-0（精裝）

1. 藥用植物 － 圖錄

374.8024   85008236